柯桥文学十年作品选

绍兴市柯桥区作家协会 —— 编

经济日报
出版社

图书在版编目（CIP）数据

柯桥文学十年作品选 / 绍兴市柯桥区作家协会编
. -- 北京：经济日报出版社，2021.8
ISBN 978-7-5196-0919-1

Ⅰ.①柯… Ⅱ.①绍… Ⅲ.①中国文学–当代文学–
作品综合集–柯桥区 Ⅳ.①I218.554

中国版本图书馆 CIP 数据核字（2021）第 172771 号

柯桥文学十年作品选

编　　者	绍兴市柯桥区作家协会
责任编辑	王　含
责任校对	蒋　佳
出版发行	经济日报出版社
地　　址	北京市西城区白纸坊东街 2 号（邮政编码：100054）
电　　话	010–63567684（总编室）
	010–63584556　63567691（财经编辑部）
	010–63567687（企业与企业家史编辑部）
	010–63567683（经济与管理学术编辑部）
	010–63538621　63567692（发行部）
网　　址	www.edpbook.com.cn
E – mail	edpbook@126.com
经　　销	全国新华书店
印　　刷	成都兴怡包装装潢有限公司
开　　本	880mm×1230mm　1/32
印　　张	14.00
字　　数	330 千字
版　　次	2021 年 12 月第一版
印　　次	2022 年 1 月第一次印刷
书　　号	ISBN 978-7-5196-0919-1
定　　价	68.00 元

序

　　柯桥是钟灵毓秀、地灵人杰之地，也是火热的创新创业之地。这方古老而神奇的土地，哺育了一代代彪炳千秋、蜚声中外的文化名人。他们像一座座闪耀的灯塔，指引着一代又一代柯桥作家在文学创作的征途上奋力前进。

　　厚重的历史文化，新兴的创业热土，交相辉映，碰撞出新时代文学的烈焰。2010~2020年的10年间，柯桥作家坚持"深入生活，扎根人民"，用博大的胸怀拥抱时代，用深邃的目光观察现实，用真诚的情感体验生活，用饱满的激情书写人间大爱。相对于柯桥的2500多年的历史来说，10年的时间未免太短；相对于我们柯桥作家每年几十万字的发表量来说，30万字又未免太少。然而，当编完这部《柯桥文学十年作品集》的时候，仍然感到一种欣慰和自豪。因为从某种意义上说，文学最能反映一个时代、一个地区的变迁。柯桥的发展，民众的心声，都能在文学中得到最形象、最生动、最活泼的体现。这本书也是一座桥梁，把柯桥的文学10年联系了起来。同样，因为它的存在，再遥远的距离也是咫尺，再曲折的道路也是通途，再陌生的人群也是朋友。

　　《柯桥文学十年作品集》是柯桥文学事业10年间所取得成就的一次集中的反映、展现和检阅，也是第一次县市区划调整和绍兴县撤县设区后新柯桥文学发展的一个窗口。本书编选柯桥本土36位作家 2010~2020 年间创作的 70 余篇（首、部）文学作品，按照小说、散文、诗歌的文体分类，依作者姓氏笔画的顺序排列。这本书是我区文学创作的一个转折期，虽然跨越了行政区划调整和撤县设区，我们还是努力把第一次行政区划调整后撤县设区前的作者也包含了进来，无论从作者的数量、作品的品种、数量和质量来说，相对于以前都是一个变化。从征集的情况来看，作家、诗人们踊跃参与，积极投稿，应征数量相当多，数字令人欣喜和振奋。然而限于篇幅，我们在编辑时却不得不怀着遗珠之憾而进行了割舍。

2010~2020 年注定是不平凡的 10 年，在这 10 年中，习近平总书记在文艺工作座谈会和中国文联十大、中国作协九大开幕式上发表了重要讲话，为中国文艺的发展指明了方向和道路。这 10 年，柯桥文学随着中国文学、浙江文学和绍兴文学一起茁壮成长，已经成为鲁迅故乡作家群的一支重要力量。回望过去的 10 年，柯桥作家们努力前行，自觉把艺术追求融入时代潮流，创作了大量优秀文学作品，但离习近平总书记在文艺工作座谈会上要求的创作出"无愧于我们伟大民族、伟大时代的优秀作品"还有很大距离。同时，习近平总书记指出：没有中华文化繁荣昌盛，就没有中华民族的伟大复兴。这是摆在每个文学工作者面前的光荣使命和任务。伟大的时代呼唤伟大的作品，希望全区作家、诗人们为着这个光荣而伟大的目标继续奋斗，创作出更多、更好、更优秀的富有生活气息、时代气息的精品力作！

编　者

目　录

一　小说卷

王云根

简介：王云根，笔名骆峰。中国作家协会会员。柯桥区地域文化研究会会长。代表作有长篇小说《超界》、越剧电影《醉公主》、电视剧《少年周恩来在绍兴》、莲花落《翠姐姐回娘家》等。2017年由中国文联出版社出版《王云根文集》（八卷本）。

书剑云门

（一）

这座院子，四周是土墙，约半个成人高，有几处颓塌。

这几天，院子里经常响起劈劈啪啪的声音，一个二十二岁上下的年轻人读书累了，就从厢房里出来，挥舞长剑，左右开步，前后跳跃。这个青年，姓陆名游，字务观。此刻，他挥动长剑，脑子里却闪现出一个女子的形象，就这么稍一分心，剑法就显乱了。

尽管陆游马上就收住自己脱缰的思绪，调整好剑法，但围墙外已经传来"嘻……"的窃笑声。

这分明是有人在偷看自己练剑，并发现了他的破绽。陆游就势收住箭步，喝道："阿谁？"

围墙外没有回音。陆游探头往破围墙的缺口看，只见一个十八九岁的姑娘闪身在缺口边，那双眼睛清澈明亮，正与他四目相对。

陆游脱口问："你懂剑法？"

姑娘大胆地看着他，点点头。

陆游说："到院子里来。"说着就去打开院子门，把姑娘招呼进院子。

姑娘打量着院子四周，正面坐北朝南是五间平房，旁边是一座三间门面的厢房。这时，陆游将剑递给她："来，你来显一手。"

姑娘接过剑，说声："献丑了！"便熟练地摆开架势。陆游一惊，这姑娘貌似稚嫩，出言吐语颇为干脆，一举一动恰似江湖女侠。说话间，剑光闪动，似银蛇缭绕，姑娘的身影已在一片剑光之中。

这剑技假如不在自己之上，那也不在自己之下。正在思忖，只见姑娘忽地收剑立定，脸不红，气不喘，嗓音圆亮地说："请陆相公指教！"

陆游又一惊："小姐如何知道我姓陆？"

姑娘道："在这云门山一带，哪个不知晓这院子是陆老爷家的书堂，你不是陆家公子还会是谁？"

陆游道："不知小姐芳名？听你口音，似有外地口音成分。"

姑娘道："小女子王氏，小名媛媛。先祖本是会稽人士。祖父辈去往蜀地谋生。如今我随舅舅回故乡求学。"

陆游道："原来如此。媛媛姑娘既来故乡求学，如何还舞刀弄剑？莫非也想上前线与金兵厮杀？"

王媛媛道："小女子哪有如此宏愿！一为防身，二为强健体魄！"

陆游道："你的剑术用于防身健体已绰绰有余。你看我这柄剑如何？"

王媛媛道:"很不错。不过我舅舅的那几柄剑很有来历!"

"你舅舅是阿谁?什么时候可领我去拜见?"

"我舅舅白天外出讲学,晚上才回来。你想看他的剑,现在就可以去看。"

陆游道:"你家离此远吗?"

王媛媛道:"我家住云门寺东边。"

陆游道:"那不远。走,看看去。"

两个年轻人说的投机,说走就走。出了院子门,连门也不关。

(二)

一个四十多岁的妇女拎着竹篮走进陆家院子,亮开嗓子道:"陆夫人在家吗?"

"哪位?"陆游的母亲正在厨房洗菜,听到熟悉的声音,放下手中的活儿,推门出来。"哦哟,阿菊婶婶!"

阿菊婶婶与唐氏相识已有二十多年。记得那时,陆家公子陆游还没有出生,皇上赐给陆宰一块山地,陆宰夫妇亲自来看地,造起这座称为"云门草堂"的院子。唐氏带着三岁的陆游第一次来度夏时,阿菊婶婶就到陆家做了半年多的保姆。大部分时间陆家人住在绍兴城里斜桥头,这云门草堂空置的时候,都是阿菊婶婶帮助照看。大约陆游九岁的时候,唐氏操持家务忙不过来,阿菊婶婶受陆家雇佣,专门负责早、中、晚接送小陆游上村塾读书。两年前,二十岁的陆游与同龄的表妹唐婉拜堂成亲,唐氏还专门托埠船头脑捎带书柬,请阿菊婶婶提前半个月到城里帮助操办婚事。

这一回,唐氏带着儿子来云门村小住,没有把媳妇带来,令阿菊婶婶感到非常奇怪。一问才知道,唐氏把媳妇休了。阿菊婶婶猜测唐氏因为小两口结婚两年了，还没怀上孩子，求子心切，要让儿子另娶。但唐氏不这么说，她责怪媳妇没有帮助丈夫读好书，以致于在京试中落第。

那天与唐氏交谈，阿菊婶婶得知唐氏急于为儿子再找一个老婆，就表示自己可以帮忙。

此刻，唐氏已将阿菊婶婶引进堂前间。两人随意坐下，就拉起家常。

唐氏说："婶婶呀，我家老爷这几天还在城里办事，等他到来，你还得经常过来帮忙啊！"

阿菊婶婶道："我会过来的，家中的事我已经安排好了。"

唐氏马上转到自己关心的话题："给我家游儿找个姑娘的事可别忘了。"

"哪会忘呢。这几天我一直在思忖我们横浜岭里面的一些大户人家呢，给游儿找媳妇总得门当户对啊！不过……"阿菊婶婶语气一转道，"我怕这会对不起唐婉姑娘。"

唐氏疑惑道："你这话是什么意思？"

阿菊婶婶道："唐婉姑娘本来就不是外人，你说过她是你堂兄弟的女儿，与游儿既有表兄妹之情，又有夫妻之情，过不了多久也许还能破镜重圆。"

"这怎么可能！"唐氏肯定地说，"我跟婉儿已说的明明白白，陆氏门庭祖祖辈辈出名士高官，不能到了我儿子这一辈就变成布衣之人。如果他们俩仍像小时候那样形影不离，黏糊在一起，游儿就不会再有出息。"

阿菊婶婶笑笑："游儿天生聪明，无论如何会青出于蓝胜于蓝的。"

唐氏补充道："婉儿再婚之事我已有安排。我有一个侄儿，年纪相仿，相貌也不错，也有学问，就是顾不上自己的终身大事。他曾经到我家来过几次，我看他对婉儿倒情有独钟，不如成全了他们一对。"

"如此甚好。"阿菊婶婶赞许道，"你将婉儿安排好了，游儿才会安心再挑个伴儿。"

唐氏道："我想这会稽山中定会有我陆氏门当户对的人家。记得你曾经说过，历朝历代都有一些皇亲国戚、朝中大臣、豪族名士为避战乱逃到山中隐居，他们的后代要相貌有相貌，要才学有才学。"

阿菊婶婶道："正是。"

唐氏道："不知你已为我家游儿物色了哪家闺女？相貌一定要好！"

阿菊婶婶道："已经有十位才貌双全的闺女可由你家游儿选择。"

"这么多！"唐氏张开笑嘴合不拢了。

（三）

陆游跟着王媛媛走过云门寺山门，来到一座老台门前。王媛媛见大门虚掩，即说："我舅舅回来啦，见了他要叫陶先生！"

陆游说："我还是回去吧。"

王媛媛疑惑道："为什么？不去见，你会后悔的。"

陆游举棋不定地说："你一个姑娘家，我单身跟着你来，你舅舅会不会怪我心存不良啊？"

王媛媛说："你是大名鼎鼎的陆府公子，从小就在这云门山隐居读书，拜韩有功先生和你自己的堂伯父陆彦远先生为师，三步吟楹联，七步成诗句，你不是什么纨绔子弟。"

陆游诧异道："你怎么知道这些？"

王媛媛说："我舅舅说的。他与你那几位先生早就是好友，只不过他们是从文的，我舅舅是习武的。"

陆游说："那我就拜你舅舅为武师。你刚才说叫他什么？"

王媛媛说："你记性这么差呀，陶先生！"

"哦，陶先生！"陆游心想，这个姑娘长相娇嫩，这嘴巴子却那么辣，刚才听说是在蜀郡出生的，她把那地方的辣味带了过来。又想到，妻子唐婉不也去过蜀中吗，可她的个性仍然保持着江南女子的温柔、妩媚。

"舅舅！我给你找来了一个新徒弟！"王媛媛走过台门斗，站在天井里就冲着楼上高叫。

楼窗门"吭吱"一声被推开，露出一张瘦长的脸孔，一双眼睛射出两道有神的目光，他打量了陆游好一会儿，才说："媛媛，将客人领到客堂！"

王媛媛"哎"了一声，等到舅舅回身将楼窗门关上，才抑制不住兴奋对陆游说："做他的弟子你已有百分之三十的希望！你已被目测通过了。"

"陶先生收徒弟规矩那么多啊？"陆游不安地问："还要考什么？"

"文科、武科都要考的。"王媛媛边走边告诉他道。

两人进了客堂，陆游刚要端详摆在长条桌上的一柄青铜剑，陶先生下楼的脚步声已经传来。

陶先生穿一身马褂，一副精干的身材。这时，他指着客堂左首墙上的书法对联说："这两副对联的词意，你觉得哪副意境更佳？"

陆游举目一看，两副对联取自同一首诗，只不过个别文字有所不同。一副写的是："蝉噪林愈静，鸟鸣山更幽。"

另一副是："双蝉闭噪林逾静，一鸟不鸣山更幽。"

"前一副对联出自南朝诗人王籍所作的《入若耶溪》诗。原诗以动写静，手法独特，历来为人们所称道。"陆游熟知其出处，便胸有成竹地说。"这后一副对联，当是近人所写，加了几个字，以静喻静，把艺术意境来了个颠倒，联句反显拙劣。"

"有道理。"陶先生对陆游的回答相当满意，但不轻易流露，只是点了点头，说："你经常来此云门山区，是否作过反映云门景色的诗词？"

陆游道："曾经写过小诗数首，随写随丢了。如今又有一对诗句，但还不成整首。"

陶先生笑道："作诗难得诗核，有了诗核，迟早总能成诗。且吟给我听。"

这是考他的文才了，陆游知道不但要有好诗句，还要有好口才，便将身一挺，一手垂背，一手挥扬，吟诵起来："西山行，偶得诗句。山重水复疑无路，柳暗花明又一村！"这两句诗，后来成了陆游名诗《游山西村》的核心诗句。

"好！"当时陶先生不禁击掌叫道。

"恭喜你，陆相公！"王媛媛不禁也欢欣地叫了起来。

陶先生亲自为陆游泡了一杯茶，说："来，喝一杯日铸茶，然后让我看一看你的剑法。"

陆游喝了几口茶，就迫不及待地要求："请先生赐剑！"

陶先生捧过长条案上摆放着的青铜剑，说："让我看一看你的短剑剑法。"

陆游接剑立定，吸一口气，马上左冲右突，展示了一套"卧薪尝胆"短剑。

陶先生不动声色，从壁上取下一柄长剑，要看看陆游的长剑剑法。

陆游专心致志地展示了一套长剑，面不改色气不喘。

陶先生评判道："你的长剑剑法较之短剑剑法成熟，但都有提高的潜力！"

王媛媛关心根本问题："舅舅，那你到底收不收他做弟子？"

陶先生道："拜师要父母点头。游儿且去跟父母说一说，如果你父母都点头了，你就可以择时来此学剑！"

陆游连声称谢，忽要求道："闻悉先生藏有宝剑，能否让徒儿一睹为快？"

（四）

陆游拜陶先生为师之后，不但剑艺提升，学业小有很大长进，唐氏非常高兴。

其实，唐氏并不清楚儿子的心情已经发生很大变化。前年冬天赴京城临安应考，陆游的心情是热烘烘的，大有一种为国出力的金光大道就在眼前的感觉；结果科举落榜，心头如浇了一盆冷水；回到绍兴家中，母亲多次数落媳妇，责怪她没有帮丈夫尽心读书；婆媳发生口角之后，又宣布她做媳妇不合适，硬生生不让陆游与妻子住在一起，那时可真让儿子非常愤怒。

这些日子，陆游常到陶先生家学剑。王媛媛在一旁陪学，有时与他交谈学剑体会，陆游看着她的高雅身姿，听着她的爽朗笑语，内心的烦躁在不知不觉中消解了。

这天，陆游想起抗金大将岳飞遭害，不禁又义愤填膺，就在自己的书房里挥毫，写就一首诗作。刚搁笔，只听得父亲在书房门口一声咳嗽，陆游忙起身立定。

陆游的父亲名叫陆宰，当过多处地方官，如今落职闲居家中。因在京城任职的好友回乡，他去探问朝中内情，故而这次来云门晚了几天。

刚才，夫人又与陆宰商议儿子的婚事，陆宰正想关照儿子一些事情，就一改以往把儿子叫到书房的做法，径直来找陆游了。

陆宰一眼看见儿子桌上新写的诗稿，就取起来认真地看了一遍，评判道；"此诗格律规范，用词切贴，意境开阔，可见你近日功底渐实。不过，全诗赞美抗金，反对和议，与朝廷大政不合。此诗只能在民间私下流传。"

陆游看着父亲说："朝廷不喜欢没关系。我说的是仁人志士想说的话。"

"这话既对又错！"陆宰拍拍儿子的肩膀，示意坐下再谈。"如果你只想做一个布衣，当然可以想说什么就说什么。但如果你要进入仕途，你就必须知晓朝廷的喜好，朝廷只会任用跟其大政保持一致的人。假如你想改变朝廷的大政，你没有话语权怎么去改变？因而，无论如何，进入仕途是首要的大事。"

接着，陆宰告诉儿子去年落第的事因。原来考试的结果，陆游不但进入前三名，还被排为第一名的。但主考官圈点的名单送到丞相秦桧的案上，秦桧果断地划掉了陆游的名字，连入选的份也不给。为什么呢？因为陆游的试卷中充满着反对与金朝和议的论调。如果陆游的论调与秦桧一致，秦桧他即使另有私心，也不至于堂而皇之的排却陆游。

告诉了儿子这些情况后，陆宰说："儿呀，为父知你一定会有出息，也盼你一定要有出息。然而，欲成大器，必须天时地利人和。如今三者都不具备，因此为父也不给你施加压力了，我们就静观时局变化吧。但你仍要刻苦攻读，并要学会审时度势。"

陆游似乎一下成熟了许多，说："孩儿记下了。"

这时，母亲唐氏进来了，说："你们父子正好都在，阿菊婶婶等在客堂等我们的回音呢。"

陆宰说："你自己跟儿子说。"

唐氏说："我已经跟儿子说过几次了。今天阿菊婶婶特地来告诉我们，她已经同十位姑娘的父母和长辈都说过，只要游儿看得上，她们都愿意跟我们陆家结亲。今天我们就得商定，是不是带着游儿去一家一家的串门。"

陆游一听是这事，马上摇头："不去，不去！"

陆宰沉吟道："一家一家的串门，去挑媳妇，似乎也太那个了。""那如何才好呢？"

陆游叫道："把婉儿还给我！"

唐氏脸色一沉："婉儿已经是赵家的人了！"

"我不娶了！"陆游发脾气道。

唐氏气坏了："你又跟我作对！"

"好啦，好啦！你们母子俩就别再斗气。"陆宰暗示唐氏离开："阿菊婶婶还在客堂等着，你就先去陪她说说话。"

唐氏给儿子丢下一句话："我一心都是为你好，别不识好歹！"就出了书房。

陆宰语重心长地对儿子说："儿呀，你与婉儿青梅竹马，非常恩爱，为父也知晓。只怨秦丞相一笔勾销了你的前程，我和你娘两人把怒气都发泄到了婉儿身上，造成你们鸳鸯离分。这事我们后悔。可如今悔也无用，婉儿身嫁赵家，心情已经安定下来，你也要为她高兴，不能再去打扰。你自己呢，总也得再成家，总得生儿育女，为我们陆氏延续血脉。为父这几年常感身体不适，知道人生在世身体好是第一要事，所以既要你好好读书，也赞成你习剑练武，盼你早日找一个相貌好体魄更健的姑娘。"

父亲的这番话把陆游打动了。父子俩的目光相遇在了一起。

于是，陆宰趁热打铁，说出自己的打算道："为父打算效仿王右军的曲水流觞，邀请一些亲友来吟诗品酒，以此为名将阿菊婶婶所荐十位姑娘请来，请她们帮忙磨墨、铺纸、斟酒，这样大家都不会感到拘束。等你看中谁了，我们就去向姑娘的家人提亲。你看如何？"

"那一定不能让她们晓得这是相亲！"陆游提出要求道。

陆宰当然满口答应。

就这样，在一个风和日丽的秋日，陆宰邀请一批亲友在若耶溪边搞起"曲水流觞"。因为事先王媛媛对陆游说过，她接到了出席聚会的邀请，陆游对这次活动也就更乐意参加了。

曲水流觞结束的当晚，陆宰、唐氏和陆游本人不约而同地谈起王媛媛的品貌、才学和体魄。于是，才半年时间，瓜熟蒂落，王媛媛与陆游喜结良缘。

（五）

五年后，陆游二十七岁这年夏天，王媛媛带着两个儿子，怀着一个身孕，与丈夫、婆婆再度来到云门。

这次回云门度夏，王媛媛的心情不像往年那样阳光。婚后第二年，她就为陆家生下一个胖小子。看着陆游欢喜的模样，她心里甜滋滋的。隔了一年她又生一个儿子，婆婆帮着抱小孩，虽然感觉很忙，但总是鼓励她再生几个孩子。王媛媛希望下一个生女儿，婆婆说生儿子有名气，你再生一个儿子我们陆家就人丁兴旺。当然，生女儿是一种福气，大家肯定都会高高兴兴。

唐氏已经把王媛媛当闺女一样看待，无论产前产后，都非常疼惜她。邻居们都说，这婆媳俩就像母女俩一样。

但近段时间来，王媛媛变得不那么开朗了，变得有点儿郁郁寡欢。做婆婆的当然看出来了，但她猜不出是什么原因，只能问寒问暖，三天两头去买桂圆、红枣、木耳等给她滋补。

妻子性情变化，陆游亦有感觉。过去两人经常有说不完的话儿，好像从生下第二个儿子开始，他跟她没说上几句话她就厌烦。

这次重回云门草堂小住，回到两人相识、相爱而成为夫妻的地方，陆游感慨非常。这一天吃罢早饭，看妻子坐在客堂间，怅然望着两人曾经练剑的院子，就关心地去扶她道："院子里空气清新，我们一起到树荫下走走，对身体和肚里的宝宝都有好处。"

王媛媛推开他的手，冷冷地说："不去！"

这时，两个小孩叽叽喳喳地跑出来，奶奶跟在后面喊："小心，别摔倒！"

四岁的长子和两岁的次子绕着妈妈追逐。两岁的儿子奔到妈妈身边叫着要抱抱。陆游忙过去抱起，说："妈妈累了，别烦她。都跟我走，爸爸带你们到山上去玩。"

唐氏见孙子们跟着他们的爹爹出院去玩，就挪过一把椅子在媳妇身旁坐下说："媛媛呀，我看你身体没有病，莫不是受了什么委屈？是游儿欺侮你了吗？别憋在心里，告诉妈。"

王媛媛听婆婆这么一说，心头一阵温暖一阵酸，眼泪就忍不住了。

"告诉妈，心里会舒服一点。"唐氏不禁把媳妇搂在怀中。

"妈！"王媛媛再也忍不住，"他……他背着我去跟唐婉相会了！"

"有这样的事！真的吗？"唐氏吃惊地说。

"千真万确！"王媛媛"哇"的一声，扑在婆婆的肩膀上放声哭泣起来。

这事已经发生好一段日子。那天陆游读书累了，信步出门，走过东昌坊，来到沈氏私家花园门口，正逢这天沈氏园对外人开放，就进园去逛。没想到在园中碰到前妻唐婉与她现在的丈夫赵士程。排起来，这赵士程还是陆游的表弟，两人就闲聊了几句。聊谈间，陆游暗暗瞥了前妻几眼，发现她也正关切地打量他。

两人相遇本来也蛮自然，但后来陆游独坐在荷花亭里呆思时，唐婉带来了几碟小菜，并亲自给陆游斟酒，默默地陪着他。

当时，花园的主人闻悉陆才子来逛花园，就送来笔墨纸砚，要他留下墨宝。喝了酒的陆游，望着前妻好一会，竟一气呵成写了一首《钗头凤》。唐婉竟也挥毫和了一首。外人不知内情，竟都发出啧啧称赞。

过了几天，那沈园主人将这两首词临摹在了一座墙上。

王媛媛听到传闻，将信将疑地郁闷了好多天。后来想，有句话"耳听为虚，眼见为实"，就偷偷到沈氏园中去探看。果然那两首《钗头凤》词被临摹在一块白墙上。她有心回家后找丈夫算账，借了纸笔，亲自将两首词临写了下来。

"妈，你若不信，我这就去将临写来的两首词拿给你看。"王媛媛起身往自己房中，从梳妆台中取出一张纸笺。跟着进房的唐氏接过一看，明显就是儿子和唐婉的字迹。再看文字内容，一首写的是：

"红酥手，黄滕酒，满城春色宫墙柳。东风恶，欢情薄。一怀愁绪，几年离索。错，错，错。春如旧，人空瘦，泪痕红邑鲛绡透。桃花落，闲池阁。山盟虽在，锦书难托。莫，莫，莫！"

另一首写的是："世情薄，人情恶，雨送黄昏花易落。晓风干，泪痕残。欲笺心事，独语斜阑。难，难，难！人成各，今非昨，病魂常似秋千索。角声寒，夜阑珊。怕人寻问，咽泪装欢。瞒，瞒，瞒！"

唐氏从小读过诗书，文才不浅，看了气得发抖："这混账太不像话！媛媛呀，他怎么会糊涂到这种地步，等他回来我一定好好教训他！"

王媛媛反而冷静下来："婆婆，你如果骂他打他，他不是要把我给恨死！"

唐氏被媳妇一语提醒："是呀，不说破这件事，他倒还有这个家。一旦说破，他很可能在这家里待不下去。如果那样，你公公在九泉之下会不安宁的。"

唐氏的丈夫陆宰病死于四年前，那时王媛媛正要生育第一个孩子。躺在病床上的公公知道自己将不久于人世，叮嘱媳妇道："你肚中已有陆氏的血脉，我死了也安心。但你一定要记住，把孩子抚养成人是你的天职，对待我那个不争气的游儿，请你一定要宽容。他天性是厚道的，你对丈夫要有打有骂有疼爱。你婆婆做得很好，我服帖，你多问问她。"

若按王媛媛过去的脾气，老早就跟丈夫吵架了。但她如今已是有两个孩子的妈妈，马上就要有第三个孩子，所以为了这个家她一直忍受着。

此时，眼看婆婆也被气坏，王媛媛后悔自己不该说出这件事。就对婆婆说："妈，我们从此不再提这件事。现在我心里已经痛快多了。"

"好女儿！"唐氏抱着媳妇也流起泪。

这时，外面传来一个声音："夫人在家吗？少夫人在家吗？"

来人是阿菊婶婶。婆媳俩连忙打起笑容来到房间。

阿菊婶婶因为跟一老一少两个陆夫人熟极了，就直说道："夫人啊，你去忙吧！我跟少夫人说几句话就走。"

王媛媛连忙把阿菊婶婶招呼进自己的房间。阿菊婶婶轻轻说道："那件事办妥了。"

王媛媛想知道详情："是怎么办的？"

阿菊婶婶比划着说："我领着侄儿进城，他的斗篮里早已装好一陶罐石灰水。进了沈家园子，按你的指点我们找到那块墙壁，上面果然有一大片字。第一个字果真是一个'红'字。就趁没有人过来，我放哨，我侄儿拿出石灰刷子，唰唰唰，不到半碗饭功夫，那块墙壁就刷白了，里面的字一个也看不见了。"

"这是二两银子，给你侄儿做工钱。"王媛媛又从包里取出一些碎银："另外，请你再帮一个忙。这是六两银子。"

原来，王媛媛要阿菊婶婶去买一块太湖石，把涂掉的那两首诗刻在石头上，再设法送进沈氏园中安放。

阿菊婶婶不知道事情的前因后果，受人之托当尽心去做，就说："那些字已经涂掉了，拿什么去刻？"

王媛媛将自己亲手临写来的两首《钗头凤》郑重地交给阿菊婶

婶，关照说："这是做善事。这件事做好后不要对任何人说，特别是不要让陆相公知晓！"

（六）

这一年，陆游四十七岁。时为宋孝宗乾道二年（1166）。

陆游携妻儿一行从南昌回到山阴，在鉴湖三山别业住了几天。这座地处水乡的宅院是陆游用乾道元年任镇江通判时所得的俸禄修建的。

今天他要去看望一直居住在云门山的母亲。

自从三十四岁那年他被父亲生前的一位好友推荐，由朝廷派遣去福州宁德县担任主簿，整整十二年他只见到过母亲一次。人生可有几个十二年？母亲一直盼望他出仕做官，儿子做了官却多年见不到儿子，一个人孤零零地居住在云门山中，这难道是一个做母亲的本意？虽然他曾怨恨母亲拆散自己与唐婉的婚姻，但凭良心说，自己后来娶了王氏，王氏先后给他生了五子一女，也得感谢上苍和父母给他的安排。

早几年，他们把第五个儿子领养给了亲友。十二年来，王媛媛带着四子一女，一直随着他东奔西跑，从额上的皱纹和头上隐露的白发看，她一点儿没有享受过他做官的福气。王媛媛比陆游年轻两岁，算来今年也四十五岁了。

陆游至今不明白妻子的脾气怎么越变越好？自从二十五岁那年，她的脾气一度变坏，不久又恢复到与他相识时的可爱。在置衣吃喝诸方面，她比他母亲对他的照顾还要周全。

这十二年中，陆游的足迹到过好几处地方。绍兴二十八年，他赴任宁德县主簿，经永嘉、瑞安、平阳；绍兴二十九年因有政绩，被调官为福州决曹，随即被朝廷召回，途中经永嘉石门、丽水南园，并经东阳等地。一路风情令他诗如泉涌，出了不少佳作。

到了京城，陆游先被任为右从事郎，并任敕令所删定官。翌年七月，升迁为大理寺司直兼宗正簿。入冬，担任玉牒所史官。

在家中闲聊时，妻子经常提醒他，如今越是仕途顺畅，越是要审时度势，谨言慎行。陆游认同妻子的分析。王媛媛多次对他说，如果绍兴二十五年十月秦桧不死，朝中大权还是掌握在秦桧等人手中，那么陆游还是不会有出仕的机会。

朝廷中特别重大的变故是绍兴三十二年（1162），宋高宗赵构退位。六月，孝宗赵昚即位。朝廷中赏识陆游才干的大臣向新皇帝推荐陆游；九月，陆游升迁为枢密院编修官兼编类圣政所检讨官。

让陆游想不到的是，朝中大臣史浩和黄祖舜还在新皇帝面前力荐，称赞他善词章，谙典故。新皇帝非常赏识史、黄两位大臣，对于他们推荐的人当然特别放在心上，就召见陆游。一番交谈，感觉这个绍兴人确有文才，就跟大臣商议，如何再给陆游一个更高的身份。有大臣提议说，朝廷除了开科从生员中选考进士，还可用"赐"的方法，给担任官职多年且有功绩的人以"进士"的称号。况且陆游曾两次考中进士，因被当时的秦桧丞相阻拦而没有上榜。

孝宗皇帝一听做皇帝的可以行使这种权力，便高兴地下旨："游力学有闻，言论剀切，赐进士出身！"

陆游闻得喜讯，感慨非常。回到家中，叫妻子暖酒一壶，要与她欢饮庆贺，同时也算对妻子多年来的辛劳表示自己的感激之情。但那天，妻子偏偏不给他喝酒，要他不要过分高兴。

其时，陆游不把妻子的劝阻太当回事。认为自己不过是一时兴起，不喝就不喝。

妻子王媛媛的深刻含义他一年后才理解。

孝宗登位后的第二年改年号为隆兴元年（1163）。新皇帝虽然重用正直的大臣，但跟那些奸诈、阴险的佞臣也走得很近。陆游觉得应该提醒皇上注意，便跟枢密院大臣张焘谈论。张焘亦有同感，便在见到皇上时说，有人认为大臣龙大渊和曾觌在招权植党、荧惑圣听。

皇上问这是谁的议论？张焘不知皇上追问的用意，就说出陆游的名字。没想到皇上不高兴，认为陆游管得太多，这样的人不宜留在朝中，就下旨让陆游离开京城去镇江府担任通判。

在镇江通判任上，陆游遇到两个好长辈。一个是镇江知府，名叫方滋，桐庐人，长陆游二十四岁，对陆游非常器重。另一个是右丞相张浚，他是陆游父亲陆宰的故交。其时，张丞相督视江淮兵马，驻节镇江。交谈中知晓张浚主张抗金，陆游就力说张浚对金用兵。妻子王媛媛知道陆游的心思后，就反其道而行之，要陆游不要鼓动，并要陆游劝阻张浚用兵。

当时，陆游劝慰妻子说，一旦江淮大地起刀兵之争，他一定马上安排妻儿回绍兴老家。

但妻子不这样认为，说，如今老百姓折腾不起，都想安于现状，并不是她贪生怕死。

陆游认为妻子毕竟是妇道人家，收复失土，复兴大宋，自然应该由男子汉担当。

然而事与愿违，朝廷中主和派还是占上风。是年四月，皇帝下旨罢免张浚右丞相职务，下放福州。张浚郁闷愤恨，只得离任。八月，陆游得到消息，说张丞相含恨而死。

翌年，皇帝又改年号，时为乾道元年（1165）。朝中的主和派提议皇帝把主战派都调离前线，于是陆游被调到隆兴府任通判。隆兴府原为洪州，治所在南昌，陆游一家又要迁徙。

乾道二年（1166）春，宋王朝与金王朝达成"隆兴和议"。主和派稳定外患之后，就着手清剿朝中的主战派，认为陆游"交结台谏，鼓唱是非，力说张浚用兵"，建议皇帝罢免陆游的一切职务。

就这样，在仕途十二年的陆游一身布衣，携妻儿一行回到山阴故乡。

王媛媛的好就在这里，当陆游在官场上表现耿直时，她会直率地提醒他。而当陆游落泊时，她就一句责怪的话语也没有了，反而劝慰他想得开，说什么有失有得，一家人能安安稳稳的过日子，不是挺好嘛。

此刻，从绍兴开往平水的航船已经驶过望仙桥。望着两岸徐徐而过山野景色，这十二年来的所经所历也在陆游脑际里一一闪过。

平水埠头到了。上了岸，雇了挑夫和轿夫，让妻子和两个小儿子坐轿，陆游自己和长子、次子就跟着轿子，慢慢步行。一路上给孩子们讲自己年轻时的事情。

当晚，陆游夫妻就与母亲团聚。唐氏已经六十七岁，这些年来，她幸亏有阿菊婶婶作伴，倒也不是十分寂寞。

翌日，陆游夫妻带着儿子们去了云门寺。王媛媛带着儿子们烧香拜佛很开心。

这几天陆游喜欢独行，经常一早出门，走村入庄，涉溪登高，有两个意境总是出现在他脑际。这天凌晨头遍雄鸡还未啼，他再也按捺不住，起床来到书房，写下《游山西村》诗一首：

"莫笑农家腊酒浑，丰年留客足鸡豚。山重水复疑无路，柳暗花明又一村。箫鼓追随春社近，衣冠简朴古风存。从今若许闲乘月，拄杖无时夜叩门。"

过了几天，他又写下《观村童戏溪上》：

"雨余溪水掠堤平，闲看村童谢晚晴。竹马踉蹡冲淖去，纸鸢跋扈挟风鸣。三冬暂就儒生学，千耦还从父老耕。识字粗堪供赋役，不须辛苦慕公卿。"

（七）

陆游过了四年闲居生活，期间妻儿们一直陪伴他的母亲住在云门。他有时住在云门，有时上城会友，晚上则住在三山别业。

乾道五年（1169）十二月六日，绍兴知府派人给陆游送来一封吏部发来的书信，说朝廷拟起用陆游为左奉议郎，出任夔州军事通判。

陆游赶回云门，告知妻母这个消息，表示自己对这个差事不大满意。王媛媛出生在古蜀之地，按理会对重回蜀地感到欣喜，但她如今拖儿带女的，对出远门也不大感兴趣。倒是唐氏支持儿子再次出远门，她为儿子媳妇算了一笔账，如果儿子放弃这个机会，不去挣一笔俸禄，过不了三五年，就会付不起孩子们读书的书费，家中就会揭不开锅，就要变卖祖产度日。

当夜，陆游在书房挥毫写下"残年走巴峡，辛苦为斗米"的诗句，表明他已打定主意，再次出仕。

第二年（1170）陆游四十五岁，闰五月十八日，这是唐氏为儿子挑选的一个好日子。夫妻俩带着五子一女走上了漫长的入蜀之路。用了五个多月时间，于十月二十七日抵达夔州。一路的见闻，陆游把它写成了一部《入蜀记》。

从入蜀到再次回到故乡山阴，时达九年。这一年是淳熙五年

（1178），从春天离开成都，一直到秋天才到达京都临安。皇上召见了他，依然没有重用，被任命为福建路常平茶事提举官。陆游没有急于去上任，就又携妻儿回到云门老家。

九年不见老母，陆游与王媛媛自然感到非常激动。一家人亲亲热热的过了几天，细心的唐氏发现游儿与媳妇没有像以前那么亲热。这天，王媛媛带着长子、次子上城去了，唐氏单独跟儿子闲聊，问他这几年在蜀地做了些什么事，与老婆孩子生活得好不好？从儿子时而高兴时而沉思的讲述中，唐氏大致知晓了陆游这九年间的行踪。

陆游前往蜀地所任第一个职务叫夔州军事通判。但他所管的事跟军事完全不搭界，因为夔州与金王朝冲突的前线距离很远，他主要管辖当地的学事和农事。

在三年任期将满时，他写了一封信给丞相虞允文，说如果朝廷不考虑给他安排下一个职位，他愿意捐钱谋一官半职，目的是能有一笔固定的收入可以养家糊口，甚至可以回乡给子女操办婚事。

也许这封信起到了作用。夔州任期刚满，朝廷就来书信告知陆游，让他以左承议郎身份，担任四川宣抚使司干办公事，兼任检法官。其时四川宣抚使为王炎，他的一群幕宾全部集中在汉中，汉中处于作战前线。说得明白一点，陆游的职位就是幕宾。幕宾又叫幕僚，在绍兴老百姓中叫师爷。陆游非常喜欢这个职务，就让妻儿留在夔州，独自经万州、梁山军、邻水、岳池、广安和利州等地，这一年（1172）正月出发，走了三个月，抵达南郑军中。一起共事的人当时约有十四五人。陆游认为自己壮志可酬正是这一时期，他与同僚们不时登高望远，驰逐射猎，白日习武，夜半巡边，有时还与敌人遭遇击战。

其时，陆游还郑重向上司王炎献策：

"收复中原，必自长安始。取长安，必自陇右始。当积粟练兵，有衅则攻，无则守。"

不料，当年（1172）十月的一天，陆游正外出巡行，忽有传信兵来报，说是皇帝给宣抚使王炎下达圣旨，调他回京城任职，宣抚使司幕府不得不宣告解散。

陆游闻报顿如霹雳在头顶炸响，这不仅是敲碎了他赖以生活的"饭碗"，重要的是他为国复兴发挥作用的抱负再次破灭。他急急赶回幕府，同事们正在整理行装准备离开。陆游被告知调往成都府安抚司担任参议官，于是他只得离开汉中，奔赴成都，回到家中。

自此他以成都为中心，先后在蜀州、嘉州、荣州等地辗转任职。这样的生活过了五年。

唐氏以女性的敏感和母亲的细心，认为儿子与媳妇的问题就出在这一时段。她马上温和地问：

"儿呀，你隔三差五的浪迹蜀地，难道你妻儿也随着到处奔波吗？"

"不。他们母子一直住在成都，我哪能带着他们到处跑呀。"

唐氏更坚定了自己的判断："儿呀，你要跟为娘说实话。当你妻儿不在身边时，你是不是有外室了？"

"母亲！"陆游默认了。"她父亲姓杨。"

"你把杨氏女带到绍兴来了吗？"

"现在还没有，她跟我到了京都临安，媛媛不让我带她来绍兴。"

"如果我是媛媛，我也不答应。"

"她已经为我生了一个儿子，留在蜀中外婆家。如今肚中又有了一个。"陆游神色黯然道。

唐氏道："既然杨氏已为我们陆家养了子孙，你总要对得起她！"

陆游道："多谢母亲理解。"自从母亲拆散他与唐婉的婚姻以来，陆游第一次对母亲产生真诚的感激。

"光是我理解没有用，还得你夫人理解。"唐氏平静地说道，"让为母帮你劝劝媛媛。不过，你要当场在她面前跪下。"

陆游吃了一惊："跪？为什么？娘，从古到今皇法都允许士大夫可娶三妻四妾，为何我就有错？"

唐氏微微笑道："你要知道，自从大宋进士朱熹公倡导一夫一妻以来，天下多少贵闺千金都深感幸福。媛媛就是这样的人。其实，在朱熹公倡导之前，你爹就已经这样做了。你爹没有在这方面伤过我的心。"

陆游沉默了。

唐氏又问："那杨氏女多大年纪，是什么人家的女儿？"

陆游简要向母亲讲了杨氏的情况。杨氏比自己年轻二十五岁，父亲是一名驿站的驿卒。陆游浪迹蜀中时，与杨氏相遇，因她能歌善诗，遂对她产生好感而纳她为妾。

母子俩正说着话，外面响起长子和次子的叫唤声："爹爹！"

"你娘呢？"陆游问道。

"今天娘带我们到西郭门头接小妈妈去了。"长子答道。

"娘已经把小妈妈安顿在三山家中了。"次子解释道。"娘叫我们兄弟俩先回来报信，好让爹爹放心。她说要陪小妈妈在三山住几天呢！"

陆游颇感意外，看看母亲。

唐氏哈哈大笑道："好！媛媛做事就是像我，陆家就是需要媛媛这样的女人当家。"

（八）

王媛媛活了七十一岁。宋宁宗赵扩庆元三年（1197）夏，王媛媛离世三十五天了。按照她生前的愿望，被安葬在其舅舅和姑姑的坟墓旁。按越俗，家人要为她做"五七"。

时年陆游七十三岁。这天一早，陆游带着儿子媳妇和孙辈近二十人来到云门山卢家岙的墓地祭祀。其时，长子陆子虞五十岁，任乌程县丞；次子陆子龙四十八岁，为武康尉。其他三子、四子、五子和由杨氏所生的六子、七子均已成年，分别走上仕途，或任县令，或任通判，也有任知府级官职。

一桌素菜和两碟老酒在王氏墓前摆好，又点燃起一对蜡烛，子孙们一个跟着一个在墓前跪下磕头。按当地习俗，陆游作为死者的丈夫，一个已经七十三岁的老人，只需鞠三个躬即可，但陆游在墓前默默鞠了三个躬之后，忽地在墓前跪下。子孙们都想去搀扶他，看他神色肃穆又都不敢去打断他的哀思。

陆游跪在王氏墓前，脑海里像旋风一般掠过许多往事：

二十岁时，母亲唐氏拆散自己与表妹唐婉的婚姻，他最痛苦的时候王氏走进自己的生活。

二十四岁时，悲喜同来，父亲去世，长子出生。此后每隔两三年，得子得女。自己与王氏拥有了最为欢乐的时光。

二十七岁那年，自己在沈园与前妻唐婉相遇，其情其景终生难忘。更令人痛心的是八年后，三十五岁的唐婉竟抑郁成病而去世。

其后，王氏携子带女跟随他走南闯北，这个女人为他吃了不少苦，却没有好好享过福。

在蜀地期间，他也有过风光的时候，主持过嘉州阅兵、蜀州阅兵、成都阅兵。但终因朝中主和派占上风，希望为国家复兴驰骋疆场的机会一直没有在他面前出现。为此，他很感苦闷，颇觉失落，犹如俗人一样借酒浇愁，沉迷声乐。也就在那个时候，他喜欢上杨氏，杨氏也因与他共同生活而感到温暖。

但王氏一度不接受杨氏，这使他着实苦恼了多年。他原以为王氏只是因为杨氏分去了他的一部分感情，后来才明白女人家不仅仅为自己，她们更为自己的子女着想，女人总是恐怕有限的家产被不是自己的子女分去。

王氏终究不是一般的女人，后来接受了现实，担当起家庭主妇的职责，与杨氏姐妹相称。可惜的是杨氏终究福分有限，在四十七岁那年就去世了。更令自己悲哀的是，自己与杨氏所生的最小的女儿也不幸夭折。

与自己共同生活过的三个女人，算王氏的人生最为完整。王氏一直陪伴自己走到现在，但终究也离去了。

陆游想到这里，从怀里摸索出一叠诗笺。妻子生前，他写过六首有关她的诗词，昨天夜里他抄写了一份，并新写了一首。今天他要将这七首诗词焚烧在她的墓前，表达自己的爱意。

在《离家示妻子》中，有诗句："明日当北征，竟夕起复眠……妇忧衣裳薄，纫线重敷绵。"

在《双头莲》中，有词云："伫想艳态幽情，压江南佳丽。春正媚。怎忍长亭，匆匆顿分连理？"

在《清商怨》中，有词云："鸳机新寄断锦，叹往事、不堪重剩梦破南楼，绿云堆一枕。"

在《上元前一日》中，有诗句："老态人未觉，孤愁心自知。

停车呼病妇，强出伴诸儿。"

在《闲意》中，有诗句："学经妻问生疏字，尝酒儿斟潋滟杯。安得小园宽半亩，黄梅绿李一时栽。"

在《郊居》中，有诗句："等死不过赊岁月，长闲勿更问妻孥。"

在昨夜所写《自伤》中，有："白头老鳏哭空堂，不独悼死亦自伤。"

这些诗词，或表达当年他出门在外对妻子的深深思念，或抒写他与妻子、儿女在一起时的乐趣，或反映他在困顿时感觉到妻子儿女十分重要以及不想让妻子担忧的心情。

如今共同生活了五十一年的妻子永远地走了，他真有一种"世间万事俱茫茫"的感觉。

磕了三个头，陆游将诗笺焚化在了妻子的墓前。

（九）

妻子亡故前，陆游在仕途上有过一次大起落。

那是孝宗淳熙十三年（1186）春，陆游被朝廷任命为朝请大大并严州知事。三年任期满后，孝宗皇帝授予他正六品礼部郎中。翌年，光宗皇帝即位，命他兼任膳部检察。七月，又命他兼任实录院检讨官，参与修撰《高宗实录》。但到了十一月，主和派眼中容不下他，被弹劾而罢官返回绍兴。

落职闲居共十四年。从六十四岁到七十八岁，妻子直到病故都还以为他年事已高不可能再被朝廷起用。他自己也是这么认为。夫妻俩早就做好清苦度日的打算。

没想到妻子亡故五年后，即宁宗嘉泰二年（1202）六月，朝廷又起用他，被召去修撰国史。年底给他定官阶为正四品。到了第二年四月，经过近一年时间起早落夜，他与同事一起编修成《孝宗实录》五百卷、《光宗实录》一百卷。期间他还指导故乡绍兴启动编撰地方志书《嘉泰会稽志》。

自嘉泰三年（1203）五月回到家乡，七十九岁的陆游从此结束仕途生涯。由于年轻时所得俸禄先后用于购置三山和石帆两处别业，他再也没有什么积蓄，晚年生活相当困顿。但他心态极好，仍然喜欢登山涉水，寻胜揽景，并关心时局，体察民生。

陆游于嘉定二年十二月二十九日（公元1210年1月26日）与世长辞，享年八十六岁。逝世前几天，他预感自己将不久于人世，觉得自己一生的爱情生活有失有得，但一生的仕途生活却未能如愿，苦苦练就一手好剑术，一直未能为国所用。

陆游一生有将近一万首诗词问世，最后一首诗他要重申自己的壮志，取名《示儿》：

"死去元知万事空，但悲不见九州同。王师北定中原日，家祭无忘告乃翁。"

陆游将最后一首诗稿交给长子的同时，将一直供在案桌上的那柄青铜剑包上油布并装入木盒，反复关照："这是你娘当初送给我的定情物，你要好好收藏。"

朱建平

简介：朱建平，中国作协会员，全国公安文联签约作家，鲁迅文学院二十三届高研班学员。出版长篇小说、中短篇小说集多部。

听你心跳的声音

杜若打电话问我，捐献器官有钱吗？我说，没钱。他说，网上不是在说一个肾几十万。我说，网上的话你也信？他说，我当然信啊，要不为什么有那么多人都拿网上的事做依据。

我一时语塞，憋闷了一会才说，你跟我斗什么嘴，问这个干嘛？他说，说出来不好意思，最近手头紧，想弄点钱，但想来想去，身上值钱的除了器官之外，好像没什么值钱的东西了。

我忍不住回了他一句，你身上不是还有四百万挂着……你，他顿了顿，突然笑了出来，对，对，要不便宜点卖给你算了。我脸一红，说，贫嘴。他说，好了，不说了。我也笑了，说，你平白无故不会给我电话，说正事，找我干嘛？他说，一时半会说不清楚，我过会来你办公室。

杜若是我老家的邻居，也是我从小学到高中的同学。高考结束，他被录取到了警察学院，我则被医科大学录取，也算圆了我做医生的梦想。警院和医大都在省城，只是一个在城东，一个在城南，坐公交要一个多小时。刚到学校的那段时间，人生地不熟，我就时常打电话找他，想让他在双休日的时候，陪我在省城走走看看。可是，电话打过去，手机关机时候多，开机的少。好在他告诉了我宿舍楼宿管的电话，所以，我经常在宿管大叔处留言，让他回宿舍了打个电话给我。开始，我很不明白，以为他是故意的。后来才明白，警院的管理和医大的管理完全不一样。用他在回家火车上给我打的比喻来说，警院的学生就像是圈养的鸽子，只能偶尔放出去遛遛。医大的学生则是无人管理的麻雀，除非自己愿意，不然可以四处飞翔。这样的比喻我虽然觉得不是很合适，可我不得不认同。大学四年，每到月末，他都会来学校找我。结果，他一月一次的到来，赶走了好几个对我有着好感的男生。因为，很多同学都以为，他就是我的男朋友，我会和他走在一起。我也一直以为会这样。可惜，直到毕业，他考进了市公安局，我考进了市红十字会，我和他居然应了"太熟了，不好下手"这一段子。虽然亲昵得可以说很多话，但从无火花擦出。不熟悉的人听我们交谈，会觉得我们之间的关系是极其的暧昧。其实，我和他心里很明白，这只是我和他之间的贫嘴，调侃。要是有暧昧，也不会等到现在只停留在嘴巴上了。

杜若进我办公室，我正低着头在擦桌子。他敲敲门。我抬头看了他一眼，说，怎么突然变得这么有礼貌了，我手还脏着，开水刚烧好，茶自己倒。他哦了一声，说，怎么，到你办公室连水都要我自己倒，这也太官僚了。说完，他从茶几下面拿出一只一次性纸杯，从茶几上拿起茶叶罐，摇了摇，说，你这个官做得也清苦，连茶叶也没有。我说，你不送，我有什么办法，喝开水吧。他叹口气，说，早知道你没茶叶，我哪怕买也要给你送。我说，红十字会是穷单位，比不得你禁毒大队，随便搞点毒品，就上万。他笑了，说，我那里，就是毒品多，要不要给你来点。我白了他一眼，说，小心我真的要。

我擦好桌子，给自己倒了杯水。看着已经坐在沙发上跷二郎腿的杜若，说，有什么事，还需要当面说？他眨巴了几下眼睛，说，有重要的事，需要你给我答疑解惑。我看着他，没响，他挠挠头，说，别这样盯着我看，我会害羞的。我说，那赶紧正经点。杜若沉默了一会，说，器官捐献有什么要求？我说，没什么要求，只要自愿就可以。他哦了一声，说，原来这样简单啊，我以为很复杂。我问，你什么意思？他沉默了一会，说，我想捐献器官。我一下睁大了眼睛，说，什么？他笑笑，说，别紧张，我说的不是现在，我说的是假如有一天我光荣了，我得把我身上有用的东西都捐出去，免得到时候一把火烧掉，太可惜了。

说实话，我平时能口若悬河地劝导别人，让他们或者他们的亲属捐献器官，奉献爱，可当这话从杜若嘴里说出来，我突然不知道该怎么说了。对他，我存有私念，他和别人不一样。

记得那年我到市红十字会报到的第一天，当时的老会长专门找我谈话。他说，我们这次招人，虽说是招从事办公室工作的行政人员，但在走上这个岗位前，我们还是希望他从器官捐献劝捐员做起。我怯生生地问，器官捐献劝捐员是做什么的？他沉默了一会，说，就是劝说人们捐献自己或者亲属的器官，资助给需要的人，让生命延续，让爱奉献。我想了想，说，好。当初说好的时候，以为劝人捐献器官是大爱，肯定会被人接受。可是，等我真的去劝人捐献的时候，却被人结结实实地打了一巴掌。那天早上我还没起床，老会长的电话过来了，他说，人民医院急诊室两个小时前收治了一位女性交通事故伤者，现在虽然仍然在抢救，但希望很渺茫。他让我赶紧过去，向家属做一下劝捐工作。我一听，很激动，连忙赶到人民医院。在抢救室门口，围着一群人。我看了下，坐在门口一个四十多岁、胡子拉碴的男人，在一把一把抹眼泪，估计是伤者的丈夫。站边上围着他一声不响的，应该是伤者的亲戚朋友。我上去，悄悄问了下边上的人，果然，在哭的是伤者的丈夫。

看到这个场景，我一下子不知道该怎么说了，刚才在路上想好的话一句都说不出来。最后，在这群人疑惑的眼神中，我终于说出了第一句话，等下她死了，你们愿意把她的器官捐出来吗？男人一听这话，腾地站了起来，说，你说什么？我向后退了一步，结结巴巴地说，我说她死了，你愿意把她的器官捐出去帮助别人吗？放屁。男人猛地伸出手，一个巴掌向我扇来。我还没反应过来，巴掌已经结结实实地打了我的脸上。我只觉得左边的脸颊先是一阵麻木，接着就是一阵热辣辣的疼，咽一下口水，有一股浓浓的血腥味。吐出一看，果然是满口血水。我忍不住哇地一下哭了出来。男人还想打我，但很快被边上的人拉开了。当时，我给老会长打了电话。我以为，接到我电话赶到医院的老会长，会报警，会和打我的男人来一场斗争。结果，老会长赶到医院，没听我解释，而是向还和我僵持在抢救室门口的男人和边上的那群人深深地鞠了一躬说，对不起，我们这个同志太年轻，没经历过这样的事，我代表市红十字会向你们表示真诚的歉意。

第一次劝捐，我失败了。可是，后来，我从老会长的一个鞠躬，一个道歉，一番解释，让男人抹着眼泪在我递上的"器官捐献登记表"上签了字中，明白了一个道理，劝捐，并不是简单的意见征询和解释，而是要换位思考，用感同身受的心态，去向当事人解释，把爱的延续和奉献，用另一种方式表达。现在，我工作七八年，劝捐百余人，成功三十多人。这个比例虽然看着不大，但已经是极其难得。因为至少有四五十个病人，因为我的努力，获得了新生。我也练就了一身的察言观色、因人而异的劝捐本领。可那是对别人。对别人容易，对自己难。杜若和我，三十多年的情义，不是亲人胜似亲人。所以，对杜若的提出的捐赠愿望，我在欣喜的同时，也有些说不出的感受。

好在这几年的劝捐，我已经能很好地控制自己的情绪。平静下来后，我从柜子里拿出一张捐献登记表，递给他，说，和你说清楚，填了表不许反悔。杜若笑着拿过表格，说，这有什么可以反悔的。说完，拉开椅子，在我的办公桌前面坐下。我说，你得写清楚，要捐献那些器官。杜若停住笔，盯着表格沉默了一会，说，全部，能用的都捐了。我说，别冲动。他叹口气，说，没冲动。你以为我今天来找你是冲动？我不再说话，等他填好表格，我看了一下，果然，他在捐献全部器官的方框上打了勾。这说明，凡是身上能捐的，他都捐了。我的眼睛忍不住一热，说，等下我给你发张卡，发本证书，向你表示感谢。他说，不用，这些东西都放在你这里吧，我不想拿回去。我说，为什么？他说，我不想让我爸妈看着这些东西伤心。我点点头，说，好。他站起身，走到窗前，盯着楼下人来车往的大街看了一会，说，我还想请你帮我忙，借你的手机，给我录一段视频。以后我真的不在了，我爸妈要是不同意捐献，你就把这段视频放给他们看。

我顺从地按照他的要求，帮着他录完视频，拷贝到电脑上，然后又拷贝到我的一个优盘上。不知道为什么，做这些的时候，我始终有种莫名的悲壮感。我说，杜若，你告诉我，今天为什么突然这样做？杜若嬉笑着，说，都是被你天天在微信朋友圈上晒爱心害的。我说，这不是真话，作为器官捐献的劝捐员，我始终抱着满腔的激情，希望人人都能奉献这种救人于生死的大爱，但对你，我就想知道为什么。杜若沉默了一会，说，做我这工作，时刻活在当下，所以，我就想着，趁现在自己还能表达，把这些事做了，等到不会表达了，我想做也做不了了。我想了想，说，你中午有事吗？我请你吃饭。杜若想了想，说，中午不行，晚上吧。我说好，等定下地方了给你信息。

晚上，我找的地方是离杜若单位不远的一个清苑茶楼。清苑茶楼环境比较清静，消费不高，掏几十块钱，喝茶，吃饭，聊天……全部都解决了。我们单位几个单身的同事，周末的时候，时常过来。

杜若在七点多的时候才到。要不是他提前发了个短信给我，说突然有事要迟点，我早就回家了。等他进了茶楼，我肚子已经吃得滚圆。他看看我一脸的生气，嬉笑着说，别生气了，今天就当给你和男朋友约会做演习了。我呲了一声，说，演习个屁，我男朋友要是像你这样，早就把他踢了。他笑了，幸亏我不是。

趁他去卫生间洗脸的空隙，我去茶楼大厅给他拿了玉米、红薯、饺子、鸡爪。这些都是他爱吃的。他进门，一看到桌上放着的碟子，夸张地大叫一声，哇，太贤惠了，这么贤惠的人，我以前怎么都没发现。我冷笑一声，说，你是不长眼睛。他边啃鸡爪，边含糊地说，嗯，怪不得我特喜欢唱《同桌的你》，原来是有原因的。

其实，从我情窦初开起，我的心就在了杜若的身上。这样的心结一直到大学毕业。我虽然因为喜欢学医而考的医科大学，可等到毕业，我才发现理想和现实有着极其巨大的差别。进医院，硕士、博士还排着长队，根本轮不到我这个本科生。弃医，等着我的是漫漫考试路。等我东征西战于各个考场，最终考进市红十字会时，警院毕业不愁工作的杜若，已经在市公安局上了好几个月班了。上班第一天，我给杜若打了电话，告诉他，我找到工作了。他欣喜地尖叫一声后，大声说，晚上我请你吃饭，给你好好庆祝。这个晚上我以为他会明白我的心意，向我表白。可惜，没有。反而是我喝了瓶啤酒后，在微醺之间，喋喋不休地诉说了我的暗恋，我的思念，我的情感。等我像一个饶舌的婆娘诉说完我的一切，我以为他会一把抱住我，会把我期待已久的嘴唇印在我的唇上。谁知，他居然站起身，拍拍我的肩膀说，别想那么多，你在我心里，有的时候是姐姐，有的时候是妹妹，更多的时候是一个不成熟的小屁孩，你说，我怎么会有那种想法。我愤怒地喊道，你难道没感觉到啊。他挠挠头，一脸无辜地说，我本来就笨。从此，我努力不再把他想起，更不再时不时地给他打电话。

我趁他啃完鸡爪，夹起一只饺子放进嘴巴的时候，突然问了一句，你女朋友是做什么的？他嗯了一声，含含糊糊地说，你说什么？我说，你女朋友是做什么的？他咽下饺子，喝了口水，说，我没女朋友啊，对了，你是不是也没男朋友？我轻笑一声，没响。他一把放下筷子，紧张地说，不会是没人爱你吧。我忍不住说，放屁，我结婚证都领出一年了。他睁大眼睛，吼了声，骗人。我说，干嘛骗你，上次我不是带着他和你一起吃过饭吗？他眨着眼睛想了半天，原来那次是鸿门宴啊，我一直以为你是给我做媒来着。那天下午，我老公的表妹来红十字会办事，等事情办好，我快下班了。看着坐在我办公室的表妹，我想了想，表妹大学毕业没多久，还没男朋友，不如介绍给杜若。于是，就打电话给老公，让他找个吃饭地方。然后打电话给杜若，说晚上请他吃饭。杜若很高兴，说他就在我单位边上，正想着给我打电话请他吃饭。本来我以为这是一件极其圆满的事，谁知，杜若刚坐下，菜还没上，他接了个电话，就急匆匆地走了。事后，我问表妹，杜若这人怎么样。谁知，表妹大笑不止，嫂子，你想什么呢，我早有男朋友了。事后，让我大呼侥幸。

我说，我是想给你做媒，可是，有的人还没等我开口就走了。杜若摇摇头，说，纯属谎言。我笑笑，说，给你看看。说完，打开手机相册，把我和老公的婚纱照片翻给他看。他只看了一眼，就闭上眼睛摇摇手，说，不看了，不看了，心碎了。我白了他一眼，说，我是送上门没人要，现在好不容易有人肯收留了。他突然问了句，这里有酒吗？我说，没有，只有茶。他说，不信。说完走了出去。没过多久，他手上拎着四瓶啤酒回来了。他把啤酒依次放在桌子上，然后用牙齿一瓶一瓶的启开瓶盖，再一瓶一瓶的灌进肚子。

我静静地看着他，等着他喝完啤酒，和我说实话。果然，等第三瓶啤酒喝完，他抹了抹嘴巴，打了个长长的饱嗝，说，好了，现在你结婚了，有些话我可以说了。你知道吗，我是爱你的。我点点头，说，你编，继续编。他说，放屁，我没编。说完，拿起最后一瓶啤酒，喝了两口，说，你要知道，我天天和吸毒的、贩毒的打交道，你都不知道我下一分钟会碰到什么人。都说坏人是脑袋夹在裤腰带上，可我这个做警察的，其实也是如此，你说，我这样的生存环境，我能接受你吗？再说，就算我接受了你，你天天处在提心吊胆中，你受得了吗？就算你受得了，可我受不了。书上不是在说吗，爱一个人呢，就是放手。所以，我对自己说，我绝不能害你，你明白吗？

我的泪毫无由来地喷涌而出，一发不可收拾。我很想去抱抱他，可是，我却无能为力。我抽了几张纸巾递给杜若，也抽了两张纸巾擦了擦眼泪，努力让自己平静下来，说，别这样，你还是把今天的事和我说说原因吧，不知道原因，我这一天始终不是很踏实。

杜若抬起头，拿起酒瓶，又喝了两口啤酒，说，我这人，怎么一喝酒，就变得像情圣一样。说完，咧咧嘴，努力让自己笑了笑，说，今天的事，你千万不要和我爸妈说，我这样做，只是被你们红十字会的劝捐员劝动了。想想，人死了，留具肉体有什么用，还不如废物利用，把能用的都拿出来给要用的人。

我盯着他的眼睛，一动不动。过了许久，杜若先坚持不住了。这是我们儿时的游戏，每次他说谎，只要我让他盯住我的眼睛不动，不出五分钟，他一定会败下阵，乖乖地把事情的前因后果说清楚。屡试不爽。我相信，他现在一定会说出来的。果然，他很快垂下头，过了许久，才抬起头，说，我这次要去参加一项行动，我不知道能不能活着回来，所以，我想着，假如我死了，我一定要给社会留点东西下来，而能留下来的，除了器官，我再无他物。你是我同学、朋友，也是我除了我爸妈之外最亲的人了。这么多年，你我之间的感情，不是一般人能懂的，所以，我把身后事交给了你，我放心。

说完，他忽然笑了。奶奶的，说这么悲观做什么。他附过身，对着我的耳朵悄声说，说不定这次行动之后，我一举成名成网红了。说完，他猛起直起身，拎起酒瓶，把瓶中的最后一点啤酒，喝得干干净净。

接下去的一段时间，过得相当的漫长。我不知道杜若现在在哪里，更不知道他现在在做什么。虽然偶尔我和他会在微信上聊会儿，但我从不问，他也不说。

因为我知道了杜若出去执行任务的原因，我回家的次数比以前多了起来。每次回去，我都会去杜若家看看。杜若的爸妈看到我，笑呵呵地问，什么时候结婚？我们都等着喝你的喜酒呢。我说，不急，快了。杜若他妈妈叹口气，我家杜若也说，快了，快了，可是只听楼梯响，不见人下楼，急死人。其实，杜若他妈妈的言下之意我也懂，我妈也曾不知一次说过，两家人知根知底，多好。可爱情这事，一个巴掌拍不响，再说，我杜若不理我，我总不能死不要脸地贴上去吧。现在，我知道杜若的心了，可是，迟了。

杜若是在两个月后打电话给我的。我一听到他的声音，就急乎乎地问他，你在哪里？他说，就在你单位门口。我说，那上来坐会儿。

我以为两个月不见的杜若，会变得又黑又瘦。可是，从他进门的那一刻起，我都不相信自己的眼睛。从上到下看了他好几遍，才忍不住说，原来你不是去受罪，是去享福啊，吃得白白胖胖，和猪差不多了。他居然没笑，劈头就是一句，你在劝人捐献器官，你能不能帮我一个忙，尽快给我找个肾脏。我说，你怎么了？杜若说，不是我，是我同学平安，他得了不可逆肾衰竭，医生说只有换肾，才能生存。我说，配型做了吗？杜若说，做了，在等。可是，这样等，不知道要等到什么时候，我怕他等不到肾源，他可是我四年的同学，七年的战友，同生共死过，你得帮我这个忙。我沉默了一会儿，说，我帮不了，肾源配送是电脑自动配的，人没办法控制。杜若忽地一下站起来，喊道，我现在就把肾捐出来，换别人一个肾给他，行不行？

我走过去，双手按住他的肩膀，说，别急，这事急不来，急了也没用。我能不急吗？看着他不到三岁的女儿，看着他满头白发的爹娘，我能不急吗。杜若抹了把眼泪，说，你要知道，前几年公安局要派我去毒贩那里做卧底，平安却坚持说他去，我们领导问他，为什么？他说，这小子连怎么样接吻都不知道，我好歹有了女朋友。结果，他去了，他的病就是那时候发生的。你说，这样的同学、战友、兄弟，我要不要帮，要不要救。说着，说着，杜若有些歇斯底里了。我赶紧给他倒了杯水，他接过我递给他的水杯，一口喝完，大声说，我经历过生死，也看开了生死，可是，我就受不了眼睁睁地看着他死，要是我的肾能配上，要我早就捐出去了。

那天，杜若在我办公室里说着，哭着，闹着，发了疯一样。我能做的，只是无助地陪着他流泪。

后来，我专门找会长说了下杜若的同学平安的情况。会长是从部队转业过来的，身上的军人作风丝毫不改。听我一说，挥了下手，说，战友情，只有当过兵，做过警察，才会理解。可惜，我没有能力帮他，要不你想想办法，找个由头去慰问一下。

接下去，我争取了三千块钱的慰问金，通过公安局给了平安。钱虽然不多，但也算是体现了红十字会的关怀。

老公是从农村出来的。在农村，对婚姻的认可，并不是两本贴着照片的结婚证，而是一场婚礼，一场婚宴。因此，我公公婆婆就不停地催着我们办喜事。既然决定要举行婚礼和婚宴，本来还想迟点装修的新房，也就提到了议事日程。开始找装修公司，算预算，买材料，督工，验收。这一场下来，大半年的时间，我根本没时间去想除了单位以外别的事。等一下安定下来，挑好结婚日子，准备分发请柬的时候，我才想到了杜若。

　　我连续打了好几次电话，电话总是关机。过了两天，电话终于通了。杜若接起电话，过了好久才说，怎么现在想起我来了。我说，前阵子忙得什么事都不想，现在空下来，有时间想别的事了。杜若说，平安没等到肾源，走了。我惊了下，说，这么快？杜若沉默了一会，说，他不想给家里留下还不清的债，拒绝在医院等待肾源。他去世前，填写了器官捐赠表，要把肝、肺捐出来，可是……杜若说到这里，又停了下来，过了许久，才听他长长地吐了口气，说，可是等他去世，医院检查了他的肝和肺，却已经被过分透支的工作搞垮了，根本无法捐赠。你说，假如我死了，我的器官会不会也这样？我说，你别胡说，你不是还好好的嘛。我怕他再就这个问题纠缠下去，就赶紧说，我要结婚了，准备给你送份请柬，你说，我给你寄过来呢还是你自己过来拿。杜若说，快递，神秘点。我笑了下，说，你是想浪费我钱。第二天，我还是按照杜若的要求，把请柬快递到他单位。接到请柬后，他在微信里给我留了句话，说，收到你的请柬，我顿时觉得天塌了下来，从此以后，再无爱我的人。我流着泪，发了两个笑脸过去。

　　没想到，办一场婚礼的事情比装修一套房子的事还要多，还要复杂。从定下日子到举办婚礼的两个多月时间里，我除了上班，其他的时间都用在找酒店、拍照片、找婚庆上。好在老公在报社，还算比较自由，这才让我省去了很多的麻烦。

　　结婚的前两天，老公和我在商量伴郎伴娘的时候问我，要不要叫杜若做伴郎。我想了想，说，算了，他不一定又时间，今天答应了，明天说有事了。老公嗯了一声，叫了报社新闻部的一位同事做他的伴郎。我找伴娘容易，同学、同事多的是，很快搞定。

果然，结婚那天，杜若给我打电话，一迭声地道歉，说刚接到一个任务，要去东北抓个人，今天的婚礼参加不了。我叹口气，说，那也没法，工作要紧。杜若嬉笑了一下，说，对了，你放心，红包我可准备了，你得有心理准备，那可是大红包哦。果然，我和老公在酒店门口迎接客人的时候，杜若的爸爸妈妈来了。他妈妈见到我，从头到脚，从左到右，仔仔细细地看了一遍，说，真漂亮，看着你生出来才这么大，现在居然出嫁。边说，她边笑着用手比划着。杜若爸爸拍拍杜若妈妈的肩膀，说，看你高兴的。杜若妈妈才像是突然回过神来，伸手从左手臂上挎着的一只黑色小包里拿出两个红包，说，这个是我们老两口的，这个是杜若的。我用力推辞着，说，叔叔阿姨，你们不是都看到了，我们不收红包。杜若妈妈和我推来推去的坚持了一会儿，见我坚持不收，只能把红包收了回去。不过，她刚把红包放进包里，突然又拿出来，细细看了下，把其中一个递给我，说，这个是杜若给你的，一定得收下。我推辞说，不用。杜若妈妈说，儿子给我的任务，我一定得完成。我接过红包，硬硬的，似乎是一个优盘。想了想，就收下了。

杜若送我的红包我是特意放在包里，拿到单位才打开的。里面是一张存单，一只优盘。我看了下存单上的数字，一万八千八。这真是一个大红包。我把优盘插进电脑，里面有好几个文件夹。我一个一个打开，每一个文件夹里面都是照片。这是和我杜若从小到大在一起玩耍、读书时候的照片。真不知道他是什么时候收藏着的，因为有好多照片我都没有。

我一张一张翻着，翻到后面，是十多张写在日记本上日记的影印照。点击，放大，是杜若初三、高中、大学和工作后写给我的信。只是他写在日记本上，从没寄出，我也从没收到过。"错过了，也就错过了，只待下辈子，不再错过。"看完照片，我在微信上给他发了这句话。他没回。

如果不是我妈，我还不知道杜若生病了。那段时间，我怀孕，妊娠反应很重。老公怕自己照顾不过来，就让我妈来照顾我几天。我妈刚进门，就问我，杜若生病了，你知道吗？我慌了一下，说，不知道，怎么了？我妈说，据说是脑子里生东西，挺严重的。我突然感觉腿有点发软，说，你听谁说的？我妈说，我也听邻居说的，这几天杜若的爸妈都不在家，说是去省城照顾杜若去了。我连忙拿出手机，颤抖着手摁杜若的电话，连续摁了好几次，才摁出杜若的电话。手机关机。我连续拨了几次，手机都关着。我拿着手机，转了几圈，拨通了老公的电话。老公在做日报的三版编辑，平时和公安局联系比较多，我把事情简单一说，他很快就回复过来了，说杜若确实病了，是脑胶质瘤，生病已经有两年了，但严重是这几个月的事，现在在省第一医院住院。

我跌坐在沙发上，静静地想了想，上次杜若来我办公室说要捐器官，他应该已经知道自己的病情了。既然已经知道了病情，为什么当初不告诉我。我闭着眼睛，满脑子都是他当初在我办公室里嘻嘻哈哈说着捐赠器官的身影。这人真是的，当初你要是把实话告诉我，我说不定会有另一种选择。你不谈恋爱，不找女朋友，都是为女方着想，可是，你想过你爸妈没有？今后的日子，他们将怎么过？没有了你，也就没有了他们生活的支柱，你如果有个一儿半女的，不是对你爸妈是一个很好的安慰吗？你这傻子，你这笨人。我在心里默默地骂他。我妈站在边上，把手上拿着的一块绞干了的毛巾递给我，把眼泪擦擦，还是有空去看看他。

我是过了一个多月后才去看杜若的。此时，杜若已经从省第一医院转回到了市人民医院。这是他的意思。他说，在省城，人生地不熟的，想找个人聊天都很难，回来就方便多了，寂寞了，可以打个电话找同学、同事聊聊，偶尔还可以帮助兄弟出出点子，抓几个吸毒贩毒的。我进病房前，先去了医生办公室。杜若的主治医生文勇和我比较熟，我当初对病人家属劝捐的时候，他给过我很多的帮助，也给我提供过不少的潜在捐献者的信息。文勇把杜若的病历递给我，说，你看看就知道了，病人的情况很不乐观。你不来，我也要来找你了，他可能是一个捐赠的潜在者。我苦笑一下，说，他早就在我那里填写了器官捐赠表，而且是全部捐献。文勇哦了一声，怪不得，他时常问我他的心肝肺好不好，原来这样啊。

因为有了文勇提供的信息，所以，我进杜若病房后，第一句话就说，哈，还说抓过坏人，立过大功，做过英雄，原来也和我一样虚弱不堪。杜若把左手垫在后脑，右手指着我说，别多说话，孕妇，多劳动，赶紧把床头给我摇起来。我笑笑，刚要俯下身去抓病床下面的摇把，杜若妈妈连忙把我拉住，别听他胡说。说完，抓住摇把，边摇边说，够高了说。

杜若让他妈妈给我拿了张凳子放在床边，然后对他妈妈说，你先出去一下，我们有事情说。杜若妈妈笑了笑，还有秘密要说。边说，边把我拎进去的水果篮往窗口下的茶几上放。这是一个单人病房，不大，病床放在房间中间，窗口放着两把沙发，一个茶几，茶几上面放着一捧红色玫瑰，正盛开着，给冰冷单调的白色添了点生气。

杜若妈妈笑着走出病房，并把门轻轻关上。这时，我才转头把杜若细细地打量了一番，说，哟，有人给你送玫瑰了。杜若白了我一眼，说，这是我自己掏钱代你送的。我说，那是不是要给你钱？

杜若白了我一眼，说，你去亲自买过来再送还差不多。我眼一热，赶紧忍住，说，没想到，你这样瘦了。杜若笑笑，说，千金难买老来瘦。我哼了一下，说，三十还没过，站都没站起来的人，就说老了。杜若呲了一声，想说什么，但没说出来。停了一会，说，我和你说点正事。我说，什么事？你能不能在我的器官捐献表上给我写上一点，警察优先。我沉默了一下，说，好。杜若叹口气，说，没想到我的肾居然和平安不匹配，苍天无情啊。我说，你别这样想，老天其实是最公平的。杜若摇摇头，说，我看就是不公平。我说，你别多想，我问过医生了，只要你好好配合，很快会好起来的。

杜若笑笑，摇摇头说，我早上网查过了，我这病，没法治。不过，他停顿了一会，说，好在我想着要捐献的器官，都是健康的，这点让我很欣慰。说完，他微微一笑。又说，现在看来，老天也是公平的，知道我要捐献器官，他就让我的器官都健健康康的。记住，到时候我身上所有能用的器官，都捐献掉。生命都没了，留着肉体又有何用呢。

我努力让自己笑了笑，放心吧，你就等着，等你的器官老得都不能用了，你还活着。杜若盯着我看了一会，笑了会，然后用手捂了会脸，等他把手拿开，我看到他苍白的脸上漾出了一片阳光。他侧着头说，你知道我现在在想什么？我说，在想什么？他说，盯着我的眼睛。我顺从地盯着他的眼睛。他眨了眨眼，说，我在你的眼睛里看到了自己，这么多年了，我一直想抱抱你，可惜，一直没机会。我的脸一热，说，那是你不要抱，我等了你三十年你都没抱我。我俯下身，笑着说，要不，现在就让你抱。他笑了，说，不抱。就要让你也留遗憾。

杜若盯着我看了一会，说，还有一件事，我希望你一定要帮我做到。我说，什么？杜若闭着眼睛想了想，说，我死后，器官的受赠者，我希望你能掌握，等我爸妈想我了，你能拿出让他们安心的东西来。我点点头，说，我知道了。

杜若是在一个月后走的。他走的那天，他的主治医生文勇给我打电话，说，上次你来探望过的同学已经留不住了，你是不是来看看。我说，我会过来的。

等我赶到医院，我的同事小超已经在了。本来器官摘取手术的见证，我也可以做，可是，我无法接受。我就叫了小超，等下代我见证杜若的一切。看来杜若已经和爸妈说清楚了，杜若的爸妈已经在告知书上签了字。我在手术室门口一动不动坐了整整四个多小时，等杜若的遗体推出手术室，我想站起来，可无论我怎么努力，都无法站稳身子。但我知道，杜若并没离去，他一定还在我能感受到的地方。

一年后，我收到了一份快递。里面是一支录音笔，一张心电图记录纸。我把录音笔接到音响上，打开，一阵铿锵有力的心跳声，填满了整个房间。

我不由自主地跪倒在地上，心灵深处死命地在喊一个人的名字。杜若。我听到了你心跳的声音。

邵江红

简介：邵江红，绍兴市公安局柯桥区分局民警，从事文学创作多年，浙江省作协会员。有小说发于《小说月报》《山花》等杂志，著有《紫藤满墙》《生命里的非常相遇》两本散文集。

言　煞

最终决定，把老爸送进养老院。

这是一个残忍的安排。妈妈去世那时，爸爸刚刚办完退休手续，尽管打击很大，但是爸爸还是坚强地走过悲伤。我和爸爸继续我们的生活，我是个忙死人的警察，爸爸就成了我的全职保姆，我下班无论多晚，回家都有饭吃，衣服一脱下就被爸爸洗掉。非常难得的是爸爸和我没有代沟，我们无话不说，他的思维方式和生活情操很阳光，在我眼里的爸爸是个快乐的老头。但是后来，爸爸的年纪更加大起来了，渐渐腿脚也不灵便，听力也迅速退化，家里请个保姆或者钟点工，爸爸却怎么也不适应，人家一干活他就出来干扰，没有一个保姆或钟点工能做长。我和老婆实在无力照顾爸爸，征得爸爸同意后，我们将他送到这个全市一流的养老院。我知道，爸爸在心里是一万个不愿意的，但是他看到了我的疲惫，所以配合着我的安排。我选择这家设施不错的养老院，也是在尽可能地让内心的歉疚聊作弥补。

　　万万没有想到的是，从我送爸爸进养老院的那天起，我就无可奈何地被卷进了一个朴素迷离的旧案，任何时候回想起来，总感觉有丝丝缕缕的疼痛存在在身体里。

　　安顿好爸爸后，我和爸爸一起坐在床沿，我尽量不说诸如安慰之类的话，以免伤感。沉默好久，我老婆和院长一起说着话走进房间，我知道老婆已经办好了所有手续。我站起来，对院长说："爸爸在这里，拜托你多加关照。"院长刚要说话，一个声音从我身后传来："我会照顾他的。"我回头见是一个头发花白、中等身材、干净清秀的老太太，赶紧对她说："谢谢你，谢谢你。"

　　院长却像无视她的存在，面对我说："今天比较忙，一下进院两位。老爸在这里，你们就放心好了。"她摸摸床上的铺垫，安慰地轻轻一拍老爸的肩，"都安排好了，没问题。那我去隔壁也看看，回头再聊。"我送院长走出房间，看见刚才说话的那个老太太也跟在院长身后去了隔壁房间。还没等我回转身呢，就听见院长一声惊呼："啊呀，什么事啊，怎么倒了！"那老太太似乎毫无征兆地跌倒在地，我赶紧抢两步帮院长将老太太拉起来，却见老太太满脸的惊恐，我拿眼往屋子一看，其实也没啥，就是刚住进来的老头左脸有一大片暗红色的血管瘤块斑，张牙舞爪地绵延到左眼皮和额际。估计是这张脸吓到了老人。

　　因为心里有牵挂，那些天里我除了值班几乎每天晚饭后都去看爸爸，只要爸爸没说那里不好，我就会略感心安。我发现我每次去看爸爸的时候，那个面容平和清秀的老太太就会出现在房门口，看我们父子说话。院长过来，用手指指指自己的脑袋，暗示我这个老太太脑子有问题。可我没感觉她有啥异样，也就笑笑作罢。院长说："你以后可以少来看爸爸，你要给他一个自己适应新环境的过程，就像刚刚放幼儿园的孩子，开始的别扭肯定会有的。"

次日上午，我在上班时接到院长的电话，说爸爸咳得很厉害，养老院的医生认为要送医院治疗。我知道爸爸的性格，一般情况下是不肯去医院的。我连警服也没换赶紧请了假为爸爸买了点药赶去养老院，想看看爸爸的病情再决定。果然，爸爸见到我就说："我不用去医院，我只让他们打电话告诉你就好了。"我无语，但是爸爸那话所蕴含的言下之意，我透彻。

我没时间久留，当我走出爸爸房间的时候，发现那个老太太依旧站在门口，我朝她笑笑。这时候她的目光异常专注地看我，左右略顾，确定走廊无人，警惕地说："警察同志，有人要谋杀我。"反映到我的大脑中瞬间就是院长的那个小动作，她脑子有毛病。有危险找警察报警，这是惯常思维，但是一个在养老院里安逸生活的老人，谁会来谋杀她，除非脑子出问题。

面对她的"报案"，我尽量轻柔地说："不会啊，门口有保安呢，没人会害你，你放心。"她依旧语气坚定地说："有的，有人要杀我。"我不想纠缠："那我去告诉院长，她会帮你解决。"我转身要走，听见她带着压抑和凄凉的声音追过来："你是警察，你怎好这样！"

事后有个机会，我问过院长，院长惊讶地说："她从来不曾说过有人要谋杀她的话，她是专门等着和警察说来着。"这让我瞬间有一种感觉，她在有意识地保护自己。我从院长那里了解到她的身世。老人叫童舟，书香门第的女子，从小接受良好的教育，早期师范毕业后在一个镇里中学教书。两个女儿，老大在本市教书，大女婿做生意的。老小在美国定居，都成美国人了。好像丈夫去世得早，老太太是去年进的院，今年该有85岁了。估计是患轻度的阿尔茨海默病，也就是老年性痴呆，进院的时候已经表现出记忆障碍，老年痴呆一般不可逆转，逐步发展。

童老师有退休金，再加上美国的小女儿不断有资金和药物寄送过来，所以生活和治疗都不是问题。关键是，哪怕在最好的养老机构，对于老人来说，最有效的伺候还是子女的温存。可惜的是，美国的女儿离她千万里之外，国内的女儿也是到了勉为其难的境地。院长语调委婉地说："感情可真不是金钱可以买的，我在这看得多啦。"

当我再次去看爸爸的时候，路过她的房间，好像觉着欠她点什么，忍不住进去看看她。她的房间是双人间，对面床上躺着一个瘫痪的病人，除了阿姨给她推轮椅，她就那样永远地躺在床上。童老师本来是一动不动坐在床沿的，看见我进来，朝我看看，目光涣散，全没上次注视我时的精气。我叫她，她好像不是对我说，更像是在自言自语："怎么办？怎么办呢？"直觉告诉我，童老师的症状在加重。院长大概看见我了，也随后进了房间："在加重起来呢，晚上整夜整夜不睡，昨晚躲到桌子底下，吓坏了查夜的阿姨。""为啥到桌子底下去？""有人要杀她。"院长无奈地一笑。

那晚，我陪爸爸聊了好久的话，给爸爸洗了脚，做了按摩，时间拖得有点晚。快九点的时候，听走廊上一女人打电话："情况我都和你讲清楚了，妈是我们共同的，你出钱了不等于你赡养了……我真的好累好累，你从小就受到宠爱，好像我生来就是来还债的，我看我还得也差不多了。"再接下来，听见斜对面童老师房间传来两个女人争执的声音，嗓音沙哑的分明是管区的阿姨。"她老是晚上深更半夜叫唤，隔壁老人提意见了，我就这么用手捂在她的嘴上，轻轻打了几下，叫她别喊了，就是吓唬吓唬她的……""哦，原来我妈是怀疑你要谋杀她啊，她都被你吓成躲桌底下去了，有你这样服务的吗？"接下来噼里啪啦地吵。很快院长赶过来，听见院长说："我们这里，原则上讲应该是老年人的养老院，不是老年医院，请你理解。"但事后养老院还是为童老师换了护理阿姨。

接下来的一段时间里，不断有童老师的消息灌入耳朵。有一次，童老师深更半夜爬起来，狠狠地掐对床的脖子，对方差点被掐死的时候幸好被巡夜的护工发现。童老师说她发现了那个要谋杀她的人，她只能先下手掐死她。第二天那个偏瘫的老太太转移了房间。又有一次，童老师的大女儿去探视她，童老师睁着眼睛躺在床上。女儿说醒着应该起床活动活动，童老师说她有东西要给女儿。当童老师的手从被窝里伸出来的时候，她的手掌心里握着的分明是一节干干的大便。再还有一次，童老师在凌晨四时从二楼的楼梯上滚下来，额头发际处撞出很大一个豁口，不得不去医院缝了五针。面对满脸是血的妈妈，她大女儿不顾体面地大叫："妈呀，你什么时候解放自己，也饶放我呀？"这时候的童老师，探过上半身，小心地对大女儿说："要不是我跑得快，昨晚就被谋杀了。"童老师就像一个生活在幻觉中的特工，和隐藏着的杀手做着各种各样的游戏，当时所有的人都把童老师的怪异行径视为老年性痴呆的病症，唯有一个人心内存疑，这个人就是我。

我始终觉得，童老师多次在爸爸的房门口观察我，一旦发现我是警察就悄然报警，报警时她看我的眼神清晰，至少那个时候，她不像是在完全病症当中。我也询问过医生，老年性痴呆症确实有间隔性混沌和清醒的症状，而且陈年旧事记得牢，眼下的事情忘记多。童老师所说的谋杀，是不是有那种可能，在已经被埋没的岁月里，她经历过或者看到过一起谋杀，在如今，她或明或暗的记忆里沉浮。我决定找个机会和童老师聊聊。

　　就在这时，因为辖区发生命案，我被派往云南追逃，这一去就是二十多天。当我完成任务回到市区，老婆就迫不及待地告诉我童老师最近的新鲜事。比方说好好在吃饭，她突然就停住了，然后用指头伸到喉咙里死命呕吐，说有人要毒死她。比方说她整夜整夜不睡觉，竖着耳朵听门外的动静，一旦有声响她会立即滚下床，惊恐地四处找角落躲藏。由于老年痴呆病源所及，老人膝盖僵直，腿脚行动迟缓，以至于多次把自己磕得头破血流……很多细节说明，童老师已经深陷在恐惧之中。看来童老师的病情发展很快，我想找她聊聊的心情也变得迫切起来。

　　那天正是童老师睡醒的时候，童老师睡醒的时候据说是最正常的时候。童老师睡觉不分时候，而且睡眠时间最多也就一两个小时，最少的时候才十分钟左右。我就奇了怪了，以前的阿姨对童老师的状态束手无策，现在这个阿姨怎么会这么好的脾气，只要童老师大呼小叫，她都会尽快地冲过去安慰。还是院长对我耳语："童老师呀，是领导介绍来的，我们不好拒绝。她女儿给护工额外的工资，我们也默认，只要能过去就行。"

　　晚饭后，我去得特别早，还特意穿着警服，我要让老太太从感官上信任我。童老师斜对着门半躺在床上，我拉过凳子坐到她对面，拉过几句家常，我切入正题："童老师，请你和我说说，谁要谋杀你？"

　　"他。"

　　"他是谁？"

　　"他。"童老师扭捏了一下，好像在努力回忆，也像在隐藏什么。

"他为什么要谋杀你？"

"我……"童老师的目光对着我的眼睛，我看到了那种空洞和迷茫。

"那你一定害过他，或者你知道他的某种秘密，所以他要杀你。是这样吗？"

沉默，沉默的童老师脸上看不出一丝表情，突然她说："你能不能借我两块钱，我女儿会还你的。"

"你借钱做什么？"

"坐公交车啊，我没钱怎么坐公交车。"

"坐公交车去哪里呢？"

"去，去，河埠头，河埠头。"说到这儿，童老师突然停住了话头，她的目光穿过我的头顶，落在我的身后，凝固在那里。顺着她的目光，我身不由己地转头去看，看见童老师的大女儿竟然毫无声息地站在门口。灯光是从室内往外泄，她的影子肯定被投向身后的走廊，以至于她站在门口我竟然没有察觉。我条件反射般地站起身，犹豫着朝门外走，无言地与她擦肩而过，像是做了一件不光彩的事被她发现了。这一点时间里，尽管我表面平静，内心还是闪过一丝恐慌，刚才那一回头，是多少惊悚片里的经典一幕，唯恐回头看到什么吓死人的东西，但是我竟然还是回头了。就在我的目光与她的目光相遇的那一瞬间，我分明感觉到对方眼里射出的凌厉。

我走进爸爸的房间，有点心慌神乱。坐到爸爸的对面，不知该和爸爸说什么的时候，外面就传来童老师女儿一声凄厉的尖叫："妈妈——"几乎同时，室管阿姨也发出惊叫。等我冲出门去的时候，二楼已经都是乱糟糟的脚步声。我看到了惨烈一幕，童老师跳下了自己房间的窗，她小小的身子蜷缩在地，夜幕裹卷着她，朦胧看见头部着地的那方有一滩深色液体晕出。

当晚我配合院长做了我该做的一切，然后在次日凌晨疲惫不堪地回家，而我的脑子却怎么也安静不下来，我有一种预感，童老师的死我是脱不了干系了。果然第二天下午，我就被局纪委毛书记找去谈话。

童老师四肢行动迟缓，她要挪到窗前，爬上窗前的矮凳，通过矮凳再爬上靠窗的桌子，那桌子和窗槛齐平，童老师还得费劲把自己的身子滚出窗外，这个过程恐怕没个两分多钟不行。她的大女儿陈述，她进门后，也就是我离开后，她就直接进房间里的洗手间小解。等她出来的时候刚刚看到妈妈侧着身子翻出窗槛的那一瞬，一声惊叫后已经来不及阻拦。室管阿姨说，童老师要跳楼，那简直是奇迹。

养老院里首次出现老人坠楼事件，铺天盖地的舆论让院领导不堪重负。因为是有亲属在场的情况下发生的事故，养老院自然要把这一重要元素曝光。大女儿看见我和她妈事前有过接触，无论是为了推卸责任还是心理减压，她都会将责任归咎于我。而客观判断，要凭我和童老师的几句对话导致童老师坠楼几乎不可能，因此而认定需要我对此事负责也缺少证据，而我更怀疑是我离开的那两分钟时间里，童老师房间里发生过什么。室管阿姨的那句话是如此清晰地响在我耳际：童老师跳楼，那简直是奇迹。

前因后果，我都如实向毛书记作了汇报，毛书记说："我是信任你的，但还需要向童老师的女儿做下解释。"他略一停顿，"这没问题吧?"

"没问题。"心里窝囊着，语调便底气不足。而此时，童老师佝偻着身子，双膝僵直艰难地小碎步移动的身影呈现在脑海里，我几次看见室管阿姨搀扶着老人在走廊散步，她要独自跳楼还真有点困难。从毛书记办公室出来，站在已经有些烦躁起来的太阳阳光下，我感觉到从未有过的身心憔悴。

关键词是：谋杀、河埠头、母女关系、坠楼。突然间，我对童老师致死反应出强烈不安，不知道是否受职业基因的激发，我决定展开调查。

我很快查清童老师的生活轨迹。童老师年轻时在本市红墙镇中学教语文，丈夫也是老师，生育两个女儿。只是天有不测风云，童老师的丈夫在上世纪50年代末被划成右派后下放农村劳动，结果不明不白地自杀了。童老师在红墙镇中一直做到退休，回到市区和大女儿一起生活，直到去年被女儿送进养老院。

站在红墙中学门口，我看见的已经是一所具备规范现代化范儿的学校。门庭宽阔，暗红色大理石打砌的气派门兜，进门相迎的是一个椭圆形草坪，中间是方形旗台，国旗庄严地飘在旗杆上。大操场拥有标准的塑胶跑道、沙坑以及铅球场。两幢教学楼、两幢学生寝室中间又相隔出一个运动区块，分割出数个篮球场。校区整洁，绿树和盛开的鲜花都在恰当的位置上，校园文化烘托出浓郁的励志精神。这个名不见经传的红墙中学竟然有七十八年的历史，当我从杜副校长那里听到红墙中学正在筹备八十校庆的时候，着实有些震惊，我怎么也想象不出当年的那个私塾是个什么样子，想象不出战乱之中，这一方乡绅是如何坚持的办学。

我和杜副校长有点"转折亲"，我比他年长两岁，同是市二中的毕业生，还师承同一个历史老师，所以副校长接待得很热情。副校长是语文老师出生，普通话富有磁性，我都觉得，光是听听他的男中音普通话，都是一种极好的享受，更何况他对学校是上心的，很多校事都能讲出一个道道来。但是他说多少都不是我想要的，正聊得越来越茫然的时候，学校后勤科长来请他签个单子，恰巧我正提到童舟老师的名字，后勤科长说，有个人最了解童老师啦，她曾经是红墙有名的嬢嬢……我捧着他的手甚至给他磕个头都不过分，他的这句话就像一把剪刀，一下子把眼前的幕布剪开了一个口子。

嬢嬢是绍兴嵊州人，大嗓门又多热情。嬢嬢有个囡，才会走路就在家门口掉井里死了，伤心欲绝的嬢嬢便离开乡下老家跟丈夫石老师住到红墙学校的教工宿舍。从此以后嬢嬢却没有能够再怀上孩子，而她又特别喜欢孩子，所以，白天老师们都上课，孩子们都上学的时候，那些连幼儿园都没法上的孩子就都被送到石老师家里来。最多的时候有五个孩子，中午睡觉的时候一溜横躺在石老师家的木板大床上，煞成气候。从一开始就那样，孩子们喊她阿姨，她便纠正说喊嬢嬢，被纠正的多了便自然成了嬢嬢。也从没人叫嬢嬢老师，嬢嬢被所有的孩子从嘴里甜甜地叫出来，那叫声特别的好听。嬢嬢和童舟老师家住隔壁，童老师的小囡当时就是那五个幼儿中的一个。因为伴得近，当其他孩子都被大人接走之后，嬢嬢还带着童老师的小囡。童老师一人带俩孩子，有时候班级里的事情又特别多，嬢嬢还代给童家烧好晚饭，给小囡洗好澡，童老师后来便离不开她了。

我见到的嬢嬢已经八十八岁了，八十八岁的老太太一个人独居着，干净清瘦，无病无灾的，还能够每天自己去菜市场买点蔬菜。当我说出童老师已经去世的情况，嬢嬢便哭开了："她应该不会这样的，她应该不是这样的呀。"我知道有故事，但是嬢嬢光哭，哭停了就不愿开口，我只得再深入地说我怀疑童老师不是自杀。嬢嬢一双泪眼有力地盯着我。

童老师的丈夫李老师被打成右派是上世纪50年代的末。打成右派的李老师就不能上讲台拿工资了，在学校的时候他就打些杂活，有下基层劳动教育的时候就下放，活得那是相当的累。童老师在学校是民办教师，民办教师那活，就是工作量和公办教师一样，但拿的工资不一样，还饭碗极不稳定，当公办教师增加的时候，说不定哪天就得走路。所以童老师宁愿李老师长期蹲在基层劳动教育，也不愿看到李老师在学校打杂，免得人家对她这个右派家属时常惦记，不仅脸面无光，说不定哪天就不让她教书了。如果她不教书了，拿什么养活全家。这样过了好几年，在里外不是人的情况下，某天李老师在乡下的猪棚里自杀了。

童老师费心费力地教书，晚上回家还有一堆的家务，经常连哭一场的功夫也没有。很多时候，隔壁的嬢嬢倒是能听到童老师大囡的哭声。大囡一哭，童老师便大声呵斥，整一排房都听得见。嬢嬢这时候就会过去，悄悄将大囡领回自己家里。大囡也是个孩子啊，便向嬢嬢哭诉，今天妈妈只买一块米糕给妹妹吃，她没有。或者今天妈妈说她没有叠好晒干的衣服。或者说妈妈不肯给她买其他同学都在买的花发夹，等等。童老师和大囡不亲，教工宿舍里谁都知道。

"我们的教工宿舍，说是两排二层楼，其实是个马蹄形的三面回房，朝面的长走廊，家家户户将灶台放在门口的走廊上，可以一边炒菜一边和对面炒菜那位说话。呵呵，上个厕所要跑到学校后门口，只那里有公共厕所。"嬢嬢向我描述当年他们教工宿舍的居住环境，我完全听懂，早年外婆家的院子就那样子。

1968年夏天，工宣队进驻学校。工宣队的头头姓张。张工宣一来就住进了校长办公室，白校长只能搬到隔壁的会议室里去办公。

张工宣晚上经常组织开会和学习，白校长也经常陪着开会和学习。张工宣50多岁，讲一口北方的普通话，据说曾经是南下部队里的人，长得大高个，天再热也穿白衬衣和军绿的长裤，甚至从头到尾扣齐白衬衣的扣子。有时候他在做报告，粗壮的喉结上下鼓动着，衬衣领口勒紧着脖子，简直担心他是否换得了气。几乎有张工宣的地方就有白校长。白校长那时候40来岁的样子，是在北京念过大学的人，有文化有水平，还能讲英语。白校长的妻子在城里，很少来学校帮白校长做活，但白校长却是学校里把的确良衬衣穿得最白最干净的男人，他从不扣第一粒扣子，却把衬衣的下摆塞进腰皮带里，特别的斯文。

新学期开学的时候，区里分下来两个公办老师，学校将一个岁数比较大又眼睛特别近视的民办老师吴老师解聘了，在吴老师的恳求下，学校让她管理图书室和体育用品室。这事很刺激到童老师，童老师担忧地和嬢嬢探讨过，如果她也被解聘了，连图书管理员也没得做了，到时候只能去街道糊火柴盒，那两个囡的生活和读书该怎么办？

童老师给大囡做的衣服和买的鞋子都要放大了做放大了买，孩子正长身体，目的是让她可以多穿一季或一年的。大囡于是经常在嬢嬢面前抱怨衣裤的不合身，却又无可奈何。有次嬢嬢避着童老师为大囡缝小了一号裤子，大囡高兴得搂着她直喊好嬢嬢。所以很多时候，她们两个经常避着童老师做些小动作，大囡坚持自己的衣裤自己洗，很长时间里，童老师竟然没有发现其中的秘密。有一次，大囡对着嬢嬢眨巴眼睛好多犹豫地不说话，嬢嬢问出了什么事情？大囡说，妈妈说了，最好的嬢嬢也是外人，有些话不好都和你说的。嬢嬢问那是什么事情不好说呢？大囡再犹豫好久，说，昨天奶奶来过了，妈妈不给钱，也不让奶奶住下，奶奶哭了，走了。这事儿，嬢嬢答应大囡，谁也不告诉。

第一次听说童老师和白校长的事情，也是大囡咬着耳朵告诉的嬢嬢的。一段时间里，大囡发现妈妈经常会在她和妹妹睡下以后出去，有次她还没睡熟，就问妈妈去干嘛？妈妈边关门便说去教室。大囡在妈妈走后好奇地去教室看过，发现教室黑魆魆的，一点亮光都没有，大囡只好再折回家里。昨晚大囡等妈妈走后去过教室，折回家里以后左等右等妈妈不回来，就又走出家门。这时连整个校区都是黑魆魆的，几盏可怜的路灯像隔空的星星一样发着幽光。大囡有点害怕，就朝着有路灯的地方没有目的地"逛"。这个时候她就看见妈妈的身影，妈妈是从白校长办公的那间会议室里走出来的。会议室里没有灯光。

嬢嬢刹那间就为童老师的行为找到了答案，但是她不能如实告诉大囡，大囡才十二岁，嬢嬢觉得还不能和一个孩子讲这些。"晚上做好作业就上床睡觉吧，一个人不要出去。你妈没啥事。"嬢嬢说。

老铁这个时候给我打来了电话。老铁是我警校的同学，现在在一派出所当副所长，我让他帮我了解一些情况。老铁在电话里告诉我，童老师的大女儿教书和为人都挺好，没啥问题。在家里对妈妈生活上也照顾的，就是容不得提到妹妹，一直对妈妈更爱妹妹以及妹妹在美国享福耿耿于怀，有时候因为妹妹打个越洋电话过来，她也会和妈妈大吵一架。她不避讳邻居，楼上楼下都知道。我问："那美国的妹妹不是有钱寄过来的吗？"老铁说："也不多。"老铁后来又补充道："估计这不是钱的问题吧，心里有结，化不开。"化不开也不至于要妈死吧。

　　我的思绪再次回到嬢嬢的回忆里。嬢嬢以为她已经将一件事情搪塞过去了，其实这件事情已经在大囡的心里扎下了根。"国庆"节到来的时候，大囡感冒发烧，那天中午迷迷糊糊睡醒过来。家里没人，窗外天色明亮，误以为是早晨，唯恐自己上课迟到，下了床就胡乱洗把脸背好书包出门。冲到操场上发现整个校区静悄悄的，立在那里一小会儿，混乱的时间概念才清晰起来。四周围安静如夜，没来由的她就朝着学校会议室的方向走去。会议室的门关着，大囡贴着木门听了听，发现里面似有响动。这一听不要紧，小姑娘的心脏顿时鹿跳一般啊，妈妈不在家，妈妈一定和白校长在里面。情急之下就莽撞，她使劲地用小拳头雷打木门，大声喊着妈妈、妈妈。这一喊不要紧，里面是磕磕碰碰一阵响。大囡喊得更加起劲，声音在空旷的校区分外响亮。可能是里面的人也想要及时阻止大囡的叫喊，门被匆匆忙忙从里面打开。大囡看到的是只穿一条短裤的白校长，白校长站在门口惊恐地看着她，同时嘴上急急地说你妈没来、你妈没来，估计是想把大囡挡在门外，结果却硬是没拦住。大囡是从白校长的身边挤进屋去，她看到了里面还有一个脸带惊恐衣冠不整的人，这个人是张工宣。

　　那时候，同性之间那种莫名其妙的关系少之又少，"同性恋"那简直就是怪物。十二岁的大囡自然无法洞悉这场面后面的奥妙，只是她冲进屋里就愣在那里像出了魂，漠视两个男人惊慌失措地穿衣。巧就巧在童老师正在学校后门头的公厕里倒痰盂，教师的办公楼就在后门方向，大概是童老师听见了大囡的叫声，童老师在这个时候及时地赶到了会议室，她进来后就对大囡打了一记耳光，拉她夺门而走。童老师尽管动作利索，但是还是看见了张工宣来不及扣上的第一粒衬衫扣子，那脖子的下方有一大片暗红色的不规则块状，就像倒在皮肤上难看的颜料，不知道在衣服下面怎样地漫延。

奇怪的是，就是这样在放假的校区里发生的一件隐秘的事情，不久就在教师中间悄悄流传了。在流传的内容里，重点是大囡去校长办公室敲门找妈妈，不言而喻地带着桃色意味。嬢嬢说，大囡发高烧呢，都烧糊涂了，小孩子的莽撞，说来说去有什么意思呢。

时间真是一剂良药，慢慢地消蚀着一切。童老师依旧在做着老师，倒是白校长，显得对大囡特别地亲近起来。那个时候不兴家教，小学也不开英语课，但是白校长英语好，几个教师子女还是会在周末去白校长的寝室"蹭课"。其实很大程度上，孩子们更多地喜欢白校长的图画，白校长能够用一支铅笔，刷刷几下画出一个孩子来，惹得孩子特兴奋。那次白校长见孩子中间没有大囡，就差一个孩子去把大囡拉了来，然后他把铅笔塞进大囡的手里，说教你也来画一个。只是大囡像是患了后遗症，神情愣愣地沉默，不握白校长递过来的铅笔也不说话，白校长很尴尬也很无奈。她和童老师近乎成了一个屋檐下的两个陌生人，听不见说话声。她也很少再黏糊嬢嬢，嬢嬢关心大囡也变得小心翼翼起来。那年的冬季，大囡来月经了，嬢嬢为她缝了卫生带，教她如何处理自己的小秘密。大囡果然连这事也没有告诉童老师。

"我感觉啊，大囡与妈妈不亲，这种不亲很冷，好像种着祸根。"嬢嬢说。

"那你知道河埠头吗？"我始终隐隐觉得，这河埠头应该是那时候当地一个标志性地方，嬢嬢不会不知道。

果然嬢嬢幽幽地说："那地方后来不吉利。"

学校的后门，临河。河道有些宽，河水清澈，早先学校千名师生的生活用水就靠这里。后门有两扇厚重的白身木门，不知经历多少年岁，布满斑驳。走出后门就铺有宽大的青石板，延伸着石阶，在河岸边留有十来米长的石坎河埠。傍晚或者早晨，是河埠最繁忙的时候，师生们都会在这里洗刷，有时候还需要排队。经常会有哪个冒失鬼人离开了却将肥皂、毛巾甚至裤头什么的留在河埠头，等烧饭的师傅或者搞卫生的阿姨来拾捡。河埠头的两边是绕着学校围墙的一带两米来宽的荒地，被师生们拔去杂草种上几棵树，渐渐地，绿化带的雏形也像模像样起来。那时候能娱乐的地方太少，这个河埠头便是学校的一块特殊领地，不时地爆出新闻。有年轻老师在这里约会，约会的时候遇到了另一对约会的学生，或者两个男生为一个女生发生单挑，也会说什么什么时候河埠头来过等等。东传西传的，围绕河埠头便生出很多的花边来。学校于是在傍晚起由值周老师锁后门，锁了后门也锁不住双腿，特别是夏天的时候，住宿的男生们还在河埠头下水游泳，怕出意外，老师天天傍晚蹲在河埠头赶"鸭子"上岸。

这年冬季，还远未到冰冻的时节。周末的傍晚，学生都回家了，天色也暗得早。值周的魏老师打算去锁学校的后门，习惯性地站在后门的青石板上看一下河埠，看是否有学生又落下什么小东西。他果然看到河埠头孤零零留着一只面盆。魏老师走下石阶去拿脸盆，黛色夜幕中，他骇然看到河中水面浮有一黑色物体。联想到河埠头的脸盆和衣服，魏老师吓得呀，跌跌撞撞跑回宿舍区来喊老师。河中果然是有人落水，等大伙七手八脚把人拖上岸来，急急送往医院，但是已经无力回天了。惊吓加惊讶，死的人是白校长。

白校长不识水性，他洗衣服不慎落水。那个晚上，学校注定是一个不眠之夜。

诸事繁多，那阵子学校气氛空前紧张，死了校长，教职员工中间却没有出现任何猜度和议论，干净得有点可怕。张工宣明显地瘦了，眼睛布满血丝。"这是一个阶级斗争的新动向。"做报告的时候他很激动，脖子上的青筋一鼓一鼓的。他的目光带着凶性，一一扫过教职员工的脸。他说："大家要高度警惕，说不定有人谋害校长，一定要把他抓出来，请大家检举揭发。"他解下围脖，狠狠地砸在桌上，拿起杯子咕咚咕咚喝水。许是茶水的温度刺激了他，他又狠狠地解开中式棉袄的领口，童老师再次看到了他脖子上隐隐露出的那块狰狞的暗红，不禁哆嗦了一下。

白校长"五七"那天，童老师利用自己值周老师的便利，深更半夜悄悄地去河埠头给白校长烧了点纸钱。她选择在河埠石阶中间的位置，没有离水很近。童老师烧的是自己剪的黄霉纸，点着后鬼火一样地嚯嚯蹿跳几下，便熄了。烧完以后她还用脸盆在河里舀水冲干净石阶上的痕迹。当她做完这些直起腰身的时候，差点没吓煞，借着后门头公共厕所门顶上的电灯侧光，她看见大囡竟然一声不响站在后门口的黑暗里。

"你要死啊，半夜三更吓煞人啦。"

"你不要脸啊，半夜三更给死人烧钱啦。"

童老师是怎么回到教工宿舍自己的家里，她说忘记掉了，以后也一直记不起来。次日一大早，她和早起的嬢嬢在门口相遇，她问嬢嬢，自己想回趟娘家，问嬢嬢是否能带带小囡。嬢嬢满口答应。那大囡呢？童老师笑笑，说她大了没事。那天晚上，嬢嬢正睡得踏实，被隔壁桌凳磕碰的响动吵醒。然后她一个激灵，想起早上头童老师的托付，披起衣裳就去敲隔壁的门……童老师在喝一种叫"敌敌畏"的农药，也不晓得已经喝进去多少，嬢嬢和石老师手忙脚乱将童老师送进医院。好在当夜镇医院值班的医生经验丰富，当即通过洗胃救回了童老师一命。当嬢嬢知道了事情的前因后果，狠狠地批了童老师一顿，大囡需要教育，但是做妈妈的不能作践自己的生命，任何灾难或痛苦，都没有比活着更重要。这匆匆忙忙一死，害苦了孩子不算，还被世人留下百年话柄……嬢嬢是乡下来的女人，没想到能说出这样一番道理来，句句刻进童老师的心里。在童老师的病床头，大囡跪着发誓以后绝不说这种话了，童老师也答应不再做这种傻事了。

我终归觉得，嬢嬢是这个故事的参与者和观察者，但是她未必能真切知道童老师母女之间逐渐坚冰起来的寒冷。比方说，白校长对于性可能有生理上的双重需求，但是童老师未必能原谅这种背叛。尤其在当年那种"破四旧"气氛浓郁、人人自保的背景下，她还偷偷给白校长烧纸钱祭奠，这是本来就比较苍白的爱情所支撑不起的。我猜度她和白校长之间的感情未必出于两情相悦，更多的是为了寻求生活的保障。即便她为了爱情去祭奠白校长，大囡的那句伤害性的话要促使童老师如此决然地喝农药自杀，也显得不够分量。

貌似矛盾已经解决，生活又复归宁静。在嬢嬢的眼里，早已习惯了大囡与童老师之间的安静。小囡逐渐长大，而且成绩出挑，童老师所有的快乐便都来自小囡。这期间，日子如流水一般，直到上世纪70年代后期，国家政策下来，童老师他们一批民办老师都转为公办老师，解了后顾之忧。学校也几经扩建，不仅仅校区面貌大变，学校的教工宿舍也有了实质性的改善。那阵子，谁都欢天喜地，就在搬家的时候，童老师和大囡之间又爆发了一场争执。

正在整理东西的童老师手上捧着一只旧排球。排球已经吃进了岁月的灰色，气瘪瘪的，童老师的手托着排球沉思，似乎决定不下是否还带走。这时候大囡在一旁说："扔了它。"童老师不响。大囡又说："扔了它。"童老师抬眼，神情漠然地看着大囡。"扔了它!"大囡突然高分贝地尖叫了一声。啪! 童老师扬手一个巴掌，甩在大囡的脸上。

嬢嬢认得这只排球，排球是白校长送的。要知道上世纪60年代，对于一个乡镇民办教师家的孩子来说，玩具和零食都是匮乏的。一次白校长去县上开会，开会回来后带来这只排球。那天傍晚，大囡牵着小囡的手去学校旁边的供销社买酱油，白校长在走廊遇见，便把手里的白色排球送给大囡。大囡不语，冷漠地低头绕过白校长。小囡扭着身子被姐姐拉着走，目光却一直盯着白校长手里的排球，白校长追了一步，把排球放到了小囡的小手上。小囡嘴里说着谢谢校长叔叔，眼睛却偷偷地瞅着姐姐。果然，大囡一声断喝："不要。"小囡"哇"地大哭起来。童老师闻声从屋里跑出来，大囡甩了妹妹的手拿着酱油瓶迅速离开。

排球成了小囡最心爱的玩物，她在球面上用圆珠笔认真地写上自己的名字，在傍晚姐姐写作业的时候，叫上几个小伙伴去楼下玩排球。小孩子的玩性嘛，总是不会很长。个把星期，小囡就不热衷于玩排球了，排球被一只网线兜兜着挂在房间墙壁上。嬢嬢再次见到这只排球是在白校长出事后的第三天。白校长出事后，河埠头顿时冷寂起来，人们总是有些忌讳，次日几乎不见人去那里洗刷东西。第三天，学校的小钱老师胆子大，一早去河里洗拖把。洗拖把的时候他瞧见河岸边漂浮的一堆落叶杂草边浮动着一只排球，然后他用拖把柄打捞了起来，看见排球上依稀留下的小囡的名字，便将排球送还童老师家。

我的脑海里瞬间呈现出小钱老师用拖把捞排球的情景，如果白校长也曾这样捞过排球，而白校长当时洗的是衣服不是拖把，他徒手捞排球肯定更加有难度，然后他一不小心失足滑下河道……我还想到的是，排球的主人是小囡，当年 6 岁的小囡无需到河边去洗东西，而且她已经对排球失去兴趣，不会拿着排球独自去河埠头玩，应该排除小囡将排球掉进河里的可能。即使是小囡掉的排球，排球毕竟是她曾经的心爱之物，也是当时的稀有玩具，她肯定会当即央求大人去捞，不会任排球漂在河里几天无动于衷。再即使是小囡掉了排球，有人为帮她捞排球而落水，她本能的反应也会立即惊慌失措地去喊来大人，岂能有如此的淡定心情。再说，如果排球是在白校长出事之前掉河里的，那该有多少人看见啊，河埠头可是学校的"闹市"，而出事之后呢，大人都不敢去河埠头，难道一个小姑娘会去河埠头玩排球？当我将排球的落水时间界定在白校长洗衣服的那个黄昏，我真的有点害怕猜测那个将排球"掉"进河里的人了。突然间就想起了林心如演的《京城 81 号》，那个红色的皮球在走廊那端鬼魅地滚过来又滚过去，然后将这端的母女俩慢慢地吸引过去……不寒而栗。

　　告辞嬢嬢的时候，天色已近黄昏，我独自坐在车里，慢慢慢慢地连续抽完三根香烟，在袅袅柔柔的烟气里，我将三十多年前的那个故事反复咀嚼了好几遍。童老师是故事的核心人物，她明白自己和白校长、白校长和张工宣之间的关系，白校长的角色终归有些说不清的灰暗，所以他会对大囡刻意亲近，亲近大囡便是亲近童老师，只是白校长这么做更加促使大囡从心底里厌恶。是小钱老师送还的那只排球让童老师对白校长的出事有了精确的猜测。在那个昏暗的黄昏，不去想排球落水是哪种可能性？对于白校长来说，当自己送出的礼物落入水中，他一定会去帮着打捞。当时的河埠头，除了铺就的石阶是坚固的，左右两边的简陋绿化带都还是未冰冻的泥土，也未曾砌过规范的河坎，白校长不识水性，滑到水里不会自救。而这个时候，竟然无人帮他呼救，或者说掉排球的人根本无意呼救，直接导致了一个不可挽回的结果。"五七"那天童老师在深夜去河埠头祭奠白校长，更深的意思在于深深歉疚，并非为了爱情。她害怕有人将此事视为凶杀案，为此她又深深害怕张工宣，因为于公于私张工宣都会为白校长出头。当岁月荼蘼，童老师年岁已高，老年痴呆又染上身的时候，某一天她在养老院里突然见到了那位长着张牙舞爪的红色血管瘤的老头，瞬间就勾起了沉沉往事。红色斑块是她记忆中最可怕的烙印，她几度混淆时间概念，感觉危机迫近，所以促使她向一个警察报警。无论是年轻时还是年老时，无论是健康时还是患病中，童老师都在潜意识里想忘掉河埠头，却又无法忘掉河埠头，一个根深蒂固的感情结点埋在她的心底，那就是她要用生命保护一个人，一个她必须要保护的人。

我在和嬢嬢聊到后来，即将告辞的时候，我曾经问嬢嬢，童老师在养老院里，已经行动非常不便了，她要爬上桌边的椅子，通过椅子再爬上桌子，再将身子滚出齐桌面高的窗框，这几乎是一个不可能的任务。嬢嬢听出了我的怀疑，说："我相信她是自杀，力量来自心里。"

"可是她没有理由要自杀呀，她已经'报警'了，我已经在和她沟通了。"

"她自杀，只要大囡一句话。"嬢嬢闭上了眼，沉沉叹了口气。

嗯，像空谷回声，童老师曾经这样对我说："你能不能借我两块钱，我女儿会还你的。"

"你借钱做什么？"

"坐公交车啊，我没钱怎么坐公交车。"

"坐公交车去哪里呢?"

"去，去，河埠头，河埠头。"

童老师的目光引导我回头看，我看到了大囡悄无声息地站在门口，我在她凌厉的目光里离开童老师的小屋。这个时候，大囡说了那句至关重要的话……然后她冷峻地、傲气地、残酷地径直走进洗手间，再然后，她从洗手间出来，看见童老师只身飞赴夜的怀抱。

我心沉如铅，将最后一个烟蒂抛出窗外。就在我发动汽车的时候，老婆的电话打进来，老婆在电话里说："星期天怎么也一整天不见你呀，爸爸回家了，我和儿子去接的，你赶紧回来吃饭。"

陈文超

简介：陈文超，中国作家协会会员，中学高级教师。2014 年出版长篇小说《绍兴往事》，2015 年在《中国作家》杂志发表长篇小说《痴人街》。另有中、短篇小说散见于《安徽文学》《满族文学》《滇池》《中国作家》《天津文学》《当代小说》等刊物。曾获《安徽文学》奖等奖项。

天使重奏

一

王和平离开菜场时脸色铁青。屈辱与愤怒交织着在他体内波涛汹涌。

这天已是腊月十五，再过一个礼拜就放寒假了。王和平上班的学校离家远，他下班后挤公交车到清水桥，又步行十分钟到他所在的小区，天就暗下来了。但他还不能回家，他得再步行十分钟到菜场去买菜。因为妻子陈丽工作的幼儿园比他更远，中间还要换车，每天六点出门，而不到六点是进不了门的。妻子说，她是"六进六出"。有天陈丽出门，王和平对她开玩笑说，天还黑着呢，小心被警察看到盘问。

所以，下班后买菜做饭这活，基本上由王和平包下了。

王和平走向菜场时本来心里是蛮高兴的，因为明天妻子陈丽就要退休回家，换句话说，从明天开始，这活便自然而然地落到她身上了，他每天下班都可以吃上现成的热菜热饭了。

王和平当时快步走进菜场，先根据路上想好的内容三下五除二地买好几样新鲜蔬菜，接着又走到一个鱼虾摊位前。想到明天自己就要解放，他特想就着河海鲜喝点小酒。摊位上放着几个硕大的红色塑料盆，里面都是活蹦乱跳的对虾，旁边放着一堆死的。活的三十元一斤，死的十五元。王和平发现那一堆死的还很新鲜，便开始在对虾的尸体上挑挑拣拣，他想尽量挑一些个儿大的和看上去更新鲜一点的。天越来越黑了，摊主大概也急着想回家，而生意又不好，就很不耐烦地对他吼："没钱是吧？没钱吃什么对虾！"

王和平一听这话，脸一下子红了，仿佛全身的血都涌上了头部，他狠狠地将手中的两只死对虾一摔："不买了！"

本来倒也没什么大事，转身走掉不就得了，可王和平感到自尊心伤害得特别厉害，便气呼呼地加了一句："哼，一个小小的鱼虾贩子都这么势利！"

没想到对方的火气比他还大，一把抓住了他的衣领："你说什么？鱼虾贩子怎么了？你骨头发痒了是吧？"与此同时，另一只手已攥成了拳头。好在边上的几个摊主有点认识王和平，连忙跑过来将他劝住。王和平这才得以脱身。

王和平受了侮辱，又差点当众遭遇皮肉之苦，心里那个气呀！原来的好心情便烟消云散。可是，过了一会儿，他的气就开始消下去了。

因为他看到了小区里的水果阿三。

水果阿三踏着一辆三轮车朝他迎面而来，车上载着他的一双儿女。水果阿三白天踏三轮车沿途叫卖水果，傍晚又用这辆三轮车将两个孩子从学校驶回家。这兄妹俩，哥哥十五岁，妹妹十三岁，个儿都很大，沉甸甸肉敦敦的，而且都耷拉着脑袋，都流着口水，也都不会走路。水果阿三先是生了个儿子，发现是脑瘫，夫妻俩又毫不犹豫地申请再生一个，是个女儿，又发现是脑瘫。然而，水果阿三脸上总是笑吟吟的，看上去很幸福，还一边踏三轮车一边十分响亮地唱着莲花落。水果阿三喜欢唱莲花落。

王和平知道水果阿三吃完晚饭后还要到小区门口去卖水果。届时，他和他老婆各踏一辆三轮车，老婆驶水果，他驶孩子。到小区门口，老婆叫卖水果，他陪两个孩子玩，还教兄妹俩学唱莲花落。水果阿三的莲花落连说带唱得非常好听，总能引得人捧腹大笑，所以常常引来不少听众，水果生意也因此好了许多。王和平和陈丽晚饭后散步路过，有时也会停下来听上几段，也觉得妙处横生。王和平对其中的一个段子印象特别深。说是在某个长途汽车站的候车室里，有个小伙子急匆匆地跑进来问另一个小伙子现在几点了，但他口吃得厉害，加上心里急，好半天才将那句问话问完。但对方只是朝他看，不回答他。于是旁边有个人打抱不平了：喂！他问你话呢，你怎么不回答？你哑了吗？你就是哑巴也打个手势嘛！可话音刚落，那人立马跳将起来，脸涨得通红，指着他的鼻子破口大骂。但他也是个严重的口吃患者，加上心里气，也花了老半天才将那几句话骂结束。大意是：你这个婊子养的，要你多管闲事？小心我揍你！我如果回答他，他就会以为我在学他。再说了，他问我时还只有十一点，可他问完后已经十一点半了，班车早已开走了。

水果阿三自己现场说的时候要生动得多，因为他把两个小伙子的口吃模仿得惟妙惟肖。

小区里的人说，水果阿三的心态真好！他就像一把茶壶，屁股都烧红了，还吹着口哨。

也有人说，看到水果阿三的两个脑瘫儿，心可以放平了。什么孩子考不考得上好大学，什么找不找得到好工作，全他妈的扯淡！只要生活能自理，就强于水果阿三家的孩子了。

所以，王和平此刻看到水果阿三，气就开始消了，他从水果阿三的那一对儿女联想到了自己在美国做博士后的女儿。与水果阿三的不幸相比，自己的那点委屈又算得了什么呢？他甚至后悔起刚才的冲动，你也算是一个有文化知识的人了，跟一个卖鱼卖虾的较什么劲呢？

然而，想到女儿，王和平心里又微微有些发酸。

二

王和平和陈丽婚后的第二年，生了个女儿。大家都说像她妈妈，是个美人胚子。陈丽那时是公认的美女幼儿教师。女儿看上去的确很漂亮，一双眼睛乌黑乌黑的，鼻梁笔挺，嘴巴棱角分明，白嫩嫩的小脸蛋上有两个浅浅的小酒窝，简直就是她妈妈的翻版。在那些日子里，初为人父的王和平一直处于兴奋状态，看着漂亮可爱的女儿，王和平觉得自己是世界上最幸福的男人。女儿快要满月的那天早晨，王和平用一块湿毛巾小心翼翼地给她擦脸，发现她的左耳及靠近左耳的部分脸面，包括颈项部位有一圈淡淡的、隐隐约约的红点。夫妻俩以为是湿疹，王和平就把女儿抱到街道医院。他走进皮肤科，医生不在，只有三个护士在那儿聊天。这三个护士认识他，因为她们的孩子都在陈丽的幼儿园里上学。那时他们的家还没拆迁，离妻子的单位很近。三个护士看见王和平抱着女儿进来，立即围上来逗弄，这个说她漂亮，那个讲她可爱。王和平给她们看了那一圈淡淡的红点，她们用手摸了摸，这一摸便都愣了愣，众口一词地说那不是湿疹，是胎记。王和平一听，心里"咯噔"了一下，脸上的笑影全跑走了。她们发现他的脸色变了，马上笑着安慰他：没关系没关系，她长得那么好看，有点颜色没关系的。其中有一个还对他说，明记暗痣，说明这孩子将来会发。明记暗痣会发，这是当地的一个传统说法。可是王和平已毫无心思听她们的宽心话了，他焦急地等着医生进来，他希望医生会否定她们的判断。

医生来了。这位医生王和平不认识，表情看上去很严肃，他看了看那一圈红点，又用手摸了摸，表情严肃地说："谁说是胎记？"王和平听了，长长地舒了口气，仿佛听到了纶语天音。然而，那医生又慢条斯理地告诉王和平，胎记是平的，但这个摸上去凹凸不平，绝对是血管瘤。将来随着脸部大起来，也会跟着大起来厚起来，随着人的发育，也会跟着发育。王和平的心便一阵紧缩，可怜巴巴地问道："有办法治吗？""毫无办法。"医生断然说道。医生的话像一根棍子，一下一下地打在王和平的头上，打得他差点晕厥过去。

王和平神思恍惚地抱着女儿回家，一路上呆呆地看着女儿的睡熟的脸蛋，这是二十多天来，他第一次没有笑容地看着女儿的脸。到家后，王和平将医生的话说给了妻子陈丽。王和平后来一直为自己的实话实说而后悔，他本应当对她说是湿疹的，至少应骗她到坐满月子的那一天。他恨自己的直筒子性格，觉得自己心里太藏匿不住话了。因为妻子听了他的话后，整张脸都白了，她猛地从王和平手中抢过女儿，目光怪异地盯着她的左耳，样子难看得吓人，随后便流下了眼泪。王和平知道她一定想起了她的爷爷。陈丽的爷爷活着时王和平见过他几面，长得高大魁梧，浓眉大眼方盘脸，然而他的小半个左脸，一整个左耳以及左耳下面的颈项全被一块厚厚的、紫红色的、凹凸不平的血管瘤覆盖着，像一张硕大无朋的海蜇皮。于是海蜇皮也成了他的绰号。好在陈丽的爷爷是男人，又是个学有所成的科技人员，最后虽费尽周折，还是从乡下娶了个穷苦人家的女孩子。然而，他们的女儿如果像他那样，将来嫁不出去不说，长大后恐怕连门都不敢出了。一连好几天，妻子陈丽以泪洗面，王和平也忧心忡忡。妻子的爷爷脸上的那张巨大的"海蜇皮"时时刻刻地出现在他俩的脑海里。妻子产后虚弱，王和平怕她忧虑过度会对产后的身体造成伤害，便安慰她说："医生的话也不一定准，我想绝不至于像你爷爷那么严重。""有可能的，部位也一样，肯定是遗传。"陈丽流着泪说，她好像已认定女儿的那一圈红点将来会跟她爷爷的"海蜇皮"如出一辙。"就算真的这样也没关系，我们可以申请再生一个。"王和平继续劝道。妻子一听，慌了，朝他连连摆手："不不，不能再生了。再生一个也改变不了这一个的命运，要是再生下同样的一个，我们还活不活了？"

妻子陈丽在忧伤和失眠中迎来了满月。满月后，她停止了流泪。她似乎想通了，事实既已存在，哭是哭不掉的，重要的是想办法阻止它成长为"海蜇皮"。虽然那位街道医院的医生已说过"毫无办法"，但陈丽并不死心，她到处向人打听，四处求医问药。功夫不负有心人，她终于打听到邻县有家医院设立了一个特色门诊，专门用冷冻方法消除身上的色素瘤。陈丽的心里立即燃起了希望。可王和平不以为然，他说，面积小的或许可以冻掉，女儿那么大的范围，肯定不行。但妻子不同意他的说法，自己赶到了那家医院去咨询。妻子是幼儿老师，吹拉弹唱、跳舞绘画样样会。出发的前一天夜里，她左手抱着女儿，右手非常仔细认真地将她的脸蛋画在一张白纸上，包括那个"海蜇皮"的雏形。

陈丽到了傍晚才回家，她回家后兴高采烈，因为那位医生说，女儿的血管瘤完全可以冷冻掉，面积大也没关系，可以分阶段一小块一小块地冷冻。但王和平仍然担忧，那么大的面积，起码要冷冻个十几次，女儿那么小，受得了吗？但妻子已铁了心，王和平也无可奈何。王和平怕妻子，一向听她的。妻子长得像天仙似的，又知书达理，多才多艺，他们那里的人都说，只有福气特别的好的男人才能娶到她。当王和平和她结婚时，大家认为他的上代一定为他积了不少德。说实话，王和平心里也是这样认为的。所以他怎么能不听她的呢？更何况，女儿的血管瘤也是压在他心上的一块巨石啊！

于是，夫妻俩抱着满月不久的女儿，坐了一个多小时的长途汽车来到了那个小县城。当走到那家医院的门口时，王和平很紧张，心头不禁又打起了退堂鼓。他对陈丽说，还是先到上海或北京的大医院去问问再来吧。可陈丽不理他，抱着女儿头也不回地走了进去，一直走进那个特色诊疗室。里面只有一个医生，长得又瘦又长，看上去像一根细细的丝瓜。他手里拿着根细长的铜管一样的冷冻枪，正在给一个中年女子冷冻背上的几颗黑痣。那根铜管枪发出咝咝的响声，让人想起有人用氧气切割枪在切割钢板。丝瓜医生给中年女子冻完黑痣后，朝陈丽点了点头，说了句"来了"？就用右手的食指在他们女儿的患处按了几下，然后示意陈丽坐到一张乳白色的椅子上。女儿当时在她母亲的怀里很舒服地熟睡着。丝瓜医生不再说话，将铜管枪的枪头换了，把原来的尖头换成了一公分见方的方头，又拿酒精棉花往她女儿左颈项上擦了擦，紧接着便把氧气切割枪一样的管子的方枪头按住女儿那细嫩的颈项。随着咝的一声响，枪头底部的四周喷出了一片白色的雾气，那情景就像王和平后来在电视上看到的长征火箭发射，火箭即将升空时，底部的四周也喷出这样的一片白色雾气。与此同时，女儿突然醒来了，发出了一声尖叫，声音不大，像蚊子的叫声。妻子陈丽头天去咨询时，丝瓜医生曾对她说不会有痛感。女儿只一个多月，痛感本来就很弱，她那一声尖叫分明告诉他俩丝瓜医生是说谎。这以后有好多好多年，王和平睡觉时，即使在冬天的日子里，也总觉得有蚊子在他的耳边飞来飞去。那一刻，王和平感到一阵钻心的疼，妻子陈丽的眼眶里已满含泪花。丝瓜医生拿开了方枪头，王和平发现女儿颈项上出现一块方方的白皮，像是在水中浸泡了多日的那种白。丝瓜医生用棉纱布包扎了一下，说："好了。三天后拿掉纱布。半个月后再来冷冻。"他用的是一种风轻云淡的语调。天哪，这样的揪心场景竟还要让夫妻俩目睹 N 次！然而，他俩再也没有踏进这家医院的门。

回家后，女儿整日整夜地哭叫，哭声仍然像蚊子在叫。只在哭累了时才睡会儿。夫妻俩忧心如焚，也整夜整夜地睡不着觉。终于熬到了第三天，他们拿掉女儿颈项上的纱布一看，吓得魂都没了，那原来白色的冷冻的地方出现了三种颜色：红、黄、粉红。红的是血，黄的是脓，粉红的是肉。那地方溃烂了。两人赶紧又将女儿抱到街道医院，那位皮肤科医生一见，瞪大眼睛问道："怎么回事？"他们给他说了原委。医生气得破口大骂："王八蛋！这么小的人，这么嫩的颈皮，怎么能用氮气冷冻呢！"王和平不知道他是在骂他俩还是骂丝瓜医生。他应该是既骂他俩又骂丝瓜医生，因为他接下来的话是："如果他真有那么大的本事，全中国全世界都要来抢他了，还用得着缩在那个小县城里？你们也别太天真了，孩子这么小，面积这么大，如果一次次地冷冻，你们还想不想让她活了？就算都冻掉了，人也还活着，也没用的，那东西在血管里，会重新生出来的。"

医生发完脾气，就用多种刺激性很强的消毒药水洗那溃烂的创口，然后覆上黄纱布。这其间女儿一直呜呜地尖声地哭喊，声音已经远远超过了蚊子的叫声，王和平和陈丽则痛苦得无法形容。医生包扎完后，说："隔天来换药。"由于女儿的皮肉实在太嫩，又不敢用抗生素，治疗效果很差。当时已是五月底，天气一天比一天热，更是影响了疗效。那时节，春天开放的花儿已次第枯萎了，可女儿颈项上的那朵"毒之花"不但不见枯萎，反而开得更加鲜艳茂盛了，范围也在扩大。因为隔天受一次折磨，还只有一个多月的女儿变得聪明了，真的，信不信由你。每当王和平抱着她到医院去换药时，人离医院大门还有十米之遥，她便开始呜呜地哭了。女儿还那么小，眼睛不可能有那么明亮，她的鼻子也不可能有那般灵敏，王和平不知道那是来自何方的感应。女儿一次次地受磨难，王和平的心也一次次受着煎熬。他简直受不了了，有好几次都想找个借口逃避，眼不见为净，让陈丽抱着女儿去换药。可是，一想到妻子的心比他还脆弱，只好放弃这一想法。感谢那位面无表情的医生的细心治疗，经过一个月的折磨，女儿颈项上的溃烂处总算结了痂，留下了一片很大的、成不规则状的疤。但这个夫妻俩已不再在乎了，只要女儿不再受疼痛之苦。女儿一来到这个世界，她的皮肉就遭受摧残，抵抗力也就受到了严重的影响，动不动就伤风感冒。她出生时头发虽少，只有稀稀拉拉的几根，但乌黑乌黑的，由于受了一个月的皮肉之苦，不仅头发似乎一根也没有多长，颜色却泛了黄，一张脸也黄巴巴的，看上去像个营养不良的小和尚。但这个他们也不在乎，慢慢调理吧。他们所在乎的依然是那一圈红点，他们的眼前一不小心就会浮现出陈丽爷爷脸上的那块巨大的、让人见了会浑身起鸡皮疙瘩的"海蜇皮"。

三

王和平从菜场回到家中已六点多了，夫妻俩立即动手，分工合作。陈丽一面洗菜，一面有点奇怪地问他，今天为何只买了蔬菜？王和平想跟她说说在菜场里发生的那件事，但又觉得不妥，今天日子特殊，他不想扫陈丽的心，更怕她会用"冲动是魔鬼"之类的话开导他。于是，他笑着回答，你晚上不是一直吃素的吗？

陈丽有高血压，晚上坚持只吃新鲜蔬菜。

七点刚过，热腾腾的饭菜就端上了餐桌。虽然对虾被摊主气跑了，但王和平依然想喝点酒，便从冰箱里拿出了一小瓶花生米。夫妻俩边吃边聊。饭桌上是两口子交流的最佳时间之一。以前一般是聊女儿女婿，聊同事，聊工作，但今天是个特殊日子，聊的自然是陈丽退休的事。

妻了陈丽做了三十多年的幼儿教师，在当地有口皆碑，业绩也很突出。虽是个幼儿老师，但也有了高级职称。按有关规定，她是可以工作到六十岁退休的，领导也希望她延退，她自己也乐意延退。可是，一个月前，陈丽突然提出不干了，决定按正常年龄退休。王和平对此当然高兴得很，但他又感到疑惑，有一天吃晚饭时问她为什么突然变卦，陈丽便对他大叹苦经：俗话讲，让人说句好，自己苦到老。这三十多年的辛苦只有她自己心里得知。尤其是最近这五六年，她感觉身体上的零件越来越不行了，就像一辆骑了几十年的自行车，什么都会响，只有铃不大会响。半年前检查身体，她的血压上下已分别达到 160 和 110，颈椎、腰椎和膝关节都出了问题，每天下班回家都叫苦不迭。所以还是早点退休回家休息。

"你说的不是真话。"王和平听后笑道，并诡秘地看了她一眼。

王和平知道陈丽说的这些都是实话，但绝对不是突然变卦的真正理由。陈丽是个工作狂，虽然她的身体的确一年不如一年，但是，只要一见到孩子，她依然精神抖擞，甚至充满青春活力。她怎么可能主动要求退休呢？而且又来得这么突然。

陈丽见瞒不过丈夫，只好跟他说了实话。也是在一个月前，有个小朋友的家长因为对幼儿园有意见，向教育部门写信反映，他历数幼儿园的不是，其中的一条就是说妻子陈丽的。说有个叫陈丽的五十多岁的白发老太太还在带班教孩子，这样的幼儿园还叫幼儿园吗？其实他并不认识陈丽，他的孩子并不在陈丽班上。陈丽知道此事后内心受了极大的刺激。

王和平当时听了妻子的话，立即来了气："这人是瞎扯淡，他根本不了解你的情况！真是林子大了，什么鸟儿都有。"

王和平很清楚，虽然妻子年纪是大了点，但孩子进她的班级竟要托人开后门的，以至于她的班里孩满为患。

陈丽见丈夫来了气，知道他爱冲动，便朝他摆摆手说："其实家长说的并非没有道理，说句老实话，像我这种年龄的女人早已不适合当幼儿园的带班老师了，小朋友喜欢的当然是年轻漂亮的幼儿老师。还是不延退为好，免得给人家口实，这对幼儿园也不利。"

此刻，在饭桌上，妻子陈丽谈起了对退休生活的打算。陈丽说，她首先要了却一桩多年的心愿：花三五年时间，遍访全国的古刹名寺，包括那遥远的敦煌莫高窟。王和平也高兴地说，从明天开始，他下班后不用去菜场买菜了。陈丽点点头：没问题。

吃罢晚饭，按惯例夫妻两个要出去散会儿步。可这时外面刮起了大风，王和平忽然想起气象台发布的消息，北方的一股强冷空气今晚到达，明天的气温将会骤降到零下三度以下。

"你明天倒可以睡懒觉了，我还得顶着西北风去上班呢。"王和平对妻子说。

陈丽冲他笑笑，似乎有点得意。

次日起床，果然冷得出奇，西北风刮得强劲有力，还得意地吹着口哨。

下午五点半，王和平从学校回到小区。这次他没往菜场走，直接往家里赶，一面想象着热乎乎的饭菜已在等着他。

可是，进门后王和平却看到饭桌上空空如也，厨房里也冰清水冷的。他回头看了看客厅，发现陈丽蜷缩在长沙发里，腿上盖着一条毛毯。王和平急忙走过去问她怎么了。陈丽说，早上起床后两个膝盖一直疼，连走路也不会走了。王和平忙说，快到医院去看看。陈丽摆摆手，说太晚了，明天再去吧，这是老毛病了，以前也有过，兴许睡一晚就好了。王和平看了看外面的天色，心想这会儿医院已下班，不会有什么好的医生，只得表示同意。

这天的晚饭，王和平做了两碗葱油拌面。

夜里睡下后，陈丽的膝盖一直疼，两条腿动来动去没地方搁，几乎一夜没合眼。王和平也被她折腾得睡不安稳。次日起来，也没见多大好转。王和平便打电话向学校请了半天假，打车送陈丽去了一家骨科医院。经拍片检查，发现是膝盖严重积水和膝关节严重磨损。医生给陈丽抽了积水，又给她配了几片镇痛药。医生说，这病没什么好办法，全靠自己调理，要少走路，特别要少爬楼梯，至于登山什么的，动都动不得，膝关节磨坏了，将来就只能坐轮椅了。

从医院回来，陈丽一直没说话。王和平安慰她说："别担心，只要平时注意就没事的。只是不能去遍访古刹名寺了。"

"这倒没关系。"陈丽低声说道，同时朝他笑笑。但王和平看得出她的笑很不自然，像是从两片嘴唇间挤出来似的。

这天下班后，王和平继续上菜场买菜。

好在到了晚上，陈丽的膝关节疼痛缓解了许多，到第二天早上基本上好了。陈丽对他说："今天你真的不用买菜了。"王和平笑笑，心想，但愿如此。

下班后，王和平回到家中，看到陈丽已把饭菜热气腾腾地放到了饭桌上。王和平惊讶地发现，饭桌上竟有一碗他最爱吃的红烧肉。

"怎么回事？"王和平疑惑地问道。

王和平原是个"宁可居无竹，不可食无肉"的主，但陈丽坚决反对他吃红烧肉，她知道丈夫心脏不好，所以陈丽一般是不会给她做红烧肉的。

"这几天辛苦你了，破一次例，犒劳犒劳老公大人。"陈丽朝他嫣然一笑。

王和平还是有点不敢相信，他下意识地感到事情恐怕没那么简单。

晚上睡下后，陈丽将一只手伸进王和平的胸脯，轻轻地抚摸着。王和平更纳闷了，妻子已很久没有主动与自己亲热了，这似乎又证实了刚才的地六感觉。

果然，陈丽在他胸脯上抚摸了一阵子后，对他说："跟你商量个事。"

"什么事？说吧。"王和平打了个哈欠。

"春晖学校有个教一年级的女老师下个学期要保胎，想请一个学期的假。没人代课，有人介绍了我。"陈丽说。

王和平听后一惊，哈欠也没了。他气恼地说："昨天还疼得死去活来的，你怎么好了伤疤忘了痛。你这不是没得苦寻得苦吗？"

"既然不能外出旅行了，你总得给我一个适应期嘛！"陈丽撅起嘴说，"一个人守在大房子里，还真有点寂寞得慌。你总不能让我跟小区里别的退休老大妈那样，老是坐着公交车转来转去。"

小区里是有那么一群退休老大妈，她们拿着老年卡坐公交车，一个菜场一个菜场、一个超市一个超市的转来转去，然后比较出哪个菜场的菜便宜，打听到哪家超市在打特价，再到哪个地方去买。她们其实也并不完全是为了省那点钱，也是为了打发一下无聊的时间。

"可你的身体不容许呀，你自己都说像一辆破自行车，只有铃不会响，什么都会响。"王和平继续表示反对。

陈丽笑道："那所学校离家很近的，骑电瓶车十分钟就到了。用不着起早摸黑。我向你保证，不用你卜址后头菜做饭。我也向你保证，只代一个学期。"

王和平皱起了眉头。他又想了个反对的理由："你是幼儿老师，教小学也不合适。"

"小学一年级呀，难道你老婆这点水平都没有？"陈丽嗔怪道。

王和平说："一年级很难教很难管的，那个年龄的孩子最顽皮捣蛋了。"

陈丽不同意他的说法："幼儿园的小朋友不顽皮捣蛋吗？再说，并不叫我做班主任，只是做个配班老师。"

看来妻子是铁了心了，王和平又陷入了无可奈何之中。他沉默了一会儿，忽然想起了什么，问陈丽说："你刚才说是什么学校？"

"春晖学校。"

天哪，王和平不禁倒吸了一口凉气。他想起有天傍晚他在小区门口见到水果阿三踏着三轮车出去，有个人问他要去哪儿，水果阿三说到春晖学校接他的两个小鬼。

那分明是一所智障学校！

陈丽知道瞒不过丈夫了，便故作轻松地说："在那所学校里教书轻松得很。班级里一共只有九个学生，压力也不大。校长说了，一个学期只要教会孩子们十个生活用单词，会写'1'到'10'的阿拉伯数字就行了。"

九个学生，十个单词，"1"到"10"的阿拉伯数字，听起来是挺容易的。但这些数字的背后又包含着什么呢？它们分明在告诉你：那些孩子是多么的难管难教。王和平想了一会儿，坚决地说："我不同意！"

"我一定要去。"陈丽的口气也硬起来了，"我都答应人家了。"

"看来我是说服不了你了。我明天给女儿发条微信，叫她来劝劝你。她的话你总得听吧。"王和平气咻咻地说。

"谁来说也没用。"陈丽说。

王和平不语。两人都转过身子，背朝着背。

早上起来，两口子也板着脸，谁也不理谁。王和平还没来得及给女儿发微信，他和陈丽的手机却同时"叮咚"了一声。这么早，两人都清楚是女儿的。他们建了个家庭群。果然，是女儿发来的。女儿兴奋地说：爸、妈，刚才去医院检查了，我有喜了，两个多月。

夫妻俩的心跳立即加快。王和平说：太好了。为什么不早说？

还没确定么，现在确定了。女儿回道。

这下二老可以放心了吧？女婿也来凑热闹了。

陈丽发去了一挂燃放的鞭炮。

女儿读博士时还没男朋友，王和平与陈丽都担心女博士嫁人难，一个劲地催她。终于，女儿在博二时找到了男友并在博三时结了婚，毕业后又双双去美国做了博士后。夫妻俩心头的一块石头落了地，仿佛一只绩差股脱手了。可是，小两口婚后却迟迟不肯要孩子，说是搞科研忙，事业要紧。这又把王和平和陈丽急得跟什么似的，事业再要紧也要紧不过生孩子啊，那事耽搁得起吗？于是他俩又只好采用老办法：年年催、月月催、日日催。烦死他们。这不，效果来了！

这条意外的微信立马结束了夫妻间的冷战状态，两个人又变得有说有笑起来。

"这个黄毛丫头，当年可没把我们吓死，没想到现在她自己也要有孩子了。"王和平喜滋滋地说。

陈丽却忽然表情严肃地说："这让我更想到春晖去了。想到女儿有今天，我特别想去帮帮那里的孩子。你该不会忘记吧，当初有多少人帮助过我们。"

四

终于，一位幼儿家长为他们在省城一家大医院联系了一名专门做血管瘤手术的专家。王和平和妻子抱着女儿去见他。专家看后，也像那个街道医生那样摇摇头说："毫无办法。这个手术不能随便做。"他的理由是面积太大，深度太深，部位也不对，是各种神经密集的地方。王和平立马皱起了眉头，陈丽则黯然地低下了头。专家看着他俩的表情似乎有点于心不忍，或者是他也觉得自己把话说得太绝，便又补充了一句："要不，你们可以到上海的新华医院去看看，他们兴许有点办法。"回家后，陈丽立刻决定到上海去。

上海离他们这里有数百公里。王和平和妻子都没有去过上海。王和平和陈丽结婚的前一个月，他曾提议到上海去玩一下，同时买几件衣服。在那个年代，他们那里快要结婚的男女青年常这样做的。可陈丽不同意，陈丽还没嫁过去就知道王和平省钱了。在上海的大医院里病人多于牛毛，听说排一个通宵的队也挂不上号。而他们在上海也没熟人。后来，王和平的丈母娘忽然想起自己有一个很远的远房亲戚在上海，只是她已有好几十年没见，连模样都不记得了。他们几经周折，终于打听到她家在上海的地址，便非常没有把握地给她写了封信。一周后他们收到了回信，说欢迎他们去。

那是农历的十二月初，天很冷。一家三口坐上了去上海的火车，是一列慢车，一路上走走停停，停停走走，三四百公里的路竟坐了十几个小时。他们从早上七点不到上车，到上海已是晚上七点多了。那时候的上海，北站外面的那一带，远没像现在这样繁华和灯火通明，街道上黑沉沉的，只有几盏路灯在发着昏暗的光，高房子也不多，他们看到的大多是凌乱的建筑工地和乱七八糟的棚户区。没有出租车，更没有地铁，公交车也很少。他们打听了一下，到他们要去的地方的夜班公交已没了。他们只得用自己的11号车一路问一路找。尽管根据信里所提供的地址，亲戚家离北站不远，但由于上海地方太大，夫妻二人又从没来过上海，找起来十分困难。两个人在路上走的时候心里还忐忑不安。王和平和陈丽从小就听说上海人很势利的，看不起外地人。他俩虽生活在一个中等城市，但在上海人眼里同样属于乡下人。他们不知道这样拖儿带女地去投靠连面都没见过的所谓亲戚，对方会不会讨厌他们。他俩得到的那户人家的信息也有限：一对夫妻，只有一个十八岁的儿子，刚上大学。按辈分，应分别叫他们三姨、三姨夫和表弟。一家三口住在十几平方的亭子间里，外带一个小阁楼。

　　夫妻俩在十二月的刺骨的寒风中，抱着他们的才三个月大的女儿东问西问，七转八拐，花了近两个小时，才找到了三姨的家。三姨全家热情地迎接了他们全家。三姨的脸上更是笑成了一朵花："老家的亲戚来了，真难得啊！没想到我的外甥女长得这么漂亮。"三姨为他们端上了热气腾腾的饭菜，显然她一直为他们在锅里煨着，那天吃的都是些什么菜，王和平已记不得了，他只知道那是一顿他这辈子吃过的最可口的晚饭。他们吃饭的时候，三姨说，她认识新华医院的一个会计，已跟她联系好了，叫他们明天就去。三姨是一个区的公安分局的炊事员，虽然只是烧烧饭，但毕竟是公安局的人，人头熟。吃完饭，三姨说你们已累了一天了，明天还要起个大早，早点睡吧。然后，三姨夫便用一把木梯子将他们送到阁楼上。那阁楼原是用来堆放杂物的，三姨一家已为他们一家三口整理出一块眠床大小的地方，在木地板上铺展了厚厚的垫被和盖被。王和平一钻进被窝便闻到了一股阳光的味道，三姨特地为他们晒了被子。王和平感到特别的温馨，这样的温馨恐怕住进五星级酒店的总统套房里也找不到。妻子睡在他身边，王和平发现她的鼻子在轻轻抽动。次日一早，他们便前往新华医院。三姨向单位请了一个上午的假，陪他们同去。因为有三姨做向导，他们只转了三辆公交车，就很快到了新华医院。在医院的大门外，陈丽凑在王和平耳边轻轻地说："我们遇到了好人，女儿兴许有救了。"王和平点点头，心里似有同感。可是，医生却给了夫妻俩当头一棒。这家著名医院的医生竟跟省城医院的专家和街道医院的医生说得一模一样："毫无办法。"理由也是面积大，深度深，所处部位神经密集。王和平又紧紧地皱起了眉头，陈丽又黯然地低下了头，并流下了眼泪。三姨也在一旁摇头叹气。奇怪的是，也和上回那个专家一样，这位医生看到夫妻俩的神情，也似乎有点于心不忍，或者觉得自己的话说得太绝，向他们补充了一句："我好像听说长海医院有一种同位素化合物，可能对这个有作用，你们是不是到那里去问问。"三姨一听是长海医院，马上说："巧了。我有一个老邻居就在长海医院，我下班后到她家去一下。"

三姨回家时天已擦黑了，她一走进家门就兴奋地说，她找到老邻居了，她就在长海医院的药房工作，她说她明天就为我们挂好号联系好医生。

第二天早上他们又要往长海医院赶，三姨又请了一上午的假，要陪他们去。王和平和陈丽连忙朝她摆手，说我们自己会去找她的那位老邻居的。三姨执意不肯，说上海地方太大，路难寻。妻子陈丽说："三姨啊，你这样叫我们怎么过意得去呀！"王和平没说话，他只是在心里说，以后谁要是在我面前说上海人势利，我就跟他急。由于有熟人帮忙，他们很快看上了医生。医生仔仔细细地检查了他们女儿的患处后说："可以试一试。但这种同位素是要预约的，你们半年后再来吧。"王和平和陈丽一听，脸上开始多云转晴，医生的话让夫妻俩看到了希望的曙光。然而，那位医生又严肃地对他们说："不过你们听好了，这种同位素放射性极强，对人体器官的伤害会很大，对婴孩会更大。这么对你们说吧，如果是我的孩子，我宁可让她脸上留着血管瘤，也不肯给他用同位素。"王和平听了，脸上又开始晴转多云，但陈丽很坚决，毫不犹豫地填写了预约单。王和平知道她心里已经落下了一个结。陈丽曾对他说过，她小时候一看到她爷爷脸上的那张巨大的"海蜇皮"，就吓得哇哇大哭。而女儿的那一圈红点，让她不知做了多少个噩梦。

从上海回家后，夫妻俩开始扳着手指头计算日子，他们，特别是陈丽，天天盼着预约的那一天早点到来。两人终于盼到了那一天。一家人又一次坐上了赴上海的列车。他们上一次去上海是寒风凛冽的隆冬，而这一次是骄阳似火的盛夏。王和平和陈丽的内心里充满了希望。

三姨一家依然热情地接待了他们一家。还是靠老邻居的帮忙，他们到长海医院找到了原来的那位医生。叫人诧异的是，虽然过了半年多，这位医生诊治的病人已不计其数，可他竟还记得他们。他仔细地观察了一遍他们女儿的患处，然后抬起头看着他俩说："没发展呀。"王和平点点头说："是的，一直是老样子。""这倒是个好现象。"医生说。接着，他慢慢地对他们分析道："这说明它的营养供不上去。它是靠原来的营养维持着。等到营养耗尽了，可能会自然消退的。我看这样吧，你们暂不要做同位素，等上几年，看看会不会褪掉。即使以后发展了，再做也来得及。这种同位素治疗技术只会越来越先进。"医生的话在王和平听来简直像是天使的声音，陈丽也激动得眼含泪花。除瘤心切的她，当然也做梦都想着能不治而愈。这次去上海算是白跑了一趟，但夫妻两个高兴啊。他们是满怀希望而去，又满载着更大的希望而归。

五

新学期开始时，陈丽不顾王和平的反对，去春晖学校上班了。

这是一所九年一贯制的特殊学校。

第一天上班，陈丽非常兴奋。王和平一踏进家门，陈丽就放下手中的锅铲，关了煤气灶，急火火地向他述说她班级里的孩子。

"那些孩子太可爱了，"陈丽滔滔不绝地说道，"九个孩子中有五个患的是唐氏综合征，大家叫他们唐宝宝。一个个长得都一模一样，简直可以共用一张身份证。那模样儿像极了几年前电视上放的指挥家舟舟。班主任向他们介绍了我，对他们说，叫陈老师好。孩子们就齐声高喊：陈老师好！声音很响亮，真是太可爱了。只有两个没张口，一个是患自闭症的，另一个是天生不会说话的。他俩虽没张口，但都笑呵呵地看着我。最可爱的是那个叫娟娟的胖女孩，十岁，体重却超过了一百斤。她上课坐不住，喜欢一个人在教室里走过来走过去。走的时候右手大拇指朝上，小手指朝下，中间三只弯曲，放在耳朵边装成打电话的模样，她一边走一边打电话，嘴里一刻不停地说着话，但谁也不知道她在说什么。听别的老师说，她家里开着一家小超市，所以才长得这么胖。估计她爸妈经常在超市里打手机。我看她一时根本停不下来，就对她说，娟娟，上课了，别打电话了，快过来坐下。她便歪着脑袋问我：是不是电话费要打光的？我说是的呀。她就不打了。但坐了一会儿，又开始走来走去地打电话。我就说，娟娟，电话费要打光了！她便又立马停止，坐了下来，真有趣。"

陈丽讲得绘声绘色，王和平心里却想，带着这样的孩子，以后有苦头吃了。但为了不扫妻子的心，他只好耐着性子，面带笑容地她听讲完。听完后有些文不对题地应付道："嗯，只要没暴力倾向就好。"

说完，王和平便重新打开煤气灶，拿起锅铲，动手干起妻子干了一半的活儿。

吃饭时，陈丽意犹未尽，继续述说新学校里的那些事。不过，这次讲的好像没刚才那样兴奋了。

"就是吃饭不大好。"陈丽说，"原来在幼儿园里，小朋友们在老师的指挥下，吃得又快又干净。可在那里，吃得一塌糊涂，桌子上全是饭粒、汤水和菜，还有孩子们的眼泪鼻涕。"

王和平清楚妻子是个极爱干净的人。

陈丽又说："有个自闭症男孩突然发了脾气，将桌上的饭菜哗啦啦地猛地往旁边一推，全部推到地上，菜汤泼到了在边上陪他吃饭的老师身上，她是个孕妇，有五个多月了。我一看这情景，以为她要发作，连忙抓住她的手臂劝她说，你别生气，别生气呵，生气对肚子里的宝宝不好。可她只朝我笑笑，若无其事地拿起餐巾纸慢慢地擦身上的汤水，仿佛什么事也没发生过。这时另一位老师也慢慢地走过来，弯下腰，一声不响地将地上的碗筷一一拾起来。然后，那位孕妇老师像没气火筒似地领着那孩子走了。那里的老师可真沉得住气啊。"

王和平听了心里暗暗叫苦，原以为那些孩子没有暴力倾向，其实不然。他提醒妻子："这种事情很危险，你以后得小心点。"

陈丽却很自信地说："她们都适应得了，我一个三十多年教龄的老教师了，会适应不了？"

王和平从陈丽的话里得知，她所在班级的班主任是这学期刚分配的一名女大学生。这就是说，陈丽这个有三十多年教龄的老教师，名义上不是班主任，实际就是班主任。换言之，不拿班主任的钱，却干班主任的活儿。

日子在一天天地过去，王和平每天回家都能吃到陈丽为他准备的热菜热饭，每天都能从陈丽口里听到春晖学校的一些有趣的事儿。陈丽似乎已适应了那里的环境。

星期三那天晚上，王和平发现陈丽又从超市买来了一包点心。自从去春晖学校后，妻子总是到超市去买些糕头饼脑，而以前她很少买零食的。显然，她是在用这些东西向孩子们行贿。

"你老是这样也不是个办法。"王和平忍不住对陈丽说。

"你那么小气干嘛？"陈丽很不高兴地说。

"我不是那个意思。"王和平辩解道，"现在生活条件都好了，那些孩子也不是真喜欢吃你买的这种东西，像娟娟家里就开着超市。他们只是图个新鲜罢了。比如饼干，不一定要一次给他们一块，给他们半块，甚至小半块，效果是一样的。"

陈丽嘟嘟道："还是小气。"

可是第二天陈丽却对他说："你昨天说的办法还真有点道理。"

这天中午午睡时间，轮到教导主任给她们班管午睡。陈丽想去午睡室拿点东西，进去后发现几个孩子叽叽喳喳地吵着不肯睡。她看到教导主任不知从哪里摸出一片薯片，将它放到掌心里，用另一只手轻轻一拍，然后一小片一小片地分给他们，孩子们拿到那微乎其微的薯片后立即安静了下来。

"眼见为实。这就是经验。"王和平笑道。

星期五下班后，王和平特地在小区门口买了十元钱的醉鱼干。每到周末晚上，王和平总想喝点小酒。

然而，王和平到家后却发现情况不对。饭桌上又是空空如也，厨房里又是清冰冷水。看看客厅，看到陈丽又躺在沙发上，腿上又盖着毛毯。

"你的膝盖又怎么啦？"王和平问道。

"有点疼，但不要紧，躺会儿就好了。"陈丽说，"只是没去买菜。"

王和平不禁皱起了眉头："还没多少日子呀，怎么又发作了？"

"都是让林亮那小家伙给害的。"陈丽轻轻地叹了口气说。

林亮便是那个天生不会说话的孩子。小林亮虽不会说话，却特别不听话，人也长得不大好看。同学们都讨厌他，老师们也不大喜欢他。林亮一天到晚老是吐着舌头，他的舌头非常长，往上卷起几乎可以淹没一整个鼻子。陈丽有天对王和平说，有老师说，小林亮恐怕是蛇精变的，只是没变全。别看林亮不声不响，但特爱欺负同学，尤其是女生。他会冷不防地给人家一拳，劲儿又特别大，经常把女生打哭。

胖女孩娟娟在课堂上坐不住，喜欢走来走去"打电话"，林亮大部分时间是坐得住的，却会突然跑到外面去，每次都要陈丽花好长时间将他抓回来。这天上午，林亮又从教室里跑出去了，陈丽去追，林亮却和她转圈子。转了几圈后，林亮竟往楼上跑，一直跑到三楼。陈丽怕他闯祸，追到三楼，他又跑到底楼。好在被教体育的刘老师看到了，才将他捉进教室。经过这番折腾，陈丽的膝盖便疼痛起来。

"那你以后怎么办？长期这样下去，将来真的要坐轮椅了。"王和平忧心忡忡地对陈丽说。

"没事的，"陈丽答道，"体育刘老师说了，以后碰到这种事情就叫他一声，他会帮我去抓的。"

王和平没有吱声。

因为接下来是双休，陈丽歇了两天，膝盖倒也不疼了。

周一下班，王和平到家，饭桌上倒是放着热乎乎的饭菜，但陈丽的脸色却难看得像欠她多还她少似的。王和平问她又出了什么事，她只是板着脸不回答。经再三追问，才气呼呼地没头没脑地说了句："我从来没见到过这样的老师！"

原来今天下午上课时林亮又跑出去了。陈丽看他又往楼上跑去，急忙去叫来了教体育的刘老师。刘老师便像老鹰抓小鸡似的将小林亮抓了下来。他把小家伙放倒地上，张开一只大手狠狠地在他的右侧脑袋上打了一巴掌，紧接着又举起另一只大手狠狠地在他的左侧脑袋上打了一巴掌。林亮愣了一下，忽然"哇"的一声大哭起来。

"你怎么能这样！"陈丽见状，愤怒地对他喊道，同时把小林亮拉到自己怀里，不住地揉他的小脑袋。

"不这样他会长记性?"刘老师不以为然地反问道。

"把他的脑子打坏了怎么办?"陈丽说。

"他的脑子本来就是坏的，还怕打坏?"刘老师笑着说，"你新来，不了解这些孩子。你不能把他们当正常人对待。他们实际上是动物，比方说狗。治他们只能用两样东西：食物和大棒。他们听话，就给他们吃东西，不听话就打。这样他们就知道什么该做什么不该做了。"

刘老师说得振振有词。

陈丽提醒他说："你以后千万不能这样。在家长心里孩子都是宝。这种事要是让他的父母知道了怎么办?"

刘老师摇摇头："放心，这种人记性差得很，过会儿就忘了，不会跟父母说的。再说他也不会讲话。"

陈丽将事情述说完后对王和平说："我只是个临时代课的，如果我是正式老师，一定要向校长反映。"

王和平也觉得那个体育老师做得太过分，但同时又认为给那些孩子必要的体罚还是应该的。不过他在陈丽面前只能顺着她说。

六

次日一早，王和平准备出门上班，家里的电话响了，是一名学生家长打给陈丽的。王和平问她是不是林亮的妈妈，陈丽点点头。

"他妈妈知道那事了？"王和平有点紧张地问道。

陈丽瑶瑶头说："不知道。她只是说小林亮今天不肯来上学，死活不肯来。"

"家长怎么不打电话给班主任，而要打给你。"王和平说，这话明显带着暗示。但陈丽没理他。王和平讨了个没趣，就去开门，陈丽将他叫住了："今天的晚饭你做，我放学后要去小林亮家里。"

陈丽回家时天已黑了。不过，她脸上的表情非常开朗。陈丽一进门便兴奋地对王和平说："谢天谢地，还好还好。小林亮一见到我，脸上就笑成了一朵花。高兴得又是跳又是蹦，像个哑巴一样手舞足蹈，嘴里叽里哇啦地乱叫乱喊。他妈妈原来还怀疑学校的老师可能对他这怎么了，发现儿子见了我那么开心，就不怀疑了。"

"你的动员成功了吗？"王和平也笑问道。

"成功了。"陈丽说，"我和他去了一家超市，思想工作就做通了。"

"怕不一定吧？"

陈丽说："肯定会来上学，这一类孩子，要么不答应，一旦答应，绝对不会忘记。"

其后的一个月里，陈丽下班后总是不大开心。有一天，她禁不住对着丈夫叹了口气："在春晖小学教孩子，比想象中要难。"

小林亮被体育老师左右开弓狠狠地打了两个巴掌后，人虽然被陈丽动员回来了，却变得安分了，再也不到外面乱跑了，看来正如体育老师所言，他长记性了。但与此同时，他脸上的笑影也没了，一天到晚只是呆呆地坐在教室里，甚至连女生也不去欺负了。陈丽怕他会出什么问题，反而常常鼓励他到外面去走走，可林亮总是摇摇头，不肯去。很明显，他是怕一走出教室，会被体育老师看到。

"林亮这孩子其实是蛮可怜的。"陈丽说。

林亮除了喜欢到处乱跑、打人外，还有一个更让人伤脑筋的毛病，喜欢乱吃东西。见到什么就抓起来往嘴巴里塞，包括地上的各种垃圾，桌上的橡皮泥和颜料什么的。而且速度极快，你一发现，他立马放进嘴，一卷舌头就吞下去，夺都来不及夺。被打了巴掌后，前两个毛病令人担忧地改了，这个毛病却丝毫未改。有一天上午，林亮去上厕所，陈丽等了他好半天没见他出来，便到厕所里去看他，发现林亮竟用舌头在卫生纸上舔。

陈丽说到这里，王和平看到她的眼圈有些发红。

小娟娟也不让人省心。

娟娟人长得胖，特别馋肉，她不吃蔬菜，打死也不吃，就爱吃肉。自己的那一份吃完了，就到别的同学碗里去抢，她个儿大，力气也大，抢肉时常把同学打哭。被老师制止后，居然偷偷地走到装剩菜剩饭的垃圾桶里去捡着吃。

写十个生活用单词和"1"到"10"的阿拉伯数字，听起来挺简单，但在这些孩子身上竟成了几乎不可能完成的任务。娟娟到如今连"1"字都不会写。每次叫她写，她嘴里总带着不屑一顾的神情说，"1"字谁不会写呀，谁不会写"1"字呀，但真正落笔时却乱划一通。

孩子们的记忆力太差了，差得连姓名也记不住，不要说那些生活单词了。尤其是唐宝宝小红，陈丽对她说，叫陈老师。小红就说，李老师。不对，是陈老师。小红就说，噢噢，张老师。过会儿再让她叫，她会说王老师。

班里的那个自闭症男孩那天吃饭时也发了脾气，也将饭菜猛地推到地上，菜汤也泼溅到陈丽的身上。而那天陈丽正好穿着一件女儿从美国给她寄来的价格不菲的薄呢大衣，陈丽为此肉痛了好多天。

王和平听着妻子陈丽的诉苦，心里总会暗暗地想，不听老人言，吃苦在眼前，但他不敢说出口。陈丽都苦恼成那样了，再说这些话，无疑是往伤口上撒盐。

当然，陈丽也有心情好的时候。有天在饭桌上，陈丽对王和平说："有个唐宝宝叫了我一声'美女'。她这一叫，班里所有的孩子都跟着'美女''美女'的叫起来。"

"你应了吗？"王和平笑问道。

"没有。"陈丽说，"我说别叫我美女，都老太婆了。于是孩子们都一齐叫我'老太婆'。"

王和平听后，直替她惋惜："叫美女不是蛮好的嘛，至少在感觉上很舒服的。"

陈丽笑笑，继续说道："我说美女和老太婆都别叫，叫我陈老师。但来不及了，大家都叫了我好几天老太婆。"

说到此，陈丽的脸上似乎也有一种后悔的表情。

一天，夫妻俩晚饭刚吃到一半，电话铃响了。陈丽接完电话对王和平说，是娟娟她妈妈打来的。王和平问什么事，陈丽没回答，只是笑道："孩子的父母太爱面子了。"

事情的起因是明天学校要组织学生到附近的一个公园去春游，叫家长随同。当地有关部门对智障儿童的春游十分重视，派了几个警察到几个路口维持交通秩序。娟娟她妈妈特地打电话来请假，说不让孩子去春游了。她说她和学校周边派出所的几个警察认识，怕被他们认出，难为情。

娟娟的家在乡下。按规定，孩子在春晖读书，免费供应午餐，上面会每学期按每生八百元拨给学校。但是，为了防止学校虚报人数吃空饷，家长须提供当地居委会或村委的证明，证明孩子的确在春晖上学。娟娟的妈妈在乡下谎称女儿在城里的普通学校就读，所以不肯打这个证明，宁可自己掏这八百元钱。这或许是个特例，但这样的心态，智障儿童的父母普遍都有。家长送孩子来上学，一定要到校门口，才肯替他们换上校服。放学来接时，还没走出校门，便急急忙忙地将校服换下。

娟娟她妈妈的这个电话让夫妻俩唏嘘不已。

他俩明白，如今人们对残疾儿童家庭表面虽同情，但内心是歧视的。所以，这些孩子带给父母们的不仅是生活上的重负，更是精神上的巨大痛苦。而且，王和平觉得，无论农村还是城市，许多人名为相信佛教，实则相信迷信。尤其是那些长舌妇，动不动就将一个家庭的不幸用所谓的因果来解释。王和平还记得，当年人们就给陈丽爷爷的那块"海蜇皮"编过一个故事。说她爷爷是由于投胎时不肯喝孟婆汤，被推到奈何桥下面的忘川河里，让滚滚波涛淹得他死去活来，直到脑子昏昏沉沉，把什么都忘记了，才将他捞上来，还在他脸上打上一个大大的记号。这还不算最厉害的。他们街道里有个孩子患了侏儒症，有人就说，他爷爷是个木匠，给人做棺材时偷工减料，做的棺材比一般的棺材短两公分。那些个子高的死人躺在里面不舒服，所以联合起来向他的孙子报复。而事实是，他爷爷虽当过木匠，却从没给人家做过棺材。

王和平和陈丽心里清楚，当人们知道他们的女儿也有那么一个血管瘤时，一定也有过类似的奇谈怪论。

"人言可畏啊！"王和平轻轻地叹了口气。

王和平觉得这种所谓的因果轮回的观念在目前的社会上简直无处不在，哪怕是在春晖学校这样的天使坠落的地方。老师们不是说嘛，小林亮好像是蛇精变的，只是没变全。

陈丽好像不愿再说这些沉重的话题，便转移了话头，她又叹了口气说："孩子们的父母尽管觉得自卑，但他们对孩子的爱真是让人感动。特别是小林亮的妈妈。"

林亮的父母都是理发的，夫妻俩靠辛勤劳动，省吃俭用攒了点钱，又贷了点款，在某个小区里买了个住房和一个车库。当然他们并没有车，用那个车库开了家理发店。发现儿子是个智障儿后，两口子想再生一个。他俩去医院咨询了一下，说这是典型的遗传病，再生一个不保险。两口子便死了心，不敢再生，一心一意地抚养这个孩子。夫妻之间谁也没有埋怨谁（碰到这种事，通常夫妻们总是要相互埋怨的，总想把责任推给对方）。然而，林亮的父亲在家里是独苗，他的父母想再要一个，硬说责任在媳妇身上，说他家世世代代都没有出生过这样的孩子。父母就逼着儿子离婚，另娶一个。林亮的父亲不肯离，但林亮的母亲知道丈夫的处境后，反过来劝丈夫离，并说小林亮她会负责。后来，夫妻俩离了，林亮的父亲将住房和理发店以及所有的财产都给了妻子，只将银行贷款留给了自己。但他对妻子提了个要求，不要再嫁人，他怕继父不接受小林亮，小林亮会受苦。妻子含泪答应了。

林亮的妈妈从此一个人照料孩子。她自己吃苦受累，也要让小林亮吃好穿好，决不让他受半点委屈。而且，为了能让小林亮开口说话，她每个周末都要带儿子到省城去做口型矫正训练，每次一百五十元。加上来回车费，每周都得花差不多三百元钱。随着周边高档理发屋和美容美发店的不断开设，林亮妈妈的这间传统理发室生意越来越差，日子也过得越来越紧紧巴巴。坊间也有了一些风言风语，说林亮的妈妈有时会将男客领到楼上去做按摩。

"其实做这种口型矫正训练对小林亮一点用处也没有，等于将钱扔进水里，连个泡也不会冒的。"陈丽曾多次对王和平说，"年龄太大了，要是再小个五六岁兴许还会有点效果。"

有一次陈丽告诉王和平："我今天已明确跟林亮的妈妈说，不要去做口型矫正训练了，绝对没用。"

"你怎么这么肯定？"王和平问道。

陈丽说："昨天放学，他妈妈没空，是他外婆来接的。我听到小林亮叫了她一声'外婆'，我感到奇怪，便问她怎么会叫外婆。他外婆说，林亮出生时，他爸爸妈妈忙于给人理发，就把小林亮交给了她，夜里也和她睡。林亮快一周岁时，她天天哄他叫'外婆'，他有一天竟叫了一声。但除了会叫外婆外，嘴里再也吐不出第二个词。"

说到这里，陈丽感慨道："如果早知道小林亮不会说话，当时就应该给他做口型矫正，并趁那个时候多教他一些词语和句子。但现在没用了。"

"你将这个事告诉他妈妈后，他妈妈怎么反应？"王和平问道。

陈丽便又摇头叹息了起来。

林亮的妈妈当时听了这话，脸色变得非常难看，她痛苦地说："老天爷啊！你为什么要这样惩罚我呀！我们可没做过什么恶事啊！"

陈丽见她这个样子，就说："不要怨上天，在这个世界上每个人都有可能摊上倒霉事。既然你不幸被遭遇上了，就应该面对现实，把小林亮培养成能够自食其力。我相信，你那么善良，好人一定会一生平安。"

"不，我不相信！"林亮的妈妈情绪激动地打断陈丽的话，"老天爷其实是很不公平的。我们村里有一对夫妇，生了个畸形女婴，将她扔到深山里喂野狗。后来又生了个儿子，考上了重点大学。"

说到这里，陈丽又深深地叹了口气："林亮他妈妈这种想法是不对的，骨子里还是妒忌别人。"

王和平对这个说法似乎颇有同感："这就是人性的弱点。"

陈丽在学校里碰到了那么多的难题，所以王和平临睡时安慰她道："坚持一下吧，再过两个多月学期就结束了。至于能不能完成教学任务，就不要去想它了，反正你只是个编外的代课老师。"

然而，陈丽却说："不行，我一定要想办法改变这种情况。我要尽最大努力帮帮那些可怜的孩子。你还记得我当年对三姨是怎么说的吗？"

七

第二次从上海回家后，夫妇俩一直观察着女儿的那一块血管瘤，他俩非常希望它别发展，当然更渴望着它能褪下去，但他两观察了一年，还是老样子，既没发展，也不消退。

有天早上刚起床，陈丽就把王和平叫到她身边，指着正熟睡着的女儿的耳朵轻声说："我好像发现有点淡下去了。"王和平低头察看了一下，说："好像是有点。"其实王和平并没有跟她同样的感觉，他只是附和着她，一方面是不想扫她的兴，另一方面是他觉得陈丽的发现可能是真的，因为她不但观察得比他勤，也比他仔细，她只要一有空就无时无刻在观察。王和平看到妻子的身体有点发抖。几天以后，陈丽又叫王和平过去看，说又淡了一些。这次王和平也有点感觉到了。但他还是有些吃不准，对陈丽说，晚上叫你妈过来，让生眼看看。吃完晚饭后，丈母娘来了，她戴上老花眼镜仔细地瞧了又瞧，又用手摸了摸耳朵边，喜不自禁地喊道："淡多了淡多了，也平起来了。"丈母娘说的也许有些夸张，她也许是想宽宽他俩的心，但她决不会凭空瞎编。陈丽听母亲这么一说，身体抖得更厉害了。

这以后，女儿脸上的那一圈红消退得越发明显了。有一天傍晚，夫妻俩抱着女儿外出散步，碰见一个熟人，她把他们的女儿抱了过去逗弄了一番，忽然说："咦，怎么褪了？"不到一年时间，那一圈血管瘤几乎消失殆尽了，只在仔细看时才能隐隐约约地见到一点印子。我的天哪！妻子陈丽激动万分。陈丽后来一直后悔那次冷冻，不仅让女儿吃了苦，还在她的左侧颈项上留了个疤。王和平安慰她说，那个疤没关系的，头发留得长一点就遮住了。再说将来的整形技术会越来越发达，随便弄弄掉好了。王和平说的是真话。曾经沧海难为水，那个疤他已根本不在乎了。那一圈红一消失，女儿的身体也越来越健康了。她一路茁壮成长。

那年春天，女儿结婚了。婚后，王和平和陈丽带着女儿，以及他们的英俊帅气的新女婿，拿着喜糖和喜酒去看望三姨。三姨已八十岁了，身体不可思议的健康，眼不花耳不聋，走路精神抖擞，牙齿一颗不缺，说起话来爽朗响亮，一如三十年前。她一见到他们的女儿，立即用双手捧住她的脸蛋左看右瞧起来，嘴里不停地用上海话说："那年侬爷娘抱着侬到我屋里的辰光，头上三根黄毛，一张脸黄得来，像个老南瓜。想勿到现在出落得像鲜花一样了，还嫁了个那么漂亮的老公，当年侬爷娘最吓的就是怕侬寻勿着婆家。看来大家都说明记暗痣有福，是真的。"他们的女婿是个很会说话的人，他说："托三姨婆的福，祝三姨婆长命百岁。"三姨的嘴巴快笑到了耳朵边。

"说来也真是奇了，"三姨笑完后又说道，"那么大的一块血管瘤，居然会自己褪掉。这小姑娘勿简单啊，早晓得这样，当初就勿要去看大夫，省得吃那么多的苦头。"

"也许是她命中注定要受此磨难。"陈丽也笑道，"不过三姨，我们在给女儿治病的过程里虽然内心受尽煎熬，但也处处感受着这人间的温暖，我总觉得有天使的眼睛在关注着我女儿。三姨您想啊，如果当年省城的那家医院或上海新华医院的医生也像那位冷冻医生那样，为了钱，随随便便地给她动手术，后果真是不堪设想。可他们不但不贸然行事，还向我们推荐更好的地方。而更叫我们感动的是长海医院的那位可敬的医生，她先是警告我们那个同位素副作用巨大，劝我们最好不用。后来过了半年，他已接诊了数不清的病人，可他竟还记得我们，甚至还记得女儿那个血管瘤的模样。事实上，同位素当时是很贵的啊。当然，最让我们难忘的是您三姨呀！"

"我可没为你们做过什么。"三姨听后连连摇手。但这天三姨看上去特别开心，兴致也特高，她接着又说："我其实对任何人都一样，上世纪80年代，乡下人到上海来做生意，住不起旅馆，凡是沾点亲带点故的都来找我，我一律来者不拒，把家里最好的被子给他们盖，拿最好的饭菜给他们吃。三姨这一生没什么本事，一辈子只是给人家烧烧饭，就喜欢帮个人什么的。三姨只要帮了人，心里总是觉着很开心。"

怪不得三姨活得这么健康这么年轻。王和平想。帮助别人快乐自己，王和平经常听到或看到这样的话，以前他总是将它当作心灵鸡汤之类一笑了之。此刻却从三姨身上切切实实感受到了。

三姨夫是个很忠厚很木讷的人，一般不插嘴说话，这时却凑在陈丽耳朵边说："你三姨是个倒拿手电的人。"

王和平听见了这句话，便问陈丽："什么叫倒拿手电？"

陈丽说："你这个都不知道，就是只照别人不照自己呗。"

然后，陈丽又转身对三姨说："三姨，向您学习。我以后也一定尽力去帮助那些需要帮助的人。"

八

有一天陈丽在饭桌上告诉丈夫，小林亮的脸上终于有了笑影，也开始在她的鼓励下到教室外去走走了。

两天后，王和平刚下班回家，陈丽就兴奋地对他说："我有办法治小林亮乱吃东西的毛病了。"

陈丽因为不喜欢吃学校食堂里的工作餐，经常将菜从家里烧好带到学校去。她们的教室和办公室是连在一起的，她将菜放在柜子里。这天陈丽带去的是红烧素鸡，她放进柜子后忘了上锁。下课时孩子们趁她走开，拉开柜子把她的红烧素鸡抢得一干二净。小林亮动作慢了，去抢时只剩下三只红辣椒，他便一股脑儿地将那三只红辣椒塞进嘴里嚼起来，结果被辣得满脸通红，呲牙咧嘴，眼泪直流，哇哇大哭。

"从明天起，我要把红辣椒放在口袋里，只要他一乱吃东西，就用红辣椒吓他，甚至辣他。"陈丽说。

小娟娟只吃肉不吃蔬菜的毛病也在陈丽的努力下有了好转。陈丽原来是把食堂供应的那份肉菜带回家给王和平吃的。后来她不拿回家了，而是跟小娟娟约法三章，只要她将碗里的饭和蔬菜都吃光，而且不去抢别的同学的，也不到剩菜剩饭桶里去捡着吃，就奖励给她一份肉菜。否则，她自己的那一份也不能吃。于是，小娟娟只好皱着眉头将蔬菜和饭吃完。

"只是她妈妈不太配合。"陈丽带着埋怨的口气对王和平说，"我跟她讲过多次，小娟娟太胖了，进了超市不能她要吃什么就给她什么。可是，她妈妈就是做不到。"

也许是"苦心人天不负"这句话在陈丽身上起了作用，情况在慢慢地好起来。

有天晚上，陈丽十分得意地对丈夫说："唐宝宝小红今天上午突然叫了我一声'陈老师'。以前我老是让她叫，她总叫错，可这次她居然主动开口叫了，真是太出人意料了。"

"六一"儿童节即将来临的时候，陈丽突然收到了小娟娟自己制作的一张贺卡，上面居然歪歪扭扭地写着"陈老师好"。

这可是一个连"1"字也写不好的女孩啊！工和平看了那张贺卡，也觉得非常惊讶："这是咋回事？进步得这么快！"

"你老婆本事大呗。"陈丽说，脸上洋溢着自豪的神色。

陈丽认为，孩子们进步慢主要是教学方法不当。春晖学校的性质属于小学，用的是小学的教学方法，但孩子们的智力却比幼儿园的小朋友还低，用牛头不对马嘴的方法，效率怎么会高。陈丽便尝试幼儿园的那些做法，寓教于乐，用游戏主导课堂教学，于是就产生了意想不到的效果。

"六一"节刚过，省里要对春晖学校进行评估，学校请陈丽上了一堂观摩课。来听课的人除了本校的老师，还有一些专家和教育局的领导。效果非常好。

"大家都说听我的课简直是一种享受。"陈丽的喜悦之情溢于言表。"那天连那个自闭症男孩都主动回答问题了，而且回答得很棒。一些专家说，要推广我的方法。"

停了一会儿，她又带点遗憾地说："只是我的电脑水平差，PPT 做得不好，大多都是些文字，图片很少，更没有动画什么的。要不然，效果还要好。"

"这有什么可遗憾的，你都那么一把年纪了，难道还要八十岁学跌打？再说，过几天你的任务也完成了。"王和平不以为然地说。

陈丽不语。

可是，星期日的那天，王和平看到陈丽坐在电脑前翻看着 PPT，他惊奇地发现那 PPT 做得十分的漂亮，有很多图片和动画，与文字配合得恰到好处。

"你本事好大啊，进步得如此之快!"王和平定定地看着妻子说。

"我哪有这本事啊，"陈丽笑道，"是一个五年级的学生为我做的。"

"有这事?"王和平听得更加糊涂了，"智障学校里还会有这么聪明的孩子?"

"他不是智障孩。"陈丽严肃地说。

"那为什么不去读普通学校?"王和平问道。

"都是因为无父无母的苦啊!"陈丽长叹了一声。

王和平从陈丽口中得知，那个学生是孤儿院送过来的，名叫路路。十多年前被父母丢在路旁，一个过路人捡起后将他送到了孤儿院。到了孤儿院后，他一直躺在床上动也不会动，连哭声都没有。到四五岁还站不起来，直到七岁才会蹒跚着走路，但到十岁时居然说话行动和正常人一般无异了，智力更是没有任何问题。孤儿院准备送他去普通小学上学，但对方不肯收，说超龄了。无奈，只好让他进了春晖学校。

"如果路路有父母，杀了他们也不会让孩子读春晖的。他们甚至可以向有关部门或法院申诉。然而，他是个孤儿，谁会替他操这份心呢？"陈丽说，心情显得有些沉重和激动。

路路在学校里鹤立鸡群，别的孩子一个学期都学不会的东西，他几天就学会了，而学校又不可能专门为他一个人开小灶。这样，路路在校内基本上无所事事。路路能说会道，待人非常热情，很讨老师们的喜欢。于是学校对他网开一面，容许他自由活动，做自己喜欢的事。路路最喜欢的是玩电脑，没事时就坐在老师的电脑前，几乎每个老师办公台上的电脑他都玩过。前些日子他看到陈丽在做PPT，便主动帮着她做，做得很漂亮。临走时还像小大人似地对陈丽说："有困难尽管来找我。"

"这孩子怪招人喜欢的。"陈丽笑说道。

但路路不会打字，因为春晖是不教拼音的。

"如果路路能像正常孩子那样上学，一定会很优秀。"陈丽惋惜地说。

王和平听了这些，也不禁唏嘘起来。

"我得想办法帮帮他。"陈丽沉默了一会后说。

"你有什么办法？"王和平问。

陈丽没有回答他。

离学期结束已不远了。一天早上，王和平上班不久，他办公室的电话响了，是总机转过来的。王和平去接，发现竟是陈丽学校里的校长打来的。校长先是表扬了陈丽一通，说她工作认真负责，教

学效果特别好，还为他们学校带来了新的教育教学手段。校长特别
对王和平表示了感谢，感谢他对陈丽和他们学校工作的支持。校长
的话语里充满了真诚，王和平听了十分感动，校长竟对陈丽这个临
时的编外教师如此重视。

但接着校长话头一转，他要王和平继续支持一下他们的学校，
劝劝陈丽。

原来这些日子妻子陈丽一直在为路路的事奔波。她先是找了教
育局，要求他们让路路到普通小学插个班，否则，一个挺聪明的孩
子会埋没一生的。教育局的回答是，年龄过大，不能插班。还说作
为一个孤儿，政府已经尽了最大的力量在帮助他了。读春晖学校不
是蛮好的吗？陈丽又去找了妇联的保障妇女儿童权利委员会，但对
方说，这事不归她们管，叫她去找团市委，说团市委的少先队部应
该会管这事。陈丽去了，可团委的同志朝她笑笑说，既然孩子已经
有书读了，他们也不便过问。再说了，团委就是过问了，教育部门
也不会理他们的，团委算老几啊。陈丽见他们相互踢皮球，竟去了
信访办。信访办倒是有点重视，将陈丽的要求转达给了教育局。于
是，教育局便打电话给了春晖的校长，要他劝劝陈丽，别给他们惹
麻烦了。校长找陈丽谈了话，陈丽也答应不再为此事操心了。但校
长不放心，又打电话给王和平。

王和平回家后，把校长电话里的意思跟妻子陈丽说了。说完，
他反问道："你这是何苦呢？"

陈丽沉默良久，也无可奈何地说："校长也同我讲过了，看来
靠我的力气是不够的，算了。只是路路的这一生算是被荒废了。"

放暑假的前一天夜里，夫妇俩刚躺下，陈丽又将手伸到王和平
的胸脯上轻轻地抚摸起来。王和平的心"咯噔"了一下，他知道妻

子又要给他出难题了。

"跟你商量个事。"陈丽说。

"不用说了，我知道你要说什么，继续在春晖待下去呗。是吗?"王和平打着哈欠说。

陈丽朝他嫣然一笑："还有件事。"

"说吧，别得寸进尺。"王和平继续打着哈欠。

陈丽说："这个暑假，我想把路路叫到家里来住。我教他拼音，你教教他阅读和写作。反正孩子们在美国，闲着也是闲着。"

金海江

简介：金海江，浙江绍兴人，"70后"。浙江省作协会员，偶有文字拾俯。

邻　居

云践的老婆给云践打电话，要他赶紧收拾收拾行装回家，跟包工头辞工千万讲清楚了，咱以后不再干泥工活这行啦。云践揶揄老婆说，难道要我以后就靠老婆吃软饭了？别回家不到一周，又嫌坐吃山空而天天在耳根畔烦个不停。云践老婆抑制不住心头的窃喜，在电话里问丈夫，能不能记起来隔壁楼幢里姓莫的老总的那一家人？云践不情不愿地敷衍着想了想，不屑地说勉强有点印象。女人根本没在意老公的态度，顾自己说着关不住闸门的话，说姓莫的一家人吃过晚饭总会下楼到小区里散步，早阵子来她的店里坐坐，慢慢地熟悉了，闲聊过程中免不得问及没有露面的男主人。莫夫人问云践干什么的？云践老婆的面上微微一红，仿佛一下被挠中短肋，却也只好如实说了。场面有点不自在。莫老总就热心地透露他们单位要投资扩建，上个新项目，问云践有没有兴趣去他们单位里谋份差事。

云践没好气地在电话里回复老婆，说天下哪有免费的午餐？会不会油腻男人想搭讪女人而抛出的话题诱饵？云践的老婆在电话里啐了她男人一口，摆出生气的样子骂他小心眼。人家来店里坐时都是一家人过来的，闲扯时也是闹哄哄地有一群人，况且莫夫人也在场。事情源头还起于莫夫人，或许他们家刚搬来不久，出于搞好邻里关系的想法，莫夫人向云践老婆提议，若生活上过得去，没有巨债背负，还是让男人找个轻松点的活，透支身体的赚钱绝对不可取，等年老时光仍需要身子骨偿还的。真的可以让云践考虑去她丈夫莫忠土的单位里试试。

云践老婆心头一掂量，觉得机会难逢，不管三七二十一先接下话茬再说。她承认云践滞留建筑工地，亦是不得已的事，想换合适的工作一时却难的，既然好心的邻居有成人之美的心意，最是求之不得。莫家人一再表示都是邻里乡亲，扯拉一把也不费什么力气，不用客套。

其实凭女人的直觉——云践老婆不是一点没嗅到莫忠土的眼神有点异样。看漂亮女人总会夹一点似现似隐的荤腥味，是男人的通病见怪不怪。云践的老婆思忖两家人同处一个小区，只需拿捏好分寸，以对方的身份总不至于做出格的举动。照眼前的形势看，以后真难说——少不得仕仰这户新邻居的帮助和关照，有些苗头佯作不知不觉埋葬了不说，最是万事大吉。关键是她心疼自己的男人，本来白净净书生模样的人，落得干泥瓦匠的行当，每日里将一双手操劳得跟锉刀一般粗糙，有时真不敢让他触碰自己的肌肤，最轻柔地被老公一捋，也免不得现出几道血痕印迹。据云践自己讲，他现在不用砌墙了，专一地只从事贴瓷砖。那是细中又细的活，工价也高一大截，可别人干不了，包工头只信他的技术。这活——眼力、手巧、心思缜密缺一不可，得面面俱到，可这又怎样？云践的老婆自己开一家"女人衣坊"，不想与闺蜜们聊话题时，提及自己男人是个泥瓦工。既然莫忠土一家自己送上门的工作机缘，怎能轻易放跑？这事不同于男女间私密谈定，不一样的；应是两户邻居出现友善往来的契机，既不怕莫忠土打什么小九九，也不担心云践会疑神疑鬼。

云践到底依了老婆，不出半月就回家了。事到如今，云践也难以安心长期外出打工，放着漂亮的老婆带一个五岁的儿子在家里不顾。云践思忖着在家门口找份职业，就算工薪低点也干。他不求什么雄心壮志，能老婆孩子焐炕头就心满意足了。

叫人舒坦的是，等云践见过莫忠土，莫名地满怀释然了。莫忠土的年纪比云践的父亲还大，无非职业使他的肤色保养得红润一点，到底皮肉也松弛了。云践欣然应允，去了莫忠土所在的企业。

此刻，莫忠土出任他自己此前提及的新项目的筹建委员会主任，按惯例等项目投产后即转任该分公司的总经理一职。利用这层便利，莫忠土安排云践到机电班任临时小组长。莫忠土看准云践为人勤奋、本分厚道的底子，只告诉他好好去干，别怕苦，多学一点东西。

生产线是进口设备，安装期间有外籍工程师现场指导。云践仿佛回到了久违的建筑工地上，激情被触发了。他钻研，摸索，尝试，遇见不懂之处缠着小翻译向老外请教。云践的工作态度和模式完全迥异于其他企业员工。在现场所有工作小组里，他们组的进度始终遥遥领先，工作质量也每每被老外认可，翘着大拇指夸他："密史特云，OK！"那天，现场来了一位西装笔挺、气度非凡的人，东看看西摸摸。云践只当是猴急的客户预付了定金，急不可耐地来现场考查实况，怎么也没放在心上。直至下班回家，莫忠土一家一如既往地来他家门店里串门，才从莫忠土口里获知那人是董事长，事后还向莫忠土打听一些关于云践的信息。莫夫人说能被董事长注目不容易，并估算云践该时来运转了。莫忠土鼓励云践继续努力，争取日后捞个设备部门的小科长当当。

是年年底，集团公司的年终评奖大会上，云践的名字出现在"公司年度五大优秀员工"的名录上，而另外三人是副总级别，加另一个是公司办公室副主任。项目投产后，云践被正式任命为分公司设备科机电班班长。云践居然没有对此表示满意。这让莫忠土感到又惊又奇，问他到底想要什么？云践迟疑着，望着眼前这个既是邻家大叔又是单位领导的中年人，不知该如何开口。莫忠土是本色农民出身，一堵得慌就急得差点儿跳起来，低声地嚷："快些说出来嘛！话讲半句噎着，急死人啦！"云践挺了挺脊骨，对形势做出全面的评估，很有底气地说，要做就做正儿八经的生产管理。他说自己想瞄着下一条生产线的车间主管一职而去，望莫总出手相助。

这让莫忠土倒吸一口冷气，愣了好一会儿才缓过神来，告诫云践那可不是闹着玩的，有些事情一旦推送出去，要再退守原址是退不成了的。事既至此，云践心里已经把莫忠土当作人生途中的贵人，像长辈一样敬仰着他。后生润润喉说，既然敢提出来，自然不是一时冲动。云践勇敢地恳请莫忠土相信他，并为他争取一次机会。莫忠土感到为难，思忖良久才表达此事非同小可，自己也不能明确答复，但可以考虑帮他争取一下，条件只有一个：成与不成，未揭锅盖前什么都别吱声。那一刻，云践差点儿拜伏下去。

于是次年开春，在所有惊愕的目光聚焦中，云践如愿以偿地摇身变成二车间的主管了。他倒不负众望，很快将车间打理得有条不紊。云践知恩图报，到年底给莫家送上一份谢礼，并思定此后年年不可懈怠。估摸是云践当上车间主管半年不到的时光，是谁开了两家人一个玩笑，让云践恍若吞咽了一口苍蝇，还生生地咽了。莫夫人忽然打电话给云践，要他去她那里一下，说她手上有些证据可以佐证他老婆与她家莫忠土有些说不清楚。莫夫人平常至多在家门口见面了，与云践互询一声，电话什么的都不联系的，当她自报家门时云践就感觉怪怪的，等她煞有其事地爆出这么一颗大炸弹，让听的人头皮都麻了。

云践几乎瘫坐椅子上，暗暗寻思，难道刚刚有点成就感的人生小攀爬，只是一场隐晦的风花雪月的回馈？他感到受了莫大侮辱，连杀人的冲动都有了。他极力克制情绪，冷静思忖后，选择应该信任老婆。——她不是那样的人！是不是莫夫人小心眼，见自家老公帮邻居帮得过头了，再让心怀叵测者在莫夫人那儿捣鼓一下，难免有可能将一些子虚乌有的东西纠结成内心过不了的坎。说白了，是女人的心理作用作祟。可是面对莫夫人口口声声的催促，云践真的凌乱了。一方面他觉得怀疑自己的老婆，实质就是不自信，可他与莫忠土之间除了赚钱不及人家，他觉得自己有自己的长处，决不能听风就是雨的瞎猜疑。另一方面，云践又无意刺激或得罪莫夫人，在事情没有查个水落石出前，毕竟她们一家有恩于他的。云践尝试在电话里劝导莫夫人，会不会某个小细节让她产生了误会。莫夫人根本听不进去，情绪也激昂起来，说话也不好听了，似乎怀疑云践夫妇太有心计，来缠上他们莫忠土的。

云践也想过跑去看看莫夫人所谓的证据，究竟是算什么玩意？难道她真的窥探到什么，或听过些什么。云践更寻思一切就是风声鹤唳，面对面地一捅，倒反而冰释了。

不过这么一搅，云践的内心到底就绕不过一道坎了。莫忠土帮助自己成就事业，究竟是另有企图，还是如他信誓旦旦的所言，仅仅出于邻里街坊的热衷互助？云践想了又想，直接拨打莫忠土的电话，与他直述了大致情况，然后声称自己不知该怎么办了，想听听他的指点。云践旨在感觉一下莫忠土乍地听到这个信息从当事人嘴里传递给他，会有怎样的最初反应，然后再凭那一刻的感受做出评估。云践不想启动对老婆的质疑，信她不至于那么没底线。这事要查，就得从莫忠土身上找破绽。

莫忠土在电话线的另一端反应有点过激，直接张嘴数落自家女人是犯了更年期综合征，叫云践不要听她胡说，更不用理睬她。云践捏不准莫忠土是败露事情后的恼羞成怒，还是痛恶无知婆娘害他在下属跟前无地自容，也许是兼而有之的心虚。云践毕竟没有拿捏到什么证据，照此——在莫忠土夫妇间选择，他有理由置疑莫夫人实在有些不靠谱。

可是就算莫夫人的猜疑存在，该雪仇记恨的也该是云践才对呀。怎么她莫夫人先对云践夫妇深仇大恨了，她真当云践在单位里的成就都是她丈夫白送的？云践在心里暗骂："神经病！"就懒得去见对方了。

莫夫人原本一个乡下农妇，自此结了心疳，见到云践夫妇不再理会，如同仇人一般。不久莫家就又搬家了，是否与这事有关，云践只有心里想想了，两家交往无声地断了。云践和莫忠土在单位里则一直跟没发生过什么似的依旧如故，直到云践被借调去总部后仍不褪色。云践感恩当初莫忠土的提携，也不中断每到年底送人家一份情谊礼。云践老婆对此不声不响，只是脸上多少有点阴沉沉的。估摸莫夫人私下里肯定上演过女人式的对抗，至若缘由、输赢、程度一概不得而知。

云践到总部工作感到前所未有的压力，那种高处不胜寒的滋味，令他怀念从前。可就像莫忠土当初讲的那样，有些事的发生无法逆转的，没办法回到起点了。倒是莫忠土突然在这个节骨眼找上门来，透露给云践说他已经从公司辞职，准备跟人搭拼闯荡自己的天地了，问云践有没有兴趣随他同往，有关待遇可以商议。莫忠土需要组建一个属于自己班底的管理团队。云践心动了。两人临别时莫忠土记起什么似的，关照云践回家也征求一下老婆的意见，万一家属另有想法，也不妥的。果真云践跟老婆谈了自己的想法，女人绕来绕去说了一大堆理由，就是咬定主意不同意云践跨出这一步。

不去就不去，仍影响不到云践跟莫忠土的友情交往，云践还帮莫忠土寻了几个机电苗子，后来莫忠土都用得十分满意。隔年莫夫人因病过世，消息传来云践略一思忖，仍是去了。站在莫家灵堂前，云践心里嘀嘀咕咕地说了许多话，可谁也不知道他讲了些什么。云践替莫夫人感到不值的是，当初她凭空捏出一个虚无的"坎"，如今当真的那个人，自己先没了，何苦作梗自己。最具讽刺意味的是，莫忠土在夫人过世不足一年就续弦一位，年纪比云践老婆还小些。

随着莫夫人清除出原先的生活圈子，莫忠土与云践家的往来渐渐复苏了。有时莫忠土来旧居里拿点零杂或收拾卫生，包括他后来将房屋租掉，来时多半在下班后的黄昏，便会来云践家这边转转，还坐门店里。每次云践亲自泡一壶茶，陪莫忠土说上一阵子话。莫忠土有一次感触世事沧桑，说到从前，一晃十多年过去了，只有活着才是硬道理。

云践老婆却在一旁对莫忠土冷讽热嘲，说这些年就数你莫老板最有起色，变化最大，虽说起步也高，老早当了企业老总管理着百十号人，如今自己又做了老板；生活上也不赖，住房和车子换了又换，连老婆都更换了，还那么年轻好看的。莫忠土听了这话，揣不透女人说话的深浅，接不好话茬，只"嘿嘿"地干笑。等缓过神后自我解嘲地调侃，自己小时候听算命瞎子说过，生来是个草头才子，虽然大字不识几个，却也能混得风生水起。莫忠土洋洋得意地吹擂瞎子对他的评述，不知是真是假，若他再多三分文化，当个县委书记都不成问题；若再长七分文化就该遭天遣了，不是断手折足也会恶病缠身，否则牢狱之门也该向他洞开，放不过他的。

云践老婆忍俊不禁，"噗嗤"地笑出声来，说那是人家容不得他这般天才人物，无非顾忌他觊觎天下江山呗。莫忠土似乎听不出弦外之音，还直夸云践老婆聪明，猜算命瞎子说的就是这意思。云践打了老婆一下，要她别没重没轻地说话。云践老婆也觉得没劲继续逗莫忠土了，话锋一偏，要他还是像名字那样忠实土地一点为好，恐怕也是他老头子寄语儿子的一点忠告。莫忠土却说云践老婆又理解错了，莫家老头子才没有那样教导儿子，别忘了他家姓什么的，将姓和名分散或粘合，完全是相反的词义。莫忠土在生产队解体那年，分田到户的节骨眼上就窥破这个隐语一样的名字的含义了，所以他义无反顾放弃继续种田为生，觉得折腾在田地里确实出息不了什么，才有踏上田埂没几年就成了管人的主儿的后事。

云践始终没有像莫忠土那样具有雄心壮志。他觉得在人间存活本来不易，自己虽然比上不足却也比下有余，眼下只求一门心思陪伴儿子欢乐成长就好，岁月静好，也算得享尽天伦之乐。

直到某一天云践看到老婆粗心地将手机忘在家里，想帮她送到店里去，无意间发现莫忠土的微信头像闪烁在老婆的手机屏幕上。本来也没什么，她手机上的异性微友也不止一个，但忽然多出来莫忠土的微信，还没听她提起过这一茬，着实让云践很不舒服。按说莫忠土与云践老婆不存在业务联系，就像云践与莫忠土死去的莫夫人之间没必要建立联系一个道理。这么多年来，这两人间给人的感觉始终如"鸡犬之声相闻老死不相往来"的那种，什么时候他们打破了沉寂，悄悄地成了微信好友？当下男女但凡有点面熟，加个微信也正常不过的，可让人别扭的是，好像两个人在遮掩着什么，再者是什么诱因导致两颗沉睡的行星改变了初衷，迈出不可预测的一步。他们两人中间所产生过的芥蒂，不会不自知吧？就不避嫌瓜田李下？

云践忍不住打开老婆的手机翻阅。她和莫忠土聊的倒没什么火辣词儿，就是四五个表情问候图，莫忠土每日早晨相对在固定的时间里发给云践老婆的，可能看到的只是浮现水面的部分冰山一角，之前已经被清理掉的有多少，谁知道呢。还有莫忠土天天坚持发送问候，其意犹若司马昭之心了。云践的心沉了下去。他倒曾想过每天问候莫忠土，感激他当年提携之恩，可莫忠土后来说别糊弄那套虚的，弄得彼此都累。现在他暗中反过来用云践的方法伺候云践老婆，这算什么意思？云践越想心思越乱了。明明相信老婆删掉的就是些无聊的流水账，可放在特定氛围里就让人抓狂不已，删他干吗？让人过过目才彻底放心呀。

云践改变了主意，装作没碰过手机自顾自己上班去了。等晚上下班回家，第一件事就是瞅时机偷查老婆的手机信息，那四五条表情信息无声地消失了，或许还不止这些，还有在这天里新增的内容，一起清除了。云践的心被绞扭着，揣不透老婆出的是什么牌？桌面上明明一副不屑莫忠土的模样，暗里却与他互聊微信，还不想泄露聊天内容而防着老公。

只要是个男的碰上这一茬，哪一个能不感到心悬半空。云践思前想后，既然老婆不想他知道这些，那就先继续保持缄默，看看他们还想聊些什么，也好从侧面窥视一下他们维持这般往来，始于何时。

云践决定做这个暗中查访，是痛楚且矛盾的。他巴不得查无实据，也眼不见心不烦，就当自己小心眼碰翻了醋坛子，随后悄悄地收手，适时告诫一下老婆别再跟莫忠土那土渣子微信往来，他会难受。一旦真抖露出什么好歹，云践还想不好下一步如何处置，更无法面对。或许会对走过来的整条人生路都产生极不真实的严重质疑，从此撕裂他苦苦构筑起来理解这个世界的理论基石，毫不夸张地说可以毁了一个人。

只要存心暗中狩猎，又有足够耐心，见到收获是迟早的事，无非网到的鱼是大是小的问题。大概到第七天，云践老婆到底露了破绽。云践傍晚回家，察觉老婆手机上残存着和莫忠土聊天的记录，时间就是当天的。莫忠土一贯地在早上给云践老婆发问候表情图。云践老婆在午前回复的，发过去是一只"红色的包子"，这在微友里当作戏谑"红包"耍的，却也说得过去。只是莫忠土在午后休息时间里的回复就出格了。油腻老男人带着明显的挑逗与轻浮，撩拨云践老婆说"发去的是一只奶子"。云践的血筋都要暴胀了，凭此截图，莫忠土还算正常的男女社交言词吗？扇他一个耳光子也不为过！这般言辞，不是赤裸裸的调戏吗？假若云践老婆也是妄心有意，那就是调情互撩！云践想问问莫忠土当年他问他时，不是说绝无此意吗，还骂自己的老婆犯了更年期综合征，看来莫夫人死得屈呀。

云践麻利地截屏，并发送到自己的手机上保存，事到如今他不得不多一个心眼，在老婆手机上删了相关痕迹，仍佯装不问不知。

次晨云践老婆悄悄删了信息，也是不声不响。

这让云践十分懊恼，就算他们的出格是刚露苗头，他老婆这种不果断痛斥的暧昧态度，无疑会诱使莫忠土得寸进尺。云践愤然地将莫忠土的微信号从老婆的手机上删除了，只想此事到此为止。假若两人有所惊觉，从此断了联系倒也罢了。云践无意将事情闹到满城风雨，谁的脸上都不好看。

谁知隔日晚上，云践忍无可忍地发现，莫忠土的微信号再次小强般地复活在他老婆的手机上。两个愚笨男女难道真的以为小动作做得天衣无缝？还是为情所累，收手不住了。云践还轻巧地查阅出两人当天下午通话联系过，足足长达一刻钟。云践很火恼！他支开儿子，问老婆怎么回事？女人有点心虚，但除了申明仅仅是简单聊天，一再强调没有发生什么情况。云践相信事态不至于糟糕到那般程度，但倘使不及时制止，后面会怎么发展就难说了。

突然，一股无名怒火窜上胸口，云践低沉着吼："你们在平常不总是话不投机嘛，什么话题能让你们煲将近二十分钟的电话粥？你们能聊那么久，都聊了些什么呀？我真的很有兴趣想知道。"他有点小激动，接着说："你我结婚这么多年，电话里能超过十分钟的好像才一次吧，是你妈身体不好要去住院，而我在上海打工，分身无术。"

云践老婆低垂下头，说真没事，以后不再同莫忠土搭话就是。云践拿过老婆的手机再次删了莫忠土，恨恨地说姓莫的假若从此不来骚扰，看在往昔情分上再饶他这次。云践已经不止一次怀疑莫忠土当初倾力相助，更隐晦的目的是为了讨好一个女人，设想让对方从心底里感激他，随后才有可能实践他对一个女人的想入非非。云践此前一直当人家长辈敬奉的，莫忠土居然出这么下作的招式，逼他从此看不起人。云践有点咬牙切齿，发誓那个没有底线的家伙若还来骚扰他老婆，就给他点颜色看看，并关照老婆不许暗中提醒对方。

莫忠土是第三天给云践老婆打电话来的，憋了两天终于没撑住，可他不晓得女人的手机在云践掌控下。莫忠土的号码，云践熟悉不过了。他冷笑一下，摁掉对方的电话，接电话会露馅的。云践随即用搜索手机号码的方法主动添加对方微信好友，莫忠土很快通过了，还迫不及待地在微信里问女人是不是不方便接电话？云践略作沉思，没有正面回答他，假充老婆的口气发送过去一句，说以后别在再联系了，担心她老公有所察觉有所怀疑了。这阵子老是心神不宁，害怕会出事。莫忠土在无线网络的另一侧哪里甘心，自言自语地说这般做贼似的小心了，还能被发现？是心虚吧？可是为了给女人打气，他不得不自我壮胆，说知道了也不怕，反正什么事都没有，他能怎样？云践撩拨莫忠土说，他应该了解云践的性子，若当真起来真会出事的，她不知道该如何应付。云践又说要是让他见着你写的那些混账话做把柄，就说不清也洗不清了。莫忠土一直当跟他说话的是云践老婆，听她梨花带雨地忧心忡忡，哪里消受得起，当即发了一段慷慨激昂的话。

他说这事真要闹开了，也算是命中有劫。他怂恿云践老婆也不用害怕，即使小两口离了也没什么大不了的。他莫忠土多养一个女人的能力，还是不成问题的。

云践冷静地截屏保存。刚做完动作，莫忠土就删了那几条扎眼的话儿。或许老男人感到那话的分量了，也可能更是心虚。云践紧逼过去问他怎么删了内容，害怕了吗？临了，还激将他一句"男人没有一个靠得住的"都空话说说。莫忠土哪里割舍得将要煮熟的鸭子撒手，忙解释说不是反悔，是怕别人看到确实不好，不必无辜落下把柄。莫忠土头脑热胀，什么也顾不得了，又发过话来说只要你应允了，我决不亏待！

云践花足三天时间，盘算周全了，向单位请假半天，直接奔莫忠土的公司里找他说事了。莫忠土见云践突然来访，心里难免有点打鼓，强撑欢颜迎云践进自己的总经理办公室。他掩上门，怕两人的谈话被人偷听。可是一个人面对云践，心里又挥不去那股说不出的别扭。莫忠土在这一天里始终有点神情恍惚，仿佛早就意料到云践的来意。莫忠土寻着话茬跟云践攀谈，无助地幻想以这样的形式阻滞可能从云践嘴里溜出来的话。此刻，他对尘世间最大的奢望，或许就是别让云践捅破他们间的一层薄纸。

两人在沙发上坐下来，莫忠土偷窥云践一眼，蓦地想到——云践老婆的手机接连删他两次，会不会就是云践本人操作？他不能理解的是女人为什么不提醒他……他的背脊上渗出一阵薄凉。莫忠土故作镇静地用套话客气着，说云践到总部工作也忙的，今天抽空来看他实属难得。云践笑呵呵地借口说来给他送一点资料，说着从包里取出几页文件，推至莫忠土跟前说你先看看，上面例举的问题有点棘手，烦他帮忙处置一下。莫忠土摊开一看，脸就白了，恍若刷了一层白石灰，难辨到底是灰是白，豆大的汗珠从额头上落下来。

莫忠土怂了，腆着脸哀求云践放他一马，看在他过去曾经实心实意地、不遗余力地帮过他们一家。莫忠土又发誓说跟云践老婆清白的，只是图个嘴皮子快活。云践愤然地将资料砸向莫忠土，说不提过去倒还好，现在还拿这一茬来讨价还价简直让人恶心。云践所说他已经无法确认莫忠土最初帮他一家的动机是什么，又责问莫忠土调戏良家妇女时，有没有想过女人的老公还当他长辈一样供奉着，这样的下作胚做法还配拥有一张脸吗？正是因为事情还没有糟糕到最坏，他才考虑着折中低调处理这事，但必须让莫忠土付出惨痛代价，烙下一个警示的印记。

莫忠土问云践到底想干什么？云践一脸冷酷无情。言明自己不是没给过他机会，且一忍再忍，怪莫忠土自己不守节操。云践说这些年自己上班养家糊口赚了一些钱，如果不是莫忠土相助连这点都没有的，对此他铭记莫忠土的恩情；然而这一切假若是出于莫忠土觊觎他老婆的姿色，性质就完全不一样了，不就欺负他云践人穷力薄嘛。这次恰好以此为借口，向莫忠土索取一笔金额补偿，这个数值必须大过云践这些年所有收入综合的十倍以上，开价太小，起不了惩戒作用，还让莫忠土小瞧了。

莫忠土粗略一估，害怕迟早惊动了子女们不好收场，央求云践少要一点，那么多钱他也一时筹措不齐呀。云践冷笑一声，说这个数目相对于莫忠土的全部资产而言，根本算不了什么，数目不能再低。云践不容莫忠土叫穷，说自己又不是要他立刻变出现钱，只需当场写下一纸欠条即可。云践说莫忠上可以分期支付，即使他到时候拿不出钱，他也不会在莫忠土的有生之年上门催讨，以免影响他的声誉。莫忠土有点后怕，反悔不已。云践说莫忠土其实没有更多选项。如果莫忠土不合作，云践只好将手中的资料去散发给莫忠土的家人、亲戚、朋友……弄个两败俱伤，他也不拿赔偿了，但莫忠土的损伤会更严重，甚至身败名裂。云践咳嗽一声，说"对啦!"他从这个门口出去，应该先给这办公楼里的每一个部门塞一份，边说边从包里抽出多份复印件露了露。云践不无讥讽地说应该让莫忠土的下属们认清他的真面目，免得他们在同样的问题上也吃亏。

莫忠土心里哆嗦着，说云践这般操作也会毁了自己的老婆，没

121

必要，不值当，说说笑而已。云践揣透了莫忠土的心思，揶揄对方
还挺深情！接着指责老婆同人微信调情时有没有替他想过，既然那
样毁了就毁了，离婚后还怕找不见其他女人吗？或许能像莫忠土一
样捞个更好的呢。莫忠土像一只泄气的皮球瘫了，叹息自己是自作
孽不可活，却不想再累及旁人了。他让云践直接报个数，他认了
就是。

　　莫忠土经历了这事，衰老得很快，半年后干脆辞了一切职务，
闲居在家，过了七年无疾而终。他的灵堂上，遗孀、儿子媳妇、女
儿女婿哭得震天撼地，只是揣不透莫忠土好好的，何故忽然就走
了。门外哀乐又起，来了一位故友，正是云践。他祭拜完毕，从怀
里取出一张欠条，声称一笔旧账该是了结的时候了。莫家人看着欠
条，又惊又疑，不信莫忠土会欠云践四百万元人民币，可白纸黑字
都是真实无误的。

高晓枫

简介：高晓枫，女，生于上世纪 70 年代，浙江绍兴籍。主治医生。2009 年初开始正式小说创作，曾在《大家》《文学界》《西湖》《野草》等期刊发表中短篇小说若干。

生者与死者

堰河镇西北侧是大片竹林，竹林起始处，有一排低矮的房屋，一条弯弯曲曲的小径将竹林和房屋分隔开来。最靠近路边的，是林启德父子的家。

屋子很小，砖房，木质门，东面墙上开着个小窗，底下是方桌，几条矮凳歪七歪八地凑在一块。紧贴北墙墙根处，是一张父子俩并排躺下略显狭小的双人床，床底摆放着几只红绿色脸盆，看上去和屋子素淡的色彩相突兀。倒是一旁闲置的两双粘满碎木屑的深绿色球鞋，彰显着主人的身份。屋顶中央垂下几根细细长长的电线，悬着只三十瓦的灯泡，灯泡发出的光，让整间房变得略显明亮而有生气。林启德父子来到这里时，除了一个多年前的暗花布包，什么都没带。几年以后，趁着空闲，林启德用废樟木做了一只方方正正的箱子用来盛放衣物。于是，樟木箱成了这间屋子里唯一漂亮又值钱的家具。

林启德是个消瘦矮小的男人，沉默、严肃，大多时间都低着头，一言不发干着木匠活，每个见过他的人，都能感觉到他从骨子里散发出来的冰冷的气息。当然，找他干活的人不太在乎，他们欣赏的是他的手艺，还有从不拖延的性格，这就造成了窄小的空间有时会被小镇人挤得不透风的情形。儿子林飞，则多少是个性情古怪的孩子，对平常少年感兴趣的事情，比如爬树、游泳、玩玻璃弹子等不屑一顾，却情愿待在屋旁的那片竹林里，围着几个坟堆晃悠。那片竹林孕育了许多幼嫩的竹子长成参天的个子，同时，也让那些生于此葬于此的人们安稳地、年复一年地在地底下生活。对于这片坟地，用林启德的话来总结就是，人死了，都会去阴间，哪有什么天堂。

　　说这句话的时候，林启德刚喝下不少酒。他喜欢酒，一喝就醉，醉了就容易漏出平时不轻易讲的话语。不知从什么时候开始，林启德就时常醉酒，喝醉了躺在床上，嘴里叽叽咕咕嚷个不停，嚷着嚷着，就变成了粗钝的叫骂。林飞从不搭嘴。等到大一些，他会替父亲打来凉水，擦去嘴边的唾沫和酒渣，冲净地上大堆泛着酸臭的呕吐物。面对林启德，林飞却很少说话，想说的，也往往只在心里打转，或者留给那些竹子。似乎只有竹林，才是林飞的隐秘地，一个不容他人闯入的私有空间。

　　林飞常在那里挖嫩笋，捉蚂蚁、螳螂玩。对于前者，这样的日子有着时节性，往往只在春季的雨后，笋尖开始急迫冒出土面之际；于后者，林飞则更善于制造特别的游戏。有一次，他把大头蚂蚁一个个捉来放进玻璃罐，然后再放进一只螳螂，顶端加个扎了许多小孔的塑料盖，使两种生活习性截然不同的生物待在一起。他不给它们任何泥土、水分和食物，只让它们挨饿、恐惧，最后被恐惧摧毁。几天之后，林飞看到，那些放进去的蚂蚁奇迹般地消失了，而外表坚强有力的螳螂也虚弱无比。这有点像是一场奇特的、没有硝烟的战争。这场战争，轻易地使林飞想起在学校的那段短暂而又绵长的时光。

林飞不喜欢读书，也不讨厌读书，每当他把书本拿出来放到课桌上时，双眼便会无神地盯着黑板。黑板上的字迹潦草而单调，粉灰的白色尖锐刺眼。林飞有时会误以为那是一束偶然穿透竹叶丛的阳光，带着一股新鲜、冷寂，又有些固执的气息。课余时分，林飞则安静地留在座位上，望着操场上玩耍、打闹的同学发呆，表情陌生又疏离。

当然，这些都已经是林飞辍学之前的情形了。

自七岁那年，跟随父亲离开家乡来到堰河镇，林飞就始终处于一种孤单的状态。新的环境，并没能滋生和培养他活泼开朗的性格，相反，郁郁寡欢的性情日甚一日。记忆当中，母亲除了模模糊糊的轮廓外，没有更为真实的形象留下来，林飞甚至记不清最后一次见她是在什么时候，什么样的场合。

大约十二岁那年，林飞就母亲的去向询问过林启德。那是夕暮时分，门前的小路笼罩在夜色来临前的微光中，远处的竹林看上去既潮湿又幽深。林启德正收拾用具准备歇息，听到林飞的问话，先是一怔，继而黧黑的脸涨得通红。他将手中的斧锯"啪"地扔到林飞脚跟前，随即咬牙切齿地骂道：谁让你提她，那个不要脸的婊子！

事情要追溯到多年前的那个冬天。那年冬天的某个清晨，女人和他的朋友被他堵在家中卧室的大床上。之前，林启德外出找木匠活三个月，把妻儿托付给朋友照顾。当时的林启德认为，朋友，最好的朋友等同于兄弟，林启德几乎把这个朋友当作兄弟看待。所以，当女人裹着床单半裸着身子呜呜哭着跪下来求他时，他并没有为难他们，只是铁青着脸转身离开。其时，林飞四岁。可从那以后，只要一有闲，林启德就跑到外面找活干。他不愿再亲近这个不属于自己的女人。女人很少再微笑，柔美的面孔因为内疚而日渐枯槁苍老。每天晚上，她都陪着儿子睁大眼睛等着林启德回家。日复一日，漫长的等待转化为绝望。两年过去，女人提出了离异。林启德半晌没开声，爽朗随和的性格早已跟随固执的时光逆变得冷酷无情。倚着墙，他边用木条敲打门框边冷漠地说，你走可以，但把林飞留下。

走前那晚，女人脱光了衣服早早等在床上，告诉他这是最后一次，希望他能抱抱她。林启德冷冷地扫了她一眼，随手给了一巴掌。

次晨，肿着双眼的女人收拾包裹离开。林飞尚在香甜的睡梦里，童稚的脸上，洋溢着熟睡才看得到的笑容。女人蹲下身子吻了吻林飞的额头，眼泪顺着脸颊大滴大滴掉下来。林启德看着女人慢慢地跨出门槛，直到背影远远消失。这以后，过了不知多久，林启德学会了喝酒，常常是在夜间无人时，听见自己的声音打破黑暗的寂静。只是，白天的时候，林启德是不喝酒的。

林启德和林飞之间，有着极为奇特的父子关系。每次注视儿子那张酷似女人的长脸，林启德就不由自主地想起多年前那一巴掌。那一巴掌打醒了女人，也打醒了他自己。对于女人，最后一丝残存的怜悯早已销匿。这些年，他生活在小镇之上，不问世事，平淡孤独地过着日子。只有林飞，是他心头消不去的疮疤和隐痛。而林飞对于林启德，不特别亲近也不特别疏远。就像彼此间隔着那么一道细流，跨过时不小心湿了鞋，脱下后放在太阳底下晒，一下就干了。父亲，仿佛是那湿了又干的鞋子，干了之后温暖舒适；一旦被水浸泡，心底就会涌上一股邪恶的厌恶来。

林启德和林飞，两个在黑暗中摸索的人。林启德摸索的是过去的日子，带着些微麻木的、迟钝的疼痛；而林飞呢，有的只是对生活、对未来的迷茫。

作为小镇，堰河镇地处河流、田野和山林的包绕之中。假设地图上能够显示，而有人用心查找的话，便会发现，它始终处于一种不尴不尬的地位。如同一条小溪某个狭小的分支，细微却不可或缺。镶着两颗银牙的李科，跑过南方和北方的很多城市，做过采购员、推销员、技术员，结果到了六十多岁，还是回到了故乡。用他的话说，这是一个孤单得使人发狂的地方。然而，他喜欢它，到死也不会离开它。

若有人试图分析这个小镇的性格，无疑是不明智的。

每个礼拜六，各式各样的人会汇聚一起。挎着篮子的，拎着手袋的，拄着拐杖的，牵着孩子的。吵闹声、哭叫声、谈话声、船桨划过水面发出的声音、男人和女人调侃的声音此起彼伏。百货店内，女店员的脸上涂着廉价的胭脂，张大着嘴，对着顾客毫无体面地哈哈大笑；无所事事的老人斜倚在家门口，怔怔地望着桥对岸发呆；婚庆的船只从河面驶过，遗下一路震耳欲聋的鞭炮声和浓烈呛人的火药味；头顶光溜溜只剩几根毛发的小贩，穿着一件洗得发白的黑外套不停吆喝；年轻的少妇有双睡眠不足的眼睛，眼周有着明显的黑眼圈，她一面打骂孩子一面流泪，很快，孩子的哭声和母亲的呜咽声交织在一起。河岸边临时摆放着水果、蔬菜、袜子、蜡烛诸如此类的摊位，商贩们大声吆喝，竭尽全力吸引过路人的目光。沉重而疲惫的街道，很快被一周一次的赶集挤得满匝匝的。下午三点多，如果是春末夏初，人群往往不轻易散开，一批接一批的人来了走，走了又来；若是深秋或者冬临，偌大的街道就显得空旷冷清。不愿意回家的人会待在药店，借着购买改善睡眠、驱逐蛔虫的良药和店员聊天；或顶着长时间没理的头，干坐在理发店内，以便打发掉剩余的时光。

小镇，正是以这样喧闹而又空虚的状态存在着。

林启德来到堰河镇的第十五个年头，已是四十出头的中年男人了。这时的他，开始从儿子脸上，看到一种遥远、陌生的眼神。有时，他躺在床上，听着从另一侧传来的呼吸声，这种声音，是男孩正在迅速成长的信号，它让林启德无法面对自己日渐衰老的事实。当然，这样想的次数很少，仅仅限于不喝酒的夜晚。一年三百六十五天，林启德有三百天在喝酒，除去腿酸、牙痛、感冒那几夜，所剩无几。而林飞自初二辍学开始，就已经习惯疏离林启德，并长时间地流连在竹林深处。

许多个傍晚，林飞带着口琴进入竹林，背靠着竹身吹奏不成调的曲子。口琴是走南闯北的李科送给他的。因为林飞给他做了一把靠背椅而没有收他的钱，还因为那是林飞从事木工活几年间做得最好的一把。有了口琴，林飞似乎有了面对面倾谈的人，无师自通的他很快学会了吹奏。每当吃过晚饭，刷完碗筷的他离开清冷的家，不一会儿，幽暗的林间便会传出美妙的曲调。它们没有乐谱，也没有任何规律可言，是吹过之后很快会被忘记的那种，而坐在床边喝酒的林启德，却从变幻莫测的吹奏中，听出淡淡的哀伤来。

这年冬天，李科时常待在林启德家中。李科是个喜欢说话的男人，由于喜欢说话，他适合各种需要谈话的工作。当找不到交谈的对象时，他也会一个人自言自语。他说他之所以喜欢说话，是因为心底有匮乏的东西。他其实不太明白自己为什么老喜欢对着一个木头似的男人闲聊，他自嘲说林启德也习惯了他唠唠叨叨的性格，一个人冷清，两个人无聊，再多一个人就不一样了。每天下午，李科捧着茶杯从家中踱步出去，慢慢走到竹林边上的那间小屋，在里面坐上一个又一个时辰。林启德于是从李科断断续续地讲述中，知道了许多有关他的过去，其中包括这个漂泊男人的中年情事。

李科说，多年以前，他在北方的一个小镇上生活过一段时间。那时，他突然意识到赚钱毫无意义，不知道除了女人之外还缺少什么。其实，他什么都不缺，唯一缺的也就是女人。期间，他遇到了一个三十多岁的女人，那女人有双秀气的手。李科是这么形容的。这话引起了林启德极大的兴趣，他问李科，你光注意她的手，那她的脸呢？她的脸用黑布蒙了起来，只露出一对眼睛。李科边做手势边回答。她的眼睛非常美，也许是我从未见过这样的女人，用黑布隐藏自己的女人，我很快就迷上了她。之前我就说过，我还缺什么呢？我走过不同的地方，赚过不同的钱，认识不同的人，只有这个女人，让我固执地违背当初的意愿留了下来。当时，镇上的人都说，他们从未见过这个女人的脸，她的脸从到来的那一刻就被遮挡了起来。或许她在守护自己的秘密，又或许，她的脸上有着难以示人的伤疤。见过她的人有太多种评论版本。的确，一个女人，蒙着脸，没人知道她的过去，也没人知道她为什么独自生活，这些都不可避免地使人产生某种探究隐秘的欲望。况且，一个女人，缺少男人在身边，生活总相对艰难。

说到这里，李科顿了一下，捧着搪瓷杯呷了口茶。此后的很多天，我都尝试接近她，不管是清早、中午还是晚上。你知道，那时我已经不年轻了，我还有激情是因为我始终有着年轻人才有的好奇心理。更为重要的是，那个女人拥有一份我能感觉到的执着和坚定的力量。这样说你可能会觉得我用词太文雅了。不错，早年间我读了不少书，可是我并没能从书中学到更有价值的东西，我只明白了一点，那就是书上写的拿到现实生活中不一定有用。嗯，我扯得太远了，再说回来。我总是守在那个很少有人会去的小屋门口。她去买菜时我就远远跟着，只为看到她的背影；她睡觉时，我会等熄灯之后再在屋外石凳上坐一会儿。即使这样，她给我的感觉依然那么遥远。直到有一天，我跟踪时，她突然停住了脚步。等我走近时，她才转过身，用一种非常冷漠的语气对我说，你不要再跟着我了，我也不想再见到你。她说这句话的时候，我依稀看到某种亮闪闪的东西出现在她眼中，然而，仅仅持续了几秒钟，这种闪亮的东西就突然消失了。情急中，我只吐出了三个字——为什么？她低下头，用手压了压面纱后，低哑着声音对我说了一个我这辈子再也不会忘记的词——赎罪。那天晚上她就离开了，从那以后，我再也没有见过她。

说到这，李科烦躁地摊了摊手，仿佛这个无用的动作能够帮助他解释所遭遇的一切。他的手看上去有些发红、肿胀，几枚黄金戒指闪闪发光。冲着埋头干活的林启德，李科疑惑地问道，老林，你说说看，什么样的过错，需要这样长久而又严厉的惩罚？

听到问话，林启德拿着砂皮纸的手突然停了下来。他抬起头，双眼逼视着李科，木讷随和的脸上，转瞬间布满了羞愤和恼怒。他一把摔掉手中的砂皮纸，绷着凶狠失控的脸对李科吼道，我他妈不知道这个愚蠢的问题。

李科吃惊地望着林启德突然黑下来的面孔，又看了看一旁的林飞，一句话都说不出来。他难以想象，这个很少说话，也少有牢骚的男人用这种方式赶他出门。他明显感觉到这个木头男人对他的不屑。这种不屑，不仅体现在平时的聊天中，还体现在此刻对自己的态度上。李科忽地站起来转身就走，边走边在心里恨恨发誓，活着的每一天，都不再踏入这个屋门半步。

这天过后，所有人都感觉到了林启德惊人的转变。平常吃苦耐劳的林启德，总要捱到下午才起床，醒来后不吃饭只喝酒，木工活也都放一边。偶尔有做了一半的东西需要完成，他会歪歪扭扭地敲上那么几枚铁钉。屋里丢满了脏衣服，床底下塞满了空酒瓶，昔日简单又整洁的空间不见了。有时人们去串门，还没进屋，即通过敞开的木门闻到浓重的酒味。林启德呢，摊手摊脚地躺在床上，张大的嘴里发出粗重的呼噜声。当活儿越来越少，生活越来越闲时，林启德睡觉的时间也就越来越多。

三个月后，林启德整个人肿了起来，看上去就像肥嘟嘟的婴儿，只不过大了几个尺寸。他的腿肿胀得厉害，裤子也拉不上去。林启德以为，这是整天躺在床上的收益。因为不干活，心底不需要再记挂什么，所以人就胖了起来。

当然，林启德也有清醒的时候。往往是在黄昏时分。当时酒醒了，头虽然还昏昏沉沉，却没有了明显的压抑或者痛苦，他便感觉到自己从未有过的激情。然而，这份激情转瞬即逝，到了晚上，林启德又只对酒发生兴趣。夜晚袭来时，林启德总是独自躺在床上，越过窗棂眺望深灰色的天空，那时，他的耳边会传来一阵阵骚动，伴随着早已遗忘的喘息。林启德已经不熟悉这种声音也不熟悉自己的脸了，只觉得整个身体非常沉重，沉重得像坠满了水和沙。这些水和沙起初由酒精演变而成，最终在他的体内沉积。他一度这样认为。恍惚中，他看到自己的脸被锯子和墨线划得七零八落，上面沾满了许多碎木屑，木屑被削得平平的、薄薄的，每片都画满了黑色的线条。接连几个星期，林启德都梦到那个老早离去的女人，脸上蒙着一层神秘的黑面纱。

有人把林启德的转变归结为酗酒。一个酗酒多年的人，性情由温良转变为狂躁是司空见惯的事，而林启德这样的情形，则是少见的一种。可是，不管怎样，从林启德闭门谢客、中断生计开始，很多人就把他跟酗酒联系了起来。

多年以后，如果有人回过头重新检视，会发现这个不短不长的故事里，早已露出某些端倪；又或者，李科是个细心的男人，他会惊觉到林启德的转变，与自己的言谈有着蛛丝马迹的关联。然而，小镇的习性就是新事物出现，旧事物被迅速遗忘。遗忘是历史进程中最为显著的特点。故此，若干年后，除了林飞偶尔去林启德墓前祭拜，很少再有人想起。

阴历七月的一个傍晚，距离林启德来到堰河镇的第十六个年头，林飞从竹林回到家中。进门看到的第一眼，就是林启德光着身子躺在草席上，原先大而亮的肚子明显瘦了下去，左下腹，却多了个深而窄的伤口，暗红色的血块堵在破口处隐约可见。大量淡黄色的液体合着鲜血，正通过微凸的腹部缺口汩汩流出，一路淌下床缘，随即滴落到水泥地上。这些黄红色掺杂、泻满腥味的液体，慢慢地沿着地势微低的石板缝隙四处分流。顺着林启德下垂的胳膊，林飞发现，在他肥硕苍白的左手心，依然紧握着酒瓶的碎块，玻璃碎块很锋利，就像一把能够随时杀人的尖刀。只是，这把尖刀再也没能发挥它所具有的功用了。

林启德最后的结局是被草草埋葬。做了多年木匠的他，到了自己，连个安身的棺材都没有。八月的天气燥热难耐，酷热的太阳整日高挂半空，林飞只来得及在竹林深处挖一个土坑。最终，他找到了一块废木料，用黑笔在上面写下：林启德之墓。这块废木料就这样替代了林启德极为平淡而又匆忙的一生。

林启德走后，林飞又在小镇生活了很多年。这些年里，他继续从事着父亲传授的手艺，并且始终孤身一人。很多热心人给他介绍镇上的女孩，他都摇头婉言回绝。也许，林飞并不知道自己需要的是什么。他始终独居在竹林旁的那间屋子里，同样未曾改变的，是躲在竹林深处吹奏口琴的习惯。多年以后，从口琴中散发出来的曲调越来越柔美，给人的感觉也越来越空旷。后来有人发现，这个曾经在众人眼里最为古怪的孩子，其实也是最为孤独之人。

周仁忠

简介：周仁忠，男，笔名润中、周易，绍兴市柯桥区夏履镇人。已公开发表文学作品 100 余万字，出版中短篇小说集《山溪流向远方》获 2017 年浙江省文化馆兰花金奖，诗歌多次获全国级、省级和市级奖项。

分　家

一

夏鸣镇石桥村的小元家要分家了。

说是小元家，其实小元已于一年前去世，现在当家的是小元的老婆桂珍，但是石桥村人还是习惯叫小元家。小元家现有四口人，主人桂珍，大儿子石杨明，小儿子石柏明，还有大儿媳郑春妹。小元家有二间房子，一间是老屋，二楼，还是小元的爷爷传给小元的父亲，小元的父亲再传给小元的；还有一间是新屋，三楼，二年前造的，现在桂珍一家人就住在这间新屋里。杨明去年结婚，婚房安在三楼，桂珍和小儿子睡二楼。这天傍晚，小元家要分家的消息就像山风一样刮遍了石桥村的角角落落，晚饭后，几乎家家户户都在议论这事了。

分家可是一桩大事，家分得好与不好，不但关系到整个大家庭的安定团结，而且关系到从大家庭里分出来的小家庭的健康成长。所以，主持分家的一家之主谁也不敢在分家这件大事上草率行事。为了把这个家分好，分得大家都满意，都心服口服，往往要绞尽脑汁，动用一切力量，利用一切有利于分家的资源。就在村民们纷纷议论着小元家会如何分时，小元家里人也为即将要进行的分家而忙碌开了。

吃过晚饭，桂珍悄悄从后门踅出，往大哥家走去。大哥就是小元的哥哥，叫大元，小元没别的兄弟，就只有大元一个哥哥。桂珍从嫁到石桥村的那天起，始终将大元视作长辈一样看待，小元一年前去世后，她更是把大元当作她处理里里外外家庭大事的主心骨。分家这桩事，早在一个多月之前就同大元商讨过了。当时，大元说，树大分叉，子大分家，家迟早是要分的。桂珍把她的意思对大元说了，桂珍说，老大已讨了老婆，老小刚刚中专毕业做了老师，老婆还没讨，我想把新屋分给老小，如果新屋给老大，老小只有一间老屋，怕以后找对象有困难。大元说，你的想法错是不错，问题是，杨明和他老婆会同意吗？桂珍说，不同意也得同意，亇是我偏小，杨明他做哥的总要替弟着想一点。大元说，即使杨明同意，他老婆春妹这关能过吗？桂珍说，儿子是自己生出来的，总会依做娘的，媳妇是外人，婆婆的话未必会听。到时如果春妹不依，这事就要大哥你站出来说话了。今晚，桂珍再次到大元家，就是想把话挑明了要大元做中人。大元正和邻舍在道地上乘凉，见有外人在场，桂珍不好说话，她附在大元耳畔，低声说，大哥，我有事想和你商量一下，咱进屋去说。大元摇着芭蕉扇走进屋内。桂珍关好门，将她的意思对大元说了。大元说，这中人我恐怕不好当，你还叫了哪些人？桂珍说，我的两个兄弟，今儿个我一早就打电话过去了，叫他们明天早上赶到。大元说，是应该来的，自古都是外甥分家，舅舅做主。桂珍说，可我的两个兄弟你都知道，都是忠厚老实人，正经场合，都不善说话的，到时，如果老大两口子不同意住老屋，你可要站出来说话。大元含糊其词地答应道，到时再说吧。桂珍临走时，从裤兜里掏出一包大红鹰牌香烟，递给大元。大元说，烟我不是有吗？但边说边接过了。桂珍说，大哥，明天分家要你多操心了，小元一搭屁股管自走了，把这个家甩给了我，分家这种大事，我一个妇道人家哪拿捏得住，全靠你大哥帮我说话做主了。

这边，杨明夫妻俩也为明天要分家的事牵肠挂肚。郑春妹问杨明，新屋是给咱还是给柏明，妈的意思你有没有摸过？杨明说，我也不清楚，这事妈肚子里捂得很紧，哪会透露一点出来？郑春妹说，妈请了哪些人来分家？杨明说，大伯、大舅和小舅，还有村长和文书。郑春妹说，就这几个人？这不公平，妈为什么不请我娘家的人？分家这样的大事，我娘家人也有说话份的。不行，我得给我哥说，叫他明天也来。杨明说，你少添乱了，叫你哥来做啥？咱家怎么分，全由妈做主，你哥来了也不好说话的。郑春妹说，你看你，还没分，你就全依你娘的了，我可先通知你，到时如果你娘要把老屋给咱，我是绝不会同意的。郑春妹说完，气鼓鼓走到楼下去给他哥打电话。她哥说，你们分家的事，我作为你娘家人，还是不参与为好。郑春妹急了，哥，你到场总比不到场好，到时你也可以替我说说话。她哥说，我能替你说话吗？如果那样，我不是在帮你在家闹不团结吗？

郑春妹回到楼上房间，杨明已躺在床上。她气呼呼地去拉杨明，你还有心思睡觉，赶紧起来去小店里买条好烟，到大伯家去活动活动。明天分家，你娘肯定请大伯做中人。杨明说，这馊主意亏你想得出来，你以为做中人能不讲原则吗？我和柏明都是侄儿，大伯能全护着我吗？郑春妹说，你这也不行那也不行，到时如果分给我们的是老屋，你一个人去住，我是不会跟你去住的，你一个人到老屋做和尚去。杨明说，分都没分过，要到明天才见分晓，你先瞎起哄个啥？恐怕妈打算的是把新屋给咱。郑春妹说，你个呆子，不同你说了，反正明天如果分给咱老屋，我是绝不会同意的。

柏明在湖西镇上的中学教书，因为要分家，桂珍特地叫他请假提早回家了。桂珍回到家里，见老大两口子的房间里已熄了灯，老小还在房间里看书，她压低声音，对柏明说，娘心里定的是把新屋留给你，明天分家时，如果你哥和你嫂要新屋，你可千万不能松口呀。柏明说，如果哥和嫂都要新屋，就给他们吧。桂珍说，你个呆子，新屋分给你，娘还不是为你着想？你还没讨老婆，如果只有一间老屋，哪个姑娘愿意嫁给你？你可千万要听娘的话，知道吗？柏明想到娘的用心，就对娘点了点头。桂珍又说，大伯、大舅和小舅我都向他们关照过了，村长我也打了招呼，明天只要你坚持要新屋，你哥和你嫂就一点没办法。

二

第二天早晨，前来分家的人陆续到了。桂珍请大元坐八仙桌的上首，还恭恭敬敬地端上一杯茶。大元要大舅坐上首。大元说，大舅，今天你是主角，你坐上首来吧。大舅说，大伯，我哪能坐上首呢？还是大伯您坐吧！桂珍也说，大哥，你坐着吧。这上首，大元本来是名正言顺可以坐的，但是今天的情况不同，今天是弟媳家分家，不是弟媳家请他吃饭，如果他坐着上首，就俨然是分家的中人了，等会分家时遇到麻烦，大家就要他拿主意。所以，大元在内心里是很不情愿坐这个上首的，他也不愿当这个中人。村长是最后一个到来的，大元见机会来了，便又要把上首让给村长。大元说，你是一村之长，理应坐上首。村长也是个聪明人，任凭大元如何邀请，就是不肯坐到上首去。大元无奈，只得硬邦邦地在上首坐着，但坐虽坐着，茶也喝着，烟也抽着，心里却七上八下的想着等会分家时他该如何说话。

分家正式开始了。桂珍和大元并排坐在上首，左首是桂珍的两个兄弟，右首是村长和文书东生，下首是杨明和柏明，郑春妹另加一张方凳坐在杨明身旁，九个人团团围着一张八仙桌。桂珍先开口说，今天咱家分家，该请的我都请来了，今天咱把这个家一分为二，杨明和柏明各一家，现在，请大伯先把咱家如何分说说。大元说，桂珍，主意是你拿的，还是你说吧。桂珍白了大元一眼，心里骂，这老滑头，昨晚同你说得好好的，今天一上阵就逃脱了。见大元不肯说，只得自己先说。我同大伯商讨过好几回了，我们的意思是，杨明去住老屋，柏明住新屋，我暂时先跟柏明住。杨明，柏明，春妹，你们如果都没意见，就叫东生哥把分屋的事先写下来。

郑春妹一听，果然不出她的所料，婆婆要把新屋分给柏明，气就往上冲了。她真想大声责问婆婆，为什么要让杨明和她住老屋，但是碍于在场面上坐着的这些人，只好强忍住心头的怒火。她用脚踢了踢身边的杨明，杨明只扭过头来白了她一眼，一点反应都没有。郑春妹心里骂了句"你个呆子"，站了起来，把脸转向大元，说，大伯，你是知道的，这新屋，当初原本就是给杨明的，我和杨明的婚房也安在新屋里。大元没作声。郑春妹又把脸转向村长，村长，你得为我们做主，这新屋，杨明他爹在世时说过是给我们的，现在怎么能分给柏明？村长说，这个主我是做不了的，大人说分给谁就分给谁，你们做小的都要听大人的。村长说的大人就是桂珍。村长边说边瞧着桂珍。桂珍说，村长说得对，村长是主持公道的。郑春妹一看大伯靠边站，村长又替婆婆说话，一时急了，指着婆婆说，你这样分是不公平的，当初我和杨明还没结婚之前，爹就答应把新屋给我们，要不是这样，我才不会嫁到石桥这山旮旯头来。桂珍说，当初是当初，现在是现在。当初杨明他爹还在，现在他爹不在了，把这个家甩给我，管自走了。柏明还没讨老婆，新屋应该留给他。

郑春妹说，新屋本来就是给我们的，现在为什么要留给柏明？难道你们石家的这间新屋就是专门用来骗媳妇的？再说，柏明是吃国家饭的人，户口都迁出去了，即使有了对象，难道还会把媳妇娶到这山旮旯头来？郑春妹说着，把脸转向柏明，柏明你说说看，你已是公家人了，每月都有工资拿，你哥还在这山旮旯头务农，这新屋，我想你是不会要的，即使妈要给你，你也不会要的，你要这新屋有啥用呢？郑春妹的目光中满含期待，她希望柏明能主动站出来说不要新屋，那样，婆婆就无话可说了。柏明望着嫂子，想嫂子的话也有道理，新屋是应该给哥和嫂的，虽然现在自己在外面还没有房子，但今后总要想办法在外面弄一套，把家安在外面。柏明想到这里，刚想开口，却听桂珍说，柏明，你别听你嫂胡说，谁说你不会把老婆娶到石桥村来？你在外面没房子，倘若有了老婆，你叫她住哪儿去？柏明叫了一声"妈"，说，我连对象都八字还没有一撇，娶老婆的事还早着呢。桂珍说，还早？你都几岁了？你不着急，娘可为你着急呀。你要是连一间新房子都没有，哪个姑娘会嫁给你？所以家里的这间新屋，只能留给你。新屋给你，我想你哥也是不会反对的，做哥的理应为弟着想。杨明，你说呢？说着，桂珍目光炯炯地盯住老大。桂珍的意思谁都看得出来，她要杨明当场表态说不要新屋，那样，杨明他老婆就无话可说了。

杨明瞧瞧母亲，又看看弟弟，扭头又瞥了眼身边的老婆，不知说什么好。如果顺着母亲的意思说，好吧，新屋还是留给弟弟，老婆还不将他恨死？这不，郑春妹又在踢他的脚后跟了，她这一脚意思很明了，不能答应你娘，不但不能答应，还要站出来要新屋。杨明把目光落在弟弟脸上，他想，最好是弟弟发扬先人后己的共产主义风格，先表态说不要新屋，那样，我就装假呆，只管闷声不响坐着好了，反正，是弟弟先说不要新屋的，那新屋自然得给我了，总不能给母亲，叫她也自成一家吧！杨明等着弟弟开口，但是弟弟却只管低头抽烟，满脸一副沉思的模样。

桂珍见二个儿子都不说话，便睨了眼郑春妹，说，这事你们兄弟俩也不用多商讨了，就这么定了，新屋给柏明，杨明你和春妹搬到老屋去住，两口子手脚勤一点，嘴上省一点，用不了几年，就可把老屋翻成新屋。说着，把头转向文书，东生哥，你就写分家书吧。东生说，好，我写了。谁说可写了？这样分，哪个同意了？我不同意，杨明也不同意！郑春妹边说边霍地站了起来。

郑春妹满脸涨得通红，气咻咻地说道，妈这样分家是不公平的，她欺大偏小，你们村干部要维护正义。桂珍一手指着郑春妹，气得呼哧呼哧直喘粗气，说，你说我欺大偏小，我看你是破坏杨明和柏明兄弟之间的团结，他们兄弟分家，你这做媳妇的没有说话份。郑春妹说，你不让我说，我偏要说。如果你硬要让我们去住老屋，我就回娘家去。这新屋大家都有份，要住，大家一起住。

你、你、你——桂珍气愤地指着郑春妹，你不要来威胁我们，你有那张脸，你尽管回娘家去，我不拦你。说着号啕大哭起来，边哭边喊，小元啊，你为何管自一搭屁股走了呢？你把这个家甩给我，你可知道你走了以后，我是如何当这个家呀？我的苦有谁知道啊……

大元见弟妹哭得那么伤心，终于说话了，你们这样闹，这家还怎么分？你们心里有别扭，不能坐下来好好说么？这新屋，如果杨明和柏明兄弟俩都想要，我们也不好做主给谁，我有一个办法，要么他们兄弟俩抓阄，抓到谁归谁。

大元一语惊四座。抓阄分家，石桥村还没有过先例。村长惊奇地盯着大元，这大元，亏他想得出这等馊主意来，照他说来，如果想当村长的村民多，也得抓阄。不能让他的主意得逞，抓阄分家，败坏村风！村长说，大元，咱村从古到今从来没有这样分家的，分不好可以暂时不分，等时机成熟了再分。

桂珍狠狠地盯了大元一眼，她心里那个气呀，真是恨不得往大元的身上叼下一块肉来。亏他还是小元的兄弟，小元在世时没少帮过他哥一家的忙，大元家有事，大元拿不定主意时，总是小元替他拿的。而现在，小元一走，大元根本就不把我当弟媳妇看待。咱还把他当长辈看，他却比外人还不如。想到这里，桂珍对大元说，大哥，你这话就说得不对了，杨明和柏明兄弟俩一向和和好好的，从没红过一次脸，这家如何分，他们兄弟俩总商讨得好的，用不着像你说的靠抓阄来决定，要是那样，还不羞死先人了。

三

郑春妹在那边嘤嘤哭泣开了，心里一会儿骂老公无能，一会儿又骂婆婆欺大偏小。想当初，她愿意嫁给杨明，愿意嫁到这山旮旯头来，就是看中杨明家有间新造的三楼。结婚前，杨明也信誓旦旦地对她说过，这间三楼父母以后肯定是分给他的，郑春妹也曾试探过未来的公公，公公也是这个意思，说，杨明他弟户口都迁出去了，是吃皇粮的人了，不会回到石桥村来安家了，这间新屋，以后肯定给杨明。郑春妹满怀憧憬地嫁到石桥村来了，新婚不到一个月，她就去乡上的乡镇企业做工。她想攒点钱，等以后分家后，拥有了真正属于她和杨明夫妻俩的新屋，就把钱拿出来搞新家庭的建设，彩电要购，冰箱要买，洗衣机也要置。郑春妹早出晚归，白天在厂里干活，傍晚骑二十多里的山路赶回家来，晚上还要帮家里人做些山货。勤快的郑春妹，受到村里人的纷纷夸奖，大家都说，小元家讨了一个好媳妇。

但天有不测风云，公公小元突然生病了，肝癌。先是到县城的医院，后来转到省城的医院，转来转去，就把家里的一点积蓄全转光了，病却没有一点好转。陪丈夫在省城医院治病的桂珍急得一抓一把头发掉下来。难道就这样看着丈夫躺在病床上等死？不能，只要还有一线希望，就要想尽一切办法治好丈夫的病。桂珍从省城赶回家来筹钱，那天晚上，桂珍把郑春妹叫到身边，亲热地叫了一声春妹，说，你爹躺在病床上等着我把救命钱送去啊！我想不出别的办法来了，我的好媳妇，只能委屈你了，你把厂里挣的工资钱拿出来给你爹治病，你爹的性命全指望你啊！婆婆把话说到这个份上，郑春妹没有理由再把私房钱藏下去，拿出了在厂里辛辛苦苦做了一年多才挣来的八千元工资钱，交给了婆婆。婆婆眼里满含泪花，紧紧攥住郑春妹的手说，春妹，等你爹病好了，咱家一切都会好起来的，我和你爹永远会记着你对咱家的恩情。郑春妹说，都是一家人，还说啥两家子话！婆婆说，真是咱石家的好媳妇，咱石家是前世修来的福，讨了你这懂事明理的好媳妇。

不到一个月，小元还是走了。那天晚上，他把老婆、两个儿子和大儿媳叫到身边，断断续续地说，我走后，你们一家人更要一条心，要替我争一口气，不要被村上人瞧不起。我这一病，给家里留下一屁股债，欠债要还，天经地义，你们要尽力去挣钱，想办法尽快把欠债还掉。桂珍，我把这个家交给你了，你可千万得撑住，不能让这个家塌了。杨明已娶了老婆，按理应该独立成家了，但是我们这个家暂时不要分，杨明要帮妈撑住这个家，等以后咱家好转后再分家。郑春妹当时听了公公的话，心里想问，以后分家了，这新屋是给杨明吗？但看到公公气息奄奄的模样，还是把想问的话连着泪水咽下肚去。

四

郑春妹越哭越觉得委屈。过了一会儿，她一抹眼泪，说，随你们怎么分就怎么分，这个家我是再也不想呆了，我也待不下去了。说完，噌噌噌走上楼，回到自己房间里，理了一包衣服，走了下来。大元问，春妹，你这是做什么？你要到哪儿去？你还是不要走，这家还没分好呐，新屋给谁，还没定啊！郑春妹说，新屋老屋我都不要了，谁要谁就要去，我回娘家去。大元说，春妹你这可做不得呀，你这一走，不是给我们这些人难堪吗？大元说着去瞧村长，他希望村长能站出来阻止郑春妹要离家出走的行动。村长毕竟是一村之长，危急关头临危不乱。村长大声喝道，郑春妹，你要走可以，我们也不拦你，但是我先代表村委对你说个明白，今天如果还没分好家你就走，以后你和你老公有事就别来找我们村委。说着又朝杨明一瞪眼，喝道，杨明，你还愣着干吗？快去阻止你老婆的胡闹！杨明赶紧立了起来，一个箭步冲到老婆身边，夺下包裹。郑春妹哭着又上楼去了。村长对杨明挥挥手说，你也上去好好劝劝你老婆，我们再商量一下。

郑春妹扑在床上哭得伤心欲绝。杨明坐在她身旁，不知如何劝她。过了好一会儿，杨明见郑春妹的哭声低了下去，才嗫嚅着说，春妹，你不要想不开，老屋新屋都一样的，只要有屋住就可以了，即使分给我们的是老屋，我们也可以靠自己的双手，拆掉老屋翻建起新屋。郑春妹泪眼婆娑地抬起头来，你个呆子，说得倒轻巧，你有多少钱积攒下来了可以造新屋？靠你这双手做做山货挣些饭米铜钿，你到下世都造不起新屋。杨明呆呆地瞧着自己一双长满老茧的手，把头深深埋下去。杨明说，春妹，我无能，我对不起你！你就看在咱去世了的爹的面上，不要同妈争了，她说怎么分就怎么分。我也不待在这山里头了，我也出去打工，我向你保证，不出几年，一定让你住上新屋。杨明说着抬起头来，用力拍了拍胸脯。郑春妹说，妈硬要让我们住老屋，我咽不下这口气，从此以后我是不会叫她妈了。杨明长叹一口气，见老婆不打算再哭了，便走下楼去。

楼下，一桌子人各就各位，个个正襟危坐，默不作声，似在等待一项重大决定的宣布。村长见杨明走下楼来，首先打破沉默，问杨明，你把老婆安抚好了？杨明点点头。村长说，这就好，看你一个大男人，还治服不了一个女人！杨明苦笑了一下。村长说，经研究讨论，大家一致认为，你家这间新屋，应该留给你弟，你做哥的要顾全大局。杨明，我是看着你长大的，你一向很懂事的，我想，你是不会反对把新屋给你弟的吧？杨明说，只要我老婆没意见，我随便，你们要怎样定就怎样定。村长说，这就好，就这样定了，你和你老婆明天搬到老屋去，今后，你就是一家之长了。

于是文书写了分家协议书，内容主要就是小元家现有新老两间屋子，今兄弟分家，老屋分给杨明，新屋分给柏明；母亲桂珍暂跟柏明生活，等等。自此，小元家便变成了两个家，一个叫杨明家，一个叫柏明家，因为桂珍跟着柏明，所以村人都把柏明家唤作桂珍家。中午，前来主持分家的一班人马在桂珍家吃了中饭，因为虽经一波三折但终分家成功，大家都有一种成就感，吃得都很开心。村长更是豪情满怀，大口喝酒，大块吃肉，吃得满面红光，神采飞扬。大元也不甘落后，喝得酒气冲天，酒话连篇。杨明只顾埋头吃饭，边吃边想着如何去应对老婆的怨恨。饭桌上只少了一个人，那就是郑春妹，此时，她正蜷缩在被窝里暗暗哭泣，她在哀叹自己的命苦，明天，她就要住到那间破陋不堪的老屋去了，她感到无脸再见村人。

　　第二天，郑春妹起了一个大早，默默地看了一眼还在睡梦中的杨明，悄悄关上房门，又悄无声息地把自行车推出家门，然后，跨上车子，像一只北归的燕子，飞离了这个令她伤心欲绝的石桥村……

谢方儿

简介：谢方儿，中国作家协会会员，浙江省作家协会全委会委员，绍兴市作家协会副主席兼秘书长，在《中国作家》《青年文学》《江南》《上海文学》等20多种文学期刊发表小说100多万字，出版文学专著8部。

麦乳精

小客轮靠岸时，三哥用右手食指指着码头上的一个男人说，你看到了吗，呶，他就是舅舅。我看到一个三四十岁的瘦男人，穿着灰色的短袖衫，站在中午酷热的阳光下，正皱着眉头朝靠岸的小客轮张望。

我和三哥争先恐后地从船舱里跑出来。我十一岁了，从没坐过轮船，就连乡下也没去过。当我快超过三哥时，他突然停下来说，你急什么急，跟在我后面。三哥说这话的时候，还抬脚踢了我一下，好像他此刻是一只活蹦乱跳的驴。我不怕三哥，他比我大两岁，但我们长得差不多高。我再次想赶超三哥，他站住不说话，又踢了我一脚。我很想给他一拳，想到没见过面的舅舅在眼前就忍了。

舅舅走上前把我们接上岸，说，阿强，你还这么调皮。舅舅说的阿强就是我三哥，他的大名叫赵强。

三哥冲着我说，周天放，你怎么还不叫舅舅。三哥嘴里的"周天放"就是我，我原来有一个很好的乳名，叫阿放，顺口又叫得响，但现在连我妈妈也很少这样叫我了。我第一次见到这个舅舅，心里还是有些小心拘谨的。这次到乡下外婆家来过暑假，爸妈都对我提过要求，别人的话可以少听，甚至于不听，包括外婆的话，但舅舅的话必须听。因为舅舅是朝阳公社的干部（其实他是公社的革委会副主任），听说许多人见到他说话会结巴手脚会哆嗦。

我低下头，结结巴巴地说，舅——舅舅——我——

舅舅穿一双黑色的塑料凉鞋，上面结着点点滴滴的干燥泥巴。他伸手摸了摸我的头说，我以为你也是一个调皮鬼，还挺腼腆的呢。舅舅的手腕上戴着一块手表，表面在阳光下折射出一闪一闪的光芒，感觉挺好玩的。

三哥说，舅舅，你不知道，周天放比我还调皮。舅舅拉起我的手说，周天放，是叫周天放吧，你别把我看成是赵强的舅舅，我也是你的舅舅，听到了吗？

我说，舅舅，我听到了。眼前的这个舅舅，比我想象中的舅舅要亲和。

我们的家是个新组合的大家庭，爸妈各带了三个孩子。现在这个大家庭是这样的，赵钢、赵铁和赵强是我的大哥、二哥和三哥，之前，我和他们不认识，包括我现在的爸爸。周天燕、周天红是我的两个妹妹，是亲妹妹。也就是说，我原来是老大，现在只能排到老四了。

我爸爸前年冬天死了，他是生病死的。听说三哥的妈妈已经死了三年，是被一辆大货车撞死的。想到他们的死，我觉得还是我爸爸死得干净，他死时像睡着了一样，只是人瘦得不成样子。三哥的妈妈一定死得很可怕，被大货车一撞，肯定皮肉碎了，还会血流成河。

这个暑假到来前，爸妈为如何安置我们弄得焦头烂额。后来一夜之间，他们达成了一个共识，赵钢和赵铁留在县城的家里，周天燕和周天红送到自己的外婆家去，我跟赵强去乡下他的外婆家过暑假。说真的，我厌恶这个三哥，但很喜欢去乡下过暑假，好奇好玩呗。

舅舅骑的是一辆 28 吋的自行车，三哥熟练地爬上车的后坐，说，舅舅，这是你的公车吧。舅舅把我抱到车的三脚架上，大声说，当然是公车。阿强，你怎么每次来都要问呀？

三哥伸过脚来又想踢我，但隔着舅舅踢不到，他好像与生俱来有多动症和好胜心。三哥说，舅舅，我羡慕你，我以后也要做干部，骑公车。

舅舅笑着说，那你要听毛主席的话，跟共产党走，从小好好努力。

三哥的外婆家在红星大队，这个地方离轮船码头有点远。舅舅带着我和三哥，骑行在一条窄窄的石板路上，两边绿油油的庄稼，也有弯弯曲曲的小河。舅舅边骑车边说，周天放，你会游水吗？

我说，会的——快学会了。

三哥说，会个屁，舅舅，他下水就要淹死。

舅舅说，不会就学呀，乡下有的是河水。

三哥说，舅舅，周天放是一个大笨蛋，他学不会的。

我也顾不得舅舅了，大声说，你才是一个大笨蛋，比我大还不会游水，还好意思说我。

舅舅说，你们别争了，我有空教你们游水，争取这个暑假里能学会。

舅舅这么一说，我心里就踏实了。

红星大队有一百多户人家，大多数在一条小河的两岸安家务农。小河上只有一座石拱桥，像个老人低头躬腰站在那里。舅舅让我们下了车，把肩膀伸进三脚架，扛着自行车朝桥上走。桥脚下有一户低矮的人家，一扇破旧的木门正对桥头。一个和舅舅年纪差不多的男人探出头来说，喂，小外甥，这个小朋友是谁呀？

三哥头也不回地说，阿水，他是我弟弟周天放。

阿水说，阿强，你什么时候学会骗人了，红星大队谁不知道你是家里的老小，我看你这个弟弟是一个"拖油瓶"吧。

后面这句话，我一听就火起来了，说，你妈才是"拖油瓶"。

"拖油瓶"绝对不是一句好话，有次我和三哥吵了架，他也说过我是"拖油瓶"。后来我问妈妈，"拖油瓶"是什么意思？妈妈听了很吃惊，说，谁说的？我说，三哥说我是"拖油瓶"。妈妈的脸色由红转青了，最后她说，"拖油瓶"就是装油的瓶。我知道，妈妈这么说，明显是在骗我。

三哥说，周天放，你知道吗，阿水是砢鱼的，你骂他，你就别想在红星大队吃到鱼虾了。

我在鼻子里哼了哼说，谁稀罕。

舅舅扛着自行车站在桥面上，他居高临下地说，喂，什么事呀？

阿水扔出一个带火的烟蒂，笑着说，没事，李干部，你的新外甥挺会说话的。

舅舅一脸严肃地说，阿水，你少说几句吧。舅舅的话音刚落，阿水的脑袋立即缩回屋子里，看上去他是很怕我这个舅舅的。

第二天舅舅去公社上班了，据说有十多里地。舅舅走之前说，你们要听外婆的话，不能擅自去河里玩水。我和三哥都点点头，舅舅的背影刚远去，我就按捺不住贪玩的心了。我问三哥，舅舅说的"擅自"，是不是让我们自己去河里玩。三哥说，你真傻，舅舅说的意思是，我们不能去河里玩水。三哥看到我还想不明白，又说，周天放，你想去就去吧，我懒得管你。

我一个人溜出去了，沿着小河慢慢走。河里有游来游去的鱼儿，它们一点也不怕我。河边的树上知了在大声鸣叫，我抬头看了一会儿，一只也看不到。许多绿头苍蝇，成群结队地在露天粪缸周围嬉闹，发出嗡嗡的声响。我陪苍蝇们玩耍，当然它们也付出了代价，那些不够机灵的苍蝇被我捉住喂鱼去了。

我发现桥下有一只小木船，很像是一件大玩具。喂，小外甥，小心掉到河里去。阿水大声提醒我。我没有去理睬他，因为他说过我是"拖油瓶"。

就在这时，我闻到了一股香气，这不是一般的香气，有牛奶味也有鸡蛋味。我的喉头动了动，肚子也叫了起来。在我的记忆中，我只吃过一次奶油糖，而且只有一颗，是死去的爸爸给我的。我慢慢朝这股香气靠近，原来香气是从阿水家里飘出来的。阿水说，来，来来，小外甥进来坐坐。

我被这股香气吸进了门。屋子里很闷热，光线也昏暗，堆着杂七杂八的东西。后来我才知道，因为阿水家在桥头，经常有人到他这里寄存东西。

阿水摇着一把旧芭蕉扇说，小外甥，你叫什么名字？

我说，周天放。

阿水端起白色搪瓷杯喝了一口，杯子上有"为人民服务"几个红字，特别醒目。他说，哦，好名字，不过阿强是姓赵的。

我本来不想理睬阿水，但屋子里的香气实在太诱人了。我说，阿——水——什么东西这么香？

阿水看着我说，周天放，你的鼻头真灵。麦乳精，你看我在喝麦乳精，真香。阿水捏着的搪瓷杯里盛着褐色的水，正在散发出迷人的香气。

我说，麦乳精，是什么东西？

阿水说，这是好东西，整个红星大队只有我阿水能吃到麦乳精。

我说，你吹牛，谁信呀。

阿水站起来，从灰不溜秋的木柜里摸出一个铁皮罐头，说，你看，看清楚了，这就是麦乳精。他挖开铁皮盖头，把罐头举到我的鼻子前又说，你闻闻，怎么样？香到心肺里去了吧。

我从来没有闻到过这种香味，我咽着口水说，这就是麦乳精吗？我看到铁皮罐头上有一圈淡黄的麦穗，还有"麦乳精"三个大红字。

阿水啪地把铁皮盖头扣上，说，周——周天放，你想吃吗？

我渴望尝尝麦乳精，这东西一定比奶油糖要好吃。我说，想吃的。

阿水说，你舅舅——算是你的舅舅吧，他是公社干部，但他肯定没有吃过麦乳精。就算能吃到，也是白吃的，吃完就没了。你说，麦乳精都没吃过的人，在红星大队有什么好威风的。

我说，阿水，你在说我舅舅？

阿水用芭蕉扇赶走了几只苍蝇，说，不敢，我不敢说他。你想不想吃麦乳精？

我说，我说过了，想吃的。

阿水认真地说，你说得倒轻巧，小外甥，不是说想吃就能吃到的，这是麦乳精。他放下芭蕉扇，捧住铁罐头再次挖开了盖头，伸进两只手指抓了几粒麦乳精，说，来，张开嘴，你先尝尝。

我想都没多想就张大嘴巴，阿水把麦乳精扔进我的嘴巴里，说，嚼，你嚼呀。对对，嚼几下就行了。味道怎么样？

我边嚼边说，好吃，比奶油糖好吃多了。

阿水说，比起麦乳精，奶油糖算个屁。还想吃吧，我给你泡一大杯。不过有个条件，如果你答应，我就给你吃，而且你想什么时候吃，你就过来吃。

我说，你骗人。

阿水说，我有亲戚在上海，上海你知道吗，大城市，想吃什么有什么。我有麦乳精。我有奶油糖。我有动物饼干。

我说，我家也有上海亲戚。我家确实也有上海亲戚，是我死去的爸爸的表哥，我没有吃到过他给我的动物饼干、奶油糖和麦乳精，我甚至没见到过这个上海亲戚，他只是爸妈嘴里的一个美丽传说。

阿水说，这样吧，你叫我爸爸，我就给你吃麦乳精。阿水笑眯眯地看着我，这一脸的笑，像极了我死去的爸爸的笑。

这个阿水怎么能做我的爸爸，我什么话也没说扭头就走。阿水捧着搪瓷杯站在门口说，周天放，你想想，想清楚了再来找我。其实，你叫我爸爸是假的空的，我给你吃麦乳精是真的实的。

我走过桥后，冲阿水说，阿水，桥下的小木船是你的吗？

阿水说，是的，舸鱼用的，什么时候我带你一起去舸鱼吧。

我说，太好了，不过我不会叫你爸爸的。

我走进外婆家，他们已经在吃中饭了，没人理睬我，好像我与他们没有关系。我也不想理睬他们，拿了碗盛饭就吃。过了一会儿，三哥说，外面好玩吧？

我说，好玩。

三哥说，你一个人去玩水了？

我说，没有。

三哥说，你骗我。

我在细想麦乳精的事，没心思理会三哥的话。这样三哥就感到了失落，他开始吵着要吃白糖，可能他知道外婆家里有白糖。外婆摇着头说家里没有白糖，因为糖票早就用光了。三哥当然不相信外婆的鬼话，最后外婆只好老实交出白糖。我想这个外婆是三哥的外婆，她肯定不会给我吃白糖。外婆先给三哥一调羹白糖，然后也给了我一调羹白糖。外婆说，周天放，你以后出去要说一声。我看着眼前的白糖说，嗯。

三哥没有说话，他把右手食指放进嘴巴里吮吸。一会儿，他突然把湿漉漉的手指头插进我的调羹里。我还没反应过来，三哥已经在舔这只蘸了白糖手指了。三哥经常抢夺我和妹妹的东西。上次妈妈给我们分了半根油条，三哥不但死皮赖脸地咬了周天燕和周天红的油条，还用剪刀偷偷剪走我的一截油条。

本来我也不好意思和三哥吵架，毕竟这里是他的外婆家。没想到，三哥湿漉漉的手指头又插进了我的调羹。接着，他的湿手指在嘴巴和我的调羹之间来回穿梭，桌子上撒下一层白糖。三哥快乐地说，甜，真甜，像偷来一样的甜！

我再也控制不住自己了，伸手就把三哥的调羹塞进了嘴巴里。后来，我和三哥打得难分难解，这场打斗我很放开，三哥占不了便宜。外婆扯住了我的小耳朵，大声说，啊——你怎么能这样，周天放，你真是个野孩子，没教养。

结果当然是我吃了亏。三哥说，周天放，只要你听我的话，我保证你在乡下玩得痛快，否则——哼。我一口把三哥的白糖全吞进肚里，确实太过分了。我这么干，或许是有原因的，我妈说过，我的坏脾气像我死去的爸爸，据说他生前患有狂躁症，容易冲动。我妈妈经常告诫我，你不能像你死去的爸爸，你要好好做人，周家只有你一个儿子。

现在，我想到了妈妈说的话，我说，三哥，我的白糖给你吧。

这天夜里，我听到舅舅和外婆在说话。舅舅说，妈，你辛苦了，管孩子是一件很累很烦的事。外婆说，都是你死去的姐姐干的好事，她自己走了，给我们留下一堆麻烦事。外婆哭了，好像哭得很伤心。舅舅说，无论怎么说，孩子是无故的。姐夫也是没有办法，再说这些孩子毕竟是我们的骨肉。外婆在抹眼泪挤鼻涕，嗞嗞地响个不停。舅舅又说，这几天，赵强和周天放没给你淘气吧？外婆说，不淘气的孩子不是好孩子，你以前就是个淘气王。舅舅笑了，外婆好像也笑了。

舅舅一直没说要教我们去游水，他早出晚归忙自己的都来不及。这让我感到有些失望，我很想一个人去河里玩水，或者外婆能带我去，但这都是不可能的事。

有一天，三哥突然提出我们一起去玩。我咽着口水说，三哥，你吃过麦乳精吗？

三哥吃惊地看着我说，没有，你吃过麦乳精了？

我说，阿水家里有麦乳精。

三哥说，真的，走，我们一起去吃麦乳精。三哥说这话的腔调，好像我们是回家去吃麦乳精的。三哥一路奔跑，还没进阿水家就大声喊，阿水，你家里有那个香喷喷的麦乳精吗？

阿水说，当然有，早几天你弟弟已经吃过了。

三哥说，我弟弟，是周天放吗？

阿水说，是呀，你不是说周天放是你弟弟吗。啊哈，你看，他也来了。

我没有闻到麦乳精的气味，闻到的是阿水身上的汗臭味。阿水满脸是笑地看着我，好像在看他的亲儿子。他说，你，周天放，你想清楚了吗？如果你想清楚了，我说话一定算数。

三哥的眼光在阿水的破屋子里扫来扫去，我知道他在寻找麦乳精。三哥说，阿水，你和周天放在说什么？

阿水右手摇着芭蕉扇，左手抚摸着我的头皮，他说，我和你弟弟在说吃麦乳精的事，是吧，周天放。

三哥说，阿水，你的麦乳精藏在哪里？我想吃。

阿水放下手里的芭蕉扇，从木柜里摸出那个铁皮罐头，说，你看，这是什么？

三哥惊喜地叫起来，啊，真是麦乳精呀。

阿水得意地挖开铁皮盖头，那种特别的香气冲了出来，很快整间屋子都香喷喷了。阿水用手指夹了几粒麦乳精，说，阿强，来，张开你的嘴巴，先尝尝吧。

三哥说，麦乳精是开水冲着喝的。

阿水看了看我，说，上次，你弟弟也是这样吃的。是吗，周天放。

我说，是的，嚼着吃，脆香。

三哥张开嘴巴接住了麦乳精，他边嚼边闭上了眼睛，感觉是香到陶醉了。

阿水走近我，又伸手想抚摸我的头皮，好像我的头皮是他的麦乳精罐头。这一次我躲开了，我说，三哥，麦乳精好吃吗？

阿水拿起芭蕉扇摇了起来，他说，阿强，香到心肺里去了吧。

三哥说，真香。阿水，你泡两杯麦乳精给我们喝喝吧。

阿水说，阿强，只要你答应我一个条件，我马上给你吃麦乳精。

三哥说，什么条件？

阿水捧过铁皮罐头把麦乳精倒进搪瓷杯，每倒进一点麦乳精，杯底都会响起下雨一般的沙沙声。阿水拎过热水瓶，拔掉盖子，对准搪瓷杯冲了下去。

阿水用一只竹筷在杯子里搅了搅，然后把筷子伸进嘴里吮吸。他说，香吧，这就是麦乳精，红星大队只有我能吃到麦乳精。阿强，如果你叫我爸爸，我就给你吃麦乳精。

我大声说，三哥，不能叫，你是有爸爸的。

三哥没有理睬我，说，阿水，这就是你说的条件？

阿水端起搪瓷杯吹了一口气，说，是的。

三哥平静地说，阿水——爸爸，我叫你，爸爸，我要喝麦乳精。

我大吃一惊，没想到三哥这么爽快叫这个阿水爸爸了。我又大声说，三哥，你是有爸爸的。

三哥说，是呀，你想想，我有爸爸的都在叫阿水爸爸了，你爸爸死了为什么还不叫阿水爸爸。

我糊涂了，我爸爸确实死了，可现在三哥的爸爸也是我的爸爸，所以我也是有爸爸的。虽然我想吃麦乳精，但要叫这个陌生的阿水为爸爸我做不到。

想不到的是，阿水听到三哥叫他爸爸后，突然像变了一个人似的，他愣愣地看着叫他爸爸的三哥，脸上既不像是笑也不像是哭，捏着芭蕉扇的手也在颤抖。

我紧张地说，三哥，三哥你快看，阿水怎么啦？

三哥说，喂，阿水，爸爸，你——你反悔了吗，这样不行的，我已经叫过你爸爸了，你至少要给我吃一杯麦乳精。

阿水突然扔掉手里的芭蕉扇，他没有去拿麦乳精罐头，而是一把抱住了三哥。他边哭边说，我——阿水——成分不好，是坏人，被人欺负，被人瞧不起。我光棍——夜里孤单，白天孤独，我活得辛苦呀。

三哥想挣脱阿水的搂抱，但阿水像抱住了救命稻草不放。三哥说，你——你——快放了我。阿水，爸爸。爸爸，阿水，我要喝麦乳精，你听到了没有？

我惊慌失措地说，三哥，阿水疯了，因为你叫他爸爸了。我们快逃吧！

阿水终于放开了三哥，他的脸上湿漉漉的，有泪水也有汗水。阿水说，来，来来，儿子，我给你喝麦乳精。他把刚才泡的一杯麦乳精递给三哥，又说，儿子，喝吧，已经不烫了，快喝吧。他看着三哥满脸都是笑，笑脸上明显还留有泪痕。

三哥接过麦乳精闻了闻，说，真香呀，我要慢慢喝。不过，我可以叫你爸爸，你不要叫我儿子，你叫我阿强。

阿水用左手抚摸着三哥的头皮说，这样也行，反正你叫我爸爸说明你就是我的儿子，我心满意足了。

阿水和三哥紧挨在一起，阿水抚摸着三哥的头皮，三哥靠着阿水捧着杯子在闻香气。我越看越觉得阿水就是三哥的爸爸，三哥就是这个阿水的儿子。

三哥没有去喝杯子里的麦乳精，他先闻了闻，接着看了看我又闻了闻，后来他的右手食指伸进了杯子里。这只手指尖上挂住了几滴褐色的麦乳精，三哥张开嘴巴伸进手指，然后很享受地吸吮起来，他看着我一脸坏笑地说，好吃，真香。爸爸，你的麦乳精真好吃。

我说，三哥，你真不要脸。

三哥说，周天放，你跟我到我的外婆家里来，你才不要脸呢。

阿水嘿嘿笑了几声说，你们不要争了。周天放，我给你吃一块动物饼干。他从木柜中又摸出一只铁盒子，铁盒子打开时，一股奶香飘了出来。阿水摸出一块饼干，这是一块公鸡饼干。他说，这饼干也是我的上海亲戚给我的，我不骗你。你吃，快吃吧。

我接过这块公鸡饼干，直接扔进了嘴巴，我妒忌阿水有这么多好吃的东西，也怨恨阿水的小气和占我们的便宜。我嚼着饼干不说话，三哥说，周天放，饼干好吃吗？他一直没有喝麦乳精，他还在用手指蘸着麦乳精吸吮，好像他是个惹人喜爱的婴儿。

我说，我要回去了。

三哥说，周天放，你不能走。他让阿水弯腰贴着耳朵说话，接着，阿水拿来一只缺口的小碗，从三哥的搪瓷杯里倒了小半碗麦乳精给我，他说，周天放，喝点麦乳精再走吧。

三哥说，周天放，你不要给脸不要脸，喝吧。他的手指又伸进了杯子里，还在里面搅动起来，真是一只可恶的手指，这么香的麦乳精，他竟然这样玩了起来。

我一口喝干了碗里的麦乳精。三哥拍拍手说，爸爸，你看，你看到了吧，周天放喝得太狼狈了。

阿水说，周天放，想不想再来一点？

三哥继续用手指蘸着麦乳精吮吸，嘴里发出"啪唧啪唧"的声响。他说，爸爸，他又没叫你爸爸，别给他吃了。

现在，三哥叫阿水爸爸很顺口了，好像阿水真的是他爸爸。我厌恶三哥这种表现，说，三哥，你愿意叫阿水爸爸，你喝个够吧。

阿水说，今天是我最开心的日子，因为有人——你阿强叫我爸爸了。这样一来，你舅舅，朝阳公社的李干部，他就该叫我一声姐夫了。对吧，哈哈。阿水的下巴上竖着一层短粗的胡子，上面有几粒细小的脏东西，有可能是受潮的麦乳精，也有可能是掉下来的鼻屎什么的。阿水说话时，多次用手摸下巴，但都没能把下巴上的脏东西摸下来。他身上的汗衫又脏又破，看上去也灰不溜秋的，白不像白，灰不像灰，还有大大小小的破洞。我想，这个阿水是在侮辱舅舅，舅舅怎么可能叫这个脏兮兮的阿水姐夫呢。

我说，我走了，我要去告诉舅舅。

三哥气急败坏地说，周天放，你敢说，我就让你马上滚回城里去。

我说，你没骨气，自己有爸爸还叫别人爸爸，我看不起你。

三哥用右手食指点着我的鼻头说，周——天——放——你敢教训我，你这个"拖油瓶"，想吃麦乳精想疯了吧。我真想扑上去抓住他的手，把这只手指头塞进嘴巴咬个粉碎。我说，你再用手指点着我，我就咬断你的手指头。

三哥可能真的害怕了，缩回手说，你不敢的。

晚上，舅舅回来了，他的身后跟着一个身穿公安制服的人。舅舅说，这个谭叔叔是公社的公安特派员，以后谁调皮捣蛋，他就对谁不客气。

这个谭叔叔戴着白色的大盖帽，穿着白色的短袖衫和民警蓝的长裤，腰里好像别着一把手枪。他的脸是胖墩墩的，直看横看都是一张客客气气的笑脸。他看着三哥说，这个是阿强吧，我见过你。三哥不敢看谭叔叔，他低下头小声说，我没——没见过你。舅舅笑了笑，谭叔叔又说，这个小孩子是谁？

舅舅的脸色暗淡了，他似乎还轻轻地叹息了一声，说，我姐夫再婚了。

谭叔叔和我们一起吃晚饭，他终于摘下了大盖帽，把它挂到墙壁的钉子上。这个时候，我才发现谭叔叔是一个秃头。谭叔叔摘下大盖帽后，头上的汗水藏不住都流了下来。他一边擦汗一边埋怨天气，啊，天太热了，热死人了。

舅舅拿来一瓶酒说，老谭，我们喝点酒吧。谭叔叔说，李主任，我晚上还要值班呢。舅舅没有说话，拧开了酒瓶盖子，他给谭叔叔倒了半碗，然后他自己也倒了半碗。接下来，他们就喝酒了。我发现他们没有说话，感觉是舅舅有什么事不开心了。谭叔叔喝了几口酒之后，说，李主任，我觉得，我们朝阳公社的阶级斗争形势越来越严峻了。

舅舅端起酒碗喝了一大口说，老谭，国事家事，都难处理呀。

我和三哥早就吃好了饭，听到舅舅和谭叔叔开始谈事，三哥说，舅舅，我出去玩了。我赶紧也从凳子上跳下来说，舅舅，我也出去玩了。

舅舅拉住三哥说，阿强，你和周天放吵架了吗？

三哥说，周天放想咬断我的手指头，他疯了。

舅舅说，周天放，是这样的吗？

我说，我讨厌他这只手指头。

谭叔叔惊讶地说，周天放，你为什么讨厌他的手指头？

我气愤地说，他——他吃阿水的麦乳精，用这只手指头蘸着吃。还有——反正我讨厌他。

三哥的脸红了，说，舅舅，周天放也吃了阿水的麦乳精，他还多吃了一块动物饼干，是一块公鸡饼干。

我说，舅舅，三哥为了吃阿水的麦乳精，心甘情愿叫他爸爸，我没叫他爸爸。

舅舅一听，一拳头砸在桌子上，把两只酒碗都砸得跳了起来。他严肃地说，谁叫阿水爸爸了，阿强是你吗？阿水给你们吃麦乳精和饼干，然后你们叫他爸爸，是这样的吗？

我说，舅舅，我只吃了一点点，我没有叫阿水爸爸。三哥叫他爸爸了，还叫得很亲热。

谭叔叔的脸色也严肃了，头上脸上都在冒汗。他说，李主任，你先别生气，情况弄弄清楚再说。

舅舅绕着桌子走了几圈，好像在深思熟虑。我没想到，这个事会有那么严重，看来我坚决不叫阿水爸爸是对的。舅舅边走边自言自语，这个陈阿水，还来这一套，隐藏得太深了，这分明是怀着一肚子对人民群众的报复心理，一心想毒害青少年，毁掉革命的下一代呀。

谭叔叔站起来，戴上大盖帽说，是红星大队那个四类分子家庭的陈阿水？

舅舅说，是的，他老子是剥削压迫农民的恶霸地主，解放初被政府镇压了。陈阿水对新社会一直怀恨在心，这是阶级斗争出现的新动向。

谭叔叔大声说，我这就去把他抓起来吧。

舅舅拦住谭叔叔说，我们不能打草惊蛇，要密切注意这个人的反动言行，有了足够的证据后决不手软。

谭叔叔一口把碗里的酒喝干，摸住腰间的手枪（我觉得应该是一把手枪），说，这个陈阿水搞到你的头上来了，你还对他客气呀。我去抓他。

舅舅给谭叔叔倒上酒，说，老谭，你从部队转业时间不长，地方上的事比部队要复杂多，而且更具有阶级性。舅舅和谭叔叔坐下来边喝酒边谈阿水的事，他们的脸色都很严肃，我和三哥站在一边不敢出声也不敢走开。后来舅舅说，阿强，周天放，你们吃阿水的麦乳精没有错，他主动要给你们吃，你们痛痛快快吃吧。他有多少，你们吃多少。

我和三哥以为舅舅酒喝醉了，他的脸红得像一张漂过水的红纸，双眼也红丝丝的。我觉得，舅舅说这样的话肯定是酒话。我说，舅舅，你说的是真的？阿水要我们叫他爸爸，怎么办？

舅舅哈哈地笑了起来，听上去不像是假笑，他说，阿水要让你们做什么，你们就照他说的做。不过，你们要把他做的和说的情况都记住，回来原原本本告诉我，记住了吗？

我和三哥都说，舅舅，我记住了。

谭叔叔把大盖帽又挂到墙壁的钉子上，他说，李主任，你的想法是好的，但这两个孩子能按照你说的去做吗？

舅舅的心情好多了，他笑着说，放心吧，老谭，接下去就要看你的了。

天色朦胧了，暮色中弥漫着浓郁的刺鼻烟味，这是因为家家户户都在烧烟堆驱赶蚊子。有些烟堆里掺入了杀虫剂"六六粉"，这样整个红星大队乌烟瘴气了。

舅舅带着我和三哥送走了谭叔叔，谭叔叔也骑着一辆和舅舅一样的自行车，不过他的这辆比舅舅的要旧多了。谭叔叔的自行车嘎吱吱地响，骑出好远，我仿佛还能听到这种声音。谭叔叔酒喝多了，自行车骑得歪歪扭扭的，我担心他会掉到河里。我说，舅舅，手枪掉到河里还有用吗？

舅舅惊讶地看着我，接着摸摸我的头说，周天放，你真是一个机灵的孩子。放心吧，谭叔叔不会掉到河里的。

三哥听到舅舅表扬我，感觉很不服气，他在舅舅背后用脚踢我。舅舅也喝多了，他居然对此没有反应。天已经黑了，一大群蚊子跟着我们在嗡嗡地叫。舅舅的嘴里也在咕噜咕噜闷响，开始的时候，我以为是蚊子在响，后来舅舅蹲在路上把嘴里的声响吐出来了。我看不清楚舅舅吐在地上的东西，但闻到了难耐的酸臭味。舅舅站起来说，我醉了，难受。他说完就往家里走，脚步像在走楼梯。

三哥望着舅舅黑暗的背影说，周天放，你服我了吧，舅舅也支持我的。明天你也叫阿水爸爸吧，这样我们就能痛痛快快吃麦乳精了。

我说，阿水是一个大坏蛋！

三哥说，周天放，你也不想想，阿水如果是一个大坏蛋，舅舅会支持我们吃他的麦乳精，让我们叫他爸爸。

我说，我不会叫他爸爸的，我有自己的爸爸。

三哥被一阵迎面吹来的烟呛着了，他咳嗽了几声说，你要想清楚，你的爸爸死了，你现在的爸爸是我的爸爸。三哥又用右手食指点住我的鼻子说话，我愤怒地说，你——你把手拿开，你听到没有？

三哥说，算了，我不和你争了，反正你不是我亲弟弟，你是周天放。

第二天，我醒来的时候舅舅上班去了，夜里我想过，早上我要问问舅舅，昨天他说过的话还算数吗？三哥记住了舅舅的话，他吃完早饭就去阿水家了。

舅舅很晚才回家，看上去他很疲惫，脸色也冷冷的。他把自行车停到园子后，好像站在原地发了一会儿呆。我觉得，舅舅一定有心事了。果然，舅舅一看到我和三哥就说，你们今天去阿水家吃麦乳精了吗？阿水对你们说了什么？阿水家里来了哪些人？

我说，舅舅，我没有去阿水家？

三哥说，我——我也没有去。

舅舅惊讶地说，我叫你们去，你们怎么不去了。是阿水骂你们了，还是有别的原因？我说，舅舅，你昨天说的话算数吗？舅舅脸上有了一丝笑容，说，周天放，你是个懂事的孩子，现在舅舅让你去阿水家吃麦乳精，你就应该去，叫他爸爸也没问题。

三哥说，舅舅，我已经叫阿水爸爸了，上次我叫他爸爸时，阿水他抱着我哭了，哭得很伤心。还说了好多话。

舅舅的脸又板起来了，他的瘦脸像极了一块腊肉。他大声说，阿强，你上次怎么没说这个情况，阿水抱着你说了些什么？

舅舅没有去吃外婆准备好的晚饭，从随身带的包里摸出笔和笔记本，拉我和三哥坐下来。三哥有些紧张了，他说，舅舅，我忘记了。

舅舅说，你再想想。周天放，你想起了什么，一句二句都行的。

我想了想说，他好像说——成分不好——活得辛苦——别的，我也记不清了。

舅舅赶紧把我的话记在本子上，他说，周天放，你是个懂事的孩子，再想想，阿水还说了些什么话？

我又想了想，还真的又想起来了。我说，舅舅，阿水说，你——李干部——要叫他阿水一声姐夫了。对了，他说这话的时候笑得很开心，好像你舅舅正在叫他姐夫。

舅舅把笔和笔记本摔在木凳上，大声吼叫起来，陈阿水，你——你这个阶级敌人，你胆敢侮辱我，死路一条。

我和三哥都吓得不轻，舅舅觉得自己失态了，他干咳几声拾起笔和笔记本说，舅舅吓着你们了吧。好，没事了，明天你们去找阿水吧。

我小心翼翼地说，舅舅，我从来没有坐过小木船，也没有看过别人在船上抲鱼。我——我能跟阿水去抲鱼吗？

三哥看着舅舅说，舅舅，周天放在胡说八道。

舅舅摸了摸三哥的头，又摸了摸我的头，说，阿强，你弟弟没有胡说八道，你们想去就跟他去吧。不过你们不会游水，不能下到水里去哦。

我觉得，舅舅的手心比阿水的手心要温暖得多，而且舅舅的手心是软软的，不像阿水的手硬邦邦的，仿佛是一块破砖头。

我说，舅舅，你说的话我记住了。

舅舅好像想了想，说，你们听好了，我对你们说的话，绝对不能和阿水说，一句都不能说，知道了吗？

我和三哥都向舅舅保证，一定不说。

晚饭吃得很安静，舅舅不说话，我和三哥也不敢说话，外婆忙完来吃饭时，我们已经吃好了。外婆对舅舅说，你又在为阿水的事烦恼了，阿强和周天放都是小孩子，他们不会懂你的心事的。舅舅说，下午公社革委会又开了会，研究阶级斗争新动向。我是领导之一，思想上的这根弦一定要绷紧。

外婆叹息一声说，你的事是国家大事我管不了，可孩子的事是家事我要管。你不能让阿强和周天放去找阿水，万一他狗急跳墙对孩子会造成危险的。

舅舅皱着眉头说，这个事不用你操心，我都会安排好的。

这天下午，太阳钻进了乌云里，大约下午两三点钟，我和三哥午睡醒了。我喝了几口冷水，精神气爽地去找阿水。三哥追上来说，周天放，我叫阿水爸爸了，我应该走在你的前面。

我站住不说话，三哥急匆匆走到我的前面，他看到阿水老远就喊起来，爸爸，爸爸我来了，我要吃麦乳精！

阿水看到三哥很高兴，甚至于有些兴奋，他说，啊，你来了，儿子——阿强，快来快来，麦乳精有——有——有！

阿水捧过麦乳精罐头，挖开铁皮盖头，把麦乳精倒进搪瓷杯。三哥说，周天放，你叫爸爸吧，叫了就能一起吃麦乳精了。

我闻到了这种特别的香气，闻得到却吃不到，这实在太折磨人了。我想了想说，三哥，你是我哥哥，你叫了就是我也叫了。我想到了舅舅说的话，但我还是不愿意叫阿水为爸爸，我连叫现在的这个爸爸也很别扭，如果不是我妈妈逼着我一定要叫，我估计我不会叫三哥的爸爸为爸爸的。

阿水看了看我，拿过那只缺口小碗也倒了一点麦乳精。他先往搪瓷杯里倒热水，热水似乎变成了浓浓的香气，从搪瓷杯内往外飘散开来。阿水笑眯眯地对三哥说，你喝，喝吧，多香的麦乳精呀。

接着，他准备往小碗里倒热水，我说，等一等，小碗里的麦乳精是给我吃的吗？

三哥捧起搪瓷杯闻了闻说，周天放，你真顽固，怎么还不叫爸爸。舅舅——哦——我不说了。

阿水说，当然是给你喝的，你说过了，阿强是你哥哥，所以他叫我爸爸，也就是你在叫我爸爸，是这个意思吧。

我看着小碗里的麦乳精点了点头。阿水说，这就对了，来，吃麦乳精吧。反正你们其中一个叫我爸爸，我就是你们舅舅的姐夫了。哈哈。

阿水笑起来的脸歪了，好像一半在笑另一半在哭。我看着这张变形的脸说，你不要倒热水，我想嚼着吃。

三哥一口接一口地喝着麦乳精，但眼光不停地斜到我这边来，突然他的右手食指又插进了我的小碗，很快这只挂着麦乳精的手指又躲进他的嘴巴里。三哥嚼着麦乳精说，好吃，嚼着更好吃，脆香脆香。

新仇旧恨一齐涌上心头，我把小碗放到三哥面前说，你胆敢再动一动我的麦乳精，你敢——

三哥说，你以为我怕你呀，周天放，如果不是我叫阿水爸爸，你麦乳精的屁都轮不到吃。他边说边把手指又插进小碗里，而且反复用手指蘸着吃我的麦乳精。我不顾一切地扑上去捏住三哥的右手食指，想用力拧断这只万恶的手指头。

阿水的歪脸发白了，好像口水也流出来了，软软地挂在嘴角上。他一把抱住我说，你——周天放——你怎么能这样，他是我儿子，还我麦乳精。

我紧紧扭住三哥不放，我觉得三哥确实不是我的哥哥，他在我心里就是一个陌生人。此时的三哥正用这只手指上的指甲掐我，把我的手背掐得血迹斑斑。我们的搏斗达到了你死我活的程度，阿水突然说，阿强，快放开周天放；周天放，快放开阿强。我带你们抲鱼去，听到了没有——

三哥和我听说要去抲鱼，像受到了什么刺激，马上停止打斗。我揉着被三哥掐出血的手背说，现在就去吗？

三哥说，爸爸，你不要带周天放去，他把我的手指头拧断了。

阿水摸着三哥的头皮说，让他也去吧，一起去热闹，有你们两个儿子，我阿水光荣自豪，没有白活这三十六年。

我说，赵强，我现在开始不叫你三哥了，你不是我哥哥。

三哥说，随你吧，我有没有你这个弟弟无所谓。告诉你，你听了不要伤心，我爸爸也是这么说的。

我说，随你们吧，我有没有你和你爸爸也无所谓。

阿水笑了几声说，看你们说的，现在你们是我阿水的儿子了。走吧。

阿水拉起一根拴在河岸上的麻绳，它的另一头拴在桥下面的小木船上。阿水拉了几把麻绳，小木船慢慢靠过来了。他跳上船说，来吧，你们一个一个跳上来，跳到中间，这样小船不会太摇晃。

我和三哥先后跳上小船，小船摇晃了几下。事实上，也算不上是跳上去的，因为船靠在一个河埠头，我们只是象征性地跳了跳。阿水开始划动一支小木桨，他说，你们坐稳了。

三哥说，爸爸，你要到哪里去抲鱼？

阿水说，前面河面宽阔，鱼也多。儿子，你会游水吗？

三哥说，不会，但我能潜二三米水。爸爸，你叫我阿强吧。

阿水说，好的，儿子，你不会游水怎么能潜水呢。周天放，你会游水吗？

我摇摇头，感觉不会游水确实是一件耻辱的事。

阿水边划船边说，如果你们不听我的话，我就把你们扔到河里喂鱼。听到了吗？我说话是算数的。我觉得，我和三哥都上当了，阿水是想把我们骗出来扔到河里去。上次，舅舅和谭叔叔说到阿水是个坏人，而且谭叔叔当时就想去抓阿水了。我哆哆嗦嗦地说，我——我肚子疼，我要拉——拉肚子了。

阿水凶巴巴地说，你吵什么吵，拉到河里去吧，鱼要吃的。

三哥说，爸爸，周天放在装死。

我望着越来越宽阔的河面，心里害怕得想叫喊妈妈。我说，赵强，你没有好下场的，你想想舅舅的话吧。

阿水听到我说舅舅果然怕了，他说，你舅舅说什么了？

突然有个人站在桥头高喊，阿水，喂——阿水——陈阿水，我上午寄存在你家里的东西——我拿一下！

阿水大声说，你明天来拿吧，我现在去抲鱼了。

那个人说，不行——不行的，我有急用，你回来一下吧。阿水划桨掉头说，他妈的，真烦。不是因为他经常帮我做事，我才不会理睬他呢。

小船很快靠岸了，阿水说，你们在船上等我。说完，他跳上岸走了。一只柴油机船迎面开来，马达声震得我头昏脑胀，水浪还差点把我们的小船冲翻。三哥突然把我往后拉，想自己先爬上岸去，他的双手抓住了河坎。

我说，我拉肚子了，我先上去。

三哥踢了我一脚，差点把我踢到河里去。他的双手在岸上，但两只脚还在船上，此刻胸部下面就是翻动的河水。三哥进退两难地挂在小船和河岸之间，他说，周天放，你快用木桨把船勾住。快点，快点呀。

我说，我不会用木桨。

三哥的左手抓紧河坎，右手食指又指着我说，周天放，大笨蛋，拖油瓶！

我盯住三哥在叫喊的嘴巴，顺手操起湿漉漉的木桨，朝我眼前的这只手指头劈了一下。三哥的身子软塌了，他很快就和河水沉浮在一起。

我不知道是如何回家的，我也不知道我走后发生了什么，但我心里明白，阿水确实是一个坏蛋，而赵强不是我的亲哥哥。

天黑了，舅舅回来了，可是三哥还没有回来。舅舅说，周天放，阿强怎么还没回家？

我说，我不知道。

舅舅像预感到了什么，他说，你们有没有去过阿水家？我想平静地面对舅舅，但我掩饰不住内心的慌乱，我说，他——他——去了，我没去。外婆催促舅舅去阿水家找人，舅舅拿了一个电筒说，走，周天放，我们去找阿强。

我硬着头皮跟舅舅去阿水家找三哥，我说，舅舅，阿水是坏蛋吗？

舅舅说，当然是的，陈阿水是红星大队的阶级敌人，是一个大坏蛋。

我说，这么说，他是罪该万死的。

舅舅说，当然是的。

阿水惊讶地看到站在门口的我和舅舅，他说，李干部，你找我有事？

舅舅说，阿强呢？

阿水说，阿强不是回家了吗？

舅舅说，陈阿水，你给我老实点，不要再耍阴谋诡计了。

阿水的脸白了，感觉他是真的害怕了。他说，周天放，你要作证，阿强是跟你回去的。

我靠近舅舅，仿佛胆子也大了，我说，陈阿水，你是红星大队的大坏蛋。舅舅，他在骗你，我今天根本没有见到过他。

阿水大声说，小畜生，你想冤枉我陈阿水，阿强和你下午不是来我家吃过麦乳精，后来我们还一起划船去抲鱼的。

舅舅说，周天放，有这事吗？

我说，舅舅——没有的事，他在胡说八道。

舅舅说，陈阿水，看你这副反动丑恶的嘴脸，这笔账要一起算了。

我和舅舅在红星大队转了两圈，三哥的影子也没有找到。

第二天早上，外婆说，你舅舅天不亮就去公社了。外婆说这话的时候，在用一块小手帕揩眼睛，我看到她的眼睛又红又肿。

大约十点多，太阳已经火辣辣了。有人来告诉外婆，我舅舅和谭叔叔一起来过阿水家了，他们先给阿水戴上手铐，又用麻绳五花大绑后把他带走了。我连忙赶到阿水家，看热闹的人已经散了，现场冷冷静静的。阿水家的木门还敞开着，里面飘出一股麦乳精的香气。

我猜想，舅舅和谭叔叔来抓陈阿水时，他肯定又在喝麦乳精！

二　散文卷

马元泉

简介：马元泉，浙江省民间文艺家协会会员，浙江省非物质文化遗产绍兴师爷故事承传人，绍兴市作家协会会员，坚持写作40年，刊登在书籍、报刊上的文章已达90余万字。

常忆悦耳叫卖声

上世纪40年代末50年代初，我少儿时代常常听到一些街头叫卖声，押韵、节奏感强，非常悦耳动听，很能引起听者的食欲和购买欲，说它是叫卖歌也不为过。现在还时时忆及，常常回味，觉得绝不亚于现在丰富多彩的视频广告。现就最难忘的略述一二。

"蜜蜜甜带来嗬——糖炒魁栗！" "甜"字喊得很响，"来嗬"音拖得很长，"糖炒"后略作停顿，最后响亮地喊出"魁栗"两字。引得我口水直流，虽然并不贵，但那时百姓收入也很低，父亲只是偶尔买半斤，给我们解解馋。

"格拉粉脆花生糖，薄荷糖来尝味道！" "格拉粉脆"后略作停顿，"来"字略为延长，"尝味道"三字喊得响而长。我因此常常向母亲要一分钱（那时叫一百元）买二颗薄荷糖来过过瘾，吃进嘴里凉飕飕、甜蜜蜜，实在不错。

"脆松松、水啰啰格，塘头——蒲瓜！"蒲瓜，现在是基本上在绍兴等地市场消失的瓜类。外表像现在做蔬菜的蒲子，但要粗大得多，不甜，但很松脆，水分特别多，也有点鲜味，很消暑解渴，而且非常便宜，现在买一瓶矿泉水，那时足可以买三四个蒲瓜了。是老百姓夏天常吃的瓜果，我家也常常享用。"塘头"是绍兴海边的村名，现在属于萧山了吧，那里的蒲瓜最有名。

那时大善寺广场（现在是城市广场的一部分）是绍兴城里最热闹的地方，常常有一位卖梨膏糖的中年人，他的叫卖声特别吸引人。他有一架手风琴，比现在演奏的手风琴要小一些、差一些，那时绍兴城里只此一架，非常吸引人们眼球。那中年人不会演奏歌曲，只是"呜里呜里，哗——"地乱拉几下，就把许多人吸引过来了。然后开始唱卖："我格梨膏糖哇，雪梨草药加冰糖呀——"又是"呜里呜里，哗——"地乱拉几下，接着唱："吃了我的梨膏糖哇，新呛老呛一扫光呀——"又是"呜里呜里，哗——"地乱拉几下……接下去开始卖糖，这糖便宜，相当于现在的二分钱就可以买一小块黑色的方糖，吃了对治咳嗽确实有效，味道除有点药味，也比较甜而可口，我无论咳嗽有无，有钱时也爱买来吃。

木莲豆腐，是用木莲果实内的种子制作的，色泽如冰玉，晶莹润滑，捧在碗里有若冰花绽放，犹如水做成的豆腐，呈半凝固状，当你撒上用红糖、薄荷油和醋调配的蜜汁，碗里的木莲豆腐幻化出透着嫣红色泽的花瓣，十分赏心悦目。捧在嘴边慢慢嘬吸，口感很像果冻，却更清凉润爽，入喉的感觉妙不可言，是夏天人们非常喜爱的食品，现在有时也能见到。要数卖木莲豆腐的叫卖声最动听了："阴喝喝哇凉飕飕，吃咚那个嘴里会翻筋斗。要勿要吃，要吃活来哉，糖要多，那么醋要多，外加冰雪真薄荷，要吃赶快好来买哉，刚刚好格里头哉。"喊得我喉咙里的馋虫快爬出来了，赶快花五分钱买来享用。

时间如白驹过隙，转眼已一个花甲过去了，这些叫卖声已大部分不再，但仍长期留在我的美好记忆里。

分年鱼

1970 年代初，我还在诸暨西江公社广山大队当知青，每逢年前五六天，大队就要分自己塘里养的鲢鱼和胖头鱼（鳙鱼），叫分年鱼。每人三斤，每斤只收一角钱，当时市场价每斤要三角五分，算是给社员的年终福利。

在物质匮乏、收入低微的年代，一下子能分享这些数量的鱼，实在难得。因此分年鱼那天，是全大队社员的盛大节日。

分年鱼那天，大队的领导会请来白塔湖渔场的渔民来大队的新沥湖鱼塘牵乌大网捕鱼。一早鱼塘里就布满了大小船只，渔民们忙着将长达一百多米的乌大网渐渐放入鱼塘底部。牵网时由一人号令，两岸各有数十人牵网，水面上船只穿梭往返协助，有"稳笃公"还不时潜入水中检查网底。待乌大网逐步牵拢，五六千斤的胖头鱼、鲢鱼等在网内跳跃，企图逃生。这时，乐坏了早早来到鱼塘围观的村民，我也位列其中。虽然凛冽的北风劲吹，我们并不觉得冷。渔民把小鱼仍然放回鱼塘，继续养，把大鱼牵拢后用海兜捞起，掷在岸上。大队会计开始报每生产队的应得鱼数量，大队出纳和几个帮手开始用大秤称鱼，每个生产队都派一个社员拖着独轮车，车上左右各绑一只大竹箩，把分得的鱼分别装进两只箩里，拖着回生产队。大家知道分年鱼马上要开始了，围观捕鱼的社员都跟着自己生产队拖鱼的社员回自己的生产队。

年鱼倒在生产队的晒谷场上，有的还会动、会跳。全队每户都有二三个人来参加分鱼，小孩也追来蹿去地凑热闹。为了好差分得公平，每户先抓阄，由此决定分鱼的次序。因为胖头鱼头大，肉相对鲢鱼要少，大家喜欢鲢鱼，由此生产队规定三人以上的户必须分一条胖头鱼，人口越多的胖头鱼越大。我因为既是民办教师，又兼任生产队会计，就事先按每户人口造好分配方案，这时负责逐一报到号户应得的数量。队长负责称鱼，副队长负责拿鱼，每户实得的鱼数量，应遵照分配方案，多几两与少二三两算数。一般宁可让他们多几两，因为大队给每个生产队都多二十斤鱼。我家的鱼，则由妻子来拿，三个人，分了九斤，再买点肉，年就过得有滋有味、像模像样了。一角一斤的鱼款，不用付现金，从年终总分配方案里扣，因此，吃口重、劳力弱的"倒挂户"（倒欠生产队钱款的困难户）没钱也能吃到年鱼。

还有大队三年清一次塘。即在鱼塘里事先筑一条坝，捕鱼前的夜里开始抽水，到天亮就可以把鱼塘水抽干。大队派十几个社员下到仅存泥浆水的鱼塘里用大海兜捞鱼，把捞得的鱼掷到岸上，将大的鲢鱼、胖头鱼分给社员作年鱼，小的养鱼和杂鱼，二角一斤卖给在场的社员，但收现金。剩下塘底少量的杂鱼杂虾，任由愿意下去的社员"起塘脚"，所得须称一下，以一角钱一斤的低价卖给你。有一次我也参加了"起塘脚"，当时买不起高筒靴或半靴，只能像大家一样赤脚下泥塘，在塘底寻寻觅觅。运气还好，不到半小时，就觅得满满一小篮，其中有一条黄鳝一支鳗、十几只大虾，还有小鲫鱼、鲹鲦鱼、泥鳅等等，这惊喜使我忘了脚下刺骨的寒冷。上岸一称二斤三两，只付了二角钱。晚上我们全家美美地享受了一顿杂鱼宴。

杏花诗词美不胜收

杏为蔷薇科李属落叶乔木，是梅、李、桃的"亲眷"。它们开的花相似，都是五瓣花，单生，先叶开放。含苞待放的杏花为鲜红色，开后逐渐变白，落花时纯白。仲春二月（公历3月），正是"红杏枝头春意闹"的时节，杏花把春天打扮得春意盎然。

杏花也因此激起了诗人的雅兴，描写咏叹杏花的诗词很多，而且美不胜收。让我们来赏读几首吧。

北周庾信的《杏花》诗："春色方盈野，枝枝绽翠英。依稀映村坞，烂漫开山城。好招待宾客，金盘衬红琼。"描绘了杏花怒放，烂漫山城的盛况，以及金盆盛杏花以待客的情景。

唐代杜牧有名的《清明》诗："清明时节雨纷纷，路上行人欲断魂。借问酒家何处有？牧童遥指杏花村。"杜牧曾经做过安徽池州（贵池）刺史（市长）。贵池杏花村，方圆十里，杏林一片，阳春时节，这里是贵池的一大美景。

唐代郑谷的《曲江红杏》："遮莫江头柳色遮，日浓莺睡一枝斜。女郎折得殷勤看，道是春风及第花。"描绘了一个女郎，折得曲江地方的一枝杏花，反复观赏，准备把这枝红杏花赠给心中的郎君，愿他进士及第。原来唐代长安曲江有杏园，新进士中试后，正当杏花开放时，到杏园宴会，称做"探花宴"。

唐代罗隐的《杏花》诗："暖气潜催次第春，梅花已谢杏花新。半开半落闲园里，何异荣枯世上人？"写出了杏花开放的时节，也抒发人世荣枯不平的感叹。

北宋宋祁的《玉楼春》词也很有名。词曰："东城渐觉风光好。縠皱波纹迎客棹。绿杨烟外晓寒轻，红杏枝头春意闹。浮生长恨欢娱少，肯爱千金轻一笑。为君持酒劝斜阳，且向花间留晚照。"后人非常赞赏"红杏枝头春意闹"一句，因为宋祁做过工部尚书，这句名诗使他获得"红杏尚书"的雅号。

南宋叶绍翁的《游园不值》："应怜屐齿印苍苔，小扣柴扉久不开。春色满园关不住，一枝红杏出墙来。"一枝出墙的红杏，就把关不住的满园春色写绝了。

南宋杨万里的《咏杏》："道白非真白，言红不若红。请君红白外，别眼看天工。"道出了杏花色彩的特色，细细观赏体味，就能为天工造就的别有风味的色彩喝彩。

南宋山阴诗人陆放翁在《临安春雨初霁》中写道："世味年来薄似纱，谁令骑马客京华？小楼一夜听春雨，深巷明朝卖杏花……"描写了当时京城临安雨停天晴后，大街深巷到处叫卖杏花的情景。绍兴因此诗而有桥名曰"杏卖桥"。可见当时杭州、绍兴的杏树已广为栽植，杏花深为人们所喜爱。

王征宇

简介：王征宇，浙江省作家协会会员、绍兴市书法家协会会员。高级经济师。柯桥区作协名誉主席。2003年，由中国文联出版社出版个人文学作品集《印痕》；2019年，由浙江文艺出版社出版历史文化散文集《越是我故乡》。

苍松之下的王朝背影

青山无语自凝咽，苍松默然对夕阳

一

想起宋六陵，是缘于最近读了《当代》中作家祝勇写的一篇历史文化散文《宋徽宗的光荣与耻辱》。文中写道，宋徽宗，这个中国历朝历代最艺术的皇帝最后葬于会稽，当然，他的梓宫是他死后七年才从遥远的金国五国城（今黑龙江依兰县）运回绍兴的，也许只是一些残骸而已。此前，我和很多绍兴人一样，只知道宋六陵归葬的是南宋的六个皇帝，因此专门去请教柯桥区越国文化博物馆馆长周燕儿，得到的是肯定的答复：这个让北宋盛极而衰的皇帝确实最终归葬于"宋六陵"。

为此，近日特意跑去"宋六陵"，想要一探究竟。"宋六陵"在富盛镇御茶村。为什么叫御茶村？因为一直以来这片土地被绍兴人称为"绍兴茶场",现如今已成为一个茶企承包的茶地。御茶村所在地还有个地名叫"攒宫","攒宫"的攒是积攒的意思，也是临时的意思。可是历史是不以人的意志续写的，更何况是乱世中的王朝。

"攒宫"在距离绍兴古城区东南方向 18 公里处，这里青山环抱，茶地绵延。在很远的地方就能看到茶地上突兀地站着几棵孤傲独特、古老苍遒的松树，笔直的树干直到顶端才长出树冠。每次我路过这里，总感觉那几棵松树站立在旷野里，自有一种"青山依然在，无处话凄凉"的悲怆气氛弥漫在那一隅。有时候，我甚至认为，人文气息浓厚的绍兴正是因为南宋帝国那几缕挥之不去的历史文化遗魂一直在上空飘荡，才显得总是那么的悠远深长，仿佛在向世人说明，绍兴这个曾经的越国都城，还是南宋王朝的一座废都。

这里埋葬着南宋九个皇帝中的六个和大部分后妃。当然后来知道，宋徽宗赵佶的陵墓也在攒宫附近，徽宗的陵叫永佑陵。永佑，这个名字放在这里，显得很有讽刺意味。

二

今天大多数史学家都认为是崇文轻武的宋王朝自己把自己断送在外族的金戈铁马之下。靖康之难（公元 1126～1127 年）前，北宋的汴京也许是世界上最繁华的京都之一，帝国的辉煌景象在徽宗的御用画师张择端的《清明上河图》里熠熠闪亮。可是，在那场足以让中华民族痛得难以启齿的灾难，让那张图最终成了一场帝国的华丽春梦，梦醒之后，灰暗的天空异常惨淡。

靖康二年的那个春天，汴京城里的春花还未全开，来自冰雪北国的金军一路攻城略地，几乎不费吹灰之力就一举攻破了大宋的京都，宋朝的将士在金人面前显得那么的不堪一击。金人将徽宗、钦宗两帝以及众多后宫女子、皇亲国戚、朝廷重臣、能工巧匠等3000多人和大量珍宝财富一起掳走，同时，汴京城里被大肆烧杀抢劫，大宋皇城几乎被洗劫一空，代表宋朝最高文化品位的徽宗皇家花园艮岳也在所难免。

那个能书写著名瘦金体的皇帝怀揣着那幅著名的画作，在去往寒冷北国的路上瑟瑟发抖，一路上除了幽怨还是幽怨，他深深知道，他和他的列祖列宗精心绘就的如图盛世已经在金兵的野蛮入侵下已经灰飞烟灭，而他竟成了愧对列祖列宗的那个罪人。

赵佶端详着《清明上河图》，面如死灰，心如刀绞，慢慢地他终于看出一派繁荣市景的图画里，背后却包藏着另一幅"盛世危图"。看，那些守卒那么懒散，再看，那些收税小吏如此贪婪。张择端啊张择端，你为什么不明说呢？也许他已经说过了，可是那时的徽宗怎么会听得进去呢？悔恨又有何用呢？抑或北宋王朝在立储君时，选择了赵佶这个文人君王时，便是一个巨大的错误？在五国城冰冷的地窖里，金人赐他为昏德公，"家山回首三千里，目断山南无雁飞"，至死，赵佶都念想着山河旧梦和故国家园。他更不会料到是他的尸骨几经转辗，最终会来到他闻所未闻的绍兴。绍兴那时应该叫越州。

绍兴之所以称为绍兴，也缘于大宋的国耻家仇。靖康之难后，宋室失去北方的江山，徽宗第九子赵构被临时拥立为皇帝，即宋高宗。赵构即位后，在金兵的穷追不舍下，一路南逃，并在当时的越州一住就是近两年，越州实际上成了一个在逃王朝的临时都城。公元1131年大年初一，赵构为了励精图治，匡兴宋室决定大赦改元，他在诏书中说："绍万世之宏林，兴百王之丕绪。其建炎五年，可改为绍兴元年。"在这里，"绍"是承继，"兴"即兴盛，两字相连就是

"承继前业，振兴昌盛"之意，高宗之意，确实有愿收复中原。此后，宋高宗以"绍兴"改为新的年号，并把越州升为绍兴府。

此后，南宋的半壁江山在江南的烟雨中偏安了一百五十多年，先是绍兴后是杭州，在暖风熏拂下，俨然成了另一处汴京。杨柳春风中，谁还记得徽钦两帝在北国地窖里抬头看到的只是一小片阴冷的天空？

"绍兴"两字最终也没能扭转大宋的国运，虽然躲过了金国的劫数，却在百年后惨遭了元蒙滚滚铁骑的蹂躏。公元 1279 年，随着崖山海战失败，一代名将陆秀夫背负着刚满八岁的小皇帝跳海而死，气数殆尽的南宋历经九年帝王，彻底消亡。史载，当时有十万南宋的文臣武将和忠烈军民一同随幼帝沉海，场面之惨烈，今日已无法想象。许多史学家和人文学者都认为"崖山之后，再无中华"。也有人说，南宋的灭亡意味着中国古典时代的结束。

三

"攒宫"其实配得上江南最人的皇家陵园的称谓。

陵区的位置非常符合宋代皇帝陵的堪舆要求，即东南仰高，西北低垂。陵区东面的山叫青龙山，西面的山叫五虎岭，暗合了所谓的"左青龙右白虎"之说，再加上南面的紫云山和北面的宝山，自然而然成了风水宝地。绍兴元年，北宋哲宗的皇后孟氏病故，临终前要求"就近择地攒殡，候军事宁息，归葬园陵"，于是南宋王朝将她在此地安葬，宋六陵由此开始建立。

然而，精挑细选的宝地并不能使南宋王朝逃脱亡国的厄运，更不用说归葬故土了。今天我们所看到的，除了苍穹之下的青山苍松依稀如旧，已无法再捕捉到半点皇家陵园的气息，只有茶地边一块写着"全国重点文物保护单位"的石碑提醒人们，这里曾经是显赫的南宋皇陵。

宋六陵也许是中国历史上遭遇最凄惨的帝王陵墓，从第一座陵建成后不过百年，整个宋陵便遭到了几乎是灭绝人性的盗挖。据史料记载，元初，西僧杨琏真伽率人挖开宋六陵，割棺破椁，盗取所葬物品。因宋理宗尸体如生，疑理宗口含夜明珠，盗贼遂倒悬其尸三天，甚至割其头颅做成酒具。毁陵后，元人皆弃帝后们骸骨于野外。南宋遗民不忍弃之不顾，乃以牛马枯骨取代，并悄悄掩埋帝后遗骸。直到明初，朱元璋出于对本民族皇帝不幸遭遇的同情，下令对宋六陵进行修葺，将四散的帝后遗骨分陵重新安葬，同时立碑植松，岁有祭祀。同时，朱元璋命人将流落在西域的理宗头颅赎回，以天子礼节重修埋入永穆陵中。

然而，宋六陵并没有从此太平。在此后的岁月里，它又多次遭到零星的盗掘。抗战时期，祭祀神道两旁的柏树被日军砍伐一空，用于修建工事。上世纪 70 年代，墓冢封土逐渐被夷为平地，地表建筑基本毁尽，唯独明清时期植下的几丛松树幸存下来，至今独孤遗世。1970 年这里被开辟成茶场。

四

为了写好此文，我专门讨教文保部门的专家。据说这些松树便是指示各个皇陵的标志，每一丛松树下都是一个皇陵所在。而宋六陵名为"六陵"，实际上，这里除了埋葬着帝后们以外，还有一大批皇亲国戚，史书记载共有陵墓一百零一座。

如此说来，宋六陵应该是一个庞大的陵园集聚区，但是和秦始皇陵相比，它却在不到两平方公里内挤着上百座陵墓。宋六陵无疑是逼仄的。根据省文保部门 2004 年对宋六陵地下考古的探测结果看，几个区域内的墓葬，深度都不大，从墓顶到地面约为四米。

历史上多数帝王陵墓都是恨不得越深越好，那么，为什么南宋帝后们甘愿如此简陋地下葬？

究其原因，还是要追溯到那位哲宗皇后孟氏的遗言："择地攒殡，候军事宁息，归葬陵园。"这就是说，宋六陵原本只是临时的皇家陵园，以后收复中原，这些皇帝的灵柩都要移葬到河南巩县的宋陵。除了提出"暂厝"之外，孟氏还提出要"浅葬"，棺木和身体差不多大小就可以，陪葬品也只要身边的财宝简单陪葬就够了。这些，都是为了方便将来将棺木迁回中原。正因为这样的浅葬，才使得宋六陵如此容易遭到盗挖。孟太后如果放在太平盛世，也许是位名垂青史的贤德太后，可惜生不逢时，此去经年，她的主张为霉运上身的王朝涂抹了更浓厚的悲剧的色彩。

尽管宋六陵被无数次盗挖过，但是近年来仍然发现许多遗留下来的残碑和碎片等遗物。2010 年，由越国文化博物馆编撰、西泠印社出版社出版的《宋六陵遗物萃编》，书中收集了约百余件文物的图片资料，向世人展示了南宋王朝真实面容的一个侧面。

已故的越文化研究集大成者、浙江大学终身教授陈桥驿先生曾为《宋六陵遗物萃编》一书作序，序中呼吁：希望我能看到这座江南最大的、也是唯一的古代帝王陵园能早日恢复。这是一处不容废弃的古迹，也必将成为一处引人入胜的游览景点。

青山无语自凝咽，苍松默然对夕阳。陈老先生的遗愿不知何时能实现？

仰慕范蠡

世上女子大多没有西施貌美，但每个女子可以有自己的男神。

自有志于写绍兴历史文化散文，我查阅古籍资料，一一追寻先贤遗迹，此间常常沉浸于漫漫历史故事中和历史人物神交。当我从书中抬起头来，仰望窗外的一片蓝天，猛然意识到，走出历史，我也只是一个纵观历史的现代女子。神马铁骑金戈、烽火烟尘、繁华市井恰如一缕青烟袅袅升腾。

我曾经问过自己一个非常虚拟的问题，在越地两千五百年的时间长河里，我最仰慕的古代男子是谁？经过一番思虑，我发现我最终选择的竟是范蠡，深以为能和范蠡这样的男子汉大丈夫遨游于江湖之上，乃人生幸事。

为什么是他？越国大将军范蠡几乎算得上是历史上少有的一个完人，司马迁在《史记》中称他为"三迁皆有荣名"。其卓越才能，进可以居庙堂之上，治国安邦，退可以隐逸江湖，兴业富家。

而在中国历史上真正称得上完人的是"立德立功立言"的"三不朽"圣人。范蠡虽称不上圣人，但其鞠躬尽瘁，助越国成就春秋霸业；转身从商，又成千古商圣；著书立说，可惜今已散失，留下的商训、十二戒、经商十八法，其智慧足以应用到现代商界。后世评价他忠以为国，智以保身，商以富甲天下。

一

范蠡出生于宛地（今河南南阳），家贫，然博学多才。鲁昭公三十一年（公元前 511 年），二十五岁的范蠡因楚国政局黑暗，非贵族不得入仕，于是背井离乡，偕同好友文种移民越国。这是他的第一迁。

抵达后，两人双双进入越国中央政府，被勾践拜为上大夫。范大夫治国自有他的一套主张。他对勾践说："持满而不溢，则与天同道；扶危定倾，谦卑事之，则与人同道。"

其实，若不是一场吴越两国的巨大变故，范蠡和文种在越国也是仕途平平，没有多少崭露头角的机会。

鲁定公十四年（公元前 496 年），吴王阖闾攻打越国，然而在檇李（今浙江嘉兴）之战中大败，被击中脚趾，因伤势过重，不久死去。吴王阖闾死前，告诉其子夫差曰："必毋忘越！"

从此吴越两国结下了梁子。

鲁哀公三年（公元前 494 年），勾践听说吴国日夜演练士兵，准备向越国报仇，打算先发制人，再来个檇李大捷。范蠡预料此战凶多吉少，力谏勾践，勾践不听，执意出兵，吴越两军于是在夫椒（今苏州西南）开展了一场生死决战。

吴国统帅伍子胥指挥吴军诱敌深入，大败越军。勾践且战且退，吴军乘胜追击，越军溃退，最后只剩五千残部，被吴军围困在会稽山上。

在越军大败、行将亡国的残局中，范蠡和文种在一干大夫中脱颖而出，于危难之时担当起匡扶国家的重任。

范蠡劝勾践先答应吴国任何条件以求保全性命和国家，文种则想方设法通过各种途径向吴太宰伯嚭求和。虽然伍子胥进言"今不灭越，后必悔之"，而有"妇人之仁"的吴王当时没有听取，罢兵而归，竟放了勾践君臣一条生路。

勾践和越国由此获得了一次命运逆转的机会。

二

说范蠡是一个"贫贱不能移，富贵不可淫，威武不能屈"的有识之士一点也不会过，从今天的角度来看，其高风亮节当是现代政府官员的楷模。

按照吴越双方议和的条件，越国战败两年后，勾践就得带妻子到吴国当奴仆，他想带文种，范蠡站出来，自愿随勾践到吴国养马。他说"处理国家百姓之事，蠡不如种，与敌国斡旋之事，种不如蠡"，范蠡深知他比文种更加适合在吴国保全勾践夫妇。

如此，文种留下主持国政，范蠡随勾践夫妇入吴为奴。这不仅要脱去大夫衣冠，换上罪衣罪裙，而且还要天天蓬头垢面地跟在勾践左右。

一去就是三年，这三年里不仅每天要忍受各种侮辱和折磨，还要想方设法保护勾践少遭罪，并把各种信息传递回国内的文种。

夫差看中了范蠡的才能。有一天他专程到石室看望勾践君臣，夫差对范蠡说："寡人曾闻：贤妇不嫁破落之家，贤士不仕灭绝之国。如今勾践无道，国家将亡，君臣沦为奴仆，先生不觉耻辱吗？不如改过自新，弃越归吴，寡人必当赦免先生，委以重任。"

不料，范蠡对夫差说道："臣也闻：亡国之君不敢语政，败军之将不敢言勇。贱臣既不能辅佐好越王，何言能辅佐好大王你呢？今侥幸不死，贱臣愿为寡君之奴仆，不愿弃旧图新。"

说罢，范蠡以头撞阶，血流满地。勾践在一旁泪流满面，羞愧万分。

这其实是范蠡自导自演，勾践在一旁参演的一出苦情戏，演出成功对勾践和越国前途至关重要。经过此事，吴王对勾践动了恻隐之心，最终将勾践一行释放回国。保全了勾践就是保留了越国复国的星星之火。

三年之后，范大夫随勾践夫妇终于回到了越国。战争之后的越国满目疮痍。得到重用的范蠡建议勾践先抓经济，继而亲民，稳定社会。有百姓生病，勾践亲自去慰问；有百姓去世，勾践亲自办丧事；对家里有变故的百姓免除徭役。一系列的措施，使百姓得到安定，也增加了百姓对复国的拥戴。

为提高军事力量，范蠡重建越国都城。在建城的过程中，范蠡建了两座城，一座小城，一座大城。小城是建给吴国看的，而大城建得残缺不全，面对吴国的方向，不筑城墙。

范大夫还重视军队训练，提高士气，增加战斗力，组织敢死队，重奖各路勇士。

为迷惑夫差，范蠡投其所好，派人送去越国的大量木材和能工巧匠，筑造华丽的宫台收纳越国进贡的美女。夫差为这些美女建造馆娃宫和姑苏台，源源不断的木材堵塞了山下的河流港渎，"木塞于渎"，今天苏州城西边的木渎古镇之名便由此而来。

夫差以为此等好日子能永远过下去。

而在越国，范蠡辅佐勾践"十年教训十年生聚"，以近二十年光阴，忍辱负重，不忘国耻，奋发图强。

公元前476年，时机终于成熟了，趁夫差倾全国之力、北上中原争霸之机，范蠡建议勾践立即兴兵伐吴。吴军全线崩溃，吴王夫差逃到姑苏台上固守，同时派出使者向勾践乞和，祈望勾践也能像二十年前自己对他那样宽容，允许保留吴国社稷，而自己也会像当年的勾践一样去越国为之服役。

这就是吴越两国老生常谈的"卧薪尝胆，三千越甲可吞吴"的故事。

勾践却没有给夫差留下求和的空间，他说："过去上天把越国赐给吴国，吴国没有接受。现在上天又把吴国赐给越国，我岂敢不听上天的命令而听你的命令呢？"

夫差不是勾践，他不想苟活于世，再说于他的年纪来说，再次翻盘的希望非常渺茫。于是他说："如果吴国没有了，我还有什么资格活在世上呢？"想起早就被自己赐死的伍子胥，悔恨交加，遂蒙面自杀。

吴国就这样从历史上消失了。

三

勾践夺取江淮后，一路北上，成为春秋五霸之一，称雄天下。

范大夫和文种随之名声大噪，身价暴涨。

此时，刚被封为越国大将军的范蠡却嗅到了一丝身处高空的危险味道。他果断散尽勾践所赐的千金家财，给文种大夫留书一封，上书："飞鸟尽，良弓藏；狡兔死，走狗烹。越王为人长颈鸟喙，可与共患难，不可与共欢乐。"劝文种也及早急流勇退，见好就收。

如今安眠在龙山西侧的文种恐怕真的死不瞑目，后悔不听兄弟肺腑之言。

性格不同命运不同。文种不忍离勾践而去，收到范蠡留下的劝谏书信后，称病未去上朝，招致勾践怀疑。后因忠直果敢，犯颜直谏，为勾践所不容。最后，被勾践赐死。死后葬于越王台边的西山之上，后人改名西山为"种山"，即绍兴城内的卧龙山。文种墓在今卧龙山望海亭之下。

而范蠡在一个月明星稀的晚上，带着家属徒隶，驾扁舟，泛东海，流浪江湖。最后，辗转来到齐国，那是范蠡的第二次迁徙。

他隐姓更名自称"夷子皮"，这个名字现代人听起来，更像一个白手起家的民营企业家。他率领儿子们耕作于海边，由于治家有方，善于经营，没过多久产业竟达数十万钱，成了当地赫赫有名的大富翁。

齐王见范蠡贤明，委以大任，拜为相国。范蠡从学而优则仕到仕而优则商，复出后的心态自是把人生看得更淡。

有一天，他再一次散尽家财，只带少数珠宝，携着妻儿老小悄悄离开了齐都（今山东临淄），一路向西，到陶地隐居下来，并再次变姓易名，自称陶朱公。

那是范蠡的第三次迁徙。

陶地四通八达，也是个理想的经商之处，范蠡以"人弃我取，人取我与"的经商理念，将曾经的治国理政之计演化为治家经商之计，运用市场中那只看不见的手，因时买卖，薄利多销。不多久，又累金巨万。

陶朱公再次名扬天下。

而这次，范蠡再没迁徙，寿终于此，享年八十八岁。

人们终于忘记了他曾是越国大夫，只当陶朱公是个神一样存在过的有钱人。

陶朱公被后世尊为财神。

范蠡的经商理念就像今天的炒股高手一样，高抛低吸，众人皆进之际，唯他独退；众人不得已而退甚至无路可退时，范蠡再起。

范蠡的经商思想，不仅影响春秋列国，而且一直延续到后代及至今日。范蠡对物价涨跌应有一个合理幅度的主张及由此提出由国家规定粮食价格的政策，被后来的历朝皇帝所采用。由国家调控粮食价格的政策，有助于"农末俱利"，起到了稳定粮价、稳定人心、稳定社会的作用。

<h2 style="text-align:center">四</h2>

范蠡当是一个有情有义的男子。史书很少有关范大夫和西施的记载，但民间有很多关于他们的传说和故事，而多半把他们描写成一个迟到的爱情故事，开头凄美、中间无奈、最后两人携手归隐江湖，终成神仙眷侣。

史料也无详细记述范蠡家眷，但我认为在西施之前，范先生应该有婚配，范先生比西施年长二十岁左右。

西施最初的出现只是为了实现"美人计"的需要。

浣纱的西施本是生于越国乡野的一块璞玉，清纯而美丽，吴越战争让西施接受了来自国家的挑选。愿意为国赴难，以自己青春和幸福作为资本挽救危亡中的国家，那是西施自己的选择。

是范蠡在苎萝村（今诸暨市苎萝村）的浣纱溪边发现了西施。那一天，他们初见，抬眼之间惊起他心底波澜无限，虽然他阅人无数，唯独这个女子集中了越地女子的所有美好，几乎完美无缺。除了西施偶尔会心绞痛，但是她皱眉的样子也很美，后来竟成为全国年轻女子争相仿效的一种姿态。

范先生把绝色的西施带到刚建好的美人宫（今越城区西施山附近），连勾践也无法直视西施之美，卧薪尝胆的他一摆手，示意范蠡赶快领走。

同时进宫的还有一个叫郑旦的美人，两个人在一起，美人宫瞬间被照亮了。

是范蠡的一手调教，才从越国走出一双绝世的佳人。范先生应当按琴棋书画、仪容姿态等高标准严格培训西施和郑旦。

一学就是三年。

这三年里有励志和爱国教育，有各种言传身教，也有师生之间无法言说的情感和思想交流。

激起范先生心底无限波澜的西施，渐渐脱去了青涩的外衣，她看先生的眼神里有崇拜，有依赖，有信任，更有一种无法表述的托付。范先生从不为所动，但常常在某个深夜里想起西施姣美的面容，连他自己也不清楚，这是一种什么念想。

终于到了分别的时候，范先生送西施和郑旦离开，而西施的眼神再次告诉他，这辈子难舍难分的人就在眼前。

按今天的说法，范蠡和西施的故事就是一个在错误的时间点里遇上了一个对的人的故事。

当范蠡把西施送往吴王宫时，他心里一定动过一念，那就是乘机和西施远走他乡，但最终这个念头只在心里飘过。

范先生假装没有看见西施临别前泪眼婆娑的模样。一狠心，就把清纯如鉴湖之水的西施和郑旦送入了吴国的深宫大院。

从此只在梦里相见。

范蠡再见西施时，战火遍地，如血残阳映照着被越军攻破的吴国后宫，宫内宫外一片混乱，空气中充斥着杀掳和血腥。

郑旦已为国殉死。

谁都在逃命，唯有西施不慌不忙，她等待这个时刻的到来。而当这个时刻真的到来时，西施又不知道如何面对。

她早已过了而立之年，美人迟暮，风姿却不减当年。

四目相对，那眼神让范先生刻骨疼痛。那一刻，十多年的日夜思念潮涌而至。

西施再见范先生的心情或许更加复杂，十多年和夫差的耳鬓厮磨，她早已习惯了一个男人对她的万千宠爱，甚至她以为自己也是爱夫差的。现在一切都改变了，往事如潮，恍如隔世，她的心在那一刻又一次剧烈绞痛。

在西施的泪水涟涟中，范大夫瞬间作出一个决定，那就是一起从越国消失，远离这个熟悉的世界。

这恐怕也是范蠡离开越国和越王的一个个人原因。

为了证实西施的情感历程，我专门寻找有关史料。正史对西施并没有多少详尽的记载，特别是司马迁在《史记》中对西施只字未提。

最早把西施与吴越之争关联起来的是《吴越春秋》与《越绝书》。两书记载经过大致相同，只不过西施的结局各自迥异。前者说吴亡后，越王把她"鸱夷"沉江，"鸱夷"就是装在皮口袋里投水溺杀。后者却说："吴之后，西施复归范蠡，同泛五湖而去。"

从真实性的角度来说，我认为前一种可能性较大。西施是政治和王权的牺牲品，一旦完成了使命，勾践这种个性的君王是既想拥有本该属于他的越地美色，又容不下西施的存在，因为那只会让他回忆耻辱。更何况勾践夫人也容不下一个姿容超群的女人在越王宫里的存在。

相信大多数读者更喜欢后一种"同泛五湖而去"的浪漫说法。

西施，中国历史上最早的女间谍，她之所以位列中国古代四大美女，是因为她曾经是夫差妃，而不是范夫人。若当初范蠡带她远走高飞，那么吴越春秋中那个美人计传奇将被历史改写。

政治是君臣之间把玩的游戏，残酷而无情，但它让一个本来寻常的浣纱女成为书写历史的女主。

西施的美丽是因为她完成了一项特殊使命。

如果时光倒退，我最愿意看到的一幕该是这样，范蠡和西施虽然"曾经沧海难为水"，但毕竟是"金凤玉露一相逢"，西施的后半辈子是幸福的，西施有范先生这样的男子为伴，生活富足，精神愉悦，一对神仙眷侣，胜却人间无数。

五

绍兴的范蠡祠在诸暨西施故里景区内。

诸暨人把范蠡当成姑爷来看，且十分敬重范蠡。据说，越灭吴后，诸暨一带曾为范蠡的封地。

范蠡祠正殿内，塑高三米五范蠡全身铜像一座，左右两侧有长廊，长廊刻有《范蠡埋财致富十二法则》《范蠡理财致富十二戒律》《范蠡经商十八法》等。

永和九年的兰亭

山水之乐生死之悲。

一

兰亭是绍兴最有名的风景之一,每年农历三月初三是江南谷雨前后的暮春时节,那里阳光明媚,清风飞扬,流水淙淙,草木蔓生,竹笋拔节。每年此时,绍兴都会在兰亭举行一个名曰"兰亭书法节"的全国性节会,为了纪念一千六百年前的那场文化盛会,也为了景仰那张至今下落不明的茧纸,更是向那个曾经任过绍兴地方长官的书法家致敬。那几日,全国乃至国际上的书坛人士都会来兰亭朝圣,兰亭遂成为书法圣地。

作为一个绍兴人,我去过兰亭 N 多次了,每次去都有不同的感受,游览和年龄、经历、心情都有关。

兰亭其实不大,如果走马观花,大半个小时就能参观完所有景点。兰亭的布局以曲水流觞为中心,四周环绕着鹅池、鹅池亭、流觞亭、小兰亭、御碑亭、墨华亭、右军祠,等等。

每次去兰亭,总见外地游客会绕着鹅池不停拍照,拍照的中心当然是池中的白鹅,那些曾经用《黄庭经》换来的白鹅似乎历经了上百代,依然在水中欢快地以红掌拨着清波。有文化功底的游客则绕着八角形的"御碑亭",欣赏着康熙、乾隆两帝的祖孙碑上的御笔，抑或在右军祠堂里认真地品鉴墙上嵌刻的古往今来的《兰亭序》摹本。

曲水流觞处自然是景区最热闹的地方，一些穿着鲜艳汉服的女子模仿晋人端着鸡头壶和酒觞，穿行在各种各样的游客中，游客们千姿百态，觞在一弯碧水中随波漂动，停下之时，人群中传来欢乐的笑声……

王羲之当年无论如何也想不到，一千六百多年以后，人们仍以这种方式仿效他们那年的风雅集会，虽然换了时空，换了人物，更换了内涵。文化，自有一种千年不朽的力量，羲之身后，包括唐太宗、康熙、乾隆在内的亿万粉丝，把那一场聚会追颂成一座后人无法跨越的文化高山，高山仰止，兰亭终成圣地。

二

作为一个书法爱好者，我十多岁开始就临摹《兰亭序》。说实话，作为一个临摹者，我熟悉《兰亭序》中每个字的笔法，却从来没有好好读过原文，只依稀记得几个句了，全文的意绪似乎无从把握。这犹如许多虔诚的佛教徒，对佛经熟记于心，甚至倒背如流，却常常不知所云。

直到有一次，陪外地的几个文友去兰亭，介绍绍兴历史文化自然有不可推卸的责任，于是我在右军祠堂里，努力作着句读，努力辨认字迹，给他们买力地翻译起《兰亭序》。书到用时方恨少，生怕误译，当时心跳加快，幸亏文友们不怎么较真，倒是我如临大考一般，读着读着，忽然读出了一种别样的感受，读到最后，发出和羲之一样深深的悲叹。

《兰亭序》岂止是天下第一行书，通篇其实是王羲之知天命之后的生命感悟，其文学价值卓而不凡，对后世影响深远。

三

　　魏晋南北朝可谓是一个被搅得一塌糊涂的乱世。公元 290 年，晋武帝驾崩，皇室和诸王争夺权力，互相残杀，酿成历史上有名的"八王之乱"。晋朝元气大伤后，内迁的其他民族乘机举兵，又造成"五胡乱华"的局面。大量世族不得以衣冠南渡，以苟且保全性命。

　　那时的司马王朝，因为偷天换日，血腥政权根基不牢，朝野上下人人自危，"竹林七贤"装疯卖傻，啸傲山林，嵇康、阮籍共创玄学新风，清谈之风由此而始，一种后来称之为"魏晋风度"的名士生活渐成当时主流社会的时尚。魏晋名士们貌似个个超然世外，实际上潇洒的背后，是担忧生命朝不保夕之后的豁然开朗，透着无尽的悲凉。生命既然如此无常，为何不走得从容洒脱一些？因此，魏晋名士多着宽袍，喜披头散发，甚至服"五石散"，以求长寿。这些都写在鲁迅先生的杂文《魏晋风度及文章与药及酒之关系》里。

　　公元 317 年，晋帝司马邺被俘，西晋灭亡。

　　王家的功业，就在这时建立。公元 318 年，王旷、王导、王敦等人推举司马睿为皇帝，定都建康，东晋始立。动荡的王朝在建康（今南京）得到暂时的安顿，不稳定的社会渐渐平静下来，社会上流行佛教、道教并存，人们相信以今世修渡来世，可以离苦得乐。

　　与西晋相比，东晋士人不再崇尚形貌上的放浪形骸，而更多的是礼度之内的娴雅与淡定。于是，江南大都会会稽郡的湖光山色渐渐走入士人的心中，崇山峻岭、云蒸霞蔚、茂林修竹、清泉激流，使自小生活在北方的士族少年们陶醉在江南的大自然里，目不暇接。

王羲之（字逸少）就在这时登场了，他出身于魏晋名门琅琊王氏，七岁就拜女书法家卫夫人为师，擅长书法，年少时就声名鹊起。那个"东床袒腹"的故事不仅让他娶到了当时另一门豪族郗鉴的女儿，还俨然让他成为一颗东晋文化界冉冉升起的明星。

王氏家族随晋室南渡而来，依据九品中正制，王羲之这个"官二代"很早就出仕为官，且仕途一帆风顺。然而，个性张扬、喜好风雅的他不按官场套路出牌，最后转辗多地，来到会稽任职，任会稽内史，官至右军将军，所以世称王右军。

离开政治中心建康（今南京），让王羲之既失落，又欣慰。失落的是他离自己的理想和抱负越来越远，欣慰的是他和自然越来越亲近。会稽山阴的生活十分贴合逸少的个性。

羲之后来一直定居在山阴城，家宅位于今天绍兴城里蕺山脚下的戒珠寺，今天那里被建为书圣故里，题扇桥和躲婆弄都一一留下羲之的踪迹。

四

永和九年（公元 353 年），王羲之刚过五十岁，他勤政爱民，造福百姓，深受会稽人民的爱戴。那年三月初三，是一个叫上巳的古代传统节日。上巳节的习俗是在水边洗濯污垢，祭祀祖先，因此，又被叫做祓禊、修禊、禊祭。魏晋以后上巳节还成为水边饮宴、郊外游春的节日。

总之，那个春天的美好节日里，王羲之邀请谢安、孙绰等四十一个亲朋好友前来会稽修禊，最终他选择了一处绝胜之地——兰亭。

兰亭位于美丽的兰渚山下，离绍兴城区约十三公里，相传春秋时越王勾践就在此植兰，自东汉起就建有驿亭，故名兰亭。会稽内史王羲之十分喜欢兰亭，在会稽任上时，他在兰亭附近建起一座园林住所，那也许是中国最早的山水园林之一。

那天也许是上午，天朗气清，惠风和畅，羲之等四十二位东晋军政高官们席地而坐，空气中弥漫着氤氲的水汽和一缕缕兰花吐蕊的幽香，兰亭边上的竹林里，嫩绿的竹子正迎着阳光一节节生长，一弯清澈的流水在羲之面前曲曲折折地伸向远方，那些红色的白色的花瓣在风中轻舞飞扬，然后随流水漂落打旋。时光在那一刻恰如一朵盛开的鲜花，被纯净的阳光和空气穿透，凝固成一幅最美的画卷，画卷中有山有水有四十二位列坐水边的文化人。

羲之抬起头看了看湛蓝的天空，一种岁月静好的感觉在心头升腾。

所有人生中十之八九不如意之事这时都退去了，"仰观宇宙之大，俯察品类之盛，所以游目骋怀，足以极视听之娱，信可乐也。"彼时王羲之的表情一定是无比愉悦的，享受着阳光透过树荫照在脸上的温暖，享受着清风拂面的惬意。

受到花瓣随流水漂零的启发，他让书童们取觞过来。觞是一种双耳形的酒杯，漂在水中犹如一艘艘小船，于是，盛满了美酒的觞从上游顺水慢慢漂下去，停在谁的面前，谁就饮下觞中之酒，并作诗一首，如作不出则要罚酒。游戏规则一出，众人皆响应，觞停下的那一刻，引得众人的一片欢笑和一首接一首诗词的吟诵。欢笑无论年龄长幼，不分地位高低。

于是，"虽无丝竹管弦之盛，一觞一咏，亦足以畅叙幽情"。羲之不曾想他倡导的这次聚会竟开创了中国文人山林雅集的先河。

那一天，他和朋友们都喝了不少酒，他半卧半躺，唱和应答，陶然忘我，仰天大笑。一觞接一觞的酒让羲之的脸色红润起来，在阳光下闪烁着飞扬的神采。

尽管时光过去了一千六百多年，我站在流觞的曲水边，依然看得见，在人群中，他就是那个引领众人的文化领袖。

然而，在一种醉与非醉之间，羲之于众人的欢声笑语中突然沉默了，他凝望着远处的青山，出神地想起了什么。

天下没有不散的筵席，王羲之写《兰亭序》一定是在聚会快要结束的时候。临近尾声了，面对众人吟诵的三十七首诗词，有人提议结集，并请今天的东道主作个序言。

王羲之面对那张被展开的空白茧纸，突然又想起了什么。他拿起鼠须笔，八九分醉意，但心底分明是清晰的，遂落笔成章，一气呵成，如行云流水般快意。众人喝彩阵阵。

序的开首是明媚的，被和煦的阳光和清风召唤着，被亲朋和好友簇拥着，但是写着写着，调子陡然一变，变得沉重起来，就像醉酒忘情之人，笑着笑着，突然失声大哭起来。

天长地久，天地之所以长久者，因其不自生。人有父母，故生有涯，欢乐短暂，下一刻终究要散去。夕阳西下，春去花落，无边的夜色即将来临，冰凉的霜露即将侵肌，美梦终有醒来时分。"修短随化，终期于尽。古人云：死生亦大矣。岂不痛哉"，且"向之所欣，俯仰之间，已为陈迹，犹不能不以之兴怀"。

这就是中国式的乐极生悲。当生命的尽头找不到一个依托的时候，除了悲凉和孤独，还有什么？欢乐似过眼云烟，时光如穿隙白驹，就算你是一个人生赢家，你在职场中不断拼搏，终于得到了你年轻时曾经想要得到的一切，但是俯仰之间，已成为过去时，而且青春已逝，生命终将消亡。正如今天李宗盛唱的那首中年大叔的歌曲所表达的那种意境："越过山头，却发现无人等候。"

其实，作为文坛领袖的王羲之还是东晋的军界高官。个性鲜明、喜形于色的他，在众人眼里是个谈玄论道的名士，超然世外，特立独行。但其实无人理解，羲之内心却是个真正有政治抱负的人，他以骨鲠著称，多次上书朝廷，献计献策，担任右将军的他主张北伐并早日收复中原。羲之的骨子里是个积极的入世者，"固知一死生为虚诞，齐彭殇为妄作"，生和死、长寿和夭亡是不能等同视之，人活在世上就是要寻找价值和意义！

然而，岁届五十，理想遥遥无期。因而羲之的内心是孤独的，那是一种不被亲朋好友所理解的孤独，类似世人皆醉，唯我独醒。

在那一场欢娱的盛会里，最后留给王羲之的竟然是嗟悼。而且他的嗟悼，穿越时光的迷雾，也成为千年之后人们的嗟悼："后之视今，亦犹今之视昔。悲夫！故列叙时人，录其所述，虽世殊事异，所以兴怀其致一也。后之览者，亦将有感于斯文。"

永和九年的兰亭，真的成了一个无人能解的遗梦。王羲之所发出的生死之问，同样扣问着千年之后的我们，站在曲水流觞前的我们，至今依然无法回答他的问题。

五

多年以后，有一天我突然明白，今天的兰亭非昔日的兰亭。那时还没有写绍兴历史文化散文，如今提笔之时参考了不少文史资料，可惜，兰亭建于何时，位于何处，历史上没有记载，有记载也不确切。

我想，作为王羲之，他不曾想过后人会将雅集之地作为一处文物作永久纪念，他酒后的那张得意之作《兰亭序》，虽然在他酒醒之后的 N 多天里，反复再写，再也写不出当时的微妙感觉和神奇笔法。但他也没想过后世会有那么多人想要得到它，摹仿它，甚至大唐天子不惜后人怀疑人品，也要设计占有为己有，直至带入陵寝。

《兰亭序》真迹就像绚烂烟花，在人类的历史天空中释放过，然而归于漫漫长夜。

兰亭的确切位置和《兰亭序》真迹一样，至今成谜。

史载，兰亭在晋朝已数次迁移。明嘉靖年间，郡守沈启将宋代兰亭遗址天章寺移至今日兰亭处；后清康熙和嘉庆两朝又重修了兰亭；康熙、乾隆两位好书帝王，先后御笔勒石，仿效羲之献之父子合碑，且上覆以亭。因此，今日所见兰亭实为明清建筑风格的兰亭，以"景幽、事雅、文妙、书绝"四大特色而享誉海内外。

历朝历代，欲破此谜者很多，明末清初的大才子张岱就是其中之一，他曾两次去兰亭考证寻迹。

第一次是在十七岁那年，张岱站在兰亭天章寺的断垣残壁前，有人对他说这就是兰亭旧址。他伫立观望后说："竹石溪山，毫无足取，与图中景象相去天渊。"然后，失望而归。

六十年后，七十七岁的张岱已白发苍苍，再访兰亭时他得出的结论是：今之所谓兰亭者，是明代嘉靖二十七年（1548 年）知府沈启摹仿曲水流觞建造的。张岱明确告诉后人，今日兰亭是假的。

各种古籍，关于王氏兰亭和曲水流觞的记载并不少。大部分观点认为，王氏曲水流觞的地点，应在今日兰亭附近，但晋代兰亭究竟何处？

上世纪 80 年代，著名学者、浙江大学终身教授陈桥驿在《兰亭及其历史文献》一文中梳理了兰亭地址变迁大致脉络。然而，陈先生已故，今日文史界、学术界众说纷纭，千年之后，人们依旧盼望还原永和九年的兰亭和曲水真迹。

据说，当今世上建有兰亭的地方有七处，有一处就是乾隆皇帝在故宫内设立的曲水流觞，那时他在故宫的后花园里修了一座禊赏亭，亭子里象征性地挖了一个弯来弯去的小水渠，叫做流杯渠。但乾隆的这条流杯渠跟兰亭的意思就差远了，兰亭那条是条天生的曲折小溪，乾隆却在石头上凿出一个个槽。

世上很多事都是无意为之却能成大成者，刻意模仿却让后人贻笑大方，不管是否贵为君主。

有专家说，魏晋文化是中国历史上的一次文艺复兴，那么王羲之为首的东晋兰亭雅集就是中国文化史上灿烂夺目的一件大事，《兰亭序》就像一座无法逾越的文化高山，其书法、文学、思想价值都像是一座丰碑，伫立在绍兴的历史之路上，指引后人前行。

今日兰亭虽非昔日之兰亭，但只要它还在绍兴鉴湖之畔、兰渚山下，它的精神和气韵还在，终究挡不住兰亭已然成为中国传统文化之圣地和殿堂。

暮春三月，我在绍兴向兰亭致敬！

王 瑛

简介：王瑛，女，绍兴市作协会员，柯桥区作协秘书长、诗歌创委会副主任。有散文、诗歌发表于各级报刊。

再上陶宴岭

这是我第三次走陶宴岭。第一次是跟一群户外运动的友人们，那次连翻三座山，肩上还背了个装满水和能量的包袱，除了累，我已记不清别的味道。第二次是跟诗友们，在那个诗意盎然的初冬，我们相约上陶宴岭岭上人家，去诗友家中烧大灶吃土鸡。一路上欢歌笑语，山顶的土鸡煲，裘老师的大司马古树茶，大灶里香喷喷的锅巴，这是又上陶宴岭的记忆。

今年初夏，一个偶然，我再上陶宴岭。

陶宴岭古道全部用小块的石头砌成，风雨侵蚀，岁月洗礼，原先棱角十足的石头早都被磨砺成浑圆光滑，一路上去，凡是砌成台阶和铺成岭路的石头见不到一块棱角分明的。踏岭而上，那些梯田在山谷中间依山而上，随处可见，雷竹、板栗、茶叶等替代了原先梯田中的水稻。

"咦，这里居然有种田红！"我惊喜地喊着。每年种田红成熟的季节能上山去采摘成了我的念想。不只有种田红的甜美和艳红吸引着我，寻找多年以前的那种感觉更是成了我的执念。只见那绿莹莹的叶子间，缀满了一簇簇鲜红欲滴的果子，如同绿浪红波在暖风中阵阵送入视线。一粒粒鲜红的果子晶莹剔透，轻掐一颗放在手掌上，对着向阳处呈半透明状，而且能看到一层白色的绒毛。摘一粒送进嘴，嘴里便有一丝清甜，我扔了一把进去，那更是沁人心脾，行遍周身。这小小的野果子也是有灵性的，我嚼着刚采摘的种田红，总觉得滋味比我一个人摘来的甜美许多，或许我内心烙上的种田红味道，本就该散发着爱的滋味。

山岭渐高，古朴的岭道，清幽的风景，犹入仙境，陶宴岭最美的枫林晚照到了。画风突变，仿若置身于森林之间。路边的几棵枫树，树干粗壮笔直，树枝秀美清逸，树龄都在几百年以上。两株参天的古枫中间，是一间用石块打底、泥墙筑成的房子。这房子建在路边应该是供路人在寒风肆虐、雪花狂舞的冬季躲雨避风的吧。

再往上走，便是灵水泉庙。以山崖的绝壁为墙，两侧断垣残壁都有脱落的痕迹，很有些年头的样子。正逢村民下山，不由得跟我讲起此庙之来历：从前山那头嵊县有一壮汉患眼疾，几乎要瞎了，四处就医没用，回乡途中路过此处乏了，在一汪泉水中洗了把脸，突然眼睛大亮。此人许愿，如果病目经此真的好了，必在泉旁建庙以报。后来此人眼疾大好，庙也真的造了起来，自此灵验的事便年年岁岁都有。听完我连忙寻找传说中的神泉。在中殿的一则，石块对垒下凹，一汪泉水，水清可鉴人，三五个竹筒挂在壁上。村民说，这泉眼连着东海呢，最厉害是 1967 年连旱大半年，才建成不过几年的平水江水库都快见底了，但这泉水照样水汪汪的。如此神奇，我不由得俯下身用手捧起一窝水，不错，清凉、甘甜。

可能灵泉水赐予的力量吧，没走几步，便上了山顶。上面有座凉亭，还有一间带着阳台的房子，我看了不由得心动。想象着若有一天，能住在这样的房子里，与你携手看日落枫林，听鸟鸣蝉叫，该是如何的惬意！

再上陶宴岭，欣赏的不仅仅是一道风景，而是一个故事、一份温情、一段遥远的记忆。

王笏华

简介：王笏华，衢州市作协会员。江山市作协会员，业余爱好文学，有 30 多年写作经历，作品散见刊于《中国青年》《做人与处世》《绍兴日报》《绍兴晚报》等报刊 300 多篇，在市、省级报刊获奖 30 多次。

读书点亮人生

父亲是个农民，很爱看书，尽管因家境贫寒很少花钱买书，但一看到书就爱不释手。也许是受父亲的熏陶，我的成长路上，也一直与书为伴。

我最早接触的是小人书。上学后偶尔能从同学那里借到几本课外书，让我百看不厌。

读初一的那个寒假，父亲给了我一本影响我一生的书——《钢铁是怎样炼成的》。书中主人公保尔·柯察金传奇的一生深深地烙在我的记忆深处。我读了一遍又一遍，保尔·柯察金的爱国精神、远大抱负、无私奉献和钢铁般的意志，极度感染了我，这是一位多么平凡而伟大的英雄！几十年来，我永远记得他说的话："人最宝贵的东西是生命。生命对于我们只有一次。一个人的生命应当这样度过：当他回首往事的时候，不因虚度年华而悔恨，也不因碌碌无为而羞愧……"每当碰到困难和挫折时，我用保尔·柯察金的精神激励自己，不愁眉苦脸，顽强工作。

高中毕业后，我在本村小学当了代课教师，空闲时间更是一头扎进了报刊书籍中，只有读书看报，我才感到生活的丰富多彩。读一本好书，如饮甘露、赏美景，总会产生高妙的感觉和无限的激情。有久别重逢的欣喜，有百求乍获的幸福，有豁然开朗的透彻，有鸟语花香的俊美，有芳草无涯的清新，有游览胜景的怡情，有步入仙境的圣洁，有百万雄兵的磅礴，有斗室盆景的幽雅，有促人自新的箴言，有挚友的肝胆相照……无怪乎古人曾有《劝学诗》云：安房不用架高梁，书中自有黄金屋。娶妻莫恨无良媒，书中自有颜如玉。

书是我的良师益友，她使我饱览了大自然的奇观壮景，给我展示了人间的千姿百态，让我体会了天底下的酸甜苦辣。书海浩瀚，一进入便其乐无穷。不论时令，随时可借助书籍走进四季。书使我在人生中许多枯燥乏味的岁月化为令人愉快的时日。我从书本里懂得了许多做人的道理。

后来，我外出打工，特地去图书馆办了借书卡。每天晚上，我挑一本好书，随着书中物事而遨游，想起白天人事繁杂，便深感此时心里的这种安详、恬淡实在难得。我知道这是灯下读书所带来的"不为物役"的好心情。有了这份好心情，即使在三伏热天，我一样能稳坐桌前，虽汗流浃背，然读书中的我依然不觉闷热。相反，来自书中的"清风拂面"给我丝丝凉意，使我的心更加宁静如水，于是一种"明月清风"的感觉顿上心头。而寒气逼人的三九天，我依然能久坐灯下，好书和昏黄的灯光都使我心里温暖如春，我早已忘记一天来的疲惫，心灵也获得一份绝妙的安逸。这时我发现思想简直就像一匹脱缰的野马到处狂奔，而内心正是一口喷涌不停的清泉。夜读如同和老友对话，真好。

几十年来，再苦再累我也没改变夜读的习惯。读书支撑着我走过一个个艰难困苦的日子，读书让我内心从不觉得空虚，让我内心充满了积极向上、尽力向善的力量。读书，涤荡了我的心灵，丰盈了我的精神。读书，已像吃饭睡觉一样成了我的不可或缺。

如今，电视、手机、电脑已成了人们生活的必需品，信息量之多之广，让人无法消化。只是看纸质书的人越来越少了，上书店买书的也越来越少了，挑灯夜读的人就更鲜见了。但不管时代如何发展，不管别人怎样变化，我今生永远与书为友，让读书点亮我人生。

边锦祥

简介：边锦祥，男，1964 年生，记者，现供职于绍兴市新闻传媒中心。1978 年开始文学创作，至今已在《浙江日报》《联谊报》《鸭绿江》《绍兴日报》《绍兴晚报》《绍兴县报》等省内外报刊发表散文等作品百余篇，散文《父亲与房子》曾获浙江省好文学作品奖。

古镇记忆

青石街面，粉墙黛瓦；倒影小桥，枕河人家；河埠乌篷，石阶雨廊……

总投资 27.5 亿元的柯桥历史文化街区（一期）2020 年底前已基本建成试开放，所谓柯桥历史文化街区，当地百姓还是习惯称作"柯桥古镇"或"柯桥老街"。

柯桥古镇现每天的游客都是络绎不绝。本地市民追古怀今，寻觅当年的"笛扬楼"、邮政局、柯桥照相馆、柯桥剧院等原址；外地游客慕名而来，找寻电影《舞台姐妹》《祥林嫂》《祝福》等电影的取景地，看老柯桥、融光桥、永丰桥等"国宝"的风姿，观沿河长廊、望亭台楼阁、觅纤绳悠悠。

我的老家是现在的柯岩街道，离柯桥老街五六公里路程，那时到柯桥镇上来谓之"出大街"，都会在兴奋、期待中夹杂丝丝紧张，柯桥老街也有许多抹不掉的记忆在其中。

一

柯桥有许多生动的历史典故，为这座古镇增色添彩，最让人津津乐道的就是蔡邕的故事。

蔡邕（133～192），字伯喈。陈留郡圉县（今河南杞县南）人。东汉时期名臣，文学家、书法家，才女蔡文姬之父。

蔡邕精通音律，才华横溢。除通经史、善辞赋之外，又精于书法，擅篆、隶书，尤以隶书造诣最深，有"蔡邕书骨气洞达，爽爽有神力"的评价。其官至中郎将，故又称蔡中郎。因得罪权要，曾避难江南 10 余年（据传就在柯桥、阮社一带）。在阮社有一座"荫毓桥"，它重修于光绪年间，全长 14.45 米，桥面宽 3.4 米，拱圈呈马蹄形，近似中国古典园林中的月洞门。此桥引人瞩目的是拱圈两壁上镌着一幅对联："一声渔笛忆中郎，几处村酤祭两阮"，足以佐证"蔡中郎"在柯桥一带的史迹。

一日，蔡邕来到柯亭（《郡国志》称千秋亭，《鬈宇记》称高迁亭）见屋椽东第十六根竹椽可以为笛，取下后一试，果然音响异常，于是制作成笛。伏滔《笛赋序》："柯亭之观，以竹为椽，邕取为笛，奇声独绝。"及《晋书·桓伊传》"（桓伊）善音乐，尽一时之妙，为江左第一。有蔡邕柯亭笛，常自吹之"等皆有记载。足见蔡中郎对音乐的高深造诣，所以古代柯桥又称笛里。柯亭笛，也简称"柯笛""柯亭"，后泛指美笛，也比喻良才。

清代悔堂老人《越中杂识》云：柯桥为"汉蔡邕取柯亭椽竹为笛处。桥侧面有笛亭，今为土地祠"。可见柯桥古镇与蔡邕的名字连在一起，由此推断，柯桥的历史已历 2000 年左右。

绍兴文史爱好者胡文炜在《绍兴文史纵横》一书中写道："柯桥，有史书记载始于汉代。汉称高迁亭，后改笛里，东晋称柯亭，南宋开始称柯桥，直至今天。"

二

"江南好，风景旧曾谙。日出江花红胜火，春来江水绿如蓝。能不忆江南？"

自古以来，江南带着"才子佳人""鱼米之乡""繁荣富庶"等标签。

柯桥人勤劳、聪明，能干，在清末民初，柯桥古镇迎来商贸交易的鼎盛时期，据老柯桥人陈家檐的《柯桥这个古镇》记载："那时，区区 0.9 平方公里的柯桥镇上，有店摊 300 来家，店挨着店，摊挤着摊，甚是繁华。于是这寸金之地的柯桥，生意做到船里，店铺开到桥头。"

有道是"靠山吃山，靠水吃水"，这是百姓祖祖辈辈信守的生存方式。江南水乡，水村带的百姓便以柯鱼摸虾为生。

我的老家是原州山公社蓬山大队（现属柯岩街道），记得爷爷、父亲他们早年都划着小船，在鉴湖江中放虾笼，一路柯了鱼虾，然后划到柯桥镇上去卖。

小时候，我会经常跟着父亲去柯桥老街，镇上不仅有百货商店、酒店、小吃店、药店、剃头店等各类店铺，还有邮局、书店、照相馆、剧院、医院等等，吃喝玩乐等功能比现在万达广场的功能都要齐全。

柯桥剧院，当地老百姓称之谓"乐（音：yuè）乐（音：lè）戏院"。当时，能到"乐乐戏院"看出戏或看场电影那是相当地上档次了。记得 1988 年,约了同村的几位小兄弟,专门赶到柯桥镇上,在"乐乐戏院"看过一场电影《妈妈,再爱我一次》,回去后在村里吹嘘了好一阵……

据说"乐乐戏院"的位置原来是柯桥融光寺(俗称大寺),其前身系宋代古刹灵秘院,是僧人智性于南宋绍兴六年(1136)创办的。现"乐乐戏院"整体拆迁后,原址修复了灵秘院。灵秘院复建工程总用地 5676 平方米,无论从形式、结构和做法上都体现出浙江地区明代传统建筑风格,同时兼具绍兴地域特色。

最让我印象深刻的是在"乐乐戏院"一侧,有一家以仿古商用建筑开设的"笛扬楼"酒店,由著名书法家沙孟海书写店名,成为当时最有文化品位的饭店。夏天,到这里吃一碗冰砖冷饮,这滋味、这享受,真是爽极了!现"笛扬楼"仍保留着原貌,与现在的建筑相比较,"笛扬楼"或有不少差距,但其名是很有特色、富有意义的,更是一代人的记忆。

柯桥镇上的一家书店是我最爱去的地方,记得位置是在原邮政局的斜对面。

当时没买书的钱,走进书店,找几本喜欢的书,便斜倚在书柜一角,慢慢地看,一看便是半天。

书店靠门口一角专门有个"五角丛书"专柜,每本书统一价格只需 5 角,经济实惠,但题材丰富,涉及人文历史、天文地理,以及许多与人们生活密切相关的内容,比如《争鸣中篇小说 20 篇》《新歇后语》《人体语言》《穿着的艺术》,等等。

每次去时,向父亲要 5 角钱,挑一本喜欢的内容买下来。有时父亲手松一点,给 1 元钱,便能买两本书了。

后来,投稿出去的文章被采用后寄来稿费汇款单,便会赶到镇上，从对面邮政局取出稿费，再到书店挑选喜欢的书籍买回去。

三

在柯桥镇上，绍兴著名作家吴似鸿上世纪 80 年代曾居住过一段时间。作为同乡、当时的一名文学青年，我十分钦佩和仰慕这位同乡名人，专门去拜访过她。

吴似鸿（1907～1990），作家，蒋光慈夫人，绍兴州山乡（今柯岩街道）人。1928 年开始在《新女性》发表作品。不久，到上海加入由田汉倡导成立的南国社，并写了《吉卜赛女日记》《毛姑娘》等作品，受到文坛瞩目。1933 年，在蒋光慈、叶灵凤的帮助下，小说集《流浪少女日记》由现代书局出版。曾帮助沈兹九编辑《申报》副刊《妇女》园地，并继续卖文为生。其短篇小说《丁先生》受到鲁迅、田汉等人的好评。

新中国建立后，吴似鸿回到老家州山，先后撰写《忆念达夫先生》《萧红印象记》《怀念南国社导师田汉》《记许地山先生》等回忆文章。1984 年，长篇回忆录《浪迹文坛艺海间》，由浙江人民出版社出版。曾担任过州山乡人民代表、绍兴县政协委员、绍兴市文联委员、浙江省文联委员、浙江省作家协会会员、浙江省鲁迅研究学会会员等。

1985 年，浙江省文联给吴似鸿分配了一套房子，就在柯桥镇上的方家汇沈家溇底。

我同我堂弟边青海都爱好文学，边青海还曾帮吴似鸿先生整理过她的长篇回忆录《浪迹文坛艺海间》文稿。记得大概在 1986 年秋季的一个上午，我同堂弟从家里出发，骑行五六公里，来到柯桥镇上，经过柯桥老街，推车经融光桥下来，穿过长长的一条弄堂，七拐八弯地找到吴似鸿的住所。

这是临河的一间老房子，向外望去，是河边长长的廊檐，河道两岸十字交错，永丰桥、融光桥、柯桥（当时的柯桥已经改成了平板的水泥桥），三桥连通两河，这是镇上典型的小桥、流水、人家之地。

吴似鸿的住所记得是在二楼，房子非常小，两个小小的房间，一个小卫生间，估计也就 30 多平米左右吧。见到吴似鸿，这是一个头发花白的老太太，圆脸，慈眉善目的，皮肤白净，上唇有一颗大大的痣，非常显眼。

她招呼我们落座，给我们砌了茶，然后一起聊文学创作。当时，华舍出现过一位"文抄公"叫秦汉，两年抄袭别人作品 20 多万字，并拿着自己的"大作"到处招摇撞骗。后来绍兴作家朱振国专门写过一篇报告文学《一个"抄袭专业户"》，发表在《野草》1986 年第 8 期中，披露了秦汉这位"文抄公"。

吴似鸿同我们说起，之前秦汉也是她家的常客，经常来谈文学创作方面的事。老人在为他的抄袭行为感到遗憾的同时，也觉得可惜，说秦汉这个人还是有些文学素养的。

她说文学作品创作关键要"肚里有货"，要我们多看书，多学习、多观察生活。

其间，有朋友来访，她便很和蔼地向来访者介绍我们："这是我的两位小文友。"

现在吴似鸿先生居住过的这个房子已找不到了，只能依稀确定大致的方位。这一地方是粉墙黛瓦，已经古镇开发重建了。

四

在融光桥的南首桥脚沿河边，有一块青石板铺就的场地，中间有一棵高大的五针松，这里经常可看到美术学院的学生打开画夹，在写生。对面就是永丰桥，右边便是融光桥，河面上乌篷船穿梭其间，两岸枕河人家，一屋、一街、一弄、一河、一桥，典型的江南小镇，在画家笔下别具韵味。

这种"船在水上行，人在画中游"的诗境，成为柯桥古镇一个天然的影视外景拍摄地。柯桥的古纤道、古运河、古镇等，都进入了一个又一个电影镜头，多次出现在影视作品中，令更多的人看到了属于柯桥古镇的那种独特美。

据不完全统计：有柯桥融光桥、永丰桥、太平桥、古纤道等出镜的影视剧——电影《阿Q正传》（严顺开主演）、电影《药》（鲁迅原著）、电影《风流千古》（王馥荔主演，讲述陆游与唐婉的故事）、电影《舞台姐妹》（谢芳主演）、《祝福》（白杨主演）、越剧电影《祥林嫂》（袁雪芬、金彩风主演）、电影《风雨相思雁》；电视剧《红伶泪》（何晴主演，讲述越剧名角筱丹桂的故事）、电视剧《冬至》（管虎导演，陈道明主演）、戏曲电视剧《翠姐姐回娘家》，等等。

2009年在CCTV-6播出的纪录片《大师谢晋》中，绍兴籍的大导演谢晋在谈电影《舞台姐妹》创作前后的经历中提到，《舞台姐妹》都是绍兴的地方特色，有水台，有旱台，有土地庙里的台……

编剧除了王林谷、徐进，还有就是谢晋，他们除了到嵊县、新昌去体验生活，还专门跑到柯桥来体验。来一次，回去就改剧本，再来一次，回去又改，最后把剧本送到北京给夏衍看。夏衍、陈荒煤非常看好这部戏的。夏公是浙江人，江南的生活比较熟悉，很支持搞这个戏。夏公也动手改，一字一句地改。后《舞台姐妹》列为1964 年国庆十五周年的献礼片。

《舞台姐妹》里头很多江南的水乡、拉纤、结拜姐妹等场景，大都是在柯桥拍摄完成的，特别是融光桥、永丰桥等成为影视片中精彩的镜头，这些画面场景，带有满满的江南水乡的韵味和诗意。

影视作品中柯桥古镇的镜头，都会钩起柯桥人长长的记忆。甚至是古运河旁一个不起眼的河埠头，都能被老一辈的柯桥人一眼看出这是当年拍《祥林嫂》淘米被夺的地方，一个陈旧的古戏台，就是《舞台姐妹》中的众多艺术家在绍兴演出时的拍摄地。

"慢慢游、细细品、深深感，柯桥古镇实在太美了，融光桥、永丰桥，还有复原的老柯桥，让人感受到了历史沉淀下来的质感美!"今年正月的一天，在柯桥古镇旅游的柯桥原居民张先生边说边向家人们介绍原来老街卫生院、书店、剧院的位置。

"春节前听说柯桥古镇已试开放了，春节便同丈夫一道来古地重游。"来自杭州的陈女士说，她和丈夫老家都是柯桥，少小离家，现都已退休，回到 40 年前的故乡，游历了古镇，感受到了古镇的原味风貌，觉得格外亲切。

吕瑜洁

简介：吕瑜洁，绍兴新昌人，毕业于厦门大学历史系。浙江省作协会员。光明日报出版社亲子教育讲座签约作家、樊登书店亲子教育讲座签约作家、浙江省家庭教育讲师团成员。亲子教育系列畅销书作者，《我的心里住着一个孩子》（2017年出版）《我的心里住着一个世界》（2020年出版）荣登当当网亲子教育新书排行榜前列，《我的心里住着一个未来》计划2023年出版。

给孩子的三封信

第一封信：孩子，比成绩更重要的，是你一直以来的状态。

一

亲爱的欢乐：

讲真，如果不是因为朋友圈里劈天盖地的关于"期末考"的段子和图片，我几乎已经忘了你们快要"期末考"了。

你们的期末考，在我看来，就像我们成年人在年底时写的那份工作总结，总结过去一年的工作，并对未来一年工作做一些计划，这是一件再平常不过的事了。

那么，有关"期末考"的段子和图片，为何会在朋友圈肆虐呢？我认真看了这些段子，倒是读出了当下大多数家长对"期末考"的微妙心态。

二

客观地讲，这 20 多年来，父母们的教育理念和教育方法已经进步了不少。

20 多年前，大多数父母是比较"简单粗暴"的。

看到自己孩子考差了，就一顿"棍棒伺候"，或一阵暴风雨般的批评指责。从"隔壁家的小明"对比到自家的"熊孩子"，越骂越起劲，越打越心狠。

如今的父母，多多少少转变了一些观念，觉得不能再这样一味地"简单粗暴"下去了，总要讲究些方式方法。比如，赏识孩子，鼓励孩子，宽容孩子，为孩子加油鼓劲……

以下 4 个段子，挺能说明家长的这种心情：

第一个段子是"本周最重要的三件事"。一是陪娃复习要沉得住气，切记娃是亲生的，他一切是遗传你！二是考完试别问考得好不好，先给娃一个大拥抱，再请娃好好吃一顿，毕竟他（她）也辛苦一学期了！三是出成绩切记要淡定，控制好体内的洪荒之力！这个世界上最宽广的是海洋，比海洋更宽广的是天空，比天空更宽广的是考试范围，比考试范围更宽广的是看到娃成绩时家长的胸怀。共勉！

第二个段子是一篇题为《宽容》的年度最佳微小说。内容如下：娃儿拿回成绩单。老爸一看，数学 0 分，语文 1 分！娃儿点点头，颤抖中……空气凝结，气氛无比恐怖，感觉不太妙……老爸深吸一口气，说道："崽儿，你有点偏文科哟！"希望爸爸妈妈们都要有这样的心态。

第三个段子是一句口号——没有"烤柿",就没有伤害！既然"烤"了，就加点油"烤"吧！配图很有意思，在一堆熊熊燃烧的柴火上，架着几个柿子，果然是"烤柿"！

第四个段子是一张电影海报。片名是《期末考》，类型是悬疑、惊悚、武打，导演是教育局，编剧是任课老师，领衔主演是学霸们，武术指导是亲爹亲娘。2017 年 1 月 14 日起，全绍兴公映。OH，MYGOD！

三

看完了这 4 个段子，或许大家都会开怀大笑。然而，笑过之后，是不是有那么一点心酸？那么一点沉重？会不会觉得孩子不容易，父母也不容易？

为啥"不容易"？你看，明明心里非常在意孩子的考试成绩，但在孩子面前，还要拼命沉住气，显得自己很宽容、很理解，这多"不容易"啊！

10 多年前，我还在绍兴日报社工作时，曾写过一篇题为《不再关注，或许才是最好的关注》的记者手记。

那时，身为采访报道教育新闻的记者，我三天两头跑绍兴各地的教育局和中小学校。特别是一到中考、高考时节，我俨然成了一个编外"教育工作者"，每天泡在学校采访各类教育新闻，忙得不亦乐乎。

报社同事们和我开玩笑说："中考、高考对考生来说是种煎熬，但对你来说真心是件好事。你看，有关中考、高考的稿子，特别容易被编辑采纳，几乎可以天天见报，而且不受字数限制，写多少，发多少，简直成了赚稿费的神器啦！"

报纸为何喜欢乐此不疲、不厌其烦地发教育新闻？因为读者喜欢看。读者为何喜欢看？因为大部分读者都家有孩子、家有考生。

但是，当我连续 4 年采访教育新闻后，我忽然开始反思，这种全社会高度关注考试特别是中考、高考的现象，难道是正常的么？这对孩子身心健康地成长，难道是有利的吗？我越来越觉得，其中是否有那么一点"不正常""不对劲"。

四

于是，2007 年高考前夕，我在采访教育新闻之余，写了题为《不再关注，或许才是最好的关注》的记者手记。

我记得，文章是这样开头的：每年采访中考、高考时，我总能感受到中考、高考带给这座城市的"灼热"感。全社会都在热切地关注考生，为考生提供各类绿色通道，似乎一切都可以让位于"考试"这件事。我不禁想弱弱地问一句："这样的'灼热'、这样的关注，是孩子想要的吗？"

我还记得，文章是这样结尾的：中考、高考怎样才能从"神坛"回归正常？这其中，牵涉到全社会世界观、人生观、价值观的改变以及整个教育领域的改革。这样的改革，牵一发而动全身，定非一朝一夕之功。身为记者的我，热切期盼着，将来有一天，我不再需要关注中考、高考新闻，或许，这才是对考生最好的关注！

如今，10 多年过去了，整个国家、整个社会的教育改革，依然在路上。不得不承认，前方任重而道远，路漫漫其修远兮。

我呢，也已离开报社很多年，虽然不再采访教育新闻，但依然关注着教育话题。随着你们的成长，我似乎想明白了一件事，那就是如何看待考试，如何看待成绩。

　　我喜欢对你们说两句话，第一句话是：考试就是作业。把每一个考试都当成一次作业，轻松对待；把每一次作业都当成一次考试，认真对待，就可以了。

　　第二句话是：在我看来，和偶尔一次的考试成绩相比，你们一直以来的状态，才更重要。

五

　　是的，孩子，比成绩更重要的，是你们一直以来的状态。这，才是我看重的。

　　你们何时考试？考了几分？说实话，我真的并不在意。我在意的，是你们一直以来的学习状态。

　　我相信，如果你们每天认真听课、认真作业，上课时能听懂，做作业时能搞懂，学过的知识能举一反三、融会贯通，那么，对于所谓的大考小考，又有什么好害怕的呢？

　　反之，如果上课时不专心听讲，做作业时敷衍了事、粗心拖沓，那么，一到考试复习阶段，就会忐忑不安、心慌意乱，急得临时抱佛脚。但，那时又有什么用呢？

　　就像我们成年人年底写工作总结，重要的不是文采如何了得，而是这一年来，我们做了哪些事？取得了哪些成绩？

　　如果这一年来，我碌碌无为、得过且过，就算我想破脑袋，文采再是优美，恐怕也是言之无物，满纸空话套话废话而已。但如果我实实在在做了一些事，取得了一些成绩，那么，只需要"一二三"地写下去，必定是一份条理清晰、内容丰富的好总结。

六

我听到过两位家长在考前对孩子说的话，与我心有戚戚焉，和你们分享：

一位是父亲，他对参加高校自主招生考试的女儿说了三层意思：一是如果考得好，爸爸妈妈当然都替你高兴。二是如果考得不好，爸爸妈妈也不在意。三是大学自主招生考试，机会很多，你就大胆去考吧。这个大学不行，还有其他大学啊。

我相信，任何一个孩子，听了这样一位豁达乐观的父亲的"考前赠言"，一定会自信满满地走进考场。

另一位是母亲，每次考试前夕，她都只对女儿说一句话："考前不紧张，考后不放松。"再没有其他多余的话了。她的女儿，从小学到高中，一直自觉、勤奋，且觉得学习很快乐。

至于我对考试的态度，在去年写给你们的《和考试和解》中，也已表达了一二。我说：孩子，学习，不是只需要爆发和冲刺的短跑，而是一场需要耐力、毅力和恒心的长跑。考试，则像长长的跑道上那些大大小小的跨栏。每一次跨越，干脆利落地跨过去了固然精彩，但难免摔倒几次，其实又有何妨？

孩子，请一定记得，比成绩更重要的，是你们一直以来的状态。只要你们每一天都在努力，都在积累，考试一定不是唯一的证明和唯一的机会。

相信，一分付出，定有一分收获！

2017.1.15

第二封信：生活如此美好，不要被学习耽误了。

一

亲爱的欢乐：

前几天，我带你们去朋友家做客。朋友的女儿正读初三，即将面临中考。

我以为，她一定会被繁重的学业压得喘不过气来。没想到，朋友却洒脱地说："哪里，初中三年，她没有一天做作业超过晚上 8 点半的。8 点半一到，她一定准时走出书房，到跑步机上跑步去了，比闹钟还准。"

我一脸惊讶，忙问："然后呢？"

朋友笑说："跑步半小时，然后，洗漱上床。在床上看一小时书，10 点多睡觉。每晚都是如此，超有规律。"

我早就听说朋友女儿从小喜欢看书，用高尔基先生的话说，就是"我扑在书上，就像饥饿的人扑在面包上"。不过，当朋友带我走进她女儿的房间时，我还是被眼前的情景深深地震住了！

不大的房间里，到处都是书。床上、桌上、凳子上、衣柜上……总之，目光所及之处，都是书。我走近朋友女儿的书柜，只见里面整整齐齐放着大部头的经典巨作，历史类的有《全球通史》《剑桥中国史》《万历十五年》等，文学类的有《飘》《战争与和平》《安娜卡列尼娜》《复活》《悲惨世界》等，自然科学类的有《时间简史》《果壳中的宇宙》《上帝掷骰子吗？——量子物理学实话》……朋友说，她女儿喜欢物理，从初一起就决定高考第一志愿填写物理系。

自以为阅读量也不少的我，站在这个书柜前时，忽然有一种自惭形秽之感，说实话，书柜里的很多书，我都不曾读过。

我忍不住弱弱地问："学习这么忙，你女儿哪来这么多时间看这么多书啊？"

朋友也是一脸疑惑："我也搞不懂。她说，只要想看书，时间总是有的。你看，同样一本《飘》，她就买了不同出版社的不同译本，翻来覆去看了好几遍了。"

这一刻，我对这个 16 岁的小姑娘，真是佩服得五体投地。

二

让我深深佩服的，不仅仅是小姑娘广博精深的阅读量，还有她对时间的高效管理。这，正是我今天想和你们聊的话题。

2016 年，我曾给你们写过一封信——《你想要的，时间都会给你》。当时，我对你们说："时间最公平，每天都是 24 小时，一分钟不多，一分钟不少。时间也最不公平，可以不止 24 小时，也可以少于 24 小时。关键是，要看我们怎么利用它。如果我们学会了合理利用时间，那么，你想要的，时间都会给你。"

孩子，学会高效管理时间，真的很重要。

《我的心里住着一个孩子》出版后，许多朋友在微信朋友圈分享这本书。其中，有一个老同学写了这样一段推荐词："对于写作，吕瑜洁的确是热爱，上班、带小孩之外，每晚几千字，雷打不动，从不懈怠；对于教育，从一名教育线的记者，到两个孩子的妈妈，从理论到实践，都是杠杠的。"

看到这段推荐词时，我很开心，也有点感慨。

一般说来，每晚的 8 点至 11 点，是我可以用来写作的时间。这 3 个小时，我很看重，也很珍惜。

不要小看这 3 小时。如果坚持用好这 3 小时，就会有意想不到的收获。

比如，在 2016 年一年时间里，我开通了"桑葚三味"公众号，拥有了几千位粉丝，写了几百篇文章，码了几十万字，出版了《我的心里住着一个孩子》……

很多朋友不解地问我，既要上班，又要管孩子，还要干家务，哪来时间写作呢？

我想了想，笑着用鲁迅先生的两句话来回答。一句是"时间像海绵里的水，只要去挤总会有的"，另一句是"哪里有天才，我是把别人喝咖啡的时间都用在写作上了"。

朋友圈中有这样一个问卷调查："下班后，晚上 8 点至 11 点，你会怎么安排时间？"调查结果显示，每晚的 3 个小时，决定了你 3 年后的样子。

三

孩子，只要你学会了高效管理时间，时间，是会"多"出来的。

我的时间从哪里"多"出来呢？

上班时，我高效完成各项工作。下班后，和家人共进晚餐。晚餐时间是我们一家人的"谈心"时间。我会听你们说说学校里发生的趣事、新鲜事，聊聊我的感受和看法……总之，天南地北，海阔天空，啥都可以聊。晚饭后，简单收拾一下后，就各回各的房间。你们做作业、看书，我看书、写文章。

你们读小学以来，我一直坚持不给你们布置额外的课外作业。我希望，你们完成学校布置的作业后，能"多"出一些时间，去做

"作业"以外的事。

比如，看课外书，比如，学若干兴趣爱好，比如，锻炼身体……

孩子，生活如此美好，不要只被"学习"这一件事"耽误"了。

那么，怎样才能不被"耽误"？最好的办法，就是提高学习效率。

我觉得，作为老师，应该努力提高课堂效率。在有限的 40 分钟内，将知识点讲清楚、讲透彻，让学生们能在课堂里消化吸收，课后再用作业巩固一下即可。

作为学生，应该提高学习效率。课堂上专心听讲，听懂老师的每一句话。课外高效完成作业，养成预习、复习习惯，温故而知新。努力确保每天睡前可以看半小时至一小时的课外书。

如果老师和学生都提高了效率，就不会陷入课堂上似懂非懂、课后大量刷题、大搞"题海战"这种"疲于奔命"的恶性循环了。

作为一个"上班族"，我们应该提高工作效率。8 小时内，高效完成工作。8 小时外，做一点自己喜欢的事。比如，对我来说，每晚坚持码字，是爱好，也是一种追求。

四

台湾名嘴、辣妈小 S 说："连身材都管理不好，还谈什么掌控人生？"

同样的，连时间都管理不好，还如何管理自己的一生？

最近期末考试前，发现你们做作业常常做到很晚。妹妹才小学二年级，就要做到 9 点，姐姐有时做到 10 点。如果按这样的节奏发展下去，等你们读初中特别是初三时，晚上 12 点前估计是无法睡觉了。这对正在长身体的你们来说，怎么行呢？

因此，孩子，从这个寒假开始，试着学会高效学习吧。

当你们学会了高效管理时间时，你们会惊喜地发现，时间竟然"多"出了许多，可以做更多你们想做的事咯。

孩子，请记得，生活如此美好，不要被"学习"这一件事耽误了。

2017. 1. 21

第三封信：认真，其实是只求"心安"。

一

亲爱的欢乐：

上周末晚上，我和爸爸去看李安的电影《比利·林恩的中场战事》，你们姐妹俩在家。当我们看完电影回到家时，已经 10 点多了，她们已经睡下了。

第二天，你们告诉我，我们出门后，你们先做作业，再看课外书，然后打开电视，看了一小时《奔跑吧兄弟》，10 点上床睡觉。我连连点头，并给了你们一个大拇指，你们安排得很合理哈！

有朋友问我，让孩子单独在家，放心吗？不怕你们只顾看电视、玩电脑，不做作业吗？

我很放心。因为，你们曾经告诉我，如果不先做作业就看电视，你们会感到"不安"。

我想，这种"不安"的感觉，比来自父母的遥控指挥和外在约束，管用得多，也有效得多。

二

有朋友问我，能不能给孩子买手机？我的答案是：可以。

电视机，电脑，手机，这些在很多父母看来容易让孩子分心的东西，在我看来，都只是工具。既然是工具，孩子也有使用的权利。

从大禹治水开始，万事万物，"堵"不如"疏"。

比如，看电视。有朋友无奈地说，自从孩子上小学后，家里的电视机就被打入了"冷宫"。为了不让孩子看电视，家长只好带头不看电视。

在我家，能不能看电视，似乎从来没有成为一个问题。

我觉得，与其视"电视"为洪水猛兽，不如客观看待"电视"本身。孩子适当地看一些益智、健康的电视节目，是完全可以的。

我记得，你们上幼儿园时，特别喜欢看《爸爸去哪儿》，几乎一集不落。我陪你们一起看，那些搞笑的游戏和幽默的画外音，常让我们捧腹大笑。而且，还可以跟着节目组游历祖国大好河山，开阔眼界，增长知识，不正是寓教于乐嘛？

你们读小学后，开始喜欢看一些历史题材的电视剧。比如央视在今年寒假播出的电视连续剧《于成龙》，你们看得津津有味。看完后，你们告诉我，于成龙很廉洁，纳兰性德的爸爸纳兰明珠很贪婪……于是，我顺着你们的话题，和你们聊了纳兰明珠和康熙、曹寅（曹雪芹的祖父）之间的故事。

好的电视剧，有时可能是一把打开孩子求知欲的钥匙。电视本身没有问题，关键看我们怎么用好它。

三

其实，不光是电视，推而广之，电脑、手机也是一样的。

我觉得，要用好这些工具，要先养成一个认真的习惯。如果养成了认真的习惯，它们就会成为你认识世界的一个工具，反之，就容易沉迷其中。

"认真"，很多时候，和别人无关，是只求让自己心安。如果你无论何时何地，无论有无外在的监督，都会认真地做好一件事，那么，你就已经养成"认真"的习惯了。

"认真"的习惯一旦养成，就会像一个忠心耿耿的管家，无论何时何地，都会帮你管理你的言行举止。到那个时候，你想不认真，都难。

四

"认真"，是很难装出来的。一个凡事认真的人，很美。

你们看过真人秀节目《我去上学啦》《奔跑吧兄弟》《极速前进》，你们还记得钟汉良在节目中的表现吗？节目中的钟汉良，无论何时何地，都很认真。

比如，在《我去上学啦》中，他和其他艺人来到重庆外国语中学，和高中学生一起上课。和其他艺人相比，他听课时的表情，显然要专注得多。

在一堂数学课上，老师讲解方程式。其他艺人只是随意地听着，他却全神贯注地看着黑板，听老师一步步讲解。后来，老师让他到黑板上演算，他没有像其他艺人那样寻求同学的帮助，而是胸有成竹地独立完成了。

比如，在《极速前进》中，钟汉良兄妹和李小鹏夫妇分在同一组，和另一组 PK 记忆力，看哪个组能记住一大桌菜的名字。钟汉良兄妹负责记左边的菜，李小鹏夫妇负责记右边的菜。此时，镜头给了钟汉良一个特写，只见他一脸专注地口中默念，再是闭目回忆，不仅把左边的菜记住了，还把右边的菜也搞定了。

李小鹏开玩笑说："你不相信我们吗？"钟汉良连忙解释："当然不是，因为还有多余时间嘛，我就多记一点咯。"

我觉得，钟汉良不是在镜头前故作认真，而是长年累月养成的一种习惯。这个习惯让他即使并不真正属于校园，即使只是玩一个游戏，但只要他身在课堂，只要有游戏规则，他就会认真遵守，认真完成。

这一切，或许，只是让自己"心安"。

五

孩子，当你们养成了"认真"的习惯，你们就成了一个"自律"的人。

对于一个自律的人来说，你的一切行为，都是从自己的内心出发。至于有无外在的约束，其实并不那么重要了。你的学习、工作、生活，都会有条不紊、井然有序。

我大学读的是历史系，学魏晋南北朝时，教我们这段历史的韩升老师特地谈到了佛教中的"自律"和"他律"。韩老师说，佛教有很多戒律，但戒律的本质，其实是自律。

当你自律了，才能到达一个智慧的境界，一个自由、自觉和自然的境界，用孔子的话说，就是"随心所欲而不逾矩"的境界吧。

孩子，春天已经来了，满城春色，春意盎然。

愿你们在人生的旅途中，去追求一个自由、自觉、自然的境界，春风拂面，如沐春风。

2017. 2. 15

成水凤

简介：成水凤，女，1967年出生，绍兴市作协会员，现居绍兴。作品发表在《散文选刊》《浙江工人日报》《交通旅游导报》《绍兴晚报》《柯桥日报》等报刊杂志。记录生活点滴，见证心路历程是作者写作初衷。

鲜石斛的灵与性

一年秋天，我先生从山区带回两株铁皮石斛。石斛根茎粗壮，叶片鲜活，枝头的花蕾含苞待放。我赶紧腾出陶盆，装进山泥，在阳台上给它们安了家。那天晚上，我做了个梦，梦见石斛枝繁叶茂，蓬勃生长。

秋季，乍暖还寒。种上石斛后，我每天多了桩事——查天气预防，若天晴，上班前就把石斛搬进家里，避免阳光直射，晚上又转到阳台，让它吸露水；若是阴雨天，把石斛移到阳台里边，免得被雨打风吹。我常在石斛旁驻足，细察它的长势，叶子有无长宽了点，斛茎是否饱满了些，花蕾开放了吧……我急切地渴望石斛快快生长。

三五天过去，石斛越来越没精神。粗壮的根茎逐渐干瘦，原本水灵的花蕾耷拉着，整个植株病怏怏的。半月过去，石斛枯成干条趴在土上，留我独自沮丧。

一次去某单位办事，刚踏进办公室，窗前一盆石斛跃入眼帘：

遒劲的茎，紫绿的叶，在阳光里昂然挺立。问对方怎么养的，答曰：扔在那儿，不去管它。

完事回来，一路上思绪起伏。世间万物皆有灵性，花草会说话，鱼虫会恋爱……万物与人类本性无二，并无分别。我精心伺候，石斛弃我而去；人家正眼不瞧一眼，它却欢快生长。我的生活那么灰暗吗？连植物都生无可恋。

那时，我和先生带着孩子刚从农村搬到城市，一切从零开始。我们在熙熙攘攘的城市里像个无头苍蝇，东突西撞毫无头绪。

孩子从农村上来，守在窄小的公寓里，没有小狗和鸡鸭可追逐，没有小玩伴可戏嬉，身体适应不了，小毛小病接连不断，原来强壮的体质一下子虚弱许多。带去看中医，医生说他阴虚湿热，需吃滋阴去火的中药。抓方子时，我发现每贴中药都有一味鲜石斛，且价格不菲。于是，种石斛的想法在我心底萌芽了。

然而，第一次种石斛铩羽而归，我辛苦半月，换来一根枯枝。先生见我为石斛闷闷不乐，说我"庸人自扰"，活得不够通透。后来，我先生陆陆续续又带回铁皮石斛，不是植株，是石斛茎，直接可入药、煲汤、泡茶。按他的话说，免得我劳心费神、自寻烦恼。

石斛茎用起来简单省事，洗净、切段，放进容器，泡或煮着，喝汤后，吃下软糯的茎。整个过程由洗、煮、吃三个步骤组成，仿佛我日常生活的三部曲。当时，我为家庭、工作忙得灰头土脸，机械地随着日月星辰度过一天又一天。

某天醒来，忽然发现一束光，一抹绿透过窗户，洒在床前。我的生活从此明亮许多，眼光接触处不时闪现红花绿草、蓝天白云，周遭事物生机勃勃，同沐浴在阳光里一样。

也是在秋天，遇到画家老石，他送了我一把石斛茎。绿茵茵的，粗壮挺直，在静静的秋阳里显得俏丽动人。多么熟悉的物什！我掂了掂石斛茎，心底竟涌起沧海桑田之感。我把石斛茎放进冷藏柜，待闲暇时煲汤喝。大约过了个把月，老石发来张图片，他说鲜石斛水培成活了。强劲的根须，怯怯的嫩枝，水培石斛魔幻般出现在我眼前。我惊讶不已：原来石斛这么容易成活。

我赶紧翻出几个漂亮瓶子以及冷藏柜里的石斛茎，准备大干一仗。旁边在专注刷屏的先生赶紧摆摆手说："慢慢来，请教专家后再种。万物有灵性，你要花精力弄懂它的脾性，才能种活。"

第二天，我们在市农科所了解到，石斛属于兰科的石斛属的一种植物，得种在水苔或兰花介质中。后来得知，老石在培植石斛时，水中放了苔藓类营养物质。从农科所回来，我把 10 根石斛茎插在兰花介质中，不再特意关注，顺其自然生长。如今，石斛已冒出嫩芽，长势不错呢。

味蕾深处是故乡

记得那年秋天，我去北京培训。亲戚盛情，定要接风洗尘，特地在餐馆点了满桌特色菜。尴尬的是，闻不到家乡菜的味道，吊不起胃口。培训快结束时，几个老乡说胃难受，转来转去找绍兴土菜，后在一家小餐馆点了大碗榨菜肉丝蛋汤，终于吃了个"落胃"。

前几年，我曾到过海南、广西等地，情形则完全不同。在广西那晚，我和同行走过路边小摊，被盆内眼花缭乱的小鱼小虾引得满口生津，索性坐下来与摊主讨价还价。摊主见客人那么喜欢，成就感爆棚，嘬瑟着给了最低折。我们兴奋得手舞足蹈，一起动手，捉鱼过秤，恨不得小鱼小虾马上成为盘中餐。那晚，我们吃得酣畅淋漓、心满意足。

味蕾得到满足，情怀得到抚慰，世上没有比这更美好的。

中秋期间，我的手机被月亮与鱼丸霸屏。外地亲人"晒"悬挂天边的明月，身边亲人"晒"活色生香的绍三鲜。我把外地明月转给身边的亲人，他们说，那里的月亮太小，可能离得远的缘故；我把绍三鲜转给外地的亲人，他们说，三鲜的鱼丸那么大，能不能快递过来解解馋。

我突发奇想：每逢佳节倍思亲，游子思念的不仅是亲人，更多是亲人做的美味吧。

我联想起早前去新疆、内蒙等地的经历，感觉只要跨过长江，越往北，我吃得越少。那些牛肉羊肉无论怎么烧兴趣都不浓。胃像个怨妇，不吃东西却闹情绪，整个人越到后来越难受，眼前的巍巍山岳、茵茵草原，因为那里没了可口的河鲜和家常菜，风景也不再像门前小河、郭外青山那么怡人。

一度困惑，胃能识路、辨方向？

经历次数多了，逐渐明白：味蕾的记忆留在原籍。身心流浪天涯，它们留守故乡。

近期，我给同学们上花茶课。花茶是北方人所爱，在南方人眼里，花是花，茶是茶，混在一起还串味，不待见。

我使出浑身解数，讲解花茶的制作过程。"将鲜花和茶叶拌和，茶叶缓慢吸收花香后，除去花朵，将茶叶烘干，成为花茶。这个过程叫窨或熏。"

同学们一脸懵懂。他们对"窨"的概念停留在城市道路中的窨井，雨水流向下水道的地方。我们小时候有用烟"熏"蚊子的习惯，夏天蚊子多，就生个焖烟堆，蚊子受不了又呛又辣的烟味，四处逃窜，人们可以安心在树下或园子里乘凉了。可这是原始的驱蚊手段，与喷香鲜灵的花茶怎么挂得上钩？

"就像乌干菜蒸肉，除去肉，乌干菜油润发亮，口感鲜甜滑顺，满是肉味。"我居然灵光一现，把家乡的美食搬了出来。

同学们恍然大悟，"那白鲞扣鸡、油头腐烧肉都是同样道理做成的。"

"都是利用一吐一吸的原理，制作美味的茶、可口的菜。"想不到用做菜过程理解茶叶的加工工艺，竟然恰到好处。

我的神来之笔，不仅讲清了整个窨茶过程，同时掀开了同学们的美食宝盒，那里深藏着他们的故乡情结和童年情怀。

是呀，从提筷开始，那家乡菜的滋味就安营扎寨了，经过漫长岁月的熏陶浸润，早已融入到流淌的血液里，镌刻在记忆的角落中。味蕾深处，蕴含着故乡的味道连同消失的童年，无论你身在何方、从事何事，它会提醒你回家的路在哪里。

转个弯， 遇到更好的自己

那年，50岁的同学 S 要下海了，我们起哄："一把老骨头，学游泳很难看，被拍死在沙滩上更难看。"他搬出高中老师的名言：

"苏老泉，二十七，始发奋，成大家。"看他去意已决，我们在惋惜中祝愿他早日成为经营大家。

同学 S 出道较早，30 多岁成为一方负责人。他低调、务实，几年间集镇上造起农贸市场、幼儿园，几个老大难遗留问题得到解决，GDP 快速增长。大家都看好他。不过，他个性太直，村里人办喜酒、寿酒、满月酒，请他去喝，他一概回绝。了解的人知道他厚道，不想占别人便宜；不了解的人，认为他清高，不屑与平民为伍。后来，他换了个单位任主职，依然我行我素。经历的事多了，他越来越清楚自己的短板在哪儿，而且知道无法改变。在知天命年时，他决定做一回自己——弃政从商。这次，我们不看好他。一直从政的他一把年纪，性格脾气定型了，怎么应对得了风云诡谲的营商环境。

但他却一头扎进去，跑业务找资金，处理复杂棘手的问题，与三教九流的人打交道。不久，同学 S 混出了名堂。那天，我们相遇在一个银行，该行负责人也是从体制内出来的同学。同学 S 上穿毛衣，下穿牛仔裤，笑呵呵的，像邻家大叔。大家畅所欲言，轻松自在。真是到什么山唱什么歌，当中聊中美贸易、谈经济走势、探讨资产配比、纯粹说投资，不涉及一星半点体制话题。

老夫聊发少年狂。同学 S 年及半百，放弃稳定的收入、受人尊敬的地位，突然跨入陌生领域，办实业、搞经营、谋生计，把自己逼到悬崖边，乐做意气风发的另类，让人骤然起敬。

同学 S 经常约几个好友或喝茶或爬山。那个双休日，我们登上了海拔 600 米的小牛山。山上成片火红的杜鹃，争相斗艳。他兴奋得如孩童般挥舞着双手，大喊："太漂亮了，太漂亮了。"我目瞪口呆，一相老成持重的他，换了个人似的。

"喂，注意自己形象。"

"有什么不妥吗？我就是这样一个人。"

"以前是老大哥，今天是老顽童。"

"以前代表一个地方一个单位，今天仅代表自己。"

"是不是有点失落，没有人需要你代表了。"

"有个适应过程，现在完全适应了。每行有每行的规矩，吃哪个行当饭就得遵守哪个行当的规矩。"

"你已经遵守得够好了。"

"远远不够。年及半百，自己的长处和短处看明白、看通透了，不合适就是不合适。既然看清楚了，转个弯，说不定遇到更好的自己呢。"

刘钊林

简介：刘钊林，男，1972 年 12 月生，湖南新化人。1995 年毕业于四川大学中文系，现为浙江立尚文化传播有限公司副总经理。曾担任柯桥传媒集团副总编辑，带出了网红新闻团队"柯小微"。汶川地震后，参与采编首笔特殊党费新闻，获中国新闻奖二等奖。现为绍兴首批乡村振兴先行村棠棣村的运营师，有个人公众号"古古阁"。

绍兴： 诗意倾城

在绍兴，我住得越久，越觉自己书读得太少。

王羲之故宅戒珠寺、贺知章秘监祠、吴越霸主钱镠所建西园、见证陆游唐琬爱情故事的沈园、徐渭故宅青藤书屋……这座城市，被誉为"没有围墙的博物馆"，只要心头没事牵绊，在街头迈步，一拐角，你就会出其不意地与古人相遇。

那些街头巷尾，毫不起眼，可仔细一瞧，一山一桥、一池一楼、一砖一瓦，都充满故事。历史的大美，似乎在城市空间里，浸透到角角落落，余音绕梁，让人思考和回味。

行走在绍兴乡间，一不留神，你同样会收获到很多意外的惊喜。

稽山鉴水，诗意倾城！

一

六朝只道鉴湖好

春秋时期，吴越争霸，绍兴充满着霸气、杀伐与权谋。而真正让绍兴充满诗意则是在东汉建造鉴湖之后，这里山水变得柔和起来，成为了人们居住的理想场所。

> 钱塘艳若花，山阴芊如草。
>
> 六朝以上人，不闻西湖好。
>
> 平生王献之，酷爱山阴道。
>
> 彼此俱清奇，输他得名早。

明代的袁宏道，遍游江南，这首《山阴道》诗，高度赞扬绍兴鉴湖风光，表扬它成名比西湖更早。到绍兴旅游，得要先看看古鉴湖和山阴道，它是绍兴诗意之源。

山阴道是赏玩古鉴湖的主要道路，水道与陆道并行，起点在今天绍兴东跨湖桥，当时人们从这里登船或步行，一直往南到兰亭的花街。稽山之巍峨与鉴湖之浩渺，相映生辉，无尽缠绕。

很遗憾，鉴湖从南宋起走向衰落。但虽衰落，其残存水体，今天依然让绍兴神采非凡。

今天，狭义的鉴湖，东起绍兴市区东跨湖桥，西至柯桥区湖塘街道西跨湖桥，约20公里长，水面面积约3平方公里，是绍兴黄酒的唯一水源。柯山脚下南洋一带，水面最为宽阔，古鉴湖风采犹存，已被柯岩景区开发为核心景点。

今年夏天，夜鉴湖开发，水面上建起了一轮网红月亮，一弯新月升起在鉴湖水面，高25米，辅之以灯光和玻璃栈道，琉璃美景，别出心裁，十分浪漫。一时间，邀上朋友，或坐小摇橹，或坐大画舫，桨声欸乃中，去夜鉴湖赏月荡舟，成为绍兴时尚，古鉴湖一下红爆全国。

湖畔的鲁镇景区，是以鲁迅笔下风情为灵魂，开发出来的一个景点，10多年来，一直不温不火，因这轮月亮，一下热闹起来，镇内民宿常常客满。鉴湖中间葫芦醉岛上的民宿一壶酒场，可以品酒、品茶、品美食，出现一房难求盛况，房间订单已排到明年开春。

绍兴东跨湖桥附近，有马臻墓与马太守庙。在民间，每年农历三月十三日，群众都要开庙会，办龙舟赛，以此纪念修筑鉴湖的马臻。从马臻庙往西，到壶觞大桥，如今还打造出了全长10余里的绍兴水街，再续山阴道上画境，重塑鉴湖沿岸诗意。水街很美，巧借老桥、鉴湖水、石板路、假山、名木等构筑园林，一步一景。现在，私人博物馆、品酒庄园、青瓷文化体验基地等文创产业相继入驻，响起了一曲文旅新歌。

公元140年，东汉会稽太守马臻，花一年时间，调集全郡14县民众，建造鉴湖。经过一年苦战，鉴湖终于完成草创。鉴湖设计施工，巧妙地利用了山、原、海三者台阶式地形，在山麓环绕的平原地带筑堤，拦蓄成湖，抬高水位形成水位差，进行自流灌溉，再利用灌区地面与海面高差，排涝入海。过去，绍兴一到雨季，海潮上涌，山洪下泄，山会平原一片汪洋，田原尽毁，生民涂炭。鉴湖创建后，居功至伟，有效改善了绍兴曾经的穷山恶水。从此，千里平畴旱涝保收，鉴湖里鱼肥藕白。绍兴，终成天下鱼米之乡。

鉴湖建好后，回环百里，一碧万顷，水质清澄，湖面浩渺，沃野连片。两岸山川映发，景色秀丽，舟行画里，人在镜中，风光之美，独步江南，成为大美。但因为筑湖过程中，损害了一些豪强利益，当年的马臻太守却被诬陷杀头，成为悲剧，让人心痛。幸好，1900 年过去，冤死的马臻在鉴湖的烟波中获得永生。

二

王谢风流满绍兴

到了魏晋时，衣冠南渡，风流蕴藉的文化之花开始在绍兴集聚和绽放。

有了鉴湖，绍兴这片土地上，生态与生活环境越来越好。东晋王羲之点赞：山阴道上行，如在镜中游。顾恺之向朋友述说会稽山川之美：千岩竞秀，万壑争流，草木葱笼其上，若云兴霞蔚。

鉴湖，成就了绍兴的秀美，兴旺了绍兴的经济，更孕育了绍兴灿烂的文化。

东汉末年到魏晋时代，为避北方战乱，中原人口大批南迁，富饶的会稽成为了举国向往的宜居之地，大批贵族名流云集江南，在鉴湖之畔，文化的种子大面积发芽。绍兴土地上，光耀中华的文化高潮开始掀起。

东汉大名士蔡邕，首先为绍兴撒下了音乐种子。他避难江南时，在柯桥制造了天下第一笛——柯亭笛，这根笛子，东晋名将桓伊用它吹出了惊世千古的《梅花三弄》。这悠扬笛声里，蕴藏的悲欢离合，让后人吟咏不绝。

柯桥古镇，如今是座喧嚣的布市，浙江古运河穿城而过。运河中间，一段幸存的古纤道，如长虹卧波，历经千年，美丽如初，给了这座城市以宁静和美好。依偎着古纤道，有个小公园，三面环水，景色雅致，修竹树荫间，筑有一亭，谓之柯亭，亭旁塑有蔡邕像，手执长笛，一派风流。因为蔡邕制笛，柯桥被誉为音乐圣地。晚唐咏史诗人胡曾，也像蔡邕一样夜宿柯亭，他感怀于蔡邕，写下诗句：

一宿柯亭月满天，
笛亡人没事空传。
中郎在世无甄别，
争得名垂尔许年？

这一声渔笛，穿越两千年的历史，在绍兴这片土地上，不绝如缕，让人痴醉至今。江南帘幕千家雨，落日楼台一笛风。人生不管经历了什么，只要雨住云收，一缕笛声随风飘送，人的心情就会明朗起来，这就是音乐的魅力。在绍兴的大街小巷，你不经意行走间，不知哪户人家的窗口，就会飘出笛声或者琴声，让人停下脚步倾听，心也随之柔软起来。

书香墨影处，兰亭最风流。353年，会稽内史王羲之做东，邀请谢安、许询、孙绰等众多雅士高僧，相聚于兰亭，曲水流觞，吟诗作赋。那一天，群贤毕至，少长咸集，快乐之极。大家赋诗37首，编而成集，王羲之酒酣耳热之际，欣然命笔，一挥而就《兰亭序》，我国书法史上的千秋绝品，从此翰墨流芳。直到今天，每年的农历三月初三，惠风和畅之际，国内外的书法爱好者，都会千里万里地赶到兰亭这个书法圣地，穿上古装，模仿当年的曲水流觞，雅续风流。景区内，鹅池、曲水流觞处、康熙乾隆祖孙碑、右军祠等景点，生动地诠释着永和年间的书法盛事。

王羲之兰亭雅集后仅两年，因与朝廷重臣意见不合，辞官归隐，来到了今天嵊州的金庭观。在那里，王羲之抚琴谈玄，弈棋炼丹，泼墨挥毫，植树种蔬，度过了他人生的最后时光。他的朋友许询，也特意从萧山赶过去，与之为邻。几百年后，李白寻迹来到金庭观，看到荒凉陈迹，写道：

此中久延伫，入剡寻王许。

在绍兴古城，兰亭这一缕墨香深入到这座城市的骨髓，热爱书法成为很多人的家常生活。下班回到家，用过晚餐，散散步之后，就回到书房，铺开纸来，蘸上浓墨，对着法帖，临摹起来，陶醉其中，不知今夕何夕。兰亭书画院、越社、墨趣会、冠自在、八墨社、云门书院……在绍兴，老百姓有着很多书画圈子，大家自发形成一个又一个书画组织，一起结社，交流书画。风雅，就这么成为生活的必需。

我在绍兴还碰到过两个干体力活的人，一个是管道工，一个是环卫工，他们都没多少文化，但一提笔，写出的字，让我佩服不已。从这些小事，我真切感受到了兰亭墨香对于这片土地潜移默化的浸染。

王羲之好友谢安，潇洒磊落，在剡溪之畔的东山隐居到40岁，在国家存亡之秋，东山再起，淝水之战中，大败前秦，"谈笑净胡沙"，之后，功成身退。他这样的经历，让大诗人李白羡慕不已，特意赶到东山来发思古之情。今天的东山风景区，地属上虞上浦镇，景区内尚存谢安墓，新建了谢安纪念馆。站在东山之巅，听鸟呜啾啾，看曹娥江一片雾霭，三两船只缓缓移行，烟波微茫，别有一番风味。

与兰亭的热闹相比，东山景区要落寞许多，也许是离绍兴市区较远吧，赶去朝拜的人极少。不过，这个地方，我倒热烈推荐大家挑在八九月份时去一去。因为那个季节，东山脚下不远的章镇，那儿成片的红心猕猴桃真是人间美味。我有个儿时玩伴，外号叫"老白"，他现在就是把家安在离东山不远的九连村，利用东山这片大隐之地不同寻常的山水，在那儿带领村民种红心猕猴桃，请来全国专家指导，改良品种，科学施肥，培育出了口感极好的红心猕猴桃，大受市场欢迎。10多亩地，一年可以产出四五十万元。

唐朝羊士谔有诗句：山阴道上桂花初，王谢风流满晋书。确实，在绍兴，王谢风流处处存在。还有一段特别的历史，将陶渊明的风流与王谢风流连在了一起。

399年前后，陶渊明曾随政府军到绍兴，剿除以孙恩为首的海盗。内心只向往美好和平的他，看到权贵们先是逼良为盗，然后血腥镇压，内心很不平静。他身在政府军里，却心疼那些海盗，他纠结，不知道正义在哪里。最后，他终于想明白，这样的生活他不要，宁可归向田园。这场战争，是促进陶渊明隐居思想成熟的转折点。

陶渊明居住过的绍兴齐贤，这两年在光明居委会辖区内。挖掘历史文化，打造了渊明故里景区，已经成为了农耕体验和国学教育融合的网红景点。大家可以到这里学习国学，体验耕种，用柴火灶自己炊煮。这片土地，值得我们踏上去，停一停，悟一悟。

这场剿除海盗的战争中，有个情节流传千古。孙恩攻进会稽城，王谢家族被血洗，王羲之第二个儿子王凝之，时任会稽内史，他没做抗敌准备，结果被杀。他的妻子谢道韫，在这次战斗中，表现得比丈夫勇敢能干。她抱着外孙，带领家丁突围，寡不敌众，被包围，孙恩欲杀之。她厉言道：事在王门，何关他族？这个小孩叫刘涛，是外孙，你们要杀他，先杀了我。她这一声吼，获得了孙恩的尊重，不仅没杀她，还把她送回了家。失去了丈夫的谢道韫，从此选择了隐居，她的才华与高风，获得了历史的尊重。"林下风致"这个成语，就是人们用来称赞她的。今天，在兰亭文旅度假区的紫洪山村，这里还有一棵树龄达 1600 年的银杏，相传为谢道韫手植。村里居住的王氏族人，就是王凝之后代。

稽山镜水间，顾恺之任性描摹，中国山水画从此萌芽；谢灵运孤单吟咏，中国山水诗开启滥觞；王徽之雪夜访戴，趣味人生潇洒定格……山阴道上，灵秀山川与魏晋风流融合，聚成了一个文化强磁场，吸引着更多后来者。

三

唐诗之路起巅峰

绍兴这座城市，很特别，其文化积淀之富，除掉那些曾经担纲帝都的古城外，其他城市都无法匹敌，成为中国独一无二之所在。唐朝时，越州虽然远离政治中心长安与洛阳，却走出了唐诗之路，又崛起一座文化高峰。

在唐朝，无数的文人墨客，得意者与不得意者，纷纷涌向浙东。他们翩然而至，赏游怀古，拜谒行卷，吟诗作赋，佳作如云，最终汇成一条天下盛名的旅游路线，现在的专家们概括为"浙东唐诗之路"。越州的稽山鉴水，作为诗路核心，迎来史上最欢乐的时光。

当时，在浙江东部，这条游线贯穿越州、明州、台州、温州、处州、睦州、衢州、婺州等 8 州，从钱塘江畔的西陵古渡开始，经浙东古运河，至越州，泛舟鉴湖，弄水若耶溪，再转入曹娥江，到上虞，再溯剡溪，经嵊州、新昌，一直到天台山华顶峰、国清寺等处。这条游线，以越州为中心，山水独秀，人文汇集，唐朝 400 多位诗人沿线游玩，留下诗作约 2000 首，明确写山阴、会稽的就有 900 多首。

为什么出现如此盛况？

因为"王谢风流"这个文化硬核的影响，浙东这一带，就慢慢成为了江南的文化中心，达官名隐、高僧名道、诗者画者、豪强士族大量集聚，政界、诗词界、佛道界、书画界等名流大咖都在这里居住。文人墨客们来到这里，既能欣赏稽山鉴水风光，又能接受历代文化熏陶，还能结识各类达人贵者，获得推荐，捞得政治资本。

而绍兴地域，因为王谢风流的遗韵存在，成为浙东文化吸附力最强之地，诗人们以到此地打卡为乐。今天的镜湖、会稽山、若耶溪、大禹陵、天姥山、东山、沃洲湖、云门寺等景点，都留下诗人们的身影，或得意飞扬，或孤清落寞，或自在飘逸。

云门寺是唐朝诗人在越州的打卡圣地，从这一个点，我们可以窥见当时盛况。

在今天绍兴平水镇的平江村，秦望山脚下有个小寺庙，叫云门寺。这里本是王献之故宅，晋安帝时，献之后人舍宅为寺。王羲之的七世孙智永一直在此为禅师，护着《兰亭集序》。他去世后，将《兰亭序》传给徒弟辩才和尚。唐太宗很推崇王羲之，派御史萧翼千方百计从辩才手中骗走了《兰亭序》。画家阎立本据此故事，画了著名的《萧翼赚兰亭》。

高人隐处白云深，千峰万壑势森森。古刹云门，在唐朝时，实在太美了：若耶溪秀水蜿蜒，与烟波浩淼的鉴湖相通，大船可直接停靠到寺门口；周边云门山、秦望山、法华山等众峰相连，千岩竞秀，万壑争流，涧深石古，树老瀑飞。而云门寺自身，楼塔重复，依岩跨壑，金碧飞踊。

在唐朝，云门寺是真正的网红打卡点，我们今天头脑中所能记起的诗人，十有八九都下榻过云门寺。至今，关于云门寺，唐人留下的诗作就有 100 多首。

你看，王勃来了，山亭夜宴，曲水流觞，写下"长江与斜汉争流，白云将红尘并落"，为后来的"落霞与孤鹜齐飞，秋水共长天一色"埋下伏笔。

你看，王维与孟浩然来了，他们笔下，美景慰藉了人生沧桑：人闲桂花落，春水镜湖宽……

你看，李白与杜甫来了，春叹花，夏穿荷，秋吟月，流连徘徊，青鞋布袜，相忆听鸣琴。

你看，元稹与白居易来了，他们肩并肩，绕寺更行三五匝，再与老僧对坐，品茗参禅，夜深不觉，明月自随山影去，清风长送白云归。

你看，秦系与严维来了，他们在此长期隐居，安放心灵，与山花为友，与水鸟称兄，丽句亭间，撩乱琴书共一床，如今懒复见侯王。

你看，韦应物、李商隐、刘长卿、张籍、杜牧，统统来了，他们与高僧互动，与隐士相嬉，一展愁眉，独向云溪依树下，空留白日在人间。

今天的云门寺，门户矮矮的，简简单单的几间房子，荒烟蔓草间，很不起眼，其状貌，完全载不动这里的厚重历史与千年风流。

寺庙里也只有一名孤僧，叫清慧，已在此独守 10 多年，默默地弘扬着云门文化。当然，再寂寞，也不掩其伟大，据传，庙里一方小池，就是王献之曾经的洗砚池；庙里还有一宝，即《募修云门寺疏》碑一通，此碑立于明朝，碑文由王思任撰写，范允临行书，董其昌、陈继儒、董象蒙三人题跋。

因文化厚重，每年总有很多人远道而来，对此虔诚膜拜。这里是我们一生中应该去一去的地方。

当年，诗人们奔赴越州，发生了很多动人的故事，让我们读一读李白与贺知章的故事。

今天，在绍兴城西美丽的古鉴湖畔，有一处景点，谓之鉴曲胜地，这是承载着贺知章与李白莫逆之交的一片山水。这里水面开阔，湖岸生态秀美，画桥长廊，艳桃垂柳，相映成趣。在鉴湖一曲的水面上，布置了一座特殊的雕塑景观：李白千里访贺，立在乌篷船上，日暮下，他把酒醇江、祭奠友人的剪影，显得如此孤独而苍凉。而在岸边，人们把李白对贺知章的一片深情，刻在石头上，供人凭吊。

贺知章是发觉李白的"伯乐"，因为他的推荐，李白才来到了皇帝身边，才有了"龙巾拭吐，御手调羹，贵妃捧砚，力士脱靴"的辉煌。所以，贺李二人，有着超乎寻常的友谊。贺知章回到老家绍兴后不久，李白也被嫉妒他的权贵赶出了朝廷。

李白是个有猛志的人，他想像谢安一样，建功立业，再功成身退；想跟贺知章一样，胸藏天下，潇洒归乡。可是，如今，他满心空空，徒有一怀愁绪。长安宫殿，黄粱一梦，壮志未酬，梦就醒了。玄宗"赐金放还"4 字，让李白心痛到了极点。

李白与 300 年后的苏东坡不同，东坡有朝云，无尽的温柔为他洗净这尘世的纷扰，即使颠沛流离，也有温柔乡可醉。与山水为伍的李白没有，他只能靠旅行来涤荡满身的寂寞。

离开长安，李白迷茫了，他不知该走向何处。此时的他，心太累太苦，需要一场倾诉，一场痛快淋漓的醉酒，来宣泄胸中的块垒。他想到了老朋友贺知章，那是他一生的知己。于是，李白又朝着会稽山方向，迈开了他沉重的步子……

可惜，李白踏上会稽土地时，贺知章早已作古，李白泪飞顿作倾盆雨。他举起了酒杯，却失去了方向。他的千里风尘，苍凉悲痛，已无人能安抚。他的盖世才情，神仙踪影，已无人能欣赏。一瞬间，李白的心如一只倦飞的孤雁，突然停下了翅膀，从云间坠落。他怅然伤怀，沉痛不已，深情写下《对酒忆贺监二首》：

（一）

四明有狂客，风流贺季真。
长安一相见，呼我谪仙人。
昔好杯中物，翻为松下尘。
金龟换酒处，却忆泪沾巾。

（二）

狂客归四明，山阴道士迎。
敕赐镜湖水，为君台沼荣。
人亡余故宅，空有荷花生。
念此杳如梦，凄然伤我情。

最后，李白长叹一声，旋即登舟而去，继续开始他漂泊的人生。

大唐时，在越州，诗人们发生了很多故事，也留下了很多优美诗歌，记载着他们的阴晴圆缺，悲欢离欢。

"明月松间照，清泉石上流"，这是王维的禅意。

"我欲因之梦吴越，一夜飞度镜湖月"，这是李白的万里向往。

"唯有门前镜湖水，春风不改旧时波"，这是贺知章的温暖回归。

"越女天下白，镜湖五月凉"，这是杜甫的爱慕情怀。

"时时引领望天末，何处青山是越中"，这是孟浩然的焦急寻找。

"会稽天下本无俦，任取苏杭作辈流"，这是元稹的骄傲夸口。

"野船着岸入青草，水鸟带波飞夕阳"，这是朱庆余的诗情画意。

"岚光花影绕山阴，山转花稀到碧浔"，这是李绅的曼妙脚步。

……

成百上千的经典吟咏，汇成了一阵阵畅快的文化涛声，高潮迭起，穿越十年，在历史的天空久久回荡。

四

宋朝旧事霭纷纷

在宋代的天空里，绍兴同样诗意迷人。只是，与唐朝的快乐与豪放有点不一样，宋朝的绍兴似乎充满着更多的忧郁和感伤。

到绍兴府山公园去，游客大抵只会记住越王台、飞翼楼，那是越王勾践霸气的标志。但如果对这座山再靠近一点，仔细感受，会觉得，在这里，宋朝诗意最打动人心。

府山越王台内，现存一口古井，叫清白井；旁边建一小屋，叫清白堂。这口井是范仲淹被贬为越州知州时，将一眼废井疏浚而成。为此，他写了《清白堂记》，详细介绍了清白井疏浚经过。他告诫为官者，当清白干事，恰如此泉。此文与后来的《岳阳楼记》遥相呼应，终成黄钟大吕之响，立起士大夫人格高标。

南宋时，状元王十朋到绍兴为官，感怀于此，写了首绝句《清白堂》：

> 钱清地古思刘宠，
>
> 泉白堂虚忆范公。
>
> 印绶纷纷会稽守，
>
> 谁能无愧一贤风？

王十朋也是个刚正不阿的廉吏，才华横溢，留恋会稽山水，写了很多吟咏绍兴的诗文，特别是《会稽风俗赋》《民事堂赋》《蓬莱阁赋》影响最大。他崇仰范仲淹清白之风，在绍兴时，把办公用的金判府改名为"民事堂"，就是要彰显范仲淹那种为民办实事的作风。

范仲淹和王十朋都为绍兴做了很多好事，兴教育，治鉴湖，关怀民生。王十朋洋洋洒洒写过《鉴湖说》，他认为，西湖是美丽的，它让杭州妩媚动人，顾盼生辉；鉴湖不仅美丽，更是实惠的，它像肠胃一样，不断给绍兴输送养分，使这片土地丰衣足食。王十朋推动退田还湖，效果明显，解除了越地的水旱灾害，百姓称赞。绍兴后人将他列入治水名人前三强，仅次大禹、马臻。

陆游是王十朋的好朋友，他对范仲淹和王十朋都很推崇。陆游为王十朋写了不少诗，有一首很有气势，高度赞扬王十朋，希望他成为"范仲淹"第二：

> 有越逾千载，何人不宜游。
>
> 古来惟一范，真乃壮吾州。
>
> 高蹈今谁继，先生独再留。
>
> 登堂吊兴废，想象气横秋。

府山上还有一处瑰宝，即位于西端磨盘岗上的蓬莱阁。这里很有文化魅力，从吴越国到宋朝，名人雅士以登临此处为荣。这座阁，是吴越霸主钱镠所建，得名于唐代元稹诗句：我是玉皇香案吏，谪居犹得住蓬莱。阁建好后，名人们纷纷登临，吟诗作赋，抒发情怀。

从山脚远观，蓬莱阁浮在绿浪之中，露出顶端，缥缈若仙境，引人登临。从府山公园东门入，靠左沿小路拾阶而上，慢行20分钟即到蓬莱阁。阁高20来米，三层飞檐，沉稳大方，算是建筑小精品。楼阁四面，都布置了楹联匾额，文气十足。登上蓬莱阁，绍兴古城尽收眼底，远处会稽山连绵起伏，古鉴湖澄练如带，自有一番独特气象。古人四面奔赴，络绎不绝，登临此楼，留下不朽篇章，更添了这里的文气。

辛弃疾与陆游，两位以爱国而留名青史的巨擘，生前交际不多，但他们彼此是真正的知己。辛弃疾到绍兴任知州时，两人多次会晤，在蓬莱阁上看剑、吟诗、谋北伐。此时，陆游79岁，辛弃疾64岁，他们已历经沧桑，却情怀依旧，心中所想的，依然是天下！天下！

辛弃疾看到陆游的老房子破旧不堪，多次提出要为他翻新，但陆游坚决拒绝。他说：辛公，现在国恨家仇，都纠结在一起，请把精力和财力全部用在北伐大事上，我的房子，不用您操心。

只可惜，辛弃疾在绍兴只待了半年，就离开了。最终，他也未能实现北伐中原的梦想，忧愤而殁。不知他的英雄大梦，千载后，流亡何处？

与范仲淹、陆游、辛弃疾、王十朋等人的家国故事不同，秦观赋予蓬莱阁的，是个人的惆怅与温柔。

1079 年，30 岁的秦观来会稽省亲，在蓬莱阁迎来了一段美丽邂逅。他爱上一位歌女，在诗中用唐朝名妓"盛小丛"的名字来称呼她。只是，好景不长，好花易谢，将近一年的短暂欢聚后，就是长久的别离。秦观将离别情词写得浪漫而忧伤，广为流传，这就是众所周知的《满庭芳》，典故"蓬莱旧事"也因之产生：

山抹微云，天连衰草，画角声断谯门。暂停征棹，聊共引离樽。多少蓬莱旧事，空回首、烟霭纷纷。斜阳外，寒鸦数点，流水绕孤村。销魂。当此际，香囊暗解，罗带轻分。谩赢得、青楼薄幸名存。此去何时见也？襟袖上、空惹啼痕。伤情处，高城望断，灯火已黄昏。

秦观不得不为生活与功名奔波，"盛小丛"解下香囊相赠，为自己的未来，留下一丝希望……只是，后来的秦观身不由己，做官后，一生五贬，每况愈下，滑向悲伤深处。秦观离开绍兴后，再也没能踏上这片土地，"盛小丛"的深情与期待，最终被红尘掩埋，那些欢愉的蓬莱旧事，如烟消散……

来绍兴旅游，当然不能省略沈园，因陆游与唐琬故事，那儿已被人们视为爱情圣地。

因母亲反对，本来深爱的陆游与唐琬被迫离婚。1151 年，27

岁的陆游孤寂而失意，在花落残红的季节里，他在沈园与自己相离多年的前妻唐琬偶遇，四目相对，情深如初，却覆水难收。陆游痛彻心扉，情不可遏，挥墨泼墙，写下《钗头凤》：红酥手，黄滕酒，满城春色宫墙柳……

郁郁寡欢的唐琬，相思成疾，英年早逝。在后来的岁月里，陆游愧恨交加，写下了很多怀念唐琬的诗歌，一往情深，至死不渝。

因为陆游的一生吟咏，沈园引起了后人的强烈共鸣。这座本来并不特别的园子，因之而光耀千古，成为人们向往的爱情圣地。如今，沈园照壁上，书写着两首《钗头凤》，一首由陆游所写，一首为唐琬所和。游人到此，纷纷拍照留念。当华灯初上，沈园里，越剧《钗头凤》就开始上演，那吴侬软语，百啭莺啼，让人愁肠相结……

关于宋朝，位于绍兴富盛镇的宋六陵，值得去缅怀一下。这里，拥有江南独有的大规模皇陵，南宋 6 位皇帝都葬在这里。遗憾的是，地面遗迹已荡然无存，唯有一片莫大的茶园在苍松点缀下，显示出与众不同的壮观，气场独特，让人赞叹和震惊。

这就是御茶村茶场。往上推八九百年，这里是辉煌的南宋皇家陵园，庙宇、宫殿、御河、神道、来来往往的宝马雕车，曾经一片威严。宋六陵是南宋皇帝的临时安葬地，他们起初打算以后再葬回北方的，谁知后来，这个计划成为越来越远去的梦想。如今，南宋王朝的繁华、飞扬与落寞，一切都烟消云散，只在地下还七零八落地埋藏着一些历史的遗迹，让人们猜想、叹息。

宋元之后的绍兴，名士依然多如过江之鲫。王冕、王阳明、徐渭、张岱、秋瑾、鲁迅、蔡元培……他们都是夜空中最亮的星，给后来的人们添上了无穷的诗意与美好。

住在绍兴，我很庆幸，那么多伟大的诗情就在身边，不必去远方。

沈锡盛

简介：沈锡盛，男，绍兴县柯岩中学退休教师，绍兴市作家协会会员，郑州小小说学会会员，中华精短文学学会会员，柯桥区作家协会顾问。已在《短篇小说》《小小说月刊》《短小说》《野草》《文学港》《微型小说选刊》《小小说选刊》《新民晚报》《绍兴日报》等省内外几十家报刊发表小小说200余篇，散文、随笔近百篇，并多次获奖。有小小说作品集《长在树上的鱼》出版。个人概况收入《小小说作家辞典》。

生命力极强的草兰

大凡养花者，均喜栽几盆兰花，少者一二盆，多者三五盆。唯因其清新脱俗，质朴幽雅，且又极富生命力。

说起栽兰，还有几段趣事呢。

那是正值横扫一切封资修的狂热年代。在我们农村，别说养花赏花会被列为资产阶级大少爷娇小姐之所行，就是植树种菜，也被批为走资本主义道路。因此，家家房前屋后都被削得光秃秃的一片，方算得是彻底革命。

记得那年夏天，正逢流行性感冒肆虐。为了走与工农相结合的道路，我带领学生上山去采掘中草药。攀登间，忽然闻到远远飘来一股幽香，馥郁而又不浓烈，淡淡的，沁人心脾，令人精神大振。

我便循着幽香一路觅去。忽然在一岩石旁，见有一丛长条形叶子，中间开着几枚淡绿色花朵的小草。学生告诉我，这叫兰花，每年春天开花，清香宜人。我如获至宝，便小心地把这丛兰花挖起，带回陋室，找了只破瓷盆栽上。顿时，满室飘香，原先那整天口号不断的枯燥日子，一下子变得富有情趣了。

不久，有好心人悄悄告诉我，你这是在搞封资修那一套，当心被批判，把它扔掉算了。我笑笑说，这有什么不好，能提神健体，更有利于革命呀！

"文革"结束后，人们对养花栽草渐渐热心起来。我也在屋前的天井里种起了花草，有杜鹃、石榴，有海棠、茶花，还有月季、菊花等，但最多的要数兰花了。所栽的兰花也更是品种繁多，有草兰、九节兰、君子兰、墨兰等，但养得最多的又当数草兰（就是我当年山上所挖的那种），而君子兰太过娇贵，喜阳光而怕曝晒，喜潮湿而又怕烂根，很难侍弄；九节兰又华而不实……唯草兰最易侍弄，冬天不怕霜雪，夏天又不怕烈日，生命力极强。因而最为质朴、清丽。若室中放置一盆，清香扑鼻，令人心旷神怡，别有一番趣味。

一年夏天，我去南京旅游，临走时，忘了向妻女交代浇花之事。一周后，我旅游归来，第一件事便是立即去天井看那几盆花草，发现那几盆花竟生机勃勃，一点都没被晒死。原来是女儿每天都在给花浇水。欣喜之余，忽然发现一盆放在墙角的草兰，因被那盆杜鹃遮住了视线，女儿没有发现，结果那盆花的叶子已被晒得干枯。当时我心疼了好一阵子，可又有什么办法呢？只得忍痛把这盆已干枯的兰花搁在墙角。后来，不知又被谁在上面堆满了草屑……

第二年春天，我又去山上挖了丛草兰，准备栽在那只已枯萎的兰花盆中。当我从草屑中找出那只盆子时，竟发现原来那株枯萎的兰花已长出嫩嫩的尖尖的绿叶，根部还有两个小花芽。当时，我惊喜的程度不亚于得了件稀世珍宝。想不到这小小花草，竟有如此顽强的生命力，顿使我生出一股敬佩之情。从此，我更爱兰花了。

退休后，我有更多时间侍弄花草了。我便栽养了不少兰花，或送亲友，或自己欣赏。兰花，使我的生活充满了无限情趣，她那顽强不屈的精神，也激励我克服了一个个困难，勇往直前！

鉴湖晨色

清晨，迎着熹微的霞光，我徜徉在鉴水湖畔。

这时，微风轻拂，垂柳翩翩舞动，两岸的青山绿水倒映在湖水之中，交织成一幅绚丽的画图。

抬首远眺，湖中弥漫着一层乳白色的薄雾，给湖面蒙上了一丝神秘的色彩。那些偶尔驶过的大小船只，在湖中时隐时现，恰似穿梭于云山雾海之中。有时，从湖中会传来"啪啪"之声，那是鱼儿跃出水面发出的声音。

不久，雾气渐浓，把那些船只都遮蔽了起来，两岸的树木庄稼也浸染在雾气的氤氲之中，我顿觉自己也仿佛在蓬莱仙境之中。

倏忽间，雾色中传来一阵阵欸乃之声。须臾，但见一叶小舟穿破重重雾气，从湖中徐徐驶来，那掌舵划桨之人正优哉游哉地轻哼着越剧的唱段，慢慢地向岸边靠拢，这正是捕鱼归来的渔船。只见那一条条银白色的鱼儿在船舱中跳跃游动着，给人一种喜悦之感。听那渔人说，他在这鉴湖中捕鱼已有 10 多个年头了，因湖面宽阔而水深，加上政府多年来对鉴湖水域的保护和治理，河水没有被污染，因此湖中的鱼虾比别的地方更为肥大鲜美，拿到市场上去卖，常常是供不应求。

是的，鉴湖这条绍兴的母亲河，她用自己的乳汁孕育了两岸的庄稼，也滋养了两岸的人民。

就在这时，又有几叶渔船相继缓缓驶来。岸上，不知什么时候已聚集了十几个人。原来，他们都是来买鱼虾的，为了能挑到更好一点的鱼虾，等不及到集市上去，抢先来到岸边先下手为强。

随着太阳的渐渐升高，湖面上的雾气便慢慢消散，恰似揭开了蒙在美女脸上的那层面纱。但见水面十分宽阔，碧波粼粼，在朝霞的映照下，反射出万千金光。湖中竖立着数十根竹竿，上面挂着张张渔网，那就是渔场的网箱，里面养着鲢鱼、扁鱼、鲫鱼等不同鱼种，以供随时捕捉。

远处，靠近对面湖岸处有一块块青绿色的植物漂浮在湖面，那便是村民们种植在湖里的红菱蓬。每到夏季，菱蓬中便长出一只只长有四枚尖刺角的水红菱。因这鉴湖的水质特别清澈又富含多种矿物质，长出来的红绫肉质特别鲜美，是果蔬中的佳品，颇受人们青睐。

湖中，来来往往的船只渐渐多起来了，鉴湖也开始变得热闹起来，新的一天又开始了。

悲乎, 报刊亭

前段时间, 我在本市晚报上看到一则信息, 绍兴市区设在东街口的邮政报刊门市部即将关门停业。这是市区一家最大的报刊门市部, 如今竟面临关门, 心中不由十分感慨。

回想改革开放后的 80 年代至 90 年代这段时期, 随着被禁锢了整整 10 年的文学艺术的开放, 各种报刊如雨后春笋般地诞生, 而且十分红火, 我市的报刊亭也随之纷纷冒了出来。如果市民要看报刊, 就近就能买到。记得那时解放路上轩亭口附近的那家报刊亭里报纸杂志品种最多, 因此, 读者都到那里去购买, 生意十分兴隆。我也常常去那里光顾, 因为那里有我喜欢的一些文学杂志。

当时, 不但市区的报刊亭随处可见, 就是位于柯桥的绍兴县城区的报刊亭也是星罗棋布, 光是笛扬路上的步行街, 短短 1000 多米的街上, 就有五六家之多。尤其是在柯东桥脚边的那家, 规模最大, 几乎全国的一些有名的报刊都能买得到, 因此, 许多读者都去那里光顾。

那时, 不要说市区和县城有许多报刊亭, 就是在农村, 一些人口比较稠密的地方, 也常能看到一些报刊亭出售报刊。

但是, 近几年随着网络的迅速发展, 人们把目光和兴趣逐渐转入到视频中去了。人们已渐渐习惯从电脑中、手机视频中去阅读信息了, 因而对纸质媒体也就逐渐失去了兴趣。就连当时最受广大读者欢迎的、发行量最大的一些刊物，如《小小说选刊》《微型小说选刊》《故事会》《读者》等最热门的刊物，发行量也迅速下降。同时，市区的一些报刊亭也随之相继逐渐减少，出售的也大多是些军事国防和故事类报刊，已很少有文学艺术性刊物了。

记得去年下半年，我的一篇小小说在《新民晚报》的"夜光杯"副刊发表，因该报是不寄样报的，我便打电话让在柯桥工作的女儿，叫她去街上买一份当天的《新民晚报》。结果，她找遍了整条步行街，也没有买到这张晚报，只有当地的一些报纸。后来，我又托在绍兴的一个文友去东街邮政报刊门市部买，但也因去得晚了，结果也落了空。据门市部的人说，他们门市部总共也只订了三份，早已被人买走了。

一次，我想买一本本市出版的文学杂志，结果跑了好几个报刊亭也没买到，他们都说这种文学杂志是没人买的，他们根本不进。

如今，连当时门面最大、品种最全、购买读者最多的东街邮政报刊门市部也因近几年读者骤减，最后也不得不停业关门。整个市区，已零零星星的只剩下了少数几个报刊亭还在勉强地支撑着，也不知又能支撑到何时？

是的，随着新兴电子媒体的迅猛发展，纸质媒体已逐渐被其替代。据悉，一些杂志社也已经采取无纸化办公，他们只收电子稿而拒收手写稿。许多年轻人也都热衷于敲打键盘，难怪许多专家学者都在担忧，我们的下一代会不会因此而丧失书写能力，并渐渐远离传统的书法艺术呢？

呜呼，逐渐逝去的报刊亭！你何时能重整当年的雄风，焕发青春呀？你的消逝，不知是代表整个民族出版文化的进步还是后退呢？我们只能拭目以待了。

吴春妮

简介：吴春妮，1966年5月出生于绍兴柯桥，绍兴市作协会员。从小热爱文学，自1984年开始陆续在《新民晚报》《钱江晚报》《绍兴日报》《绍兴晚报》《野草》等报刊上发表散文。

麻花阿张和箍桶阿羊

我出生在柯桥上市头的吴家台门，40多年前的老柯桥不算大，只有一条街。从上市头到下市头，从东官塘到西官塘，整个柯桥就都涵盖了。随着年岁的增长，我对小时候的许多趣事却记忆犹新。

上市头是地处柯桥镇上的最南端。在我们吴家台门口有一道风景是我永远不会遗忘的，那就是"麻花阿张"的爆米花。"麻花阿张"姓钱，名字叫张生。早年开过麻花（油条）店，才得此名。他的妻子早逝，他靠着一只爆米花炉子把4个儿女都拉扯大，也真是不容易。他平日里总是胡子拉杂，嘴里叼着一根烟，戴一顶看不出原色的破帽子，眯着眼睛，一手拉风箱，一手摇爆米花筒，半晌，把那只油黑发亮的大袋子套在爆米花筒外，喊一声"来哉——"然后脚踏住爆米花筒，手拿扳手一用力，"嘭！"一声巨响后，香喷喷的爆米花就出炉了。等客人离开后，我们几个小孩子就一哄而上，去翻找那只大袋里漏下的爆米花。尽管漏网之鱼非常少，可小时候因为没有什么零食可以吃，偶尔吃上几粒爆米花也是蛮开心的事。"麻花阿张"特喜欢喝酒，他的下酒菜往往是茴香豆或爆爆豆，遇到他高兴的时候，他会抓小把豆给我们吃。所以印象中的他尽管一副不修边幅的样子，但还是非常慈祥的。

而箍桶阿羊的箍桶作坊在下陈家台门口。当年女儿出嫁虽然已经不用像九斤姑娘里唱的那样需要箍那样多的桶了，但马桶、脚桶、水桶等还是必须要箍的，所以箍桶阿羊的生意不错。阿羊师傅是个厚道人，长得一脸忠厚相，印象中阿羊嫂脸上好像有个小疤痕的。有一次，几个小孩想去玩箍桶阿羊的手用工具，阿羊嫂见了就来制止。小孩玩劣，又要去玩阿羊师傅的刨，阿羊嫂要骂了，于是被挨骂的小孩就口无遮拦回敬她一句"烂巴掌"。阿羊嫂·气得不行，一路就追上来。我要是不动也许就没事，可看着别的小孩都跑散了，我也跟着瞎跑，只是我从小跑步就像鸭子似的，自然就落在了最后，还慌不择路往家里跑。正巧我父亲在家，阿羊嫂向我父亲告了状。我拼命解释我没有骂她，可父亲家规严是出了名的，他当着阿羊嫂的面就对我下了重手。可怜我被父亲打得鼻血都出来了，还非要我向阿羊嫂认错。我申辩一句不是我，父亲就再打我一下。阿羊嫂看不过去了，给我找台阶下，让我说出是谁骂的，她就找谁去。我那时虽然还没有上小学，出卖朋友的事情还是不肯做的。心想，再这样打下去我怎么受得了，叛变得了。于是向阿羊嫂鞠躬，说了声对不起。没想到阿羊嫂前脚刚走，我又被父亲揍了一顿，说他相信我不会去骂她的，为什么要承认？我实话实说，我怕挨打。父亲气得大骂我软骨头。我心说，我是好汉不吃眼前亏，谁知道你们大人这么虚伪，明明知道不是我骂的却还打我！

如今我爸和"麻花阿张"、阿羊嫂都已成了古人，那些故事也都成了往事。

难忘第一堂课

一直以来很少有人知道我曾经做过老师，是前几天的教师节，忽然让我回想起了那段做老师的日子。

1984年的夏天，我高考因为数学考砸了，总分120分的数学我只考了68分，严重拖垮了我的高考总成绩。我落榜了。看我情绪低落，我爸爸的一个好朋友很热心地介绍我去做代课老师。其实那时候我已经在新华书店招工处报了名，只是迟迟未有消息。为打发这段焦虑不安的日子，我决定去做这个代课老师。

我去的学校离家大概3公里左右，陈幼水校长面试了我几个问题后，就让我留下和其他老师一起备课了。说实在的，这是我平生的第一份工作。我从一个刚放下书包的学生转换成老师的角色，一切都感到特别的新鲜和好奇。当时我被分在语文组老师的办公室里，办公室的陈越坤老师和蒋宝珊老师都是业务能力非常强的老师，我心里一直把他们当成我的老师来看待。还有数学组的李老师和王老师，都像大姐一样的照顾我。更有一群和我差不多年纪的年轻老师们，如教英语的骆老师、小李老师，教体育的钱老师等等，更是和我成了好朋友。那时候的乡村一到天黑整个大地都漆黑一片了，怕黑的我只敢躲在寝室里看书。年轻的老师们常邀请我跟着他们一起去村里看露天电影，或一起骑自行车去城里玩，回来时我们还一起烤番薯吃，那余香直到今天还让我回味无穷。

做老师给学生上课是最基本的工作。我的课前笔记做得很认真，每堂课我都事先密密麻麻要写上好几页。可我第一次给学生上课，感觉跟几年后的相亲是一样的，完全可以用"尴尬"两个字来形容。我记得当时我走进教室，教室里50多双眼睛齐刷刷地盯着我看。凭着我从小在学校里参加各种活动的经验，我并不怯场。我首先向同学们做了自我介绍，接着我便开始按着备课笔记内容上课。不知道是我太紧张，还是我把备课笔记背得太熟稔了，45分钟的课程内容我只花了不到10分钟就全部讲完了。我抬腕一看手表，吓了一跳，还有整整半个小时才下课呢。更要命的是，我瞥见了窗外的陈校长，他正在窗外偷偷地看着我上课呢。情急中我装模作样回到讲台，看到讲台上的一张学生名单，我灵机一动，就说："今天是我和同学们的第一次见面，让我先认识一下每个同学如何？"就这样，我让同学们一个个站起来介绍自己和大家认识。时间过得很快，等下课的铃声响起，我已经认识了全班的同学。

我给学生上的第一堂课就在有惊无险中过去了。这堂课虽然都过去30多年了，可我依然记得清清楚楚。我怀念那里的每个老师和常常给我开小灶的那个做饭阿姨，我永远记着大家对我的好。

我的忘年交吴似鸿

这么多年过去了，我从来没有和谁说起过我和吴似鸿的交情。一来她是名声在外的大作家，我怕自己说起和她相熟，有点攀附之心。二来我和她走动也就不到 5 年的时间，而且我连最后一面也没有去见她，心中还是有些愧意的。

吴似鸿和我相识非常偶然。当年我在柯桥新华书店工作，某天进来一个 70 多岁满头银发的老太太，虽然她与街上的老人都差不多的身材，微佝偻着背，步履也比较缓慢，然一般像她这般年纪的老太太上新华书店的不多，更让我惊奇的是，她问的都是有关田汉、许地山、蒋光慈等民国时期大文豪的作品。我说书店里暂时没有她要的书，但我找了笔把她要的书名抄了下来，我说我可以帮她去找找相关的目录，如果有我会帮她征订的。她看了我写的字，夸我的字写得好。我忙谦虚着，哪里哪里，您见笑了。那时候柯桥新华书店还是闭柜式营业，书店里就她一个读者站在柜台外面，而我在柜台里面，我们俩便聊了起来。我这才知道她是个作家，叫吴似鸿。我也告诉了她我已经在省出版发行报上累计发表了几万字，我在新民晚报上也发表过文章。她听了就很感兴趣，说等我下班一定要跟我回家去认认路，方便她以后来找我。

我那时候还是个刚工作不久的小姑娘，我领着吴老师回家去，家里外婆已经准备好了饭菜，好客的父母便邀请吴老师在我家吃饭。吴老师看了一下桌上的菜，说："好久没有见到这么多好菜了，那我就不客气了。"她那种宾至如归的感觉很快就和我的家人相熟了。说起来吴老师和我父亲，他俩都出生在州山的陈家湾，不过虽然是同一个祠堂里的族人，但并不是同一房头的人。吴老师比我父亲大了快 20 岁，我父亲说他小时候听人说起过吴老师，想不到吴老师年纪大了依然没有改变她想吃就吃、想说就说、想做就做的秉性。

几天后我休息在家，吴老师提着她一个看上去沉甸甸的布包来了，她从她的布袋里拿出几本学生做作业用的那种练习本，又拿出几刀方格稿纸，说练习本上都是她写的初稿，她年纪大了，眼睛花了，见我的字写得好，就托我替她抄写到方格稿纸上去。我欣然答应，一来我很想欣赏她的作品是怎样的，二来就当是替老人做件好事吧。就这样我受人之托，每天一有空我都会认真替吴老师抄写稿子。她写的都是些回忆录，分成一篇一篇的，感觉是她想到哪里就写到哪里的吧，但有些内容看着好像是同一件事情，却前后篇的述说有矛盾，我和她说了这个情况，她笑着说："你只管抄写好了，别的不用管。"说实话，也许是她年纪大了，她的回忆录写得并不是我想象的那样精彩，非常平实。不过就在替吴老师抄写稿子的同时，我也改变了自己的写作风格，我也摈弃了那些花里胡哨的噱头，把文章写得非常通俗平实。等我把她的稿子全部抄完后，吴老师没有其他练习本让我抄写了，可她还是常来我家走动。

我外婆那时候还健在，外婆烧得一手好菜，吴老师坦言在我家蹭饭是她最开心的事。她高兴之余就和我们讲她的故事。她说她在上海落魄的时候就在田汉家蹭饭吃，田汉是个非常好的文化人。那时候她非常年轻，因为眼睛长得又大又圆，田汉说她像只猫，就小猫小猫的称呼她。田汉的母亲也非常喜欢这个绍兴来的漂亮小姑娘。她在田汉家认识了一大批让我听得心跳加速的大文豪，她也是在田汉家认识了一代名人蒋光慈，并由田汉的母亲及田汉做媒跟蒋光慈同居了。吴老师说蒋光慈因为太爱已过世的夫人宋若瑜了，名义上他说不再结婚了，但她和蒋光慈也做了二年的事实夫妻。她和蒋光慈一起生活的日子还是非常怀念的，说那段日子蒋光慈看书写作，她继续读书画画，没有生活压力，日子过得比较自在。只是蒋光慈从宋若瑜那里染上了肺病，身体每况愈下，不到两年就永远离开了她。而她因为照顾蒋光慈的生活起居，后来也被肺病困扰了很久。

吴老师是个多才多艺的人，她说自己能歌善舞，还会演戏。虽然我没有听她唱过跳过，但她出版的书，她演出的剧照，都可以证明吴老师说的都是真的。我还实实在在看到过她画的家乡州山，一条弯弯的小河流经村子，远处的桥和建筑历历在目。吴老师的画还着了色，非常好看。柯桥地方不大，后来知道吴老师的小儿子曾跟我二姐同事过的，就是那个多才多艺的吴坚师傅，吴老师就和我们更加熟稔起来了。她为人处世非常直白，有时上我家来对我外婆说，她不是为了找我而是想吃我外婆烧的饭菜了。我外婆笑着说，没关系，无非多添双筷子的事。或许是我家人多热闹，或许是我外婆的菜烧得的确好吃，那时候吴老师住在柯桥一村的沈家溇，我家住在上市头，要穿过整个柯桥大街，可吴老师常跑我家来和我们聊天，等吃了饭才回去。

吴老师骨子里总透着一股子文人不管不顾的冲劲。虽然她那时候快80岁了，只比我外婆小几岁，我外婆一年到头都穿大襟衣衫，梳着"纽乌头"，可吴老师剪短发，穿现代人的衣服。夏天到了，吴老师还穿上泳衣下河游泳。80年代的柯桥还不像现在这样开放，她的这个举动常惹不少路人来围观。吴老师一点不去理会别人对她的好奇，她大大方方从水里出来，在众目睽睽之下从容地回家。不过当吴老师把这些趣事和我外婆说时，我的小脚外婆着实被她的举动吓坏了。而吴老师说，她两个儿子也是不同的爹所生的，这更让满脑子三从四德封建思想的外婆感到不可理解。习惯了忍气吞声、委曲求全的外婆，跟吴老师眼里容不得沙子，非和男人一争高低的脾气显得格格不入。话不投机半句多，后来吴老师来我家的次数就少了。有段时间不见吴老师来我家了，我们全家都记挂起她来。后来二姐通过她儿子吴坚师傅才知道，吴老师生病了，我正准备去看望她时，那天她却拄着拐杖来我家了。她看上去大病初愈的样子，脸色苍白，穿一件白色高领的开司米套衫，不过笑声依然朗朗。她说人不服老也不行了，以前打死她也不愿用拐杖的，可如今没有拐杖还真不敢出门了。临走我送她出门，望着她远去蹒跚的背影，我万万没想不到这一别竟成了永别。后来因为我在省店学习，连吴老师最后一面也没有赶上，总是心存愧疚。值得高兴的是，1992年，那些我曾给她抄写的回忆录《我与蒋光慈》由广西教育出版社出版了。

张富春

简介：张富春，助理研究员，浙江省作家协会会员、中国散文学会会员、中国报告文学学会会员。曾在《野草》《文艺报》《报告文学》等刊物发表作品，出版多部散文专著，曾获中国世纪大采风散文金奖、中国当代散文奖，创作成果载《中国散文家大辞典》。

兰亭（外一篇）

兰亭在绍兴会稽山脉之兰渚山麓，最早为越王勾践种兰之地。因其地处交通要道，古代设有供旅人歇宿的驿亭，故取名"兰亭"。

兰亭得以名扬天下，缘于东晋永和年间任会稽内史的"书圣"王羲之。王羲之在众多文人雅士参加的"修禊"聚会上，挥笔书写被后人称之为"天下第一行书"的《兰亭序》。如果没有《兰亭序》，兰亭也会与古道上的其他驿亭一样，默默消失在历史的长河里。

"修禊"原是古代民间上巳节（三月初三）类似于清明踏青的活动。这天，人们聚朋唤友，到水边嬉游"修禊"，以消除不祥。也许是为了活跃聚会的气氛，或许另有其他原因，魏晋年间，文人在修禊聚会时增加了"曲水流觞"的活动。觞，是古代盛酒的一种器具。所谓"曲水流觞"，就是将装满酒的器具轻轻放入流水潺潺的小溪，任其在水面上漂流。由于溪流曲折，水流时缓时急，觞时停时走，有时会长久停滞在回水区。这时，离"觞"最近的朋友就有事情做了。当时的规矩是，觞停在谁的面前，谁就得赋诗，赋诗不成，就得罚酒。

晋穆帝永和九年（353）三月初三，是一个"天朗气清，惠风和畅"的晴日。王羲之与谢安、孙绰等41位文人雅士会聚兰亭，饮酒赋诗，修祓禊之礼。这天，名士们在这既有崇山峻岭、茂林修竹，又有清流激湍、映带左右之处，分坐溪水两旁，一觞一咏，饮酒赋诗。参加这次活动的文人雅士，有11人各赋诗二首，有15人每人赋诗一首，其余16人因赋诗不成而被罚酒。诗赋得差不多了，酒也喝得有点醉了，王羲之觉得有必要对这次活动作一番总结。于是，他便乘微醺的酒兴，铺蚕茧纸，挥鼠须笔，为众贤所赋诗词作序。一气呵成后来被南朝梁武帝萧衍称之为"字势雄强，如龙跳天门，虎卧凤阙，故历代宝之"的《兰亭序》，为中国的书法文化挥写了熠熠生辉的一页，给世人留下一段曲水流觞的千古佳话。

从此，《兰亭序》成为书圣墨宝，兰亭也由此成为书法圣地，成为历代文人墨客觞咏游览、尽兴吟诗之所。兰亭"曲水流觞"更成为脍炙人口的酒典和风雅之事，为文人名士所赞赏向往。

如今，兰亭已经成为文化名胜，曲水两边，草编的坐垫依次排列，似乎静待着文人雅士。一壶酒，几只觞，清竹萧萧，流水潺潺，无不在勾引起人们对魏晋风流的追忆。在草垫上坐一会儿，捞一觞绍兴酒品一品，成为当今文人墨客的向往。

循通幽曲径，穿过修竹小径和淙淙溪流前行，映入眼帘的是一方清池。数只白鹅嬉戏水面，悠然自在。清池左旁是一座会稽山石砌就的三角形碑亭，亭中的石碑镌有"鹅池"二字。这是兰亭中有关王羲之的第一块碑石。相传王羲之在绍兴任会稽内史时，一天，他正兴致勃勃地书写"鹅池"二字，刚写完一个"鹅"字，忽闻家人急报，说皇上的圣旨已经到了门口。王羲之闻言赶忙搁笔外出接旨。他的小儿子王献之当时从年龄上说还是一名玩童，但已经有相当的书法功力。王献之见老爹外出接旨，便爬上书桌顺手提毫一挥，续写了一个"池"字。伫立碑前，仔细观察，二字风格的确不太一样，"鹅"瘦"池"肥。一碑二字，一肥一瘦，父子合璧，成为中国书法史上著名的"父子碑"。

跨过鹅池上的三折石桥，便是小兰亭。亭内有一方石碑，史称兰亭碑。兰亭碑上镌刻的"兰亭"二字，系清帝康熙御书手迹，碑文虽系斧凿石刻，但经无数游览者抚摸，明显比其他的石刻碑文平滑许多，因此有人称此碑为"君民碑"。兰亭碑亭始建于康熙三十四年（1695），但在动乱时期，碑石被砸成三截，抛进水中。直到重修兰亭时，才被打捞出来，重新粘合到一起。但"兰"字无尾，"亭"字无头，并可明显看到粘合的痕迹。

然而，兰亭碑虽为残碑，但其字体仍骨肉丰满，古意盎然，彰显一种残缺的美，使之成为不可多得的碑中珍品。

看过流觞溪，品完绍兴酒，得去流觞亭东的"王右军祠"拜望书圣王羲之了。王羲之当时任右将军、会稽内史，故人们称他为王右军。祠内正中悬挂王羲之画像，两边的楹联是"毕生寄迹在山水，列坐放言无古今"，可以说是对这位大书法家一生的总结。亭内挂一幅"曲水流觞图"，生动地再现了当年王羲之等人修禊雅集的情景，有的低头畅饮，有的醉态毕露，令人叫绝。

出了右军祠堂，不远就是御碑亭。御碑亭是一座幽雅别致的江南风格亭榭，内置的兰亭御碑是我国最大古碑之一。碑的正面是康熙手书《兰亭序》全文，字体秀美华贵，尽显帝王之气。背面是乾隆游兰亭时写的《兰亭即事》诗:"向慕山阳镜里行,清游得胜惬平生。风华自昔成佳地,觞咏于今纪盛名。竹重春烟偏澹荡,花迟禊日尚毅荣。临池留得龙跳法,聚讼千秋不易评。"祖孙二位皇帝的作品刻于同一石碑,人称"祖孙碑",这在国内绝无仅有,可以说是国宝。父子碑、君民碑、祖孙碑被称作是兰亭三绝。

一场普普通通的文人聚会,造就了一件伟大的作品,留下了一处"书法圣地",同时也留传一桩有关《兰亭序》的千古悬案。相传《兰亭序》一直为王氏传家之宝,王羲之的七世孙智永是出家人,临终前将此墨宝传给其弟子辨才。唐太宗酷爱王羲之的书法,尤其想得到《兰亭序》,得知真迹在辨才手中,便想方设法意欲谋取。但是,威逼利诱的办法用了不少,辨才就是不买大唐皇帝的账。这时,尚书左仆射房玄龄献计说,有个前朝的皇孙,姓萧名翼,现在在魏州,不但有才艺,而且多计谋,你用他,不怕宝贝不到手。

这萧翼果然不负众望,他把自己装扮成卖蚕种的行贩,同时也是一位书法爱好者,因为误了返程的车马,便到辨才居住的云门寺借宿。两人言来语去,谈得颇为投机,辨才认为萧翼是可以交心的朋友,便把深藏多年的《兰亭序》等所有秘密全部告诉萧翼。数日之后,萧翼乘辨才外出用斋,席卷辨才收藏的《兰亭序》和重要书帖不辞而别。

唐太宗得到《兰亭序》后,自然爱不释手,令欧阳询、虞世南、冯承素等人抄写成各种摹本,赐给他的皇子近臣。到临终还留下遗诏,要把《兰亭序》作为随葬品,埋入昭陵。从此,《兰亭序》这一瑰宝永远从地面消失,后世人再也看不到《兰亭序》的真迹了。

兰亭,有太多的历史典故,太多的书法墨迹,太多的雅士风流，令人依依流连，令人感慨万千……

兰亭续书

向往了很久，终于来到绍兴仁里王村的中王文化山庄。

时令虽是初春，绵延千里的龙门山脉已是一律的翠色，呈现一派盎然的生机，飒爽的春风，吹拂着枝头的嫩绿；潺潺的溪流，游荡着嬉水的鱼虾；蒙蒙的雨雾，滋润着茶园竹林，给人一种置身童话仙境的感觉和回归自然的舒展。

循天鹅溪逆流而上，伫立栖兵山麓的中王文化山庄前，映入眼帘的是一处江南明清风格的廊式古建筑，石墩木柱，粉墙黛瓦，檐下悬一紫木金字匾额，上书"右军台"三字，朴素的墙面镶嵌的是高 3 尺宽 6 丈的石刻《曲水流觞图》。

《曲水流觞图》讲的是晋穆帝永和九年三月初三，"初渡浙江有终焉之志"的书圣王羲之集谢安、孙绰、支遁等 41 人，聚会绍兴兰渚山下之古兰亭，举行一年一度的"曲水流觞"修禊盛会。这天，天晴气朗，名士们分坐溪水两旁，一觞一咏，饮酒赋诗。酒至微醺，王羲之铺蚕茧纸，挥鼠须笔，乘兴为众贤所赋诗词作序。一气呵成后来被南朝梁武帝萧衍称之为"字势雄强，如龙跳天门，虎卧凤阙，故历代宝之"的《兰亭集序》，为中国的书法文化挥写了熠熠生辉的一页，给世人留下一段曲水流觞的千古佳话。

这是一组由黛黑色花岗岩组成的壁画。画面上王羲之铺蚕茧纸拈须挥毫的洒脱；王徽之赋诗吟咏的豪放；王献之拾句不成的尴尬……经艺术大师妙手生花，栩栩如生，得以再现。

转过右军台，就是琅琊楼了。据传，魏晋南北朝时期，王羲之第七世孙中有个叫法极的，因看破红尘，在会稽城里的嘉祥寺削发为僧，法号智永。云门寺建成后，智永为祭扫祖先墓地方便，从嘉祥寺移居到了云门寺，成为会稽山区闻名的高僧。

云门寺有一个练书习字的书阁，智永独居阁上30年，闭门不出，埋头临书，光用坏的笔头就满满整整地装了5大筐。智永晚年为弘扬书法艺术，决定将自己临书得来的800余帖《真草千字文》分送浙东寺院。这一送，足足送了好几年，等到剩下手头上最后一帖时，智永想，仁里王村是高祖王羲之故乡琅琊仁里村村名命名的地方，这最后一帖《真草千字文》，无论如何也得送到仁里山寺，给仁里王村的宗亲送去一份薄物。

智永法师将《真草千字文》送到仁里山寺后，被仁里王村的王姓族长安排住进了宴宾会友的琅琊楼。是夜，智永法师沐浴更衣后意欲就寝，但当他想起100多年前，自己的高祖王羲之也是在这幢楼内，题写仁里王村的村名，为琅琊王氏族人找到寄托乡思之地时，不由得心潮澎湃，久久久难以入睡。智永想，除了已经送出的《真草千字文》，我还能为这块土地做些什么？他决定为琅琊楼题一块匾，写几幅字，使这所王氏族人聚散之处，永远散发书法艺术的悠远魅力。

有趣的是，历史与现实往往惊人的相似。千余年后，这里依然是"雨过琴书润，风来翰墨香"，不但绍兴的书画名家在这里展示力作，外地的丹青高手到这里以文会友，就连附近中小学校的学生，也在琅琊楼内学着少年王献之的模样挥毫临帖，传承书法文化的真谛。

走过一段青石路，来到状元亭前。这是一座国内任何旅游景点都能见到的砖木凉亭。移步入亭，即可感受其独特的文化内涵，只见一大青石镌就的亭碑兀立其间，正面"状元亭"三个隶书大字，浑圆有力。背面是记述建亭立碑缘由的碑记，如豆小楷，字字玑珠。读完碑文，方知状元亭纪念的是绍兴历史上第一位状元王佐。

据志书载，王佐（1126～1191），南宋绍兴山阴人，字宣子，号敬斋。绍兴十八年（1148）进士第一。初为秘书省校郎，时值秦桧当政，秦桧之子秦禧提举秘书省，人多趋炎附势，独王佐持重，不与妄交一语。秦桧死后，秦禧被斥，王佐起为吏部员外郎。后历任明州、建康、潭州、扬州等大郡知府。因其为百姓安居、社会稳定屡建功勋而受朝廷重用，升显谟阁待制，进权工部尚书、户部尚书，官至宝文阁大学士。伫立亭台，迎山风，听林涛，忽然悟到建亭者把状元亭建在高高的山岗上，不仅是对宋状元王佐的缅怀，更是对后人学海行舟的激励。

游罢状元亭，再览王公祠。喜见大书圣王羲之画像，并有琅琊王氏宗谱挂于壁，心中疑团至此全部解开。原来仁里村王氏乃王羲之后裔，王佐则是仁里王氏之祖。王佐少年时慕学先祖王羲之样，好游越中山水，曾寻古觅胜至仁里租屋读书。王公祠旁，少年王佐读书处尚存。宋状元王佐手捧《史记》研究历史的塑像端坐厅首，似乎正在倾听隔壁状元亭少儿图书馆传出的朗朗书声。循声来到少儿图书馆，只见窗明几净的阅览室内，一群少年儿童正如饥似渴地博览群书。那聚精会神的情景，不由人顿生敬意。

在中王文化山庄，一步一景，移步换景，说其是一座书法文化的大观园，一点也不为过。除了文中已有提及的亭台楼阁，还有百姓堂、越女阁、洗笔池等许多建筑，展现的也是书法艺术，飘逸的亦为翰墨清香。

如果说兰亭是一个经典，中王文化山庄则是它的续篇。王羲之的后裔们把千百年前的那次雅集一直延续到了今天。

金雪泉

简介：金雪泉，男，1970年2月生，绍兴市柯桥区人。现为绍兴市作家协会会员、绍兴黄酒文化研究会会员，业余从事散文、诗歌、小小说、报告文学等写作，作品散见于省内外的报刊。

柯桥老街

如果不是亲眼所见，也许不会相信自己的眼睛。在浙江绍兴柯桥，这座高楼耸立、人流如潮的商贸之城，柯桥老街风貌依旧。青石街面，粉墙黛瓦；倒影小桥，枕河人家；河埠乌篷，石阶雨廊，如一幅水墨画卷镶嵌在霓虹溢彩的现代画廊，更似一位老态龙钟之人静静地偏安一方，恬淡安逸，怡然自得。

柯桥，历史悠久。镇上有城隍庙，庙联云"市开弘治七载，庙建赤乌二年"。赤乌为三国时孙权年号，弘治为明孝宗年号，即柯桥239年就为人口稠密之地，历经唐宋，至1494年（明代）已设街贸易为繁华集市。明张元忭《三江考》云："今山阴三十里有柯桥，其下为柯水。"柯水流经镇内街河桥下，桥名为柯桥，镇又以桥而名。

柯桥老街古朴悠远，呈井字架形状。上市头、下市头、东官塘、西官塘沿河而设，四条街各居南北东西。每条街都由一条突兀不平的青石板路相连，每条街都留下了风雨剥蚀的痕迹。裸露的青石地板磨痕累累，两旁的白墙黛瓦色泽斑驳，木楼翻轩枯朽暗淡，让人感叹其生命的久远，整个心境弥漫起一股岁月沧桑的感觉。

和许多江南水乡小镇一样，柯桥老街古风依稀，明清民居保存良好。各式砖瓦木结构的木楼、雨廊、翘檐、阁楼，错落有致地延伸在曲折蜿蜒的街头，虽有二层木楼建筑，但看上去依旧是低低矮矮的，门框伸手可及，身高者须低头入门。两边的木排门或开或闭，开张了各式各样的店铺，杂货店、小吃店、剃头店、小茶馆、小酒肆等，三三两两的顾客，店铺门可罗雀，生意清淡无奇，少了吃喝的繁杂。

柯桥老街东始于柯东桥，西至三眼桥，南到得胜桥，北止于下市头，水乡文化底蕴深厚。古运河横亘柯桥的东、西，伴着蜿蜒的古纤道，过融光桥，将老街分割成东官塘和西官塘；南北流向的鉴湖水系直塘江穿越其中，过永丰桥、老柯桥，于汇流处交错形成了著名的"三桥四水"景观。

远观"三桥四水"之中的融光桥、永丰桥、老柯桥，三桥连接四岸，鼎立而驻，实系柯桥老街经典之作。明代所建的融光桥，为单孔石拱桥，桥面护石为素面实体栏板，如白玉石枕；桥栏外常年披挂下垂着葱绿的藤萝，宛似桥帘；桥拱圈内顶嵌有三块龙门石，盘龙图案清晰可见，栩栩如生；桥拱内有古纤道，两端的吸水兽头怒目圆睁，咧嘴卷舌。隐身桥下别有洞天，枕河人家，白玉长堤，乌篷小船，桥中见桥，桥桥相接，桥巷相连，尽收眼底，古朴中生趣无限。

清晨时分，从下市头由北向南一路而行，狭窄逼仄的青石街道，仅容三四人并行，两旁多是乌黑木排门，翘楚的阁楼廊檐，整洁的石板光亮可鉴。街头，多是携菜的妇人挑担的小贩往来其间，偶有行人推着自行车匆匆而过，响着清脆的铃声更显得古巷幽深静谧。街头一边静坐的竹椅老人，手捧饭碗的古稀老人，用好奇的眼光打量着一大早游荡街头的探访客。然而不经意间，老人、老街、老楼却成了探访客手中相机的最佳选择，成为被不同角度记忆了的柯桥意境。走进依河傍水铺设长廊瓦棚的西官塘，清晨的河面波光潋滟，河岸边煤饼炉吐着袅袅白烟，河埠头洗衣被、冲拖把、刮鱼鳞、褪鸡毛的男男女女，人、河、物相映成趣，在水雾氤氲中别有一番情趣。

沟通东官塘与西官塘的永丰桥，是一座用石堆成的石拱小桥，上下桥面的八字石阶连接河两岸依河傍水的雨廊翻轩。桥下，幽幽河面乌篷画船轻轻滑过，头戴乌毡帽的船工脚踏手划之后，留下一道道如潮波光。桥与水、路、过楼人家等古式建筑融为一体，构成了一幅完美无缺的江南水乡"小桥流水人家"画图。可惜的是，融光桥头南右侧原来也是一座石拱桥，就是老柯桥，上世纪70年代石桥被拆掉了，如今只是一座混凝土桥而已。

除"融光桥、永丰桥、老柯桥"三桥外，还有"永福桥、寺桥、公济桥、红木桥、高家桥、三眼桥、三碰桥、引凤桥、上邱家桥、下邱家桥、祝家桥、溜桥、石灰桥、得胜桥、长胜桥、船头桥、道塘桥、百步桥"等等形态、风格、规格不一的石桥，将老街勾勒成了名副其实的桥乡。桥与桥之间多是石砌古道，三五相间的石阶河埠头，停靠着乌篷小船，当你从岸上走过，船老大便会操着绍兴口音的普通话，热情邀请你上船，着力渲染体验桨声哗哗的水上之旅。

柯桥有许多的历史典故，为老街增添了几份古老而神秘的色彩。相传，东汉末期大学问家、中郎将蔡邕避难江南，宿柯亭之馆，去橼竹为笛，制成闻名的"柯亭笛"，故柯桥又名"笛里"。南宋诗人陆游于嘉泰元年（1201）3月以古稀之年到柯桥迎接第六个儿子子布自蜀归来，写下了《三月十六日至柯桥迎子布东还》一诗，还在《题接待院壁》诗中以"遥想柯桥落帆处，隔江微火认渔村"描述了当时柯桥一带水乡晚景，如画在目。清乾隆南巡时，曾慕名来柯桥揽胜，在镇东柯亭旁的放生庵内立有"放生御碑"。

据说，柯桥老街在上世纪30年代就是贸易集市，酒坊、茶馆、米行、肉铺、染坊、炭店，一家连一家，一爿接一爿。每年农历九月十二日柯桥城隍庙会时，四邻八乡的赶市人群拥满街头，乌篷船、埠船泊在岸边，撑杆如林极为壮观，故又有"柯桥千支撑杆"之说。

柯桥老街，依河傍水，风雨百年，历经沧桑，至今仍保留着小桥、流水、人家的古镇底蕴，如一幅弥漫着富有诗意的江南水墨画。

走好最后一步

朋友去银行自助柜机取款，提钱后匆匆离去，忘记拿回银行卡。待发现回去拿卡时，取款机上早已没有了卡的踪影。朋友甚是懊悔，我就是差了最后一步，结果卡没了钱也没了。确实，插卡取钱，退卡是最后的一步，是最简单的一步，也是最关键的一步。真可谓，一步之差，失之千里。

走好最后一步，对于人的一生来说，也是同样的道理。人生之路行百里，半九十，一步不慎，前功尽弃。有的为官者起始安于清贫，耐得寂寞，洁身自好，面对形形色色的诱惑，依然岿然不动心，时刻严于律己。但年过半百临近退休之时，让贪婪之心吞噬了自己的灵魂，抱着冒一次险的侥幸心理，拿自己的政治生命和身家性命为赌注，结果伸手被捉，身败名裂赔进了自己的晚节，一步成千古恨。有的为官者在大是大非前能把握住自己，在日常小事、细节问题上能坚守阵地自警自节，为官路上，勤勤恳恳秉公执法为民办事，直至退休善始善终，清明之誉为人传颂。

走好最后一步，对于一个有志之士来说，其实更为重要。比赛场上，参赛双方你我不分上下，待最后一刻，如其中一方稍有不慎便见输赢，一着不慎，满盘皆输，留下感慨无限。唐玄宗执政初期，雄心壮志立志打造一个千秋霸业，并呕心沥血治理国家开创了"开元盛世"。年迈时，却松懈了不理朝政，招来祸患导致安史之乱，唐朝从此走向没落。

走好最后一步，对人对事来说，关键在于心境。人生是否圆满，在于为人处世的心态，是否坚持了当初"走"的方向，固守了当初"走"的承诺。假如为官者的最后一步，守住了自己的理想信念，何来一步之遥晚节不保。事业能否成功，在于你是否最终拥有了坚韧顽强的秉性，是否拥有坚持不懈的恒心，而不在于你的财富还是资产的多少，不在于你的学历还是才能的高低。漫漫长征路，冰山雪地饥寒交迫四面围堵，没有击垮红军将士的理想信念，他们用坚忍与乐观换来了革命事业的成功。可以想象他们的最后一步，是何等的艰难险阻，但是他们走过来了，而且是成功地走过来了。因此，走好人生的最后一步，说简单其实不复杂，说很难其实也不容易，关键在于自己对理想信念的执着，在于自己对人生价值的定位，在于自己对人生名利的把控。

也许，有人很幸运，成功地跨出了第一步，但这并不意味着事事能成功，没有走好最后一步，结果半途而废照样很惨；有人不顺利，没有成功的第一步，但努力走好了最后一步，结果顺利到达了成功的彼岸。因此，第一步只是过程的开始，最后一步才是过程的终结，大事小事伟人凡人，人事因缘相迭同出一理，注重第一步忽视最后一步会导致失败，走好最后一步则能反败为胜。好人变坏，坏事变好，往往就在最后一步。对拼搏人生追求事业的人来说，尤为重要，摆正心态，输赢就在最后的一步。

贫者先天不足，路途坎坷，千般艰辛，步步小心，须走好最后一步，才能跨上成功的台阶；智者才高八斗，天资聪慧，多谋远虑，步步为营，更须走好最后一步，迈完圆满的一步。

芸芸众生，大千世界。走好最后一步，人人功德圆满；走好最后一步，事事成功在握。切莫让最后一步，成为蹉跎岁月的人生憾事。

为官者的底线杂论

《醒世恒言》中有位叫薛录事的官员，夜里梦见自己化为一条饥肠辘辘的鲤鱼。一天，遇到渔夫垂钓，虽知鱼饵上有钩，但终因难挡饵香的诱惑，张口吞下饵食遂成了渔夫的钓物。薛录事吞"诱饵"的故事告诉我们，忍得住是有了底线，忍不过是没了底线。而，这底线就是生命线。

人生在世，无论为官、做人还是处事，都有一条底线。对为官者来说，底线是一个最低限度的标准，是不可逾越的一道警戒线。失去了底线，就会像高楼失去了地基，为爱好所迷，为情趣所累，为欲望所困，为权力所惑。蝼蚁之穴，溃堤千里。为官者突破了这道防线，就会无视道德法纪的约束，经不住各种诱惑，管不着自己手脚，失去为官做人的资本和根本。

有底线的官，常怀律己之心，知为知不为。不该拿的东西不伸手，不该去的地方不去，不该做的事不做；有底线的官，在仕途中能严守法纪管好自己的言行举止，拒绝诱惑，保持头脑清醒，言行谨慎，淡泊名利，善始善终，不被他人所控制和摆布。没底线的官，守不住小节小事，会在吃一点、喝一点、玩一点、拿一点开始，慢慢放松约束，温水煮青蛙，越陷越深，难以自拔，最后滑向罪恶的深渊。没底线的官，面对众多的诱惑，个人私欲逐渐膨胀，就像失去刹车功能的汽车在高速路上高速奔驰，难以把握难以自控，并逐渐发展到以权谋私，违法乱纪，最后成为"阶下囚"。

为官者的底线，在于管得住自己，对得起百姓对得起社会，不在于能力的大小，不在于权力的高低。有底线的官，懂得用忠诚守卫事业，用信念守卫思想，用良心守卫道德，用廉政守卫法纪，用意志守卫考验，自重、自省、自警、自励，树立自己的高尚品德和正确的志趣追求。没有底线的官，失去了自己的是非判断和道德原则，被欲望牵着鼻子走，容易成为心术不正、动机不良之徒的诱惑对象。没底线的官很可怕！古往今来，遗臭历史的贪官污吏没有一个不是因为失去了"当官不为民做主，不如回家卖红薯"的底线，没有了廉耻，没有了忌讳，没有了良知，没有了畏惧，败德坏纲，贪污受贿，买官卖官，贪赃枉法，纸醉金迷，什么样的胆大妄为之事都敢做，干出了许许多多祸及社稷百姓的肮脏之事。

春秋时期，鲁国宰相公仪休喜欢吃鱼。一些有求于他的人投其所好送鱼给他，公仪休均予以严词拒绝。有人很不理解，送点鱼也算不上什么贿赂。公仪休却怒目厉声："我任宰相，有俸禄可以买鱼，如果因为收了鱼而被免官，自己也就没有钱买鱼了。"公仪休嗜鱼而不受鱼，从小节上抵制了微利之诱，坚守了他的为官底线，保持了人格堤坝的伟岸与坚挺。

以史为鉴，静观仕途。坚守底线，做一个有底线的官，才能"为官一任，造福一方"；突破底线，成为一个没底线的官，风光之后是沦落人生。

金克成

简介：金克成，字金钟，号大山风云，浙江绍兴人。绍兴市作家协会会员，柯桥区作家会会员，《望月文学》杂志特邀作家，在《中国旅游报》《江南游报》《浙江日报》《绍兴日报》《中国旅游饭店》《企业家》《发展研究》《长江文艺》《鸭绿江》等 10 多家报刊创作发表散文、杂文通讯、评论、论文等体裁文章 100 多篇，曾参与撰写教育部组织的大学本科教材《企业策划学》（科学出版社出版）、《与企业一起成长》（上海远东出版社出版）等 10 多万字。

倒挂户

我的家乡，会稽山麓，群山苍翠，风光旖旎，宛若世外桃源静谧美好。节日的一天，溪水潺潺边的林荫道上，我碰上了儿时的好友俊青。俊青西装革履，颇有绅士风度。他的家就在不远处，他拉着我一定要我到他家里坐坐。俊青给我泡上茶水，坐下便聊起了以前的一些往事。

那时农村是以社员集体劳动组织农业生产。俊青家因富农成分，父母在生产队劳动评分折头不高，自己和两个妹妹又要读书，他们家经济压力大，一年到头，总是入不敷出，成了村里经常性的"倒挂户"。

年终，倒挂户是要向生产队交钱的。可俊青家没有钱弥补倒挂款。过年了，家里总得有点喜庆，买些过年之类的物品。俊青父母想做点小生意补贴家用，到附近村子里收了一些鸡蛋、笋干之类的农产品，到城里去卖。俊青父母刚从城里回来，村里大队书记带着一干人来了，说俊青父亲在搞投机倒把，把俊青父亲关进牛棚，进行批斗。

倒挂户在当时是低人一等，往往被人看不起，父亲又因投机倒把挨批斗，对俊青的打击很大。俊青想放弃读书，到生产队挣工分。对当时农村孩子来说，读书跳农门是唯一的出路，对俊青家来说，更是全家人的希望。家里人一定要俊青坚持下去，走好读书这条路。

高考之年，学校交报考费。俊青家没钱，俊青父亲向村里人借钱，均因俊青家是倒挂户而无果，俊青父亲跑去城里一位表兄弟商量。

表兄弟说："考进恐怕难吧！人家城里孩子考了几年都考不上。"

"俊青想考，就让他去试试。"

"考不上，你们怎么办？"

俊青父亲碰了一鼻子灰，尝试着与队里商量一下，能预支点钱，也许队里会谅解俊青考大学的实际情况，硬着头皮进了大队办公室。大队会计和大队长以为俊青父亲是来交倒挂款的，和颜悦色地招呼俊青父亲坐下。一听说不交钱，还想预支，大队长说了句："那你们的倒挂款怎么办？"就不再理睬。

尘缘如水，世味茶苦，俊青父亲是落絮无声心堕泪。俊青看着清瘦更显苍老憔悴的父亲，知道父亲肯定是为了自己高考的钱而在难过，撕碎的心断肠裂肺般难过。父子俩相顾无言，唯有心中泪。

俊青回学校几天后，收到父亲寄来的一元钱，双手捧着这一元钱，思潮翻滚，想着父亲这一元钱是怎么来的？父亲这一元钱来得肯定是何其之艰难……眼泪哗哗地往下流。

高考揭榜，俊青考上了一所商校。毕业分配在县商业局下属的供销商场工作。几年后，俊青通过自己努力走上了商场经理岗位。在上世纪90年代市场经济大潮中，俊青下海经商，生意做得风生水起。

现在的俊青，已是身价上亿的老板，开的是豪车，在城里住的是湖景高档别墅，在做生意的同时，还兼着社区的一个支部书记职务，俊青总是说要"不忘初心"。

倒挂户已成为历史，一元钱对今天来说已很微不足道，但俊青永远铭记着。当我从俊青家里出来时，小山村在阳光照映下，似披上了金黄色的外衣，更加璀璨夺目、格外美丽。

汪志成

简介：汪志成，网名：见龙在田，中国民间文艺家协会会员，中国大众文学学会会员，浙江省作家协会会员，《世界文学艺术界》签约作家。出版《拐点》《生命瞬间》等小说、散文集 7 部，与人合编地域文化专著 10 余部，作品散见于《人民文学》《中国作家》等国内外报刊、网络，深受各方好评。获各类创作奖近百次。

去仓桥直街品雨

在江南柔软而稀疏的春雨里，我重新走进这古老而幽深的千年老街，重温那久违了的悠远而亲近的雨声。那雨滴从老街两边的屋檐上淅淅沥沥、时断时续地落下，很轻，轻得犹如母亲在摇篮边哼唱的催眠曲；很静，静得如在母亲的守护下安然入睡的那种温馨与舒适。

虽然地处喧嚣的闹市中心，虽然两边的店铺鳞次栉比，而老街的幽静似乎是永恒的，这是一种姿态，一种气质，一种千年岁月风雨的蕴含。仓桥直街是一条与古越国王城的护城河平行的枕河老街，它的"枕头"是北面街口的一座不起眼的小桥，这座小桥的名字就叫"仓桥"。传说越国建都城时，这里建有一排仓储房，便于舟楫运载货物，临河建仓，仓前设铺，这街便渐渐形成了。这便是仓桥直街名称的由来。直到明、清时期，这仓桥附近依然有徽商储存茶叶、油漆的库房，这库房直到上世纪六七十年代还在，成了土特产公司储存竹木制品的仓库，这是后话。

仓桥头设有一家茶店，是四开间的简易平房。我小时候，邻居"小舅舅"经常带着我到茶店里去听说书听绍兴莲花落。据说这茶店最早是由越国上大夫范蠡开设的，意在听取民声，集聚民智，同时也为了麻痹吴国，造成一个越国人悠闲自得，甘于做亡国奴的假象，也是当时商贾们在街上交换了货物，在这里休息的地方。这风气一传就传了数千年，每到历史风起云涌之时，这茶店便是进步人士秘密活动的场所，直到抗战时期，这里也是地下共产党联络的地方。

由于这仓桥直街起源于春秋时期的以货换货的交易，所以在这条老街的老辈人的口语中，做交易买卖依然叫"换"，如"换料（粪）""换灰""换鸡毛鸭毛""换旧铜烂铁""头发丝换引线（针）""破布头换糖"，等等。在老街河边宝珠桥附近那一段，曾经停泊着这些换料船、换灰船，还有卖青菜、萝卜、瓜果、菱角、鱼虾之类的农船。

说起老街边上的这座古老的宝珠桥，还有一个故事：

据说清朝时有个名叫章茹安的农民，和他堂弟一起摇着一只换料船来到城里，在宝珠桥附近的河边靠岸，因为换料时间还早（一般在傍晚时分进行），章茹安叫堂弟留在船里，自己便上岸逛街去了。过了一会儿，天突然下起雷阵雨来，风雨大作，雷声阵阵，章茹安的堂弟只好将船摇到桥洞下面躲雨。奇怪的是，船到了桥洞下面，风声雨声都听不见了。他感到奇怪，抬头一看，桥洞顶上竟栖着一只比甲鱼还大的蜘蛛，蜘蛛嘴里衔着一颗闪闪发光的小球。他出于好奇，举起船里的长竿粪勺，去拨蜘蛛嘴里的小球。那蜘蛛嗅着粪勺难闻的恶臭，一阵恶心，直想呕吐，不经意间将那小球落到了粪里。章茹安的堂弟得了这闪闪发光的小球，很是高兴。等章茹安回来，他就乐颠颠地将这小球给章茹安看，并把得到这小球的经过讲给他听。章茹安看了小球，听了堂弟的讲述，便计上心来，骗他道："闯祸了！闯祸了！今天你闯大祸了！你拿了蜘蛛精的宝物，今天夜里蜘蛛精一定要来讨你的命，你性命难保了！"堂弟听了，吓得脸如土色，便恳求章茹安想想办法。章茹安说："我有啥办法？我还是将这东西交到县衙门里去，请县官老爷想办法。"章茹安说着便朝县衙门跑去，他估摸着这玩艺儿必定是稀世珍宝，便向知县老爷报头功去了。知县老爷看了这闪光的小球，连忙叫来珠宝商品鉴。珠宝商说这是颗定风宝珠啊！于是层层上报，然后知县老爷带着章茹安上京城，将定风宝珠献给皇上，皇上赐给章茹安"献宝状元"头衔。从此，这章茹安小人得势，横行乡里，无恶不作。后来，他的名字在绍兴人的嘴里成了恶霸的代名词。

而这座石拱桥从此被人们叫做宝珠桥，许多珠宝商人都慕名而至，来看看定风宝珠显现的地方，感应宝珠的灵气，然后在仓桥直街开起一家家珠宝店。到清末民初，各类经营珠宝、古玩、玉器、字画的店铺从宝珠桥一直延伸到仓桥附近。

我是在仓桥直街河对岸的卧龙山下出生的。夏天河水浅的时候经常和小伙伴们一起趟过小河到老街上去玩耍，那时候珠宝古玩店早已不复存在，但卖油盐酱醋的小店还是有的，还有柴店、煤球店、上鞋店、理发店、缝纫店等等，那些做手艺搞维修的铺面已经不开张，谁家要搞维修就上门去请。我印象最深的是那个外号叫"愁煞"的木匠师傅，他总是乐呵呵地逗着我们小孩玩，但他经常说的一句话是："我真当愁煞啦！"于是，"愁煞"在老街里出了名。那时我心里老琢磨：这么快乐的人怎么老说"愁煞"呢？

到了上世纪 80 年代开始改革开放的时候，从宝珠桥到仓桥这一段，成了温州美容一条街，但只是昙花一现，马上就销声匿迹了。

当历史回过神来发觉这条老街的历史文化价值的时候，当联合国教科文组织授予它亚太地区遗产保护优秀奖的时候，从宝珠桥到仓桥最精致的那一段实际上已经被新建的城市广场取代了。就如世界上那些艺术珍品不免有残缺一样，仓桥直街在它不再完整的时候走向了辉煌。

如今的仓桥直街一片繁华景象，茶楼酒馆、书斋画廊、风味小吃、土特产品、工艺饰品，琳琅满目。我坐在茶楼上，要一壶日铸新茶，一边品茶，一边品窗外的雨。当年街中间那古老的石牌坊已经与岁月一起离去，街上那些熟悉的故人也已经走远，只有廊檐上滴落下来的淅沥之声，依然给我带来亲切的幽静，这或许就是老街数千年积聚的一种气韵。

陈月芳

简介：陈月芳，笔名陈三月，浙江绍兴人，20 世纪 80 年代出生。高中就读于上虞春晖中学，大学毕业于中国政法大学，常有小说、散文、诗歌等发表于媒体，歌曲词作者，著有散文集《四十不错》、长篇小说《向年年》，个人公众号"月色无痕"。

古镇里的小时光

十年后，我再一次到这里，还是因为工作的关系。

对于安昌，是熟悉又陌生的感觉。好像这十年，已经辗转了好几个世纪，又好像，只是一夜的恍惚。

手机里，还存着那张照片，照片中的自己，短发，蓝底碎花棉布衬衫，牛仔裤，笑得无邪，一脸的青涩稚嫩，背景是古镇的三里长街，以及酱鸭腊肠。那时，我还是个刚出学校大门不久的小丫头，第一次到古镇游玩。

十年前的安昌古镇，静立于绍兴城的西北隅，寂寥如同水墨山水，相较于西塘、乌镇的盛名在外，安昌古镇鲜少为世人所知。

如今，古镇修整了不少，新鲜了不少。即便是这样阴雨绵延的冬日正午，仍有三三两两的游客走过石牌坊，转过石板桥，进入"碧水贯街千万居，彩虹跨河十七桥"的明清长街。

漫无目的地跟在他们身后。纵横交错的河道没变，黑瓦木柱搭起的长雨廊没变，印满青苔的青石板阶埠没变，鹅卵石铺就的弹格路没变。十年前的记忆，推开往事的窗，扑面而来。忘了那时的我，有没有感叹这应该是丁香一样的姑娘撑着油纸伞漫步的地方。

沿长街，一路行去，流水悠长，石板路蜿蜒。民居鳞次栉比，商贸却是比十年前繁荣许多。店铺面水而开，如今都已经整齐划一地改造过。水中央，几艘乌篷船慢悠悠驶过。据说晚上还有蔓延数里的灯光秀，把漆黑厚重的古镇映照得犹如桨声灯影里的秦淮河。我记得十年前店铺的大门都是用单条的木板拼对，上面用白色的粉笔标着数字以示顺序。个别店主人还别出心裁地在墙壁挂上一两件丝质的旗袍或者大褂，细问，才知道是外公外婆留下来的，前世今生，平添一股幽怨的味道。

满目都是各家挂在外面的鱼干、腊肠、酱鸭，香味若有若无地拂过古镇的黑瓦白墙。安昌的酱缸作为绍兴的"三缸"（酒缸、酱缸、染缸）之一，是出了名的。年关尚远，古镇的人们早已做起了酱制品，浓浓的腊味伴着年味，形成了安昌特有的味道。店老板们用字正腔圆的绍兴普通话兜售着，装扮依旧朴素，面容却少了昔日的羞涩，多了份气定神闲的从容。一个老人坐在自家店门口的藤椅里，黑布棉袄，棕色线帽，口中念念有词，已是发摇齿落的年纪。细看，竟然是"宝麟酒家"的老掌柜。我还清晰记得他十年前的模样，头戴乌毡帽、身着古长衫、脚穿圆布鞋、手抻长须，笑意盈盈地站在门口迎接来客，骄傲地跟我讲述他的辉煌，比如和某某明星的合影，某某知名媒体的采访，一张张剪辑下来的报纸和照片贴满了木板门和墙壁。那时的他，声音多么洪亮，步履多么矫健。如今，十年的光景，怎么就这么老了呢？岁月，真是一把杀猪刀。我还记得那日的晚餐就是在他家吃的，一盘臭豆腐，一盘腊肠，还温了一壶地道的绍兴黄酒。末了，还和老掌柜在"宝麟酒家的"牌匾下合了影。同事说，他的店已交给子女打理，这家是他自己的老房子，已经不是十年前我来过的那家了，门面小了，那些报纸和照片也不见了。

十年，着实已是漫长，新了时光，老了容颜。他早已不认得我，而我竟然也需要细看才能认得他。心下突然有点感伤，不如走了罢。

三里长街还在延续，箍桶、扯白糖、纳鞋底、包粽子、搡年糕……那些停留在过去时光，如今见到为之惊喜的技艺却在这里淡淡地发着光。记得小时候，一到搡年糕，就代表着要过年了，深夜跟着父母前去村里的大礼堂，柴火、米都是自家拿去，火烧得极旺，映得礼堂上空都如白昼般明晃晃的，挨家挨户轮过来，基本可以热闹好几个昼夜。那样的通宵是极其有趣的，一大群小孩子或是你追我逃玩着游戏，或是眼巴巴等着热乎乎的新年糕出炉，再迫不及待地放到炭火边煨烤，那香喷喷焦酥酥的味道至今想起仍要流口水。

童年的时光，即使物质不是那么富足，但无忧无虑，觉得世间万般皆好。想起前几日，镇微信群里热烈讨论着安昌特色小镇的名字，"小时光古镇"突然在脑海中一闪而过。小时光，那是长大后的我们心心念念的童年时光，是经历无数个光阴荏苒无数次世事变迁依然流淌在心底深处的一汪清泉、一片柔软。

是的，在这里，时间已然倒流，空间仿佛交错，安静下来的心，便穿越到了小时光。

遥想绍兴城的先辈们，是否到过这里呢？

比如，大禹涂山娶妻之前是否也来过老街置办嫁妆呢？一个面容坚毅的男子，顶着斗笠在斜风细雨中，在老街的某号铺子前，细细挑选送与新娘的铜钗。于是乎，涂山祠堂里飘荡起一个女子孤独的灵魂，日夜盼望"三过家门而不入"的丈夫。

比如，那个疯疯癫癫的文学青年徐文长，是否左手执芭蕉扇，右手提黄酒壶，穿梭在老街的店铺民居间，嬉笑怒骂皆成文章。于是乎，"绍兴师爷"的称谓声名鹊起，延绵今日仍令外人提起绍兴就想到"师爷"。

比如，怒发冲冠的鲁迅老先生是否在晚年的某个黄昏，还学着童年的样子，玩心突起跑到这里看一台原汁原味的社戏呢？那红了的灯笼，彩了的戏装，圆了的腔调，迷了的舞步，统统折射成一部梦幻版的《朝花夕拾》。

走过无数的繁华，却难以想象这个曾经据说是滩涂的地方如何发展为后来店铺云集的商贸中心。如今，昔日的繁华变成了浓墨重彩的展示，穗康钱庄、中国银行旧址等在江南的烟雨中默然矗立着，高大庄严的柜台背后，清脆打着算盘的伙计、熙熙攘攘的顾客早已成了电影中的一幕幕。就像历朝历代的更替，萧条后的繁荣，极盛后的落寞，落寞后的涅槃。

择一处茶歇，发呆，看到对岸的仁昌酱园，"看舌尖上的中国，品传说中的料理"几个大字赫然入目。这家酱油厂，是上过央视《舌尖上的中国》栏目的，老板是个风风火火的女子，却把一勺酱油做到了中央媒体。也许，这就是轮回后的新的繁华。

十年后，再次看安昌古镇，突然也多了些感想，安昌古镇，若既有"古"的韵味，又有"新"的创意，在业态上能够丰富一些，多一些年轻人喜欢的时尚玩意儿，多一些让人留下来的地方，也许会更好，就像丽江的酒吧，傻乎乎坐上半天，发呆，看美女，都是一种享受。期待，十年后的安昌古镇，便是这般美好的模样，而那时已过不惑的我，又会是怎样的心境？

好难的"下"

小时候，过年去姑妈家做客，需要翻过两座山。山是那种野山，路或许不该叫路，是一条细细的附近庄稼人踩出来出来的羊肠小道，布满泥沙、石头和倔强窜出来的不知名植物。那时候的天气好像比现在冷许多，过年总会下好大的雪，白茫茫一片。

爷爷带着我，一手拎着两个"包头"，也就是我们现在说的走亲戚的随手礼，里面是枣子或者蜜饯，一手拄一根粗壮的树枝当拐杖。我也拿一根树枝，一边走，一边调皮在雪地上画画。上山的时候，爷爷总是转头催我：加把劲，快点走，不然我们赶不及午饭了。瘦小的我呼哧呼哧喘气：爷爷，上山快不了，太累了，等会下山我肯定超过你。爷爷笑：上山容易下山难，下山可不能太快，也不能太用力。我不以为然：下山有什么难的，多轻松。等到下山，我的腿已经有点发软，但我却松了口气，接下去，我可以不费吹灰之力一路跑着下山。

作为从小漫山遍野跑的山里娃，我有这样的自信。

但很快，我遭了殃，坡陡路滑，速度太快，一下失去了重心。在爷爷的惊叫声中，我重重栽了个跟头，咕噜噜滚了下去。要不是小路弯曲，旁边的树木挡住了我，估计小命都没了。

吃了苦头的我非要搞个明白：为何下反而比上难呢？

爷爷说：上山阻力大，所以你要用力，下山没有阻力，你就不好再用力了。

我还是不懂。

直到许多年以后，我上到力学课，知道了地心引力，也知道了力的作用是相互的，才明白爷爷虽然没读过书，道理却是悟对了。

上山的重力重心向下，而自身的作用力是向上，两力方向相反，故成平衡，除了费点力气外，危险性较小。而下山重力重心向下，自身作用力也向下，这样平衡就不好掌握了，弄不好前冲力过大，就会发生危险。而且，下山时，下肢要承受几倍于人体自重的力，膝关节压力过大也会造成损伤。

这样一分析，"下"比"上"难就显而易见不足为奇了。

"下"，是人生最大的智慧。

可我们终其一生都在执拗于"上"，读书求上等，物质求上品，地位求上层，事业求上升，股票求上涨。我们总觉得"上"最难，也最珍贵。

我们不懂得"下"，不舍得"下"，更不甘于"下"。

人世繁华，我们却慢不下；

身心疲惫，我们却停不下；

千头万绪，我们却静不下；

梦想尚存，我们却沉不下；

明知无谓，我们却放不下；

高处不胜寒，我们却降不下；

退一步海阔天空，我们却忍不下；

……

我们的一生，都在步履匆匆，因为不懂、不舍、不甘"下"，人间繁华来不及享受，身心俱疲来不及整顿，千头万绪来不及思考，初心梦想来不及实践，该放弃的没有放弃，该珍惜的没有珍惜，该忍耐的没有忍耐。

在某个时间，某个地点，我们是需要"下"的，我们也要舍得"下"，享受"下"。累了就休息一下，烦了就安静一下，疑惑时思考一下，有些委屈忍一下，有些人及时放下。这片刻的"下"，方能支撑我们从容面对此后之忙碌，之疲惫，之困惑，方能精神饱满，头脑清醒，整装待发，追求更有意义更高境界的"上"。

当然，这个"下"，千万要把握火候，就像我那次下山，用力过猛，麻痹放纵，那也是要栽跟头的。

马弄的烟火人生

我生活在一个小城市，黑瓦白墙，小桥流水，青石板路昭告着历史的厚重，酒香顺着巷子钻进游人的鼻孔，笋干菜……臭豆腐……在鲁迅的大烟斗下吆喝着，平静的河面"嗖"地冒出一叶小小的乌篷船，跳跃着江南水乡的味道。

家在这个城市的繁华地带，门前是熙熙攘攘的大马路，布满了商场、酒店、银行、培训机构……晚高峰时期，车子排起长队，红艳艳的车灯交错着大楼外墙五彩斑斓的霓虹灯，打扮入时的白领们旖旎而过，通常是看不出喜怒哀乐的。

拐过大马路左转，突然就进入了另一个世界。

这个世界不大，说直接了就是一条弄堂，被几片居民区鳞次栉比地包围着。入口处，竖着一块年代感特别强的绿色铁皮牌子，斑驳刻印着这个世界的名字：马弄。

两辆小车刚可以交会而过的宽度，当然，车技差点的话，刮擦是在所难免的。长度吧，目测也就 500 米左右。屋面和道路都有些年份了，但不破败，在这样一个古城里，倒显得挺合时宜。可这样一条不起眼的弄堂，却是十分的繁华。

大江南北的餐饮店密密麻麻地排布着，理发店、足浴店、便利店、水果店、服装店、小旅馆、洗衣店等夹杂其中，各种店的中间位置还跳出一个幼儿园，每天早上，伴着稚气的童乐，一群小娃娃挥舞着小胳膊小腿在那群魔乱舞，煞是可爱。

入口的糖炒栗子店，"好吃又好剥"的声音自一个小小的喇叭里时不时传出，老板是个矮个子中年男人，留着八字须，不苟言笑，小孩子去买时，却总是多给几颗栗子。

对面的武汉鸭脖店老板娘却是个美人，身材高挑、白净秀气，人也和气，笑容常常挂在脸上，都叫她"鸭脖西施"。

再走几步，"山东杂粮饼"和"人饼油条早餐店"滋滋地冒着热气，特别是那大饼油条早餐店，生意好得不得了，店门口经常簇拥着眼巴巴等待的顾客，香喷喷的干菜饼折成两半裹一根松脆的油条，再来上一碗醇香的热豆浆，那满足感，简直了，只羡凡世不羡仙！

还有那豆腐年糕店，据说是开了十几年的老店，最近装修成了古典风，黑木长桌长凳，更有风味，豆腐年糕、羊骨头、鸡蛋烤饺，百吃不厌。

川菜馆的老板特别热情，每次路过总要跟你笑着打招呼，吃完辟哩啪啦一算账，豪迈地说：零头抹掉！还会问一句：我家的水煮鱼不错吧？

北方人饺子、黄焖鸡米饭、缙云烧饼、荷叶蒸饭、周素珍馄饨……举不胜举的美食，让马弄总是萦绕着令人肚子咕咕叫的香气。

除了美食，还有三四家小小的理发店，这些没有名气的Tony老师收费低，手艺却不错，加上附近小区打工的租客多，生意着实兴隆，风情万种的陌生女子、穿着机车服的时髦小伙、西装革履的都市白领、一脸憨厚的农民工、拎着菜篮子的大爷大妈都是这里的常客。

那两家门面不到三平米的改衣店，也是极受欢迎的，母亲经常拿着我的"鸡肋衣服"，把裤子从长裤改成九分，九分改成五分，五分改成热裤，如此折腾，乐此不疲。在此过程中和店主结下了深厚的友谊，每次去买菜都要去东家长西家短地聊个天。

还有那网吧、修伞的、修鞋的、开锁的、化妆的、美甲的……名目繁多，让这个小小的弄堂热闹非凡。

尤其到了黄昏，马弄一天中最热闹的时候来了。行人渐渐多起来，来幼儿园接小孩子的家长，来觅食的操着各地口音的五湖四海人，忙碌周旋的餐饮店的伙计们，站在门口招揽着来往行人的店主们，酱爆、油煎、蒸炖……辣的、咸的、甜的……笑声、骂声、交谈声……

人影攒动，声色漂浮，车水马龙，好一派人间烟火的景象。若真有神仙，看了这里，大约也忍不住想体验下这人世繁华吧。

这个真实而琐碎的城市一角，不知藏了多少普通人的喜怒哀乐。有些店面时常换主人，老的关了，新的又开出来了……寿司店小夫妻了生了一对可爱的双胞胎女孩，如今已经上幼儿园了……次坞打面店的老板因为孩子读书的原因，打算回老家去了……理发店的洗发妹子，老家给她介绍了个对象，催她回去结婚，但是她不想走……鸭脖店的老板，已经在这个城市买了房子，落地生根了……面馆店主八岁的儿子发烧了，耷拉着脑袋静静坐在角落，乖巧地等着，忙碌的父母打烊后才能送他去医院……

有人在这里买醉，于深夜的弄堂里唱着撕心裂肺的歌。

有人在这里约会，对面的女孩脸红得如天边晚霞。

有人在这里欢笑，人生得意岁月安好。

有人在这里哭泣，拼尽全力挣来的钱依然买不起房。

有人在这里寻找，依稀可见新的梦想开出了花。

有人在这里迷茫，未来的路该去向何方。

有人在这里抱怨，爱人的不忠，孩子的不孝，工作的一地鸡毛。

……

人间值得，不是高山深海，不是良辰美景，不是秋月春花，不是乡野烂漫，不是历史庄严。而是，这一般的烟火人生。

这又，何尝不是我们的人生。

陈伟鸣

简介：陈伟鸣，中国民间文艺家协会会员，浙江省作家协会会员，绍兴市作家协会理事，柯桥区作家协会顾问。其多篇文学作品入编浙江省作家协会、浙江文艺出版社、浙江人民出版社、人民日报出版社等出版的报告文学、散文集。

远　眺

远眺，是以一种带有思想的眼光，在一个高点的远眺。

早几年，朋友来电：县人大余茂法副主任当村支书了。

我纳闷：余主任在任时当过县委组织部副部长、县水电局局长、县人大常委会副主任，怎么去当村书记了？

什么村？冢斜村。噢！稽东镇的，穷村。

他当官，村里有盼头了。朋友说。

我涌起了一阵冲动，三次去冢斜村，还组织了一批作家去采风，想探个究竟。

一

冢斜村地处柯桥区（原绍兴县，2013 年 11 月撤县设区）南部山区，距绍兴市区 32 公里，东接王坛镇，南界嵊州市与诸暨市接壤,北与平水镇毗邻,四周环山,北有秦望的南山大龙山,西有象鼻山,南有轰溪山。舜江从村东而去,山清水秀,风景优雅。

这片土地古老,但充满着旺盛的生命力。冢斜历史源远流长,早有先民在这里辛勤劳作,繁衍生息,顽强抗争。冢斜的每一条小溪,都倒映着冢斜人忙碌耕耘的身影;冢斜的每一条古道,都述说着一个个刀光剑影、血雨腥风的故事。站在轰溪山巅,可以隐隐约约听见越王勾践出兵伐吴奋力拼杀的声音。小舜江畔,可以唤起解放绍兴冢斜打响第一枪的红色情结。

岁月给冢斜留下了风霜雨雪,冢斜也给山里人创下了村落的骄傲。

茂法生于兹、长于兹。高中毕业后,回乡务农,任村团支部书记。从乡农科站考入农校学习,进入了党政机关。靠自己的努力,先后担任了绍兴县农业局副局长、县劳动局副局长、县政协办主任、县委组织部副部长、县水利水电局局长、县人大常委会副主任等职务。

2002年由冢斜余氏后裔中一批热心人士发起,开展了古村的保护工作,自发集资续修《余氏宗谱》,并进行了绍甘线穿村公路的拓宽改造工程方案的调整,余氏宗祠、永兴公祠为县级文保单位和三个县级文保点的报批,以及中国历史文化名村的申报等一系列工作。

2010年7月,冢斜村被国家住房和城乡建设部授予第五批"中国历史文化名村"称号,这在绍兴市是唯一获此殊荣的村落。2012年12月,在经过中国传统村落保护和发展专家委员会的认定后,冢斜村成功入选由国家住房和城乡建设部、文化部和财政部共同发布的第一批中国传统村落名单。

茂法又一次人生出彩，出在冢斜古村的保护发展上。

绍兴县为了更好地保护冢斜古村落，决定将冢斜自然村从车头村独立出来。谁能担当冢斜村的领头人，一时间成为村民热议的话题，成了村民们茶余饭后最为关心的大事。

2012年2月，余茂法因年龄原因从绍兴县人大常委会副主任的位置上退了下来。没想到他的退职却在他的家乡——绍兴县稽东镇冢斜村村引起了极大关注。他以前一直关心村里事务，在冢斜古村落保护工作上，出了不少力，做了不少事，心心念念皆在于本土文化与人文，大家看在眼里，记在心上。

大家都把目光落到了余茂法身上。许多村民直接去找余茂法，要他"出山"，可他没有答应。村民余汉庭、余生木、余晋海、余一苗等100多人联名给绍兴县委主要领导写信，要求退职的"县官"余茂法到冢斜村任村支书。"茂法呀，你是个有文化有能力的人，你赶快出来，我们支持你!"

但余茂法也十分纠结。他十分清楚，村支书是一个事无巨细都要管、面面俱到的当家人。他面对的不是一个行政意义上的村庄，而是由一户一户农民组成的集体。村支书不好做，一个县里的人大常委会副主任，如果做不好一个村书记，丢不起这个脸啊!做村支书就意味着自己今后要经常与村民打交道，对每一户农家的情况必须了然于胸。要做事就会得罪人，就要听指责，被人骂，甚至还会被村民撵着打，一把年纪了，犯得着吗?

县里的领导将村民的联名信转给余茂法，并找他谈心，镇里领导要求，向市委组织部申请，希望他能担任村党支部书记。余茂法动摇了，说实在的，自小热爱家乡的他，心里确实放不下这个古村落。

茂法要做村支书的风声，很快传到妻子冯小娟的耳朵里。妻子瞪大了眼睛幽幽地望着他的脸颊，心痛地说：你图个啥呀！图钱？工资你也不少；图舒适？机关单位很不错；图名？你这岁数，没劲，都夕阳西下了。

茂法按捺不住心情的激动：古村落的保护，实际上是工业化、城镇化过程中对于物质遗产、非物质遗产以及文化传统的保护问题。保住了这些古村落，就可能保住了凝结其中的历史文化积淀，保住了传统民俗民风的"活态体现"。冢斜古村落是千百年来祖宗留下的珍贵遗产，再不修缮保护，风吹雨打就会渐渐消失了。茂法说，"我倒真有两个心愿：一是全身心地把古村落保护好；二是让村民实实在在得到实惠。"

他一番肺腑之言，深深地打动了妻子的心弦。半晌，妻子的眼泪禁不住夺眶而出。

2012 年 5 月，组织上任命余茂法任村支部书记。2013 年年初，全村党员投票，一致通过茂法续任。

二

冢斜村北靠大龙山，南临舜江。冢是墓，斜是宫人墓，相传越国宫人多葬于此，墓不正向，故名曰"斜"，冢斜村名由此而来。相传，冢斜村是大禹后裔余氏村。

冢斜发展的突破口在哪里？

这是一个需要集中智慧的时刻！

这是一个需要冷静思考的时刻！

余茂法清楚地明白，离开了文化，古村落就没有了生命，"这些亭台楼阁只有赋予文化的精神，才能让古村落具有文化底蕴和内涵"。对此，视古村落为"珍宝"的茂法深有同感。他说，保护古村落，不仅仅是保护古建筑，更是保护一段看得见摸得着的老百姓自己的历史，保住传统民俗文化的"活态体现"。

冢斜村蕴含着悠久的古建筑群，可谓是古建筑的"活化石"。古建筑有始建于唐贞九年（公元793年）的"永兴公祠"，有始建于清乾隆庚辰年（公元1760年）的"余氏宗祠"，有建于明清代的余氏老台门、高新屋台门、下新屋台门、上大院台门、八老爷台门屋等8大处。有建于清乾隆年间的古桥"永济桥"，有闻名的"冢斜古戏台"。在这里，每个院落都是规整的长方形，坐北朝南，宅院居中者大门正向朝外，大门、后门、旁门、侧门彼此照应。清水砖墙上镶嵌方形的石制窗，木质门板上镂雕有十字花，有蝴蝶飞，也有祥云缭绕。

冢斜村建立了古村保护和开发办公室，设综合科、开发建设科、保护管理科、文化宣传科。村领导班子决定修缮古建筑。在余茂法看来，抢救古村落，已经没有可供喘息的时间。"现在我们花个几百万就能抢救古村的损失，如果以后房子倒了，那是花几亿也无法挽回的，建了也是假的。从经济角度看，同样抢救几间台门，今年抢救我们只要花200万，如果明年抢救我们就得花400万甚至更多，修得越早损失就越小。"

困难，重重的困难，像无形的磐石，压在他的身上。

钱从哪来？村里没有企业，也就没有村级经济。古村保护的钱，维修古台门的钱，大部分来自于余茂法等人的四处募集和社会各界的支持和捐赠，还有村民的捐款。余茂法本人捐款2万元，其妻子也捐款3000元。2010年年底，绍兴县政府专门成立了县历史文化名村保护领导小组，决定每年拿出80万元用来保护冢斜古村；

2012 年，绍兴县的几个开发区、部分镇（街道）和有关部门也纷纷伸出援助之手，在此情形下，村里将维修古台门的补贴提高到了七成，即：修缮村民的老房子，村里出 70% 的钱，个人出 30% 的钱。

但村民的素质不一。中国乡村千百年来承继了古老文明的"血缘""家族"相融的精神，一个村子里七拐八绕都能攀上亲戚。冢斜村不大，共有 256 户，人口 762 人，大都姓余，都是瓜连着瓜藤连着藤，细细排起来都是亲戚，在对待古建筑维修的态度上抱有不同的心思。

90% 的村民表示赞同，拍手叫好。家住余氏老台门的村民余宝扬几十年来从没有改动过老台门的一砖一瓦，他说："那是祖先留下来的财富，改了我们会心痛，别人随意翻建我们也会去制止。"

"修什么？倒了算了！"有的人家就是不干。"破烂的房子有什么好修的，还是造新房子好。"余茂法感慨地说，做好事要挨家挨户倒着求，然而，一些固执的村民根本听不进他的一番苦口婆心。

有的村民说："修缮是好的，但我家里实在困难，30% 的钱是拿不出的。"

有的欢迎修缮，但要搞得面目全非。有户村民家的板壁全烂了，村里帮他换了。另一户人家的板壁是旧的，也要换，余茂法看了不同意。

"什么意思！别人能换我的就不能换？欺负人啊？有意和我过不去啊？"这位村民气势汹汹。

"你这个旧板壁好，有价值，我们就是要保护这些有价值的旧东西。"茂法三番五次耐心和他谈，这位村民就是不听，一气之下一脚踹破了板壁。

村干部的心灵震惊了，茂法的心灵深处也在一次次地激烈搏斗着、厮杀着……难道事业的大门，真是铜浇铁铸的一般，不可动摇吗？

"村干部还要不怕得罪人，凡是符合村里发展需要、符合大家利益的事，哪怕阻力再大我们也要啃下来。"茂法没有打退堂鼓，带着村干部到现场，动之以情，晓之以理，苦口婆心地做工作，从这一户人家到那一户人家，从屋檐屋角到天井花窗，从门板到木料，凡老房子要修缮的，村里的干部都和村民耐心地商讨。

村民余益民的一间小屋挡住了村规划道路的修建，要拆掉一部分，他被余茂法的诚恳所感动："我同意。只要搞好，肯定好的。"

有位村民修老房子时，坚持要村里把他家的旧门换掉，因为这扇旧门有个老鼠洞。余茂法一看，就和他说，"换一扇门容易，可这老门很漂亮，很有价值，旧门是最金贵的。我们保护古村落的目的，就是要让这些古色古香的老门窗传承下去。"在余茂法等人的说服下，修补了老鼠洞，这扇旧门终于保存下来了。

坐在铺了清明朝代青砖的下新屋台门小院里，余氏享有盛名的"八老爷"余炳焘四代后人的 68 岁媳妇金凤美，感到非常高兴，连称想不到。在这次抢救修缮她家的房屋中，共花费资金 3 万元，她只付了 6000 元。"我非常高兴，我们书记给我们搞得这么好，儿子都在外工作，就我一个老太婆在家，如果要我个人修屋，修也修不起，只有倒掉了。"

三

受传统生活方式影响，加之一些民生工程维护不到位，冢斜古村路边乱搭、乱建、乱堆、乱扔的现象十分严重，露天粪缸很多，又脏又臭。南瓜棚，玉米地，菜瓜地，许多村民都已习惯将村里的公共绿地当成自家的自留地了。余茂法认为，村庄面貌改造提升的精髓和要旨，应该是对农民意识的改造和提升问题，应该先从农民精神状态的改造提升入手，以树立农民的现代文明意识为开篇，这样才能由里及外地改造提升农村面貌，真正从精神和物质两个层面改变村容村貌。他和村干部们挨户上门做工作，跟他们讲村里未来的发展前景，讲古村落保护要整治环境的重要性。大多数村民都能理解。

村委决定利用环境卫生整治工作，将村民占用的公用土地一律收回，消灭露天粪缸，并借此整顿村风村容村貌。

这一消息传出后，村里马上就炸开了锅。大多村民表示拥护，有的村民就是不买账。"谁敢动我家的地，我就跟谁拼了！"一名妇女到村委门口喊道，还叫来两个儿子助阵，摆出打架姿态。有的村民则找来新闻媒体，说给村里曝曝光。

古村落里冲突暗潮涌动。

余茂法想，村民的思想工作要做，事情也要做，不得罪人、不做恶人也做不成事。他下决心利用两个月的时间整治好环境。

不久，县里组织农村环境卫生检查来到冢斜村，一村民找检查组告状。原来，全村42户村民有露天粪缸，每户都只补偿200元。村里在拆除他家的露天粪缸时，他提出要补偿500元。村委当然不答应他的要求。于是这位村民就趁县领导带检查组来时，给村里出出洋相，自己发泄发泄。当地一位镇干部怕影响不好，直接从口袋里拿出500元给了这位村民，叫他回家，以此息事宁人。

余茂法火了，他决定召开全村村民大会，来解决一些问题。有的村干部怕多惹是非，劝他算了。

"要工作，就会有矛盾，不可避免，村民思想有问题，说明我们的工作做得还不够，教育得还不够。有问题，我们不能回避，不能退缩，不能放弃，要发动村民，教育村民，相信村民，依靠村民。"余茂法说。

在村民大会上，余茂法不点名地批评了这位伸手向镇干部拿500元的村民。他说，"这不是500元钱的事，不是个人的事，而是把冢斜村的牌子拆掉了，把村里的民俗民风败掉了。我们搞环境卫生整治，是为了我们冢斜有块好牌子。做这样的好事，却要这样拆牌子，那还怎么做得好？"

余茂法的话，使村民受到了很大的震动和教育。

余茂法还多次上门，找这位村民谈心。这位村民很不好意思，最终承认是自己不对。

在全体村民的努力下，村里所有被占用的公共用地全部收回。专门建造垃圾箱25只，公共厕所2个，而村里存在了多年的露天粪缸也因此一扫而光。

工作中遇到的矛盾还好解决，有的事情却让人摸不着头脑：村里刚修好花坛，半夜被人敲掉了；铺好的路，被人莫名其妙地破坏了；永兴大道上种的树木，竟被推倒……

余茂法深深知道，现在不少村民讲实际，要利益。没有利益的事，你做得再好他也觉得不好。他觉得，做什么事都要发动群众，要把道理和村民讲得更明白更清楚，要争取最大多数村民的理解。

精神文化理念包括信仰，必源自于村民脚下的这片热土，源于千百年传承的乡村文化。

终于，村民们都团结起来，纷纷指责不讲道理敲掉花坛、毁坏公路的事。许多村民还自发组织巡逻队在晚上巡查。

丁有仙家有幢老房子想要重建，按村里规划，这里将修公路，村干部极力劝阻她不要重建房子，双方得理讲理，互不相让，甚至要大动干戈。余茂法亲自上门做工作，一趟又一趟，跑了十几趟。丁有仙家房子没建成，一家人有怨气，但评说起余茂法仍然公道。

组织编制指导冢斜村发展的《冢斜古村保护与开发详细规划》和《冢斜历史文化名村旅游区总体规划》，大力度推进古民居的保护和维修，高标准实施永兴公祠以重塑佛像为主要内容的文化布置，永兴大道重修和植树，小西岭古道修建，60多户村民旧房修缮，村里排污管等各种管线入地，源头水库修整，自来水"一户一表"全线改造，石子路面恢复，全方位推动美丽乡村示范村建设……余茂法走村串户，磨破了嘴皮跑断了腿，把矛盾和冲突一个一个地化解，把工作一步一步地推进，村里的工作也得到了越来越多村民的支持和理解。

以德润人，以文化人。余茂法以人文精神为古村落建设浸润文化底色，让村民在潜移默化中提升人文素养、熏陶思想感情，逐渐形成了知礼崇德、健康文明的社会风尚。

四

余茂法当村支书已有700多天。不管是支持他的人，还是他得罪的人，有一句话都是同样的：没说的，村里变化大了。

"几十年村里都没什么变化，没想到茂法来了一年多变化这么大！"村里的老书记余松庭说："茂法有信心，决心也大，但村里的事难做，要是换个人，谁也不会来！"

"刁难的人有！看看，余氏宗祠旁的小破土房，就是不肯拆！真是难为茂法了。他常到我家来走走，还问我有什么想法，村民有什么意见，他是个好官呢。"68 岁的余才法说。

77 岁的丁有仙老人说，"村里搞得好，茂法书记最有功！我没什么文化，只知道好就是好。"

二年来，余茂法每天起早摸黑，连个节假日都没有，而且不拿村里一分工资。他的妻子常常抱怨，"你说你图个啥？别人像你这样，下海去一年赚个五六十万，你呢，一分钱不挣，还干得这么吃力，值得吗？"面对妻子的质问，余茂法只是笑笑。

他说，"虽然开发了近 10 年，但我们村还保持着原汁原味的古朴和野趣，这得益于民俗的沿袭。"村中保存有编织、自制香糕、米酒、豆腐、龙井、珠茶等手工技术；保留了祭禹、祭祖、庙会等传统民俗；还有越剧、莲花落、编宗谱、讲故事等民间文学和传统医药。这些文化遗产，有着较高的历史价值和天才的艺术创造力。冢斜村除了文化积淀深厚，山水资源也很丰富。

79 岁的余守仁说："茂法治村很有一套，可下一步怎么走很关键。一个好书记，要看现在，更要讲长远。"

拥有物质形态和非物质形态文化遗产的传统村落，保留着民族文化的多样性，具有较高的历史、文化、科学、艺术、社会、经济价值，是农耕文明不可再生的文化遗产和繁荣发展民族文化的根基。传统村落传承着中华民族的历史记忆、生产生活智慧、文化艺术结晶和民族地域特色，维系着中华文明的根，凝聚着中华民族精神，寄托着中华各族儿女的乡愁。习近平总书记在党的十八大以来发表的一系列重要讲话中深情地指出，"中华民族之所以能历经磨难而生生不息、朝气蓬勃，并不断发展壮大，始终屹立在世界民族之林，就因为有如此丰厚的精神家园，如此强大的精神支撑。这是一个伟大民族几千年传承着的集体记忆、集体呼唤。"在中央城镇化工作会议上，他更殷切地提出了"要让居民望得见山、看得见水、记得住乡愁"的期望。

传统村落保护，10余年的守望和坚持，已引起了各级政府的重视和支持。冢斜村已被国家住建部、财政部列入了全国200个传统村落保护专项资金扶持村之一。今年，浙江省将冢斜村列入古村落保护重点村，下拨资金500万，柯桥区下拨资金300万，全年保护资金可达1000多万。余茂法说："资金来之不易。要精打细算，一分当一分二厘用，绝不能当八厘五厘用。"

谈到冢斜村未来的规划时，余茂法将其归纳为"一个中心、两个特点和五篇文章"。在保护好古村落、治理好村子环境后，村里准备开发大小西岭古道旅游，并利用山水优势建天然浴场，搞漂流和垂钓，农家乐也要建起来，促进山区经济发展，既保护了生态环境，给村里开辟旅游致富之路，又让村民得到实惠。未来的冢斜古村，将成为会稽山腹地文化生态旅游集散中心，重点突出古村落文化和山水自然风光"两个特点"，做好古村开发、传统农耕文明开发、古道游山开发、舜江游水开发、商贸三产开发这"五篇文章"。

"不动摇，不懈怠，锲而不舍地抓下去。今后任务会更重，难度会更大，困难和矛盾会更多，靠的是坚持，靠的是敢于担当。"茂法他还有更大的文章要做呢！

敬意，油然而生。他把古村落保护发展的事看得比自己的事还重要。他付出了很多，并不图回报，唯群众的笑脸是自己最大的满足。

时间融入建筑，岁月记录文明。走在冢斜村，踏着浓浓的、漫长的历史，品味着"古"的内涵。精致的雕梁画栋，起伏的青砖瓦片，恍若翻开一叠叠厚重的历史画卷，旧味古意浓郁。这里的殿古，堂古，祠古，楼古，但释放出来的那种古老生命焕发青春的气息令我激动不已。

为了文化遗产保护传承事业，不计名利，甘于奉献，执著地守护着我们赖以生存的精神家园。在我们身边有这样一群人，余茂法是其中之一。

远眺，其视野必定是开阔的，会看得很远很远……

真情若水

说起柯桥，人们会更多地想到中国轻纺城。的确，中国轻纺城自 1980 年创建开始，至今已建设成为亚洲最大的纺织产业集散之地。2000 年绍兴县人民政府迁址柯桥，结束了"有县无城"的历史。专业市场规模扩张的一次次飞跃，江南小镇的一次次蝶变，柯桥已经向着国际性纺织制造中心、贸易中心、创意中心和区域性商贸服务中心迈进。

中国轻纺城充满魅力。繁荣发展的工业园区，鳞次栉比的商贸大厦，时尚靓丽的商场店铺，绿带环织的广场公园……但我觉得更为精彩的是柯桥的人民。他们既有杏花春雨小桥流水的细腻肌理，又有卧薪尝胆百折不挠的创业精神，更有"先天下之忧而忧，后天下之乐而乐"的广阔胸怀。

柯桥人既有敢为人先、争创一流的意识，又推崇兢兢业业、爱岗敬业的理念。

陈锦高，绍兴小百花越剧团团长。1979 年开始参加工作至今，整整 34 年，他就一直待在绍兴小百花越剧团工作。作为剧团的"幕后英雄""绿叶使者"，他一直以平常心，默默地做着自己的奉献，尽自己应尽的责任，严于律己，干净干事，用自己的实际行动去带领人。作为一团之长，他经常白天黑夜地奋战在剧团的第一线，几乎所有的演出他都会在场。装台时，他是男劳力之一；演出时，他会拿个小本记录台上出现的问题，琢磨着下次演出如何更好地改进。一个县级剧团，在全国越剧界名声斐然，拥有吴凤花、陈飞、吴素英三朵"梅花"已实属罕见，而张琳、董鉴鸿、陈雯婷等新生代的崛起，更让人刮目相看。同时，新编大戏《李慧娘》《一钱太守》的成功演出，更是为剧团的创新发展注入了动力。这与其掌门人陈锦高付出的心血和努力是分不开的。"默默耕耘，执着坚守"——这是对陈锦高人生的高度概括，他因此获得"感动柯桥——绍兴县最具影响力人物"荣誉称号。

在越文化的沃土上，柯桥人自然更多蕴藏着博爱、宽厚与善良。

2012 年 11 月 24 日早晨，绍兴县鲁迅中学柯桥校区学生孙宸在学校寝室起床洗漱时因头晕突发急病，学校发现后第一时间送县中心医院抢救。虽然医院全力抢救，但终因病情过重，孙宸脑功能严重衰竭。生命，在 16 岁的花季，陨落。孙宸父母撕心裂肺，悲痛万分。在收到学校募捐的第一笔 5 万元的善款时，父亲孙国祥、母亲陈荷芬百感交集："我们内心里，是希望自己能帮助他人，现在，却是在接受别人的帮助了……能得到那么多人的关爱，很感激很感激！""如果把器官捐出来，不但她的生命得以延续，还可以救治他人。"孙宸家长向医院提出了将女儿器官捐献社会的意愿，"我们的女儿如果地下有知，相信她也一定会支持的。"12 月 1 日上午，省红十字会、浙一医院有关专家到医院进行评估，并进行相关手术。当日，捐赠的肝脏、两肾、两个眼角膜共 5 个器官移植手术在杭州全部成功。生命，在 16 岁的花季，绽放。孙宸是绍兴县第一例、全市第二例、全省第 64 例人体器官捐赠者。

伸出温暖之手，不图任何回报，是许多柯桥人的共识。

新华网大学生村官公益联盟，旨在为全国各地的大学生村官提供一个公益活动展示和宣传的平台，真正发挥大学生村官在社会公益事业中的正能量，提升社会公益特别是微公益事业的品质。2013 年 7 月，由新华网推出的"新华网大学生村官公益联盟"正式上线，有来自全国的 8 家公益组织入选，其中有 2 家柯桥的公益组织入选，分别是"微动力志愿者"和"春日暖阳助学行动"，而且被作为重点推荐宣传对象，被人民网、中国青年网、新民网等媒体转载报道。这两个公益组织口号分别是"年轻力量汇聚于此，欣欣向荣微动力"和"绍兴助学，帮扶凉山贫困学生上得起学"。虽成立都只有一年多时间，但各种活动搞得有声有色，在柯桥乃至绍兴都很有名气。"微动力"的发起者是柯桥街道团委，现在有注册志愿者 5000 多名，他们走上街头，进入社区，开展了"心灵书屋行动"，发出人人为留守儿童捐赠一本书、齐建浙江 1000 个心灵书屋的倡议。"春日暖阳"的发起人是柯桥柯福社区的大学生村官章东江，主要是帮助四川省凉山的彝族贫困学生上学，圆他们的上学梦。最近在资助人的帮助下，为四川凉山的沙陀中心小学等学校购置了打印机和电脑等设备。

在柯桥，有一支叫慈氏义工联合会的队伍，注册会员有 400 多个，他们之中有不少还是中国轻纺城的布商。他们到村里清理溪流中的垃圾，到水库打捞沉在水底的覆土网……每个月都坚持清理打捞，每次参与的人数达百人之多。他们的行为感染了周边的人，很多市民自发参与到他们的活动中去。

烟雨里的柯桥，蒙蒙的，露出苍穹下粉墙黛瓦的轮廓线条，那是古镇泱泱博大的文化底蕴所洇染而成的。流淌在历史长河里的柯桥，正进行着一场历史文化与现代文明的精深对话。每当想起这些平凡人、这些平凡事，总会激我心生敬意。柯桥人，鉴湖沐浴着他们，始终激荡着他们友爱互助的情操，兼容并蓄的胸襟，坚忍不拔的追求……

陈加炎

简介：陈加炎，曾用名陈家櫓，笔名一可、欧阳文。男，1951年3月出生。现为浙江省散文学会会员、绍兴市作协会员、柯桥区作协会员。

官塘扳罾

扳罾，一作"扳缯"，即用罾网捕鱼。这在旧时的绍兴颇为盛行。

这里所说，是上世纪 60 年代以前出现在江南古镇柯桥的一道独特风景。

每到发大水的梅雨季节前夕，柯桥的扳罾一族就蠢蠢欲动地做起了准备工作，将置放在家里的罾（渔网）拿出来洗净晒干，然后细细地查漏补洞；将置搁在弄堂里支撑罾的竹竿拿下来擦洗干净，然后查看竿身有没有老化和干裂。

等到汛期来临，这扳罾的大幕就在柯桥扎扎实实、隆隆重重地拉开了。除了街市中心地的上市头、下市头、龙舌嘴一带，东官塘、西官塘上下两岸，是扳罾的主要表演地。这条东西向的杭甬大运河，柯桥人把它称为官塘。这官塘很气派地穿镇而过，生生地将柯桥这个"市开弘治七载"的繁华的街市劈成南北两大块。这样的布局（连同南北向的柯水一起），很好地丰富了柯桥的自然资源。

而处在汛期中的官塘（即杭甬大运河）这时浊浪翻滚、水势汹涌。尤其是官塘南侧的急水弄河水强势泻入，更是触动了激流的兴奋点，为扳罾捕鱼创造了有利条件。此急水弄河，系上山水源——柯水汇集后的流经地，加上河道狭窄（最窄处不到 4 米），船只如若稍不留意，被急水冲出柯桥、冲进官塘，打篙不及、失去自控、撞船、沉船、碰岸、冲桥之类的"船祸"是经常发生的。

因了这一独特的水资源，其时位于柯桥镇中心、驾于运河之上的融光桥（当地人称为大桥）一带的官塘上，大大小小的罾竿布满了水面。这些罾东起古柯亭，西至三眼桥，长达 2 华里，其情景之壮观、盛况之热烈。除了罾多，看热闹的人比扳罾的更多。高潮时，但凡岸边、檐下、桥头以及沿河的民宅楼窗上都站满了看热闹的人。

说是看热闹，其实他们中还同时扮演着参与扳罾和为扳罾者呐喊助威的角色。那些罾的主人尽可以放心大胆地因事离罾而去，因为有熟悉和不熟悉的看热闹者或是路过的人为他们代理扳罾。这些代理者虽然只是一些临时的配角，但几乎都是一脸悦色地用腿抵住罾竿，然后双手一前一后地将罾竿握住，最后使力将罾从河中扳将起来。倘若扳起来罾中有鱼，则预示着扳罾者运气来临；如若扳起来罾中无鱼，过一过或是尝一尝扳罾瘾也是一件十分令人快乐的事。对于扳罾这玩艺儿，不仅仅大人看了手心会发痒，小孩子见了亦是乐不可支。他们由大人搂抱着，或者站于椅子之上，或者骑于大人肩头，在此起彼落的喝彩声和雀跃声中伸长脖子左顾右盼，一旦发现罾中出现上蹿下跳的鱼便会情不自禁手舞足蹈。

除了扳罾的柯桥人，也有附近的独山人放舟来这里捕鱼的。他们一人划着小船，一人站于船头撒网，两人动作敏捷、配合默契。

其时，还会有第三者的鸬鹚船前往插足。这些外地赶来的鸬鹚船往往是三五成群，俨然一个船队。每只船的船舷边立定了嘴长、眼绿、羽黑的鸬鹚，它们训练有素，忽而钻入河中，旋即叼鱼上船；忽而贴水飞行，享受片刻任性。鸬鹚的那种神速和神奇的捕鱼功能，成为官塘扳罾的又一个插曲。

而让人愉快的是在官塘扳罾，是一定不会有空手而归的人的，这是因为那里的鱼的种类之多。那些野生的胖头（鳙鱼）、鲢鱼、鲦鱼、鲤鱼、草鱼、花鲈鱼……一批批争先恐后地冲着兜水赶来撒籽。如果罾在河中停留的时间稍长一点，还会有蟹、鳖之类的东西爬进去。每每看到网中之鱼，看热闹的人便会爆发出一阵由衷的呼叫声或喝彩声。特别是在夜间，看着粼光闪闪的鱼在罾内跳跃翻飞，更是让人羡慕得心生妒忌之意。我那时虽然年幼，但对于由网气、鱼气和人气共同打造的这条另类风景已经有了些许的记忆。

记忆中身材魁梧的父亲也是扳罾中的一员大将，他那时年纪轻、力气大、扳瘾足。有一次，父亲竟然扳起一条 18 斤重的大胖头。这胖头鱼，几乎一度成为柯桥扳罾史上的一大奇迹。然而，事后当我们一家人围着品尝味美的生态鱼时，父亲竟然久久不动筷子。我们问他为什么不吃鱼肉，他却说：扳罾捕鱼，比起吃鱼肉要来得更有味道哩！这时，我们才发现父亲的脸上已然绽放出一种得意的笑容。

现在，我终于感悟到，为什么这出扳罾的大戏自下午陆续开始上演，一直会持续到后半夜才慢慢地拉上帷幕，一定就是父亲说的那层意思了。

古运河上的朗读声

受疫情影响，今年绍兴的读书月活动"漫步云端"，一系列项目都在线上完成。笔者不由得想到了两年前读书月中参加"悦读者"雅集的情景。

那天上午，一只古朴而典雅的画舫在柯桥瓜渚湖南岸公园缓缓启航，过金梭桥、穿百步桥，然后进入城中水道新开河。这桥，虽说形态不一，但是新旧相映、气息相通，既显露了柯桥新城的雄姿，又氤氲着柯桥厚重的历史；这河，虽说是柯桥改革开放以来的一大近作，但是荡漾在宽博而清冽的河面上，一种浩然之气扑面而来，让你猝不及防连生小确幸。而河两岸绿树成荫、花草茂密，让人应接不暇。

这时，坐在画舫中的40多名不同年龄、不同身份的"悦读者"身着统一服装，沉浸在清一色的喜悦之中。他们或手持相机手机，寻角度按快门，频频将景致的风景收入镜中；或眯起眼睛，侧耳细听悠扬的琴声，走进几百年前康熙乾隆、几千年前蔡邕遥临古运河畔的古柯亭；或入迷于情意绵绵的越剧《梁祝》的唱腔中，与身着戏装的演员一唱一和进入角色；或悠然自得，细细品味组织者分发的散着醇香的豆腐干，想寻找出与昔日闻名江浙沪的"柯桥豆腐干"的共同点……

如果说，已经过去了的新开河是一条新开之河，她还显得有点年轻，难免缺少些人文景观，那么，今天画舫中的"悦读者"们要体验要分享要感受要收获的是古运河一路流淌着的故事。于是，凝视古纤道，眺望太平桥，仿佛想钻进历史的缝隙中一窥遗珍。当他们拾级登上代表古越绍兴这座标志性的建筑物——世界文化遗产组成部分的太平桥时，心潮立马澎湃起来，忆起初时的筑塘、立道、建桥、扬帆、躬身、拉纤……由人与船共同织成的一组独特的人文风景，在"悦读者"面前徐徐展开。于是，有感而发的"我与古纤道情缘""我家就在古运河边""传承弘扬纤夫精神""古运河畔的柯桥豆腐干"等一个个话题奔涌而出，是那么的自然，那么的自信，那么的自豪。而更值得一提的是，原籍哈尔滨的一个"新柯桥人"也主动加入到"柯桥领读者"的队伍中，娓娓道起他的"浙东古运河历史经济作用回顾与新时代文旅新使命挖掘"，将运河的前世今生述说得有根有据有声有色，俨然是一位资深的"运河通"，令土生土长的柯桥人肃然起敬。除了阅读感想，还有童叟朗读者，其音或脆生生不脱稚气，其声或若洪钟铿锵有力。

回程中，画舫途经柯桥老街，这当年江南水乡无与伦比的沸腾之地，迅即勾起了一些老柯桥人的念想。她是古运河边修炼成精的一颗千年明珠，她是稽山脚下一个精致而富有特色的小镇，那林立的街市、幽深的台门、颀长的檐廊、古朴的民宅、恢宏的寺院，勾勒出一幅惟妙惟肖亦幻亦真的"清明上河图"。不，风味独绝的江南水乡图，在她背后闪耀着当年的辉煌。现在耸立在柯桥之东的中国轻纺城，应该是其商贸文化发展的鼎盛期，是柯桥再度辉煌的证明。

画舫到这里似乎已经完成了她这一次的使命，但是"悦读者"们的思绪此刻还萦绕在这特别的时空里不肯自拔，古运河畔久久回响着郎朗的阅读声……

寺岔记忆

寺岔，在老柯桥人的心中是有地位的。这条由着"大寺"之称的融光寺派生出来的、位于柯桥西首的街市，其南侧有一条呈Z字形的寺岔河。该河起于汽车洋桥下的柯水段，蜿蜒流经于西端的江头河。河面上有桥两座，一座小木桥，名商会桥（上世纪60年代初期拆除）；一座小石桥，名三眼桥（即现在的永福桥）。这条宽窄不一的寺岔河，其河沿设有一溜烟的踏道，或单踏道或双踏道，随岸而砌、随势而筑，隔三五步便是，想洗把手、抹个脸是很方便的。而让现代人难以理喻的是，平排紧挨着的两个踏道，一个是用来淘米洗菜的清水踏道，一个是洗夜壶漱马桶的污踏道。这条小河的河床很浅，一到盛夏，河水干枯、河底仰天。这倒反而方便了两岸居民的往来，他们可以顺踏道而下、踩碎石瓦片过河出街。

暮色四合，居住在寺岔河两岸的居民便早早地吃罢晚饭，拖着噼啪作响的木拖鞋，摇着"济公式"的破蒲扇，提着竹椅板凳之类的坐具去那段起了底的河中心乘凉。说是乘凉，也不完全是，他们或坐或躺，享受明月夏风的惬意；他们或谈或议，倾吐人世间的悲欢离合。有雅兴的人，还从老房子里摸索出笛子、二胡、口琴之类的民乐挤进乘凉队伍拉扯、吹奏一通，当然也有哑着嗓门跟着琴声弦音附和曲调的，一曲接一曲、一段连一段，直逗得乘凉者群而起哄、击掌称道，这般乐融融的光景，延续到深夜才渐渐地静去。

在这条长不过 400 米的街市上有 10 余个规则不一、大小不同的台门。马家台门、蒋家台门、潘家台门、周家台门、陆家台门、百益房台门、季家台门……除了有着三进院落曾经辉煌一时的同仁当、形似北方四合院式的陆家台门，值得一提的是坐北朝南，面临寺岔河，背靠古运河，建于晚清年间的两个季家台门。三进楼房加侧厢加走马楼浑然一体，就连门口的双面踏道亦打造得极为精致考究，踏道中间设有一个"风雨柜"，专门供洗刷藏放物件和用具。新中国建立前，新季家台门曾一度是柯桥镇上唯一一家纺织企业——福元兴袜厂的所在地；新中国建立后，成了柯桥区公所所在地。而老季家台门，则成了柯桥镇镇委所在地。这两个政府的居此时间之长，都在 40 年以上。

当年我所居住的潘家台门人丁兴旺。进深仅 50 多米的台门内有 10 户人家，平常里，姐姐抱一个棉袄露絮的妹妹，哥哥背一个鼻出拖涕的弟弟，或手上抱着一个，背后衣襟上拉着一个，后面再跟着一个，与邻家孩子在破碎不平的小道地上做"老鹰拖小鸡""踢脚扳扳"之类的游戏；或者几个、十几个小孩聚众玩闹，然后一不小心就拔头发打群架，直打得鼻青脸肿，最后由家长出场制止，大家不欢而散。

寺岔还有一段令人骄傲的历史。外寺岔自清末年间起，就有一条一面临寺岔河、一面连民居的一条百余米长的双面街。街路狭小，店主不必过街，只需站于自家门口伸出长烟管，便能与对面的店主接上火。店是清一色的"闹廊出"——连片的翻轩。店的种类很多，有茶店、酒店、油条店、花布店、剃头店、牙齿店、水果店、裱画店、砖瓦店等 30 来家。除了店铺，这里还相继是柯桥广播站、兽医站、农技站、环卫站、胶木厂、公路道班、王星记扇厂、塑料厂等单位的所在地。

说寺岙有历史，是因为那里有一个闻名柯桥的大操场。这大操场，原也是台门群落，后年久失修，民居倒塌，遂改建成操场。至新中国建立之初的土改时期，批斗、公判都在这里进行；上世纪50年代末期掀起的全民大炼钢铁运动，这里建起了柯桥炼铁厂；上世纪70年代前后，大操场建起了一个篮球场，不仅吸引了柯桥及周边的众多篮球爱好者，还是一个集练拳、跑步、举重、玩哑铃的体育活动中心。

星移斗转，如今柯桥的寺岙虽然已经卸去了昔日数度辉煌的光环，但在我的记忆深处，当年那些上了年岁的人，他们仍忠诚无比地守望在寺岙的小河旁、檐廊下、台门里，静静地享受着那一份喧嚣中的宁静，那一份没有被高楼大厦和灯红酒绿浸泡过的宁静。他们宁愿整日看河水慢慢地流淌，看日头缓缓地西移。

周仁忠

竹 园

竹园里，坚硬的土地上覆着厚厚一层枯黄的落叶，毛竹东倒西歪，有的被拦腰折断，有的被连根拔起，有的倒在地上已脱尽枝叶，那是去年冬天的一场大雪留给竹园的累累伤痕。面对如此凋败的景象，我握着锄头的手不忍下手。我是来挖春笋的，竹园是我老家的竹园，每年春天三月，我都要回老家一趟挖春笋，运到外面晒成笋干。

1983年吧，农村实行家庭联产承包责任制，村里分给咱家五块竹园（山里人称之为分山到户），共十多亩，分布在五座山上。那年夏天，全村二百多户家庭分到山后，整个村庄沸腾了，男女老少的脸上都挂满了笑容。以前是集体的山，现在是自家的山了，山民们的劳动积极性被充分激发了出来。每天，山民们在自家的竹园里伺弄竹林，开土，除草，砍掉年岁长的毛竹，背下山来打箩筐，编土箕，卖给山外种田的农民。

那年我十九岁，还在镇上读高二。放暑假了，父亲要我去竹园里开垦土地。上山时，我挑着一担肥料，或是人粪，或是猪屎鸡粪，或是菜叶笋衣豆壳，这些肥料，是给竹园兴土的。我挥着铁锄，在竹园里开土，手上磨起了泡，也不觉得疼。把隐藏在地下的石头挖出来，堆到竹园边，将地下的不会生笋的老竹鞭（竹鞭山里人称之为马鞭）除掉。黑油油的新土散发着新鲜、湿润的芳香，沁人心脾。我像一个慈祥的老农，细心地伺弄着土地。山里的土地就像质朴、淳厚的山里人，是最懂得回报的，开着开着，泥土中露出一颗鞭笋尖尖的脑袋来，我小心翼翼地把它从地下挖出来，好长好粗好白好嫩的一棵鞭笋啊！这鞭笋，是山里头最鲜美的美味，放汤吃，胜过河鲜海鲜。我干累了，就在未开垦的土地上躺下来小憩一会儿，我把鞋子脱下来当作枕头。头上，是绿荫如盖的竹荫，知了在附近的树林里"知了知了"地欢唱，身下的竹叶，像席梦思一样柔软而舒适。我躺在土地的怀抱里，与土地耳鬓厮磨，肌肤相亲，我听到了土地的心跳声，坚强而又柔软，粗砺而又细腻。

一个暑期下来，我的双手上就长出了老茧，八颗，一手四颗。这老茧，至今还留在我的手底板上，那是大山馈赠给我的一生最值得珍藏的纪念品，它象征着我勤劳的品质。现在，我教育儿子时，总不忘向他伸出手掌，亮一下我引以为自豪的老茧。我在竹园里辛勤的劳作，竹园给了我家丰厚的回报。这年冬天，竹园里出了很多冬笋，父亲隔三差五地去挖冬笋，那些生长在肥沃的黑土地里的冬笋，壮硕的身材被金黄色的外衣紧紧包裹着，就像一个个惹人喜爱的招财童子。父亲把冬笋挑到镇上去卖，有时也送一些给山外的亲戚朋友。

我的思绪回到眼前的竹园，望着山坡上那些东倒西歪、狼狈不堪的毛竹，我的心隐隐作痛。记不清是从哪一年开始的，村里有年轻人外出打工去了，到了年底，他们穿着光鲜的衣服，扛着大包小包的年货回家过年来了。留在村里的一些年轻人看在眼里，心里头不平静了，过了年，就跟着那些已在外面找到工作的人走了。一年走一批，甚至几批，村里的年轻人越来越少。后来，壮年人也加入了外出打工的队伍，村里剩下的几乎都是些老人和孩子。是啊，正是年富力强、挣钱发家致富的好时光，有谁还愿意待在经济越来越落后的山里头呢？

就这样，没人再去伺弄山上的竹园了，留在村里的老人，想去伺弄自家的竹园，也爬不动山了。那时候我和弟早在外面工作了，家里只剩下父亲和母亲。起先，父亲还坚持着每年给竹园开一次土，后来，他得了病，在县城的医院住了四个月院后，回到家，就再也没有力气走到竹园去。躺在家里的父亲，还念念不忘咱家的五块竹园，我每次回家去看望他时，他总要叮嘱我去竹园里看看。

那个寒冬的深夜，父亲临走时，他从被窝里伸出一条瘦骨嶙峋的手臂，指着我，断断续续地说，多、多回家来看、看看，去伺、伺弄伺弄竹、竹园。说完，他就永远地闭上了眼睛。

竹园是父亲心中的一块圣地，也是这个世界给予父亲的唯一的一块领地，父亲至死也忘不了她啊！一个一辈子生活在山里、日出而作日入而息、面朝黄土背朝天的农民，当他要离开这个世界时，他怎能不惦挂那片给了他生命支撑和生活信念的领地呢？

虽然山里人不再去伺弄竹园了，任野草和杂树肆意侵占竹园，任竹园里的土地变得像石头一样坚硬，但是竹园对山里人慷慨无私的奉献却一如既往。每年春天，当第一声春雷从山顶上隆隆地滚过，竹园里的春笋。就从地底下钻出毛茸茸的尖尖的小脑袋来。在外面打工的村人络络绎绎地回到老家，在自家的竹园里挖几袋春笋，然后带着满足的笑容又离开了老家。面对一张张久违的熟悉的面孔，竹园的喜欣之情溢于言表，竹林敞开宽阔的怀抱迎接村人的到来，竹叶发出沙沙沙的欢乐的笑声，表达对村人的亲昵，竹笋鼓足了劲儿钻出坚硬的土地，仿佛一个个列队的士兵，任村人挑选。

我提起锄头，对着一棵粗壮的春笋，小心翼翼地掘了下去，一边对竹园喃喃地说，竹园啊竹园，我可敬可爱可亲的竹园，你只知道付出，从来不计较回报，等我退休后，我就回到你身边来，那时，我再来伺弄你，报答你，好吗？

周爱萍

简介：周爱萍，绍兴市作协会员，衢州市作协会员，江山市作协会员，江山生态文学作协会员，《西南作家》杂志签约作者，《作家地带》签约作者。2014年开始写作，作品散见刊于《中国青年》《做人与处世》《郑州日报》《精神文明报》等报刊300多篇，在市、省级报刊获奖20多次。

孤挺花

我喜欢孤挺花，喜欢它的孤，喜欢它的挺。独处时，我喜欢清寂，像似孤挺花。

三年前，宿舍楼门口躺着一棵小小的绿"剑"，根部像是小小的洋葱头。这是谁丢弃的，还是谁不小心遗失的？要是被人踩上一脚，它就成了泥桨；要是被扫垃圾的大爷扫进垃圾箱，它就成了垃圾；要是被小孩捡去玩耍，它就是玩具？不管是哪种情况，它将不再是绿"剑"，而是与世绝别。

这绿"剑"到底为何物？我也叫不出名字，只知道是一种植物，曾经在一户农家小院里看到，花开如晚霞般灿烂，叶片翠绿，富有光泽，形状似一柄长剑。因此，我不由自主的称它为绿"剑"。

邂逅绿"剑"，像是邂逅老朋友，无需犹豫，无需言语，无所猜忌，彼此相融。小心翼翼将小小的绿"剑"，种在大大的花盘里，这是一种特殊礼遇。投缘的花也得富养，大大的花盘，大大的空间，大大的关照。

养花，我别无它长，最擅长的就是松土，施肥，浇水。刚种下的绿"剑"，只有一片孤叶，却也极爱"喝水"，每浇一次水，那片孤叶似乎就长长一些，小小的"洋葱头"似乎也长大了一些。

日复一日，与绿"剑"共度光阴，任红尘深处岁月流逝、万物斑驳、人事掺杂，洒一壶清水，浇去眉间烦愁闲事，浇来一片淡然时光，浇出一颗脱俗之心。

三年时光，一逝而过。时光深处，蓦然回首：绿"剑"从当初的短"剑"变成了长"剑"；从单"剑"变成了多"剑"……然而，绿"剑"从未开花，却绿意盎然，风姿绰约，赏心悦目。

如此，绿"剑"开不开花，有什么关系呢？绿"剑"相伴，天是蓝的，风是轻的，心是清宁的，光阴是美的；行走尘世，千般经历，万般寻觅，独享清欢，独守绿"剑"，有什么不好？

时光眷顾，岁月优待，五月清晨，空气怡人，阳光正好，绿"剑"亮剑——簇生的叶片中长出一根长长的、笔直的、粗壮的绿柱，绿柱顶端开着硕大、明艳、亮丽的花朵。

那一刻，绿"剑"的花朵惊艳了时光，惊艳了眼眸，惊艳了天地；那一刻，绿"剑"的花朵仿佛是喇叭，吹响了生命之歌。

如此壮丽红艳的花朵，怎么可以不知其名？拍照扫描，看图识花：孤挺花。

孤挺花，孤：孤苦，孤独；挺：挺过，挺进；意为：孤独挺过，成千上万个白天黑夜；孤傲美艳、挺拔刚强的盛开——孤挺花，这不过是我见字断义，抑或就是事实？

孤挺花，再品其名，于孤独中，静守初心；于孤寂中，挺直脊梁；于等等中，不显山，不露水，隐忍积聚；于刹那间，厚积薄发，像流星划破长空，闪烁光芒，虽短暂，却灿烂永恒。

人生短暂，独守清欢，有目标、有包容、有格局，不在意无谓的人和事，不在意得和失，时刻提升自我，如孤挺花般厚积薄发。如此这般，莫不甚好?

枇杷已熟粲金珠

"枇杷秋荫，冬天开花，春天结果，初夏果熟，备四时之气，他物无以类者。"枇杷汲取日月精华、天地灵气，经过四时孕育，被称为"果木中独备四时之气者"。

在我的老家，不是谁都可以种植枇杷的，必须老年人才可栽种。要是年轻人种了枇杷，据说，当枇杷树长到碗口那么粗时，种枇杷的人就会死去。

我家有棵枇杷树，和我同岁，是爷爷 70 岁那年种的。在我像小豆丁似的姗姗学步时，枇杷树就"嗖嗖嗖"一个劲地长了 1 米多高。枇杷叶翠绿厚实宽大，呈锯齿状，背面有一层黄褐色的茸毛，浓密的枝叶就像一把把撑开的绿伞——给我童年无限快乐的伞!

从小，我就围着枇杷树转。小鸟不知何时在树上筑了巢，蜜蜂在树上飞舞，知了在浓荫里唱歌，一年四季有看不完的美景，听不完的欢歌。

在空闲的午后，爷爷常常坐在藤椅上，笑眯眯地看着我追逐着枇杷树下的蝴蝶。上一秒我一脸灿烂地疯玩,下一秒我摔跤大哭。爷爷一脸疼爱地说:"萍儿不哭,哪里摔倒,从哪里站起来。"似懂非懂的我,自个儿从地上爬起来,后来,学会了独立坚强。

在我和枇杷树都越长越高的时候,爷爷却越来越老了,身子佝偻着,干瘪的嘴里牙齿一颗也不剩,干枯的皮肤比枇杷树皮还粗糙。我不为爷爷的容颜衰老而难过,相反为爷爷的高寿而开心。

虽然爷爷越来越老了,但爱我的心却没减少。在众多的儿孙中,爷爷独宠我至深。隔三差五,爷爷就会塞一块糕点、一把瓜果、一个煮熟的鸡蛋给我吃。一次爷爷收到姑姑寄来的东西,也直接塞给我。那些东西,我大多动都没动,又偷偷地放回爷爷的房间。爷爷总说我是个不知道吃的傻女孩。爷爷哪知,我从小要做自食其力、无功不受禄的人。

"树繁碧玉叶,柯叠黄金丸。""麦苗含穗枇杷熟,却似江南四月时。"记忆中,当枇杷成熟时,那一颗颗金灿灿的金果,夹杂在翠绿的叶子间,灿若群星,远远就能闻到一股清新的果香味。

那时的我,就像是松鼠转世,轻巧地攀在树梢间颤颤悠悠、摇摇晃晃,又仿佛身上长了翅膀会飞一样。那刻,我真想有双翅膀,带着枇杷,带上爷爷一起畅游天空,畅游大海,畅游世界。

想象是极美的,现实是我站在枇杷树上,剥去枇杷的外衣,咬一口晶莹剔透的果肉。顿时,汁水横溢,香味溢满心田,那香甜的滋味,不就是爷爷对我的爱么?这令我很快忘记了对天空、对外界的向往,只希望自己快快长大,好好孝敬爷爷。

"东园载酒西园醉,摘尽枇杷一树金。"枇杷美味可口解馋,枇杷叶在奶奶的眼中也是个宝呢!奶奶说枇杷叶具有止咳、润肺、清热、利尿的功效。只要我一感冒咳嗽,奶奶总会摘几片枇杷叶,仔细地刷去背面的茸毛，耐心地用慢火将枇杷叶和冰糖熬汤给我喝。

或许，汤叶里有奶奶深深的爱，再严重的感冒，在我喝了奶奶煎的枇杷汤水之后，很快就好了，从来都不用去医院。那时，我常想，奶奶不仅懂医道，还会给我讲许许多多的故事，长大了，我要做个像奶奶一样有学问的人。

如今，虽然我没有大学问，却每天书不离手，腹有诗书气自华，书让灵魂变得轻盈丰满，离天使更近。

"枇杷已熟粲金珠，桑落初尝滟玉蛆。""绿萼经春开笼日，黄金满树入筐时。"而今，在枇杷挂果的季节，爷爷、奶奶早已在驾鹤仙去。我也从小学初中，一步步走出家门，远离故乡。无论我走多远，飞多高，永远有个梦，唯愿爷爷奶奶在天堂幸福快乐！

绽放在煎饼里的花儿

晨跑路上，经过一家已经开了六年的夫妻早餐店。夫妻俩是贵州人，男人负责和面、蒸、炸、煎、炒，女人负责择菜、洗涮和零售。

小小的店面，男主人一会儿翻着炒面，一会儿围着蒸笼转，脸上总是汗渍渍的。

女主人名叫红梅，常常面带微笑，犹如开在深山的幽兰。麻利灵巧的双手，像弹奏钢琴似的舞动着，又像变魔术似的，一会儿拿两个包子，一会儿装三个茶叶蛋，一会儿装四个麻球，递给顾客。

买早餐的次数多了，便与热情的女主人认识了。一次，我想买两个粽子，缺货。红梅像是欠我债似的，满脸愧意，非要送我四个茶叶蛋。我给她钱，她死活不收，硬塞还我。那时还没有微信、支付宝。如此三番两次，我怕误了她做生意，只好一步三回头地回家。口袋里的钱，仿佛是一块炭火似的，使我从里到外、从上到下浑身暖烘烘的。

红梅常年守店，她的店成了我常去的"茶吧"。我一边品茶，一边听红梅讲她的故事。去的次数多了，我发现红梅炸油条的油，是纯正的花生油，炸过的油，从不隔夜使用；包子馅，是上好的五花肉，从不以次充好。

我好奇她在利益面前，如何保持了金子般的初心？

一次，红梅泪汪汪地说起家事。十多年前，她的儿子喝了毒奶粉不治身亡。她痛过、恨过、怨过，心里暗暗发誓，宁可人负己，也不负他人。

红梅开的放心早餐，名声在外。同行想排挤红梅的早餐店。可群众的眼睛是雪亮的，上班族、学生族，还有附近的村民、打工人员一拨又一拨，一簇又一簇，排队买早餐。倒是有的同行的店门可罗雀，惨淡经营。

前不久，黄灿灿、油光光的香菇煎饼，一下吸引了我的视线，我顺便买了两个。回家吃了两口，再也难以下咽，心里不由嘀咕，难道红梅变心了？当晚，意外收到红梅发来的微信红包。原来，由于天气慢慢变热，香菇馅保存不当，发酸变质，红梅知道后，将钱退还顾客。

红梅来自边远山区，像一粒草籽，散落他乡，生根发芽，开出一朵灿烂、不为人知的小花。这朵小花以爱心、善心当花蕊，芳香迷人，温暖人心，扮靓人间。

徐显龙

简介：徐显龙：1989 年生，青藤书画艺术研究院秘书长，绍兴市作家协会会员。

碗底上的乡情

正月里，酒席多。在浦城的农村喝酒，你常常会发现，每个瓷碗的内侧碗底，都会刻有一个字。如同碗的底座上"景德镇制"等标明产地的落款，这个字标明了该碗来自哪家哪户。

农村里，若是哪家宴请亲朋好友，一家的人手与家什定是不够用的。于是，同村乡邻不论是否亲戚，都一齐来帮忙。或跑堂、或帮厨、或记账、或写对联。出借自家的圆桌板凳、锅碗瓢盆自不必说。大件的桌凳尚好计数，小件的碗碟却难以分出东家西家来。人们便用碗底凿字的方式，区分各家碗碟。

记得小时候，我们经常不小心将碗摔碎，为此也没少挨打受骂。由此，我们自小便深知碗是易碎品。但把一碗饭扒拉到底时，便会仔细端详着碗底那断续的点状字迹，用筷子或者勺子划着字迹上的小坑，向大人问道："这字是怎么刻上去的？怎么碗不碎呢？"大人们便回答道："是用凿子凿出来的。"

凿子的个头与大号铁钉差不多。凿字时，需用米斗装一斗大米，再将碗放入米斗，利用大米蓬松的特征，将凿碗的压力传输出去，避免将碗凿碎。

要刻的字，会在事先用浓墨写在碗底。由于农村同姓的人多，一般不刻主人家的姓，而是刻名字的最后一个字，如"坤""云"。也有可能是"上""下"等简单的代号。而后，主人便一手拿着小锤，一手拿着凿子，用小锤反复敲击凿子顶部，用力恰到好处，既能在碗底凿出一个个小坑点，又不会将碗凿裂。凿子依循着墨迹的笔画前进，不需要连贯，只需将一个个坑点连缀成一个粗可辨认的字。

凿完后，主人也不会马上将碗洗干净。碗底表层的釉被凿开后，墨汁会浸入坑点。碗底便会显露出所凿的字来。

孩子们会问："吃饭的时候，不就会把墨汁吃到肚子里去吗？"长辈们便会说："多喝点墨水才好呢！"直到二十多岁的今天，看到儿时用过的碗，经过多年的使用与洗涤，字迹并未有丝毫消退，才知道这墨汁已经深深染进了瓷碗中。

而乡恋，却也深深凿进了我们的脑中，染在了我们的心底。

习惯上酒楼做酒待客的现代人，不会再用刻有字迹的碗吃饭了。街坊邻里，也变得陌生了……

中秋品桂香

这个时节，你若走在我的家乡——福建浦城的街巷中，便走不出桂花的清香。因何？这里是"中国丹桂之乡"。家家种丹桂，户户品桂香。

怎么品？喝桂花茶！这桂花茶可不是简单地将桂花晒干泡茶（那便形同标本，失去了桂花的灵性），它的制作过程很有讲究。中秋时节，桂花已如繁星绽放挂满枝头。乡里的男人在树下铺上竹席，用竹竿打落每一簇桂花。这时便下起了"桂花雨"。桂花粒小，如同密密的雨丝纷纷下落，轻轻打在竹席上。待一树花落尽，将桂花粒儿归拢，细筛一番，剔出树叶枯枝，挑上扁担往家送。

接下来便是女人的活计。她们用柔软的双手，将桂花一捧捧放在桌上，围坐四边，开始精挑细选。她们各划一捧桂花到眼前，执一尾鹅毛，或是一张纸牌，将每个饱满的花粒儿分拣出来，将桂花的小脚剔除——小脚入口生硬不圆滑。

这是一道繁复却不繁重的工序，在女人的说笑间就完成了。可不是么，她们手中流淌着的，是一丝丝软柔的雨丝；眼中看到的，是珊珊可爱的粒粒红；鼻中充溢着的，是天赐的芳香。满心都是丹桂，连梦中都是甜的。

甄选过后，花粒儿会被放入沸水中焯熟。冷却后再倒入冷水中静置数小时。最后用冷开水漂洗一次。滗干水分后捞到大钵中，加入白糖，反复搅拌。待花粒儿与糖粒儿匀到一块儿，再分入罐中密封保存。要不了几日，白糖一化，花粒儿便泡在糖汁中，如同蜂蜜一般，桂花茶就做好了。

中秋之夜，在月下取一勺桂花茶，放入玻璃杯中，再往杯中倒入开水。只见杯底水流裹挟着桂花四散，俄而杯口腾起水雾，花香登时可闻。再用一柄银勺细细搅动，一则使糖汁充分溶解，二则使茶水降温。待茶水微凉，饮上一口，便是一线香甜的暖流流过全身。这是何等的享受！这线暖流中，有桂花天然的芬芳，有蜜汁般的甜润，有桂花雨的浪漫，有男人的汗水，有女人的欢笑……

终于饮到杯底。这是孩子们最开心的时候——将粒粒桂花在浅浅的茶水中充分搅散，迅速一口饮下，将花儿轻嚼数下，再随茶水徐徐下咽——唇齿留香。此时再抬头看月，便觉月也是香甜的。

桂花茶会留到正月。亲友来家做客，主人一定会捧茶待客。每人一杯茶水，一柄小勺。桂花香里，亲情更加浓郁，友谊更加醇厚。正月十五煮元宵，也要放入一勺桂花茶，细糯的皮儿，浓香的芝麻馅儿，配以清甜的桂花汤汁，妙不可言。

每逢离家，母亲都会给我备上几罐桂花茶，我背着它们由南到北。来客的时候，便以我们浦城人的待客之道，为其斟茶。想家的时候，泡上一杯，看着这久绽不谢的丹桂，我常想，爸妈、妹妹和我，就是这四瓣的花儿，走到哪儿，都不会分开。

平原一画

如果说中国大地是一幅山水长卷，平原就是留白，无中蕴含着有空旷、舒展、踏实。

平原上行车，我忽问《中国艺术家年鉴》主编陈子游老师，第一次见平原是什么感受。这位33岁出湘西"北漂"的老出版人，还清晰地记得10余年前那个日子："火车进京要走36个小时，那天早上我一睁眼，车已经到了河南驻马店，窗外一马平川，金色麦浪，我的眼泪一下掉下来了……"我能明白他的感觉。

　　我在东南丘陵的小城里长大，出门见山、行走见河，天然地有着空间的区域感。而忽然被投入茫茫平原中，火车几个小时不拐弯地直线行走，所有经验中的空间壁垒都被打碎了。大地被北方老母亲手中的擀面杖抻成扁平，连同储存在沟壑纵横大脑中的过往记忆也无处藏身，化为渺远的云烟。一个崭新的世界以那开阔的乾坤，浩浩荡荡地袭击你的眼球，蓦地又装入你的胸襟，让一种莫名的敬畏感油然而生，迅疾转化为一种叫做眼泪的汁液，包裹着那两扇视觉的窗口，最终滑落在已然不算年轻的脸颊上。

　　如果说中国大地是一幅山水长卷，平原就是留白，无中蕴含着有空旷、舒展、踏实。

　　在火车上，我总会呆呆地羡慕在平原上生活的人，想象着他们怎样用宽厚的脚掌丈量着望不到头的土地。从平原中一个点开始蹒跚学步，而后坦坦荡荡沿着一条轨迹走到了地平线的尽头，抵达天际，一代又一代。

　　终于有一个冬天，我的脚步也在平原上徒步了。收割后的大地被冰雪覆盖，世界简约到了极致。人行其间，渺小如芥子但又顶天立地，竟也成了大地上的制高点与正中心。路途近百公里，无穷无尽的地平线随着时光向前推进，直立而简约的杨树随着记忆向后倒退。没有了山重水复，才顺理成章地行走出旅行的流畅诗意。让人周身总有豪壮感、通透感在充溢，真正体会到"没有比人更高的山，没有比脚更长的路"。从空中俯瞰，这旅程便是在素白的冰雪宣纸上，以人的平移写出一个大大的"一"字，如石涛所说，"此一画收尽鸿蒙之外"。

　　另一个秋天的画面历久弥新。一望无垠的棉田上，密密匝匝的棉花枝干被十月秋风吹枯成焦墨色。这焦墨由近及远，不耐其烦地一遍遍渲染、叠加，枯而不死，焦而润生，终成天河长夜的无边底色，点缀其上的白棉花，如星儿闪闪烁烁。这是平原大地，却散布着广袤的银河。

传说天上有仙女玉宫采桂，可我未曾见过。但采棉女子银河摘星却在近眼前，这银河里，一双双柔软的手翻飞，将棉花朵朵采撷，这一幕是多么动人！我仿佛听到纺棉线的机杼声自久远传来，想必在七夕之夜，她们应有仰望天河向织女"乞巧"的。

而当你坐上飞机，在平原的上空，也画出"一"字时，所见到的则是《千里江山图》徐徐展卷——田畴交错，是绢本上的经纬，斑斑驳驳带着沧海桑田的古意。一朵朵、一团团、一簇簇的云，是时断时连的山丘、山峰、山脉。青天映照，石青敷色，云儿在朴素的绢本上辉煌无比。风吹散的缕缕云须，则有着写意的笔触。

国画里的云雾，是山间的氤氲留白。而在这幅绢画上，云雾千笔万笔，以至于云山雪岭莫辨，虚虚实实，引人遐思，而飞机穿梭其中，更是别有泛舟山水之趣。

远望绢画的尽头，地平线在飞机舷窗里拱成了弧形。忽而一带乌云横亘，仿若铁铸的雨后千山，空濛奇异。俄而云散，又透出半熹微的天窗晓色。展卷欲尽，忽遇气流颠簸，难道是鸿篇即成，天工也不免激动，欲以草书题跋？

飞机飞到南方上空，回望一眼，平原上云朵簇簇，仿佛只需稍稍揽臂收拢，便可将它们一一纳入袖筒，回到案头清赏。南方丘陵，已经把大地填得满满当当。北方平原，可以书写无数种可能。

徐 炯

简介：徐炯，笔名韩路，十里湖塘人，现供职于轻纺城集团市场公司。系柯桥区作协会员，性喜文学，纯属爱好，偶有文章散见于《钱江晚报》《绍兴日报》《柯桥日报》《鉴湖》等报刊。

槐香悠悠忆娘亲

初春，又是春的细风温煦吹拂的日子，我回乡下老家给母亲上坟，我不见我的母亲已经 15 年了，怀念她亦整整 15 年了。

老家院子里的老槐树今年春天里依然开满了一树烂漫的花朵，随着清风散发着淡淡的幽香，我知道这就是春天的消息。依然是春的细风，依然是旧时的温暖！

这棵开满繁花的老槐树，是母亲 20 年前亲手所植，现在已经长得高大挺拔枝繁叶茂了，看到它开出热烈、沉静的一树槐花，我就会想起两鬓星星的母亲仰望着芬芳的槐花一脸灿烂的笑容。依然旧时的春风吹得满院飘香，树犹如此，何复人焉？母亲老了，满头的白发在阳光下有一些刺眼。我每每念及一生勤劳、宽厚待人的母亲，我愧疚的只有泪流满面，心里隐隐作痛，我恨自己没有好好孝顺母亲，子欲孝而亲不在啊。站在这棵老槐树下，我唯有深深感恩母亲。

母亲是我勤劳的榜样，我只后悔当年远游。

在我的记忆里，母亲一年四季穿着天蓝色的蓝罩衫，无色无光一个人生活在乡下，上山砍柴下田种菜，一天到晚眼里都是笑。大学毕业，我留在一个陌生的城市，工作生活。工作的辛苦、生活的艰辛，让我愈加思念勤劳的母亲。没有人敢说，看穿了看透了生活，但我在走了无数的阳光和风雨并存的日子后，我愈加认识了在这个熟悉而陌生的城市里生存的无奈，也愈加思念我的故乡，我的母亲。我曾经无数次邀请母亲到城市居住，与儿子团聚一起生活，可是母亲无数次婉拒了儿子真诚的邀请。她说，她离不开故乡的青山缭绕、绿水长流，故乡的空气好啊。其实我知道，她是惦记着她伺候的土地，她种的庄稼。

往事并非如烟。我清楚记得有一年春天，母亲给我送来了她亲手炒制的茶叶，这也是母亲唯一一次来我蜗居的城市，但只住了五天，她就吵着要回家了。在这五天，每天早晨当我离开家上班去的时候，母亲总是坚持送我到门口，可是眼里分明流露出丝丝抑郁的神情，一付郁郁寡欢的样子，每每见此情景，我总是说，"妈，你安心多住几天。"母亲也总是轻声应着，"好、好"，可是眼里分明已经看不见一丝笑了。终于有一天早晨，母亲轻声对我说，"雨儿啊，明天我要回乡下老家了。"我闻听此言，连忙说，"妈，多住几天吧，难得来一次。"母亲摇摇头说，"不了，我已经住了快一个星期了，家里的庄稼不知道怎么样了？"这时我才恍然大悟，原来母亲惦记着家里的庄稼，离不开她朝夕伺候的土地。母亲离开城市启程回家的那个早晨，我清楚记得城市上空的阳光温暖而透明，我问母亲，"老家院子里那棵槐树长得怎么样了？"母亲笑笑说，"长得枝繁叶茂了，春天里开花满院飘香。"上汽车的一瞬间，望着母亲在风中飘飞的白发，我的鼻子一酸，泪水忍不住掉了下来。母亲分明就是照亮我胸间的一轮明月。

傍晚，月色宜人。我静坐在老家的槐树下面聆听槐树开花的声音，天空依然旧时明月，依然月光如水，闻着满树槐花的阵阵幽香，我忍不住掉下了眼泪。现在母亲不在了，谁还会为我亲手炒制茶叶？春风依旧如昨日温暖，槐花依旧年年开放，但我到什么地方寻找我的母亲呢？唯有馨香一片忆母亲了。

夜读尺牍记

冬夜甚冷，我独坐书斋，倾听窗外吹着呼呼的寒风，天欲飘雪，此刻此景，正好读尺牍小品文。虽无秉烛夜读、红袖添香的雅趣，也不能胸怀如月，但让人睿智，心间的烦恼、浮躁、名利，一切皆如烟云一般散去，留下的是一份宁静的心灵。

于是，我欣欣然找出《历代尺牍小品》一文，似与多年未见好友猝然相见如握，便可长夜促膝谈心。捧着这本购于 1994 年冬天的尺牍小品，又让我再一次回忆起了天空的雪花如同蝴蝶一样飞舞的北方城市哈尔滨。是年冬天，我出差遥远的北方城市哈尔滨，因为人生地不熟，为了消磨打发时光，我冒着片片飘落雪花，踩着街上厚厚的积雪，一头钻进暖气充足温暖如春的新华书店，在一排排、一堆堆书海里，幸运地觅得《历代尺牍小品》一书。为了留下一个怀念，留下一份记忆的痕迹，我在扉页上写了一行小字："1994 年冬，哈尔滨"，敬请书店盖章。因书店经理休假，只得请书店钤了个收款章，钱书两讫。多年以来，每每夜读尺牍小品，翻看扉页上那个鲜红的印章，不禁莞尔，现在回忆往事起来，感觉依旧十分甜蜜。

读吴均的《与宋之思书》，便可领略富春江两岸景色，青山逶迤，一江碧水如带，身虽不能至，心却向往仰慕之。足不出户，在小小的书斋就能畅游山水，放浪江湖，真好！我想起了严子陵先生，这个敢断然拒绝汉光武帝刘秀诏令做官的先生，我一向敬佩得很，人世间有几人低得下头，看得破红尘俗世，能超凡脱俗不想做官呢？听一听刘秀说吧——"古大有为之君，必有不召之臣，朕何敢臣子陵哉！"刘秀是马上得天下的，但他作为一代君王给隐士写信，却毫无霸强、咄咄逼人之气，言辞婉转。据说：两汉诏令，此诏第一。严子陵委婉拒绝了同窗刘秀皇帝召他出山做官的诏令，就隐居在富春江畔，钓鱼、吟诗，品味山水，富春江也因严子陵而名播天下。江山依旧，风物依旧，钓鱼台也依旧，但物是人非，只是不见当年严子陵先生矣！

夜已深，人也静，吾独不眠。细读《梵才大帅帖》一文，仿佛看见梅子鹤妻的林和靖先生，在月光如水的黄昏，昂着孤傲的头，在扑鼻的梅香中低吟着"暗香浮动月黄昏"，孤山不孤，有此等风雅足以风流千载。读宋代岳飞《遗札》一篇，仿佛正如见他"壮怀激烈，驾长车，踏破贺兰山缺"，真金戈铁马、气吞万里如虎也。青山有幸埋忠骨，西湖之畔有岳坟一座，为西湖平添了无限的湖光山色；"还我河山"气贯长虹的四个字，足可傲视千秋。屋内一灯如豆，灯光温暖。读诸葛亮《诫子书》一书，且听他说"非淡泊无以明志，非宁静无以致远"，这句妇幼皆知的名句，说得多好，心境宁静，才能修身治学。正如宋代诗人陆游说："外物不移方是学。"无情未必真豪杰,怜子如何不丈夫。三国曹操在《戒子植书》中说:"吾昔为顿丘令,年二十三,此时所行,无悔于今,今之汝年方二十三矣,可不勉欤?"读之且感且愧,在这个寒冷的冬夜大有额头下汗如雨之感。在钟繇《杂帖》一文中,说到"审己恕物",令我明白人应该学会宽容。而读到清朝的陈宏谋在《给四侄钟杰书》一手札中,让我读懂得了"读书见客,事事检点,即学问也"的道理。

夜已深沉,四周静悄悄的,一丝幸福感涌上了眼角。读着这些彪炳史册、在历史的天空灿若繁星的人物言语,让我感悟人生,富于智慧。物质的贫乏并不影响精神的富裕。诚然,在这个崇尚时尚追求流行的时代,物欲的横流,侵蚀着人的日常生活,更需要精神上的修炼,在这点上说,让读书成为一种时尚,人永远需要不断的文化滋润。

夜已深,窗外雪落无声,我轻轻地合上这本《历代尺牍小品》,端放于书桌之上,远处风声隐约,而书斋灯光依旧温暖如故。

远去的埠船

我对鉴湖最初认识来自于一条往来于柯桥和家乡十里湖塘的乌篷埠船。

说起曾经舟行鉴湖的乌篷埠船,上了年纪的绍兴人都知道,对我来说更是记忆犹新,难以忘怀。因为这条埠船,它是我年幼时自家乡十里湖塘到柯桥的唯一的交通工具，也是我走出小山村的唯一途径。拥有这一份福气，是因为家乡拥有一个水如月的鉴湖。岁月悠悠，时节如流。现在回想起来，也许现代人的生活节奏太快了，舟行鉴湖，听花鸟传情，看浪花无际，浅唱低吟的人越来越少了，但鉴湖的诗境永远不会泯灭，她在我心中永远是一个瑰丽美好的梦，铭记于心，挥之不去——那一只乌篷埠船，在水色如月的湖面上慢悠悠行驶，驶向水天一色的远方，渐渐消失在碧水蓝天之际。

去柯桥，最多的日子在春之暮夏之初，这个时候，山间田野早已是一片葱绿，鉴湖水也碧如蓝了。

去柯桥了！那个清晨，我会穿上洁净而朴素的衣衫，踮起脚尖，伸长脖子，在村口的河埠头等待埠船的到来。据了解，我在村口等待埠船的河埠头名曰"古城埠"，历史渊源，唐五代乾佑三年（950年）建有宝林寺、香林寺，声名远播，进山烧香拜佛的人经鉴湖水路款款而来，一时河埠头舟来人往，弃舟登岸香客如云；另一方面，拉动了农副产品销售，以河埠头为中心，逐步形成了农副产品集散地，曰"古城埠"。此时东方露白，天上的云彩反映在清澈见底的河面上，看水草在河中曼妙轻舞，看鱼虾在河面雀跃蹦跳，那种自然景色是最生态不过了。不过此时的我未敢太倾注心中的感情，因为母亲在身边，她要把儿子送出山乡，她在寄语我："到叔叔家要听话懂事……别忘了早些回家……"我一边不住地点头，一边兴奋地望着渐行渐近的埠船。

初夏的阳光温暖地洒在田野上，洒在波光粼粼的湖面上。船里装着到柯桥街市上去出卖的、散发着成熟芬芳的大白菜、茄子、豆角之类的蔬菜。我枕着一路的欸乃桨声、潺潺流水声和船头脑之间的亲切交谈声，就这样，埠船向着十里路之遥的柯桥进发。船外，湖水微澜，和风吹拂着如烟的岸柳，望过去是深沉的绿，令人亲切而迷醉。

埠船在我的焦急等待中款款靠岸。靠岸后停泊在一个叫"红木桥"的地方。这个地方，是柯桥的闹市中心，南北石桥林立，两岸街市繁华，四周长廊悠悠。街市上人声、桨声、吆喝声、欢笑声交织一起，自然风景与人文风景融合一体，是那么的传神、那么的诱人。而更为蔚为大观的是，由水资源一手打造的船，包括数以千计的埠船、货船、打鱼船等，歇满了大大小小的河江，几乎覆盖了整个河面，幸亏有踏道和洗涤者的存在，才让人感觉到河的存在。怪不得古有"枫桥有千支扁担，柯桥有千支撑竿"之说；怪不得大导演谢晋几次三番踏进这个古镇，就是看中柯桥的风景可以成全他的作品中的画面美。

穿过闹市，我先去了叔叔家，然后就往新华书店跑。新华书店在柯桥老街的拐角处，我从口袋掏出被手握得汗津津的零钱，去兑换连环画《三国演义》。钱不多，只能买两本。但我却知足了，因为"早熟"的我知道，这钱是父母亲面朝黄土背朝天做出来的血汗钱。

买完书后，我就一个人在街上游玩。游桥、游庙、游台门、游小街……年少无知的我，以一个乡下孩子的目光打量这个运河边上的古镇。我不明白这个地方何以如此的繁华而热闹？年长以后，我有缘在柯桥中学念书，随着年龄和知识的增长，我才渐渐明白由于柯桥这个古镇水陆交通便利、地理位置优越，从弘治年间起就是商贸旅游集散地的缘故，因而四邻八乡的村民、镇民都喜欢到这里赶集交易。从柯桥的上市头到下市头，从东官塘到西官塘，除了人物就是货物，山货地货，水货海货，应有尽有。这样的情景，一直要延续到上午 10 点以后才会渐渐退去，街上的人群也才会渐渐散去。这时的街市如同被人席卷过一样，街面上到处残留着食物的痕迹，湿漉漉的青石板上粘着油迹，空气中淡淡的鱼腥味拌着从酒店飘溢出来的绍兴老酒的醇香。这个时候，歇在岸边的埠船中已坐满了挂着丰收喜悦的客人，等待船头脑"湖塘埠船去哉"的吆喝声。我在叔叔家吃了中饭，也早早地坐在船舱里，坐在堆得高高的用土黄草纸包成的糖果包、糕点包、南货包中间，静静地看我刚刚买来的连环画。

正是南方春末夏初的天气，午后往返的埠船轻轻划过湖面，溅起的浪花在阳光里跳跃闪耀，远处有湖水拍岸的声响，亲切满怀。偶尔抬头望一眼在湖面飘荡的、满是生机的浮萍，继而低下头续看连环画。这时我的内心十分快乐，犹如船窗外初夏的一束透明阳光，灿烂明亮。

埠船载着阳光一路轻摇，摇过了浪桥，摇过了莲花桥，又摇过了西跨湖桥，在温柔而有节奏的欸乃桨声中老家遥遥在望了……

岁月如船，今非昔比。现在，柯桥已经是绍兴的一个新兴城市了，家乡也不是昨天的家乡了，那里早已通了公交车，村民们早已住上了新房子。而对于埠船点点滴滴的回忆，就像乘坐汽车离家时，从车窗外眺望遥远的乡村，越来越小，越来越朦胧那样。

但我真的还在怀念那一只远去的埠船。

董彩芳

简介：董彩芳，绍兴市作协会员，小学语文教师，有散文散见于各类报刊。

鹰钩鼻老师

小学四年级下学期的时候，吴老师突然要来担任我们的班主任，原先那个脾气很好的女老师过了年后辞去了代课工作。

我们都很沮丧——新来的吴老师有点老，有点丑，脸黑得像包公，最不喜欢的是他长着一个鹰钩鼻。电视中长着鹰钩鼻的都是坏人！

我们私下商量好，吴老师给我们上第一节课时要给他难堪，上课铃响过还要大声吵着，如果他喊"上课"，我们全班同学一起喊"起立"，他要是喊"坐下"，我们都站着，他问问题，我们都不答……我们决定要跟他对着干！

铃声"当当当"地响过，教室里闹嚷嚷的，我们故意把声音提得很高，等着好戏上场——吴老师看到我们吵闹大概会气得眼冒金星，然后我们在心里笑个够，最好他一走了之，坚决不当我们的班主任。

吴老师来了，他站在教室门口，不说话，只是静静地用双眼扫视了一遍教室，然后看着我们，不笑也不恼。那么黑的脸，鹰钩鼻一动也不动。他的目光是射过来的，使我们的吵闹声散了架，没有预演中的对着干。吴老师没有介绍自己就直接给我们上语文课，他一点也没有生气的迹象，大家有点小小的失望，开始心事重重、小心翼翼地听课。不知是谁第一个举手回答了问题，然后三三两两有小手举起。下课后谁也没再提起那个对着干的计划。

吴老师一直带我们到小学毕业，在两年半的时间里，吴老师却成了我们最喜欢的老师，也是最喜欢的老朋友。我们在背后叫他鹰钩鼻，偶尔被他听到了，他就若无其事地走开，叫的同学自己会尴尬老半天。

吴老师的肚子里装满了故事，语文课上常常会插入一小段，吊着我们的胃口。我们小时候没有那么多课外书可以看，所以只好下课或中午缠着吴老师给我们讲故事，常常讲到紧要关头，吴老师又卖关子，我们只好自己先去猜故事的发展趋势。有时会猜得很准，成就感满满，有时也会猜得偏了方向，但仍是不会失去继续猜的兴致。

最开心的是下雨天，吴老师会把体育课改成故事课，我们就可以大饱耳福，听吴老师讲一段长长的故事。我们盯着吴老师的鹰钩鼻，仿佛看到故事从那里流出来，我们都喜欢上了吴老师的鹰钩鼻，还有那黑黑的包公脸和射出来的目光，好像这些都有故事在闪光。

吴老师的故事装饰了我们单调的童年生活。我们没有美食，没有很多玩具，也没有精彩的课外书，但我们有吴老师的许多故事。在故事里，我们认识了孙悟空、哪吒、红孩儿、梁山好汉、诸葛亮……这些人物走进了我们的心里，也丰富了我们的写作内容，使我们童年的梦也变得多姿多彩。

一次，学校组织我们去搞野炊，吴老师给我们分好组，带上锅碗瓢盆，带上自己地里种的菜，带上油盐酱醋和大米，我们排着队伍出发了。

上山的时候，吴老师说要带我们走一条新的路。我们都很兴奋，跟在吴老师身后，锅碗瓢盆"叮叮当当"地响，笑声也随地撒落。走着走着，发现没有了路，吴老师却没有停下来的意思，他在树林间穿行，我们紧紧地跟着他。有时要跨过横倒在地的大树，有时得踏倒灌木丛再过去，有时得从刺丛中小心翼翼地钻过去……有被刺破皮肉的，有不小心滑了一跤的，也有摔破小碗的……开始有同学嘀嘀咕咕地埋怨吴老师带的路不对，也有偶尔滑倒的同学小小的哭声，可是吴老师却不予理睬，一直带着我们前行。

突然我们眼前一亮，原来已经到了山顶，我们开心地在山上大喊大叫。其他班级的同学陆陆续续也到了山顶，我们是最先到的班级。

吴老师跟我们说，上山的路是有很多条的，有些是别人开辟好的，我们可以沿着别人走过的路去走，这样不费劲，但是我们也可以自己走出一条路来，也许会历经艰难，但会有意外的收获。就像鲁迅先生说的，"世上本没有路，走得人多了，也变成了路。"我们静静地听吴老师讲着，路上的艰难似乎已经忘记。

我们还自己动手搭灶、生火、做菜、烧饭……我们想出许多办法生火，变着花样烧菜，在饭菜的焦味和香味中，我们的野餐活动搞得丰富多彩。

我们从此对吴老师更加崇拜，也开始不断地去实践鲁迅先生说的话。直到现在，每每遭遇人生困境的时候，我还是会想起吴老师带着我们从山上走出一条路来的情景，心头便豁然开朗，再没有过不去的坎儿。

吴老师常常会答应我们一些不合常理的要求。六年级快毕业的时候，有一次我们竟向吴老师提出，给我们上一次晚自修。我们觉得自己很过分，吴老师却毫不含糊地答应了。我们一个班 30 多个同学都来参加晚自修，如今已不记得当天晚自修我们学习了什么，只记得晚自修下课后，我们都到吴老师家去过夜。

吴老师把我们一大群人全带到他们刚造好还没搬进去的新房里，在二楼地板上铺上竹席、草席，所有人打通铺，我们兴奋得都睡不着，吴老师就给我们讲《哪吒闹海》的故事。6 月的夜晚，星星很多，我们望着窗外闪闪烁烁的星空，清凉的风温柔地拂过，耳边是吴老师娓娓动听的故事，在不知不觉中，我们与哪吒相会在睡梦中……

第二天吴老师一早给我们烧早饭，他做了热腾腾的红烧豆腐，我们吃得津津有味，满嘴都是油……

吴老师说，许多事我们要尝试过才知道好不好，他支持我们有自己的想法，哪怕不合常理，也是要去试一试的。是的，在后来的生活中，我总是记着吴老师的话，常常会去尝试自己的突发奇想，有成功也有失败，但尝试过了便知个中滋味，人生就少了遗憾。就像我们小学快毕业时的那次晚自修，它像那夜空中的一颗星星，一直亮在我的心里。

后来我也成了一名小学老师，我常常会想起吴老师，他就像夜空中一颗明亮的星星，望见它便觉得心里亮堂堂了。

我希望做一个像吴老师一样让学生喜欢的好老师，在学生的人生道路上留下一点点星星般的亮光。

吴老师已去世多年，想起跟他相处的日子里还有许多回忆。带我们坐船到绍兴大禹陵春游，在他家的茶园里感受劳动的辛苦和快乐，爬山比赛的时候我们得了第一……我把一件件往事串起来，小心翼翼地珍藏在心里，每每想起他的鹰钩鼻，想起他的包公脸，想起他的不按常理的教育，我便觉得他是独一无二的好老师。

陪伴是最长情的告白

妈打电话来说，家里的南瓜藤这些天长得很好，花生已经可以吃了，只是雨水不足，颗粒不够饱满，问我有没有时间去一趟？我说过两天就来。

长长的暑假已经过去大半，我却只回了两趟爸妈家，好像总是没有时间。"你真的那么忙吗？连放假都老是没时间去看爸妈？"有一天，一个朋友不满地大声质问我。我扪心自问，却无言以对，许多时候忙真的只是一个借口。离爸妈家 20 多公里的路程，乘公交车 1 个多小时。

自己不会开车，公交车不方便，不去。

女儿上补习班要接送，要给她做饭，不去。

总是高温，太热，不想去。

午后有雷阵雨，怕淋着，不敢去。

……

我总是有那么多理由不回家去看爸妈。

直到妈打电话来了，她记着我喜欢吃南瓜藤，大热天不忘记和老爸天天给南瓜棚浇水，南瓜倒不结了，南瓜藤却长得很好，她在电话里欣喜地向我汇报他们的"战绩"。我之前经常劝爸妈大热天不要去地里了，人都要晒死了，菜肯定也种不活了。他们在电话里"哦，哦"地答应着，却还是放不下地里的菜。好吧，不声不响，花生也结了，因为我说自己家种的花生鲜，女儿也喜欢吃。

一早，我打电话给妈，说今天回家去，妈一个劲地说，"好！好！"到家时却发现爸妈都不在家。邻居告诉我爸妈好像去地里了。

一会儿，妈回来了，满头大汗，也不戴个草帽，摘了一大袋南瓜藤和一小篮花生回来她说趁太阳还不是很烈，知道我要回来，赶紧去摘南瓜藤，挖花生。南瓜藤真的很嫩，花生真不是很饱满，可是似乎都还带着鲜活的生命气息，精神抖擞。妈说爸去竹山看看有没有鞭笋可以找到，一边又责怪爸的犟脾气，她说这么热的天哪里还找得到鞭笋。

一会儿，爸满嘴抱怨地回来了："这竹山，找不到笋，只找到两颗笋芽。"这么热的天，能找到笋芽已经很不易了，都说伏笋是往地底下钻的，爸还不知道是怎么挖地三尺找到的呢？我说刚好中午可以烧一碗鲜美的干菜鞭笋汤。

我让妈试试刚给她买的一双凉鞋，她埋怨我浪费钱，说旧的那双还可以穿。可我明明记得她上次说过，旧的那双鞋底已经有点打滑了。一会儿又责怪我菜买多了，又说点心买多了，他们胃口都小了。冰箱里有菜，过年时做的香肠和弟弟买回的带鱼还在，妈说平时就她和爸两个人，吃不了那么多。

9点多妈就开始准备中饭了，我说就我们三个人，少烧点菜好了。妈像个魔术师，从冰箱里拿出排骨、香肠、带鱼……她知道我不喜欢吃肥肉，最喜欢吃排骨，排骨是一早买的，她说城里的排骨骚味重不好吃。

妈说排骨要大灶里烧的好吃，有柴火香。我说天太热，烧火很热，高压锅里煮一下好了。妈说高压锅里烧出来的排骨没鲜味。我说我来烧火，妈说我烧的火一时大一时小，不好，还是爸来烧；我说我来洗菜，妈说我从小就粗枝大叶，洗的菜不干净；我说我来切菜，妈说油腻腻的，还是别弄脏了衣服……好吧，那我就听你边做菜，边拉家常，我只要当好一个听众，耐心地听。你说村里念佛的老太太起得好早，连中午都不休息，比上班还认真；你说村头的阿大生了个女儿养得很好；你说大舅年纪大了还在外面做小工，很辛苦；你说二舅在外也不知道有没有好好照顾身体；你说小舅家的外孙很可爱……

油锅"滋滋喳喳"地响，烧了满满一桌"妈妈菜"。爸拿出一瓶十年陈黄酒，说是弟弟过年时带回来的，一个人喝没劲，让我陪他喝。

酒满上了，故事也在嘴边了。爸说以前都不知道我会喝酒，错过了那么多陪他喝酒的时光，我说以后回来都陪你喝酒。妈说爸老糊涂了，就喜欢喝酒，喝得记性越来越差。妈不停地叫我吃菜，把最好的排骨夹到我碗里，她总是想起以前家里穷，没让我念高中，早早考了中师，亏待了我。又念叨起在宁波的弟弟，说他做医生真是忙啊，有时连电话也没人接，有时接了刚刚有事，又匆匆挂了。妈说这臭小子是不是忙得把我们忘记了？电话又不知道打来，偶尔打来了也只会说，"家里好不好啊？你们身体怎么样啊？"说着说着，爸妈就笑了。我说自己的爸妈哪能忘，弟弟就是忙呗。妈说村里人都夸弟弟老婆热情、大方，说兜兜（孙女小名）暑假要上的培训班真多，没个休息……妈又说同村在宁波工作的小冬前几天回来了，他走的时候不知道，本来可以给弟弟家带点自家种的菜去。妈说前几天弟弟打电话来了，新房已经装修好了，10月份可以搬进去了，装修了那么久也真够忙的，他们也帮不上忙……

酒慢慢地喝，菜慢慢地嚼，话慢慢地说，时光静静地流！岁月啊，已经在爸妈的眼角刻上了深深的皱纹，白发已日渐多起来。妈的血压高了，腰不好了，晚上总睡不好，还经常东疼西疼。爸牙齿不好，硬的东西嚼不动了，记性也差了，前段时间已经把烟戒了，他说烟真不是好东西。

长长的时光缓缓地流，流着流着，爸妈都已老了。"常回家看看回家看看，哪怕给妈妈刷刷筷子洗洗碗，老人不图儿女为家做多大贡献，一辈子不容易就图个团团圆圆……"是啊，常回家看看，不要总是有那么多借口，再忙也要抽点空闲，别让爸妈总在村口伸长脖子也等不到我们回去的身影；别让爸妈在饭桌上一遍遍地念叨我们的名字，却总盼不到我们一声亲切的呼唤；别让爸妈总是在半夜梦醒时又忆起我们儿时的模样，而我们却似乎总是远在天边……陪伴是最长情的告白，多点时间陪陪我们的爸妈！

如果你懂沈园

如果可以，我宁愿沈园只是一座普通的花园，普通到人们已经记不起它的存在；如果可以，我宁愿沈园只是一座单纯的花园，没有故事让人想起，然后在历史中渐渐被人们遗忘……然而，沈园却注定是一座爱情名园，注定被人们深深铭记，那个南宋的爱情梦一直撞痛着人们心灵最柔软的地方。"错错错，莫莫莫"这是何等沉重的叹息，"难难难，瞒瞒瞒"这是何等无奈的回应。每每重拾这个梦，让人沉重到无法呼吸。

7月，雨中，我又走近了沈园，走近了陆游与唐婉凄美的爱情故事。走在弯弯曲曲的石板小路上，心情也变得曲曲折折的，雨点打落在伞上，似泪珠滴落心头，满池的荷叶在雨中静默着，迟开的荷花在荷叶上零零散散地孤立着，感觉这池里的荷花也是一种凄凄的美，它们像要对人们诉说什么，却是欲言又止，久久地静静，默默，静默到让人心痛的姿态，静默到人们已无法觉察它们的忧伤。是啊，真正的忧伤是很难觉察的，只是悄无声息地蔓延，蔓延……直至心痛得无法呼吸，悄悄地死去……那个春天，那个在诗人心头悄悄死去的春天，埋葬了一个凄美的爱情故事。分离10年后，当陆游与唐婉在沈园不期而遇，他们只能默默，无言以对，陆游看到昔日的爱人已嫁作他人，有他人作陪，自己只好静默如今日池中的荷花，他只能对着昔日的爱人遥遥相望。他借酒消愁，面前的心爱之人已如宫墙之柳，可望而不可即，正当他想抽身离去时，唐婉递上来一杯酒，这是一杯盛满相思的酒，这是10年分别依然浓烈不死的爱情，这是唐婉递上的款款深情……饮下的是悲苦，是无奈，是无法言说的深情。那个春天凋谢了，那个女子凋谢了，那场爱情凋谢了。当陆游和唐婉在墙上留下了那千古绝唱《钗头凤》时，注定了这座花园的凄美……

寻着陆游与唐婉的足迹，我徘徊在雨中的沈园。这座花园在雨中沉默了几百年，陆游与唐婉的故事在这里沉浸了几百年，《钗头凤》在这里吟唱了几百年。那池边的垂柳以几百年不变的姿态一直伫立水边，那样执着，似乎在向人们诉说那个千古不变的爱情故事。那假山，那亭子，那石板小径都在见证那几百年前的爱情梦。雨是最好的倾诉者，它打落在沈园的荷叶上，化作情人的相思泪，盈满了双眼，突然大颗地滚落，在池中久久地呻吟。雨打落在园中的树上、花上、草上、小径上、凉亭上、假山上……雨打落在沈园的每个角落，每个角落都在轻声地呻吟，这个几百年前的伤一直无法愈合，一直隐隐作痛，一直痛击人们的心扉。

当年那个心爱的女子在离开沈园不久后便无声地在相思中凋谢了，从此只有沈园是最好的相思见证了。我想陆游在沈园一定徘徊了千百回，直至晚年还在这里，相思成灾，他把自己伫立成这园中的荷，与荷叶相依；把自己相思成款款垂柳，轻抚池上的波纹；把自己沉静在亭中，深情凝望洒落的雨滴化作相思泪……我想，这园里到处是陆游的踪迹，到处是唐婉的气息。我想陆游一定是经常呻吟在雨中的沈园，让很多人爱上了雨中的沈园。

如果你懂沈园，如果你懂那个爱情故事，请你一定要走一回雨中的沈园，重拾这个千年梦，用心聆听那个千古的爱情故事，让心在沉痛中慢慢苏醒，走远走远……

蒋鑫富

简介：蒋鑫富，笔名江风。主任记者、中国作家协会会员、中国报告文学学会员。从事党报党刊工作和文学创作40年，先后在《中国作家》《文学界》等全国和省级以上报刊发表，计100余万字。个人传略被编入《中国作家协会会员大辞典》。

血色上郑

初夏时节。从杭州坐上去"中国蜜橘之乡"台州黄岩的高铁，约莫两个半钟头的行程。只见车窗外的山水、田野、村庄、城镇……如天然合一的长卷，书写着谷雨过后的浙东风光。我任凭镜头一一退去，唯独"黄岩石"背上的"那一抹血红色"总是若隐若现——定格在我眼前浮现的那条叫永宁江源头的水面上。

一

上郑是个村，也是个乡。在浙江省台州市黄岩区，上郑乡是个地道的山区乡。

也奇怪，每次去黄岩，这黄岩中一个"岩"字，总会让我想起许多人和事。这上下结构的一个汉字，缘何如此让我"忘不了，又放不下"？先说说"山字头"：现在的黄岩区，多山，有黄岩山。常说的"台州三区"是指"椒黄路三区"（椒江、黄岩、路桥在区划调整前均属黄岩县），现西部山区都在黄岩区域内。再说说"石字底"：黄岩区多石，有黄岩石。又因山高谷深，自然多水，有黄岩桥、黄岩溪和黄岩潭。桥下、溪里、潭中又有大面积的饼石奇观……与我如数家珍一一细说这些的当属——文友喻鸿彪了。

"有一块石头，就在上郑，这石头是上了史书的——黄岩石也叫'黄岩枕流'，是古宁溪八景之一……"在这个把小时的车程里，鸿彪再次由浅入深地给我当起向导。我伫立溪边，面对着溪流上眼见为实的黄岩石：这是一块呈水牛背脊状且裸露在水面的石头，它的颜色贴切地说，恰如残阳涂出的一抹正在洇开来又尚在干去的血斑。为探个究竟，我作了考证才知：黄岩石长约6米，是一块龟裂风化且石质坚硬的桂黄色巨石。由于其含有较多的铁离子和硫离子，略呈微红色。

察其色，观其形，能猜想或断定其是从并不遥远的硝烟战火中走来。那血色，便是正义之师以精神之躯留下的见证。此刻，我分明闻到了从密林和壕沟飘来的火药味。料想，这应该是个转战温台甬的"红十三军将士"的故事。而若隐若现地印在层层涟漪里的血丝血色，正是故事里的一个个细节。

末了，鸿彪他当真地说："石头上面还有象形图案，据考证是'黄岩'两个字。"相传东汉王方平真人在此修道时刻石记事，现在依稀能拼出"黄岩县"这两个半字（繁体"县"字的左半部分）……我惊叹。我默然。但我相信，我的内心是写在"黄岩石"上那一抹血红色的信仰。

这是一片红色的土地。

二

母亲河"永宁江",是黄岩人生命的脐带。

溯永宁江而上,从黄岩城区一路向西,我是为了找寻与仙居接壤的地处上郑乡的永宁江源头。

圣堂,是上郑乡所辖的一个村。陪在我身边的是一名上了年纪的党员志愿者。

他着一身灰色军服,尽管行动不再如年轻人那样利索,但精神饱满。他说自己叫郑英俊,已年过花甲,是乡里区里的宣讲师,也是台州市非物质文化遗产"黄岩白搭"的传承人。"圣堂会师马啾啾,还我山河四十秋。欲访陶朱勤作渡,五湖炯水洗穷愁。"高亢浑厚的唱腔在绿水青山间久久回荡,这是原浙江省军区顾问(当年浙南括苍支队支队长)周丕振在纪念馆深情写下的诗句。我用心细读浓缩在纪念馆里的英雄故事,真诚接受这片血色土地的精神洗礼。

在硝烟弥漫中,在围追堵截中,在白色恐怖中……我仿佛听到了,仿佛看到了冲上前,杀出去的一个个上郑人,还有那支转战在括苍山脉会师的浙东浙南部队。

郑九院——早在上世纪 30 年代,隐蔽在上郑抱料村山上的工农红军十三军战士,为秘密组织武装反击国民党反共顽固派清剿,及时与地下党组织取得联系,实施突围。

林继法——一个普通又不普通的上郑农民,因受中共括(苍)雁(荡)工作委员会副书记王槐秋的革命影响,成了一名为着新中国的解放事业不怕牺牲的共产党员。

馆内的图文见证着一段烽火岁月。浙南括苍支队与中共台属特委领导人率领的浙东"铁流"部队在圣堂殿会师，两军并肩作战两个月，与敌军在黄坦、山根两次激战。两军行军路线、会师纪略、"铁流"部队和敌军作战史实，通过珍贵的照片史料与上郑现在的地形地物考证对应，成为一部鲜活的革命史诗。

上郑是浙南括苍支队、浙东"铁流"部队的根据地。在这块铸就英雄的土地上，有永乐人民抗日自卫游击队政委胡显、括苍支队长周丕振、中共台属工委书记邵明等顽强战斗的身影；有在战斗中牺牲的林继法等烈士洒下的鲜血；有上郑一户又一户老百姓掩护部队指战员、冒死支援革命的事迹。

如果说不是在现场亲眼所见，我怎么也不敢相信站在自己眼前的这位对抱料村民增产增收意志坚定的村支书，竟然有着大山一样的胸怀。他说自己是喊着"听毛主席话，跟共产党走"的誓言长大的，作为一个共产党员，就要有自我牺牲精神。他的名字叫郑苍林。

郑苍林是这么说的，也是这么做的。新近拼村前的抱料村原有长开路、自家坵、抱料三个自然村，共有 134 户 480 多人。村委一幢低矮的办公楼坐落在村口的溪沟边，楼里常年驻守着他一个人。而他，本来是个可天天在路桥城里，与妻儿孙辈一大家子共享天伦之乐的人。

这又何苦呢？他说，一是为了从干坑到抱料一条 7.2 公里的路早日通车；二是为了种好 400 亩的杨梅山。

在长开路 1 号的村民王天万、郑小钉老两口心里，从当选村委主任再到担任村支书的郑苍林，说出的话就如眼前生在山上的岩石一样。驱车颠簸在山路上时，我内心却在默默细数他苦行僧般的创业史——抱料公路投入 380 万元、杨梅基地盘山公路投入 200 万元、杨梅基地 30 年经营权分三期支付共 118 万元已承包出去，一期 55 万元已经到账……

三

上郑乡有个开放式组织生活基地——"基地就像'食堂'，通过设置 3 个不同套餐课程，为党员量身定制组织生活'菜单'，党员'按需补钙'，还可随时对组织生活内容提出改进意见，更重要的是，要有公仆情怀，时刻不忘为人民服务的宗旨意识……"年前，穿着统一灰色军服的上郑乡政府机关 60 多名党员干部，站在"浙东浙南部队会师纪念馆"门口，感慨良多。

那是农历八月十六凌晨 3 点多钟，全省上下抗台抢险告一段落的一个深夜。"不得了，坑口出事了，在庙下那里!"乡主要领导接到住夜干部的值班电话，急急追问的同时，火速赶到了现场。只见 60 多岁的村民黄士泽和廖雪花两口子，木木地站在那里，脸色煞白吓得一时说不出话来。幸而一切有惊无险。

围观的村民都是在睡梦里，被轰隆隆一阵山崩地裂的巨响震醒。在人眼里是千万年不变的两个小山头滚落下来，就这样一瞬间没了。山脚下有一条窄而弯的康庄公路，路边住着几户人家。一块巨石落到靠山边的路左边停下不动了，还有一块穿过公路直冲到了黄士泽家门口，巨石落地时，刮擦下了屋檐那块预制板檐口的一角。

"事后，经测算，这两块都足有十五六吨重的巨石，让村里老老少少感到了神奇! 消息越传越广，有专门赶来了解经过留影的，有拍照后想出高价买走的，有踏看周边山水风光后想在村里投资搞乡村旅游的……"听着曾国军小两口指指点点有板有眼的讲述，我对黄岩地方的石头肃然起敬了。

上郑，自然资源丰富，只是过去没有形成统一的规划，旅游发展没有迈开步子……乡党委、政府一班人在头脑风暴后，形成了全域旅游一盘棋的决策思路。结合圣堂省爱国主义教育基地——"浙东浙南两军会师纪念馆"红色主题，乡里把黄岩石、垟头庄村、下庙石板溪、红色军事拓展基地与坑口村"两山资金"仙石山景区建设连点成线。欣喜的是，春暖花开时节，我再上郑走走看看，发现乡里引进了一个个旅游项目——有华东首个"星光公园"、水浒108 将雕塑、红色军事拓展基地、下庙石板溪项目开发。乡里还提前一个半月超额完成 1 个省级森林村庄、7 个市级森林村庄创建……如今，党员干部"精气神"已成为上郑发展的最大动力，上郑正在孕育大突破。

古城镇， 是一盏不灭的心灯

习惯了无数个在基层一线采访的日子。这样的日子，既代表了我对职业的投入，也丰富了我的精神世界。

每次走进一座古城、一座古镇，除有一种特别的怀旧外，我对"古"字还有一种特别的兴趣。这是一个"城和乡"结合的世界，其"表和里"的融合是一部原生态的"生活与文明"的大百科全书。

如何寻找那些让人内心冲动的人、事、物？首当其冲的是生活在古城古镇里的人。

"人"字背后，是他们的生存状态。他们到底是怎么一个样子呢？从这里出发，去看看古城镇里的男的、女的、老的、少的，一户户的、小户的、大户的，某村来的、独人独户的、有名无实的、安居的、乐业的、本地的、外地的、拆迁的、租住的、闲置的，生活困难的、沿街开店的、小店主和帮工的、收破烂当仓储的、推着小车叫卖的、放个盆子再用乐器声求布施的……总之，在一幅形形色色的人间百态图前，我常常会陷入深思。

沉思着……沉思着……终于找到了思考的入口，摸到了细而窄的一条缝隙。

打开思考之门，我能看到"一表一里"，"表"是古城镇"这位健在的老人"。"里"，可以从基层治理入手，从街道、社区、综治等角度细细观察。

红色引领与每个人的生产、生活、生存密切相关。

而基层党建，恰恰是从宏观细化到微观——从人民对美好生活的向往出发。如果说，从职责角度走近古城镇，是为了尽一份责任；那么，走进古城镇里的人，与走进他们的内心世界，就是为了采写与他们息息相关的故事。

写好人民对美好生活的向往的故事，就是我所理解的——党建好故事。

中国，是个善于讲故事又喜欢听故事的国度。

从三国、水浒、西游、红楼四大古典名著，到鲁迅笔下的阿Q、孔乙己、祥林嫂……再到文坛上铁凝、王蒙、莫言等大家的优秀作品，无不在讲一个共同的故事——中国故事。

中国故事的核心是"中国梦"——中华民族伟大复兴的梦。

所以，中国共产党作为领导全国各族人民，为奔向全面小康、富裕，最终实现共产主义美好未来的执政党，作为中国故事和"中国梦"的核心，也就是我所理解的——党建好故事的核心。

讲好党建好故事是一件很有必要、很有意义的事。于我本人而言，这也是我追求并期望做好的事业。

"请来写写湖州的党建好故事！"作为党建工作专家，2019 年 7 月 10 日，湖州市委常委、组织部部长徐仲仪对我的信任，源于他在任浙江省委组织部组织二处处长时对我工作上的指导与支持。他到湖州工作后，多次给我创造条件和机会，要我去基层走走看看，把湖州的典型好好推推。徐部长的这份党建情怀，我始终记在心上，并随时准备走进湖州。

党建好故事，可以这样理解：故事肯定得有场景，即地点；有了地点，肯定得有故事的发生、发展、结局；人，是其中的主要因素，这个人就是故事的主人公，当然还有与主人公相关的配角；除此之外，还要有一个背景，可以是历史的、现实的甚至是碎片的；接下来，进入故事的主题，即要讲怎样的事情，可以是一件事或一连串事，也可以是把一个相对较长或短的时期、时代浓缩的事。最后，必须架构上面所说的一切要素，我说的"架构"二字，绝不能与"虚构"画等号。因为，这都是为了写好故事所服务于艺术需要的素材，也叫写作能力或叫创作技巧。这样的故事，其细节就全部是真实的。用文学的术语讲，那就是纪实，用写小说一样的艺术投入，写这个纪实故事。

小说，就是讲故事。用小故事、小细节穿起来，合成一个大故事。以虚构为前提的可称为小说，短的叫短篇，中的叫中篇，长的叫长篇；以新闻真实性为前提的，可称为纪实文学、报告文学、非虚构叙事等。现在我写的这部作品，可归类到后者的行列。但更贴切地说，是故事，且都是传递正能量、好声音的故事。

构成我所写的纪实故事的内容，需要大量的真人真事，以及多多益善的精美细节。

我所追求的以真实内容为基础而写出来的故事，展现的是党员干部如何带领群众在生产、生活、学习等方方面面开拓进取的故事。

总之，有小说艺术，但以纪实方式写的故事，也应该把小的事情、小的细节多说说。

而党建好故事，也就是以传播正能量、好声音为标志的作品。由此，如何采写并奉献给读者这样的作品，涉及作者怎么说、说什么、为什么要说的问题，这是逻辑思考的范畴，也是一个很严肃的命题。

可以这样理解：如我正在写的这部以"党建好故事"为命题的作品，立意是生动展现基层党建取得的成果；主题是以农村如何打造"和合好班子"展开；取材是以长期跟踪、关注并积累的，在基层联系点上发生的人和事；内容是以一年多时间里，集中回访150多个村庄的经历、心路历程为主线；副线是与此相关的村庄里的人和事，党的路线、方针、政策，以及当地党委、政府在执行、推进各项制度、规划、项目、工程、实事等过程中，看到的、听到的、想到的、梳理出来的"硬核+精神"的内容。

为何有这样的故事存在？那是因为我们所经历的是一个个可能并不完美的日子，一件件可能并不称心如意的事情，一串串可能并不全对的想法。

可喜的是，能与身边的人形成共鸣。这正是我力求在"党建好故事"中，所展现并奉献给读者朋友的世界——把党员干部带领群众"不忘初心、牢记使命"的"精气神"展现出来！

从传播学的角度说，意在体现"8个字"：正面激励，正气修心。

言归题意。当我面对一座古城中的一条老街，将目光通向街的尽头，那里有老街的一本厚厚的密电码。

透过它，我看到了仙居的古老，也许是因为仙居有成片的石屋。

很想查到，距今约 7000 年的新石器时代，是否存在答案。在下汤村，有一个原始社会的村落遗址。往那里去，也许可以找到答案。

双脚踏进仙居的门槛，星月下的我，真正用心触摸这座 1660 多岁的古城，是从亲眼仰望迎晖门头顶上的圆拱石雕开始的，朝圣般的寻访也随之开始。

古人笔下的长者和孩童，其线条、形态、神韵表现得栩栩如生。

5 年前，我曾以《夜读东门街》为题，写过一篇散文。文中，我将景象凸显在文句之中，意在营造如亲眼所见般的氛围。

东门街忆旧

天色，渐渐暗了下来。

示廓里，开始显现出一种夜的神秘。一边是光鲜映照下，国庆节时仙居县城的新兴气象；一边是老城一角的东门街，如一位疲于耕作、刚刚歇息便闭上眼睛鼾声阵阵的老农。

只见条石垒成的迎晖门与拱门上的启明楼，以及从城楼石缝里冒出的几棵迎风斗寒的野草，还有一条从拱门通往远处的悠长的石板路组成了一座神圣的城池，构筑了一条尘封着生命密码的时间隧道。

伫立在城门的碑记前，感觉好像一下将仙居的昨天都凝固在了其中。仙居的东门街，在我的笔下不是狭义的，而是广义的。广义的东门街，不应该是小写的，必须是大写的。

面对一路走来的东门街，那种由新建筑物的时尚美与古建筑物正在消逝的沧桑美形成的一种强烈反差，让人不禁感叹与追忆。

往往对一个地方越是熟知，越能产生深刻记忆。这是美好的历程，这是如家般温暖的感觉。

或许是怀旧情结所致，有一年的冬至夜，我漫步在绍兴老家的东街，联想到收藏在心底的仙居老城的东门街，立马便产生了两条"东街"的联想。

人家与降临的夜色融于一体的情景，使我眼前突然浮现出一幅画——一幅源于20世纪七八十年代经济短缺时期，在城乡结合部的，人来人往、纷纷忙于农产品买卖的马路集市的画。

可以说，城市在当时的农村人心中，代表着一种美好的向往、一种自豪。

记得当了30多年生产队长和村干部的先父曾对我说过，他对城市的印象：

"现在的城里头啊，就是高楼、汽车和人……"如今想来，先父的话，其实是话中有话。

那就是，在如先父一般的无数寻常百姓眼里，只有在心里始终珍藏着一座城，一座如历经艰辛的老农般的老城，才有可能对现代的城市有一番这样直白的表述。

我常将仙居的东门街看作一幅久远的且尚未装裱的原创画作。

触景生情时，我总会轻轻地打开这幅画，用思索的目光，打量关于"城与乡、人与人、时与事的前与后、因与果"。每一次打量，正如清晨窗外的旭日，正如星夜的床前那皎洁的月色，都会有不同的收获。正如过着的日子，我们每翻看一页，这一页正是昨天历史中的一页，却总期望从中读到与自己相关的故事，甚至更愿意成为故事中的那个主人。

古城镇，一位"夕阳下健在的老人"。在老人的眼里，有我们无数男女老少的昨天和与之相关的一件件小事。

仙居的东门街，也是一个生活在伏笔里的老人。自从结识东门街的那一刻起，自己也自然而然地成了这条街上一个忠实的拾荒者。东门街不是狭义的，而是广义的。

东门街不是小写的，而是大写的。

记得那天，我带着仙居杨梅的些许酣意，跟着一位"组工人"陈永其（现任主持工作的广度乡党委副书记、乡长）一起，进入星月映照下的仙居老城的街头。

顺着向导友人所指的线路，我迈着小步进入老街入口。与友人一起从颇有人气的城之西南，进入城之东北的一角。

不知是怎么回事，走着走着，我竟觉得有些沉重起来了。这种沉重，不是脚步的沉重，而是心神上感触到的一种分量。与米兰·昆德拉笔下"生命中难以承受之轻"那种"逆重"相比，能有这种由历史与夜空交融的厚度而生成的重感，可谓幸兮，福兮。

重，莫过于石。

人们常常将压力和心事终于得到化解比喻成压在心头的一块石头终于落了地。于是，也就有了民间的"石重"一说。

仙居，是一个以石头为胜景的地方。

石，给了仙居名气。眺望新开园的国家 5A 级景区——大神仙居，我发现，最引人瞩目的就是一块形如观音送子像的石头。

当时，曾听担任过一乡之长的友人顾卫平说，他所在的乡叫淡竹，也是台州乡镇中区域面积最大的一个乡，有丰富的红色旅游资源。大神仙居景区也有一大半区域在淡竹乡里。

可喜的是，这位骨子里就注定是"组工人"的乡长，在体现好社情民意、做好乡村建设的历练中，练出了防汛防旱抗台、抢险救灾、推进重点工程、谋划美丽乡村、造福一方的领导能力，调任县府办副主任后，组织上给予他多岗位的锻炼机会，是信任，更是责任。机构改革转隶后的这位"组工人"，现任仙居县委组织部副部长、县机关党工委副书记、县委老干部局局长。知道他爱好书法，我也有了多次走近他作品的机会。不过，从他的字里，我仿佛读到了一种"仙居石"的韵味。

石，给了仙居灵气。漂流于永安溪上，仰望蓝蓝的天空，再俯首竹筏下那清清的流水，尤其是水中闪亮的一块块鹅卵石，我发觉造物主给仙居恩赐的除了石头，还附加了一滴水。一滴属于仙居"母亲河"的水，一滴闻名于世的水滴石穿的水。

办公桌的案头，放着我在永安溪漂流时淘得的 3 块卵石。

一块形似成人的脚板，一块形似少年的拳头，一块形似人的大拇指。每每看到这些石头，那个撑筏的漂夫唱着高亢号子的笑容，就会浮现在我的眼前。

一条水路，给人的是充满生机的活路。

在出城几十公里的皤滩古镇，正是凭一条贯通浙中的水路，成了明清时期的盐埠重镇，商界云集。

记得有一天午后，我随永其踏入陈氏宗祠的门槛，只见门内陈列着帝王将相，还有一个个名人的家谱。细细一数，可不得了——仅头名状元，就连出了3个。例如，受毛主席推崇的北宋清官皤滩的女婿"胡公大帝"（胡则）。留芳碑，成了祠内一道独特的风景。

作为中国南方性文化的遗存，皤滩的"色赛春苑"红灯笼和包房后那一条逃脱的夹弄，就是一本活生生揭示旧制度腐朽的教科书。

皤滩古镇，以罕见的古建筑群著称，规模宏大，建筑精致，保存完整，有"江南第一古镇""华东第一古街（龙型）""中国唐宋元明清时代的民俗民居活标本"之称。

石和水，更给了仙居志气和个性。作为鲁迅先生的后人和同乡，我借用其"台州式的硬气"一说，也足以印证先生当年对包括仙居在内的台州，这方山水这方人的肯定。

说起仙居人的直言不讳，数宋代名臣吴芾最有名。他当时直谏秦桧卖国专权，就有足够的底气。吴芾遭贬后潜心著书，后来，他的《湖山集》收录于《四库全书》。

当然，仙居区别于台州地区其他县（市、区）的根本，在于近海却不靠海。因此，靠山吃山的同时，也靠了一滴水。

好在这一滴水，是仙水，是纯天然的水。

多次到仙居，第一感觉就是呼吸突然变轻松了，咽喉里一下变得没有异物感了。

难怪一位曾代表仙居人民去援疆的同志在电话那头再三叮嘱

我："在仙居要多住几夜，这里的发展速度看似比其他地方慢了半拍，但反过来啊，慢就是快。如快一下，可能山水自然就不一定是现在这个样子了……"

同志的话，在理。

那天的午前，循着他的话意，我在朱溪镇的杨丰山上，随意找了一块尖尖的石块，我立马抬起头，在一个小石窗的边上写下了他的话，又拿出手机拍了下来。

"你在拍什么？有什么可拍的？"这是一个中年妇女的声音。

我背过脸去，发现她扭着头。原来，她没有正脸对着我，没有看到我写在墙上的字。

"你说什么呀？"我说。

"哈哈"地笑开了的她，此刻如一束正在灌浆的稻花，顾自吸收着田地间的养料，仿佛要把闻名山外的"杨丰山大米"品牌，连同她脚下的山峰美景一起，传递到电话那头的那位同志的耳朵里。

这位同志就是她同村同辈的堂兄。

在杨丰山山顶上，这位在外干援疆事业的人就是林杰。

"对，他是个干事业的人。"我顺着她的话说。

我理解了她刚才为何扭头不看我写的字，用她的话说："杨丰山上来观光的拍友太多了。这间平顶的房子，就是专门供观光和拍照片用的。到这房子里的人，都会比划着在墙上留下痕迹……"

哦！果真如此。

毕竟，这是一种不文明行为。我心有悔意，下不为例。

记得那是一个周五的傍晚，我与林杰在仙居邂逅。这次短短的碰面，让我发现他肩上的担子不轻。我还是喊他林部长吧！因为，他现任台州市委副秘书长、台州市委宣传部副部长、台州市委文明办主任。这3副担子，让他忙碌而充实。

"干好工作的同时，也要多保重。"我说。其实是与8年前在仙居县委组织部副部长岗位上忙着组织工作创新的成功案例"强基惠民村村帮"的他说。

"听莫部长的，我就把领导布置的事情做好!"当时，他说话的语气很"官方"。好在他的那份自信和淡淡的笑，至今还是挂在嘴边。

我与"组工人"有缘，我与"台州组工人"，其实也是从仙居开始接触的。当时林杰说的莫部长，叫莫锋，曾任仙居县委常委、组织部部长。后来，调任椒江区委常委、组织部部长，现任台州市委统战部副部长、台州市委台湾事务办公室主任。莫部长给我的印象是，说起话来有一种恰到好处的幽默感。

那是多年前的一次会议。在杭州的之江饭店，与会的代表都是来自全省的组工干部。规范地说，是一次全省组织部长会议。作为联系台州的责任人，我也参会了，并坐在分组讨论的台州代表中间。

当时，现任临海市委副书记、市长的王丹，刚调任仙居县委常委、组织部部长。一个代表椒江、一个代表仙居，先后发言谈体会。他们有一个共同点，都用眼神交流了"仙居组工"只争朝夕的精神。当时，我用镜头记下了这个瞬间。

会后，与莫部长说起此次讨论。我说："有些话其实用眼神去传达最好，说出来反而不到位。"他笑笑。

还有，刚从临海市委常委、组织部部长岗位调任台州市委组织部副部长、台州市老干部局局长的邱蓉，她是从台州市妇联副主席岗位调任仙居县委常委、组织部部长的。两位"巾帼先锋"，与先后调任白塔镇党委书记、仙居县水利局局长的时任县委组织部副部长张永欣，都是给我采写党建主题，以面对面的交流方式给予帮助指导的热心人。如《村村都有"村新愿"》《整乡推进整县提升——纪念建党 95 周年浙江基层党建的 95 个仙居故事》等，都是仙居党建工作的主题。正如时任仙居县委书记、现任台州市人大常委会党组副书记、副主任、统战部部长单坚写的题为《不忘初心，砥砺奋进，实干兴县——致全县 29000 名共产党员的一封信》的开头所述："风展红旗如画，峥嵘岁月如歌。"

记得当时，为了赶上"红七月"这个时间点，95 个故事中不但凝聚着全体"组工人"的劳动，还叫县作协几个朋友一起参与。除了连续大半个月夜以继日地在办公室里工作，还有一个"无名英雄"常常在子夜被我"打扰"。为了文稿的事，我不得不叫他立即加入我们，投入战斗——审、核、校……他毫无怨言。

这就是"仙居组工"，我见证！

终于迎来了这位"无名英雄"的荣耀时刻，他担任仙居县委组织部调研室主持工作副主任、主任，曾被组织推荐到浙江省委组织部信息宣传处挂职半年。

在那半年里，我与他有了更多当面交流的机会。

听处室领导讲，他工作踏实，是个好苗子。

此话一直留在我的心里。之后碰到他，我就说："'无名英雄'应该'有名'了。你的名字是王煜哲，原来父母给你取这个名字的用意就是让你有智有慧啊！"他总是憨厚地呵呵一笑。

内心总想做一题这样的演绎：整体上说，从党员、干部、人才等，到全省内外，面上的、线上的、点上的做法、经验、成果，如何转换成故事并使之让更多人爱听、爱读、爱讲？我认为，应从特色入手，如"千名好支书、万名好党员"这个课题：我们站在面向全国读者传播好声音的高度，把如何打造出基层党建的"浙江样本"、再唱响基层党建的"浙江之歌"作为重点。记得曾经有一篇文章让"组工人"难忘，题目是《组织部的"灯光"》。为何难忘，是因为有同频共振的感觉。

几年前的一个"红七月"，夜深人静。

除了仙居的母亲河——永安溪静静的水流声，就是对家乡一草一木的深情流淌在心田的旋律，那是"组工人"的旋律。此时此刻，在仙居县委组织部，有一个爱好拉二胡的同志，喝了口水，点了根烟，他望着窗外县机关大院和城中的星星点点，正从一整天的紧张状态里稍稍缓过一口气来。

这是大院里，下班后经常还在上班的一个楼层。

这是大院里，晚上用灯光时间最长的一个楼层。

这是大院里，昼夜想着第二天一件件事的楼层。

楼层里许多好事的前奏，如浙江《基层党建的 95 个仙居故事》，其实都是在这样静一静的时候开始初露端倪的。

因为，静一静，想一想，有些杂事烦事难事就会一一梳理出头绪来，最后让人忙而不乱。

因为，再静一静，再想一想，有些矛盾问题，就会一个个迎刃而解，最后让人苦中有乐。

正如一条弯弯曲曲的永安溪，溪里的每一滴水其实都在历经万难与艰险。变的是一年四季日日夜夜中，与风雨雷电的较量；而始终不变的是高歌猛进向东流的不屈信念。因为，这一滴水，就是一个鲜活的生命；这一滴水，是充满欢乐和朝气的永远年轻的生命。

正如那年年初的一个深夜，电话里我听到："一个乡镇（街道）的农村党建到底怎么创新并推进？""村与村之间有什么办法能够相互补台、相互帮扶？"

类似这样的一个个问题，在一个又一个深夜里相遇。电话的那头，竟然与我激烈地争论了起来……于是，仙居的中心镇——下各镇，便成了仙居全县第一个"党建协同体"的试点镇。还有尚在探讨中的想法，如还可以从县级层面与党建工作协调组合作，创新基层党建新路子，由此找到切入口。

那时，仙居共20个乡镇（街道）418个村居（社区），共建立了97个"党建协同体"。遵循"远亲不如近邻"乡俗的同时，下各镇以村际圆桌会议的形式，印证了邻乡与邻乡、邻村与邻村互帮互助式"党建协同体"的成功运行，为破解仙居基层党建难题注入了共建互助的活力。

有一天，我接到文中这位爱好拉二胡的同志的消息时，他正好到浙江省水利厅与相关处室汇报沟通工作。

意外的是，这一天浙江发布了"利奇马"台风预警。原本，我想在杭州某个路边餐饮店请他吃个便饭，但是没有机会了，当他再次回电的时候，已经在回仙居的高速路上了。

当时，我只听他说："仙居有许多的抗台准备工作要做，水利局除永安溪外，还与山塘、水库安全关系紧密，与各乡镇、街道所辖的村也有许多事需要衔接，我必须马上赶回去部署和落实。"

我被他的投入感染并陷入沉思，心想，这不就是"组工人"一以贯之的办事风格吗！时间过得飞快，转眼到了灾后自救阶段。

那天，张永欣带着局班子成员去永嘉学习楠溪江的治理经验，他的本意是，仙居有永安溪，又与永嘉是近邻，有好的做法可学过来，可以少走弯路，不失为一种治水方略。同时，也给我出了一个考题。

"坐西朝东，办公椅背靠的是一片雪白的砖墙，空荡荡的，如要挂一幅字，不知挂什么字呢？"

"'紫气东来'如何？"

"'恩泽东来'呢？"

两支烟的时间过去了，他没有说什么。我就多动了下脑子，好在我自幼长于绍兴水乡，于水是有亲情的。无论如何，都要与"三过家门而不入"的大禹精神挂起钩来。

有了，灵感一来，我脱口而出："就用两个字吧！"

"哪两个？"看他急切的样子，我想还是再细细琢磨一下。

等他抽完第三支烟，我说可以告知了，就用——"疏也"这两个字。

"这两个字，好！"

不过，说这话的人不是他，而是陪我同行的一个书友。我由浅入深地将这两个字的内涵和价值与永欣娓娓道来："词意讲的是'疏与堵'的辩证关系……"

"好！就用这两个字。"张永欣说完，脸上喜色叵掬。

这是福音，也是一种灵验。我想。

在仙居，的确有一个与"福音"二字谐音的地方，叫福应街道。

有一次，我在福应地界驻足，师范出身的陈永其看着我停下脚步。得知可能坐他车时，我同时看到副驾驶位上有本书。原来，总喜欢随车放一本书，是他多年来的习惯。

当讲起在仙居的福和缘，永其似乎有说不完的话语。只是，带着知识分子固有的几分克己与内敛，好些话永其总是说得过于谦逊。在他说话的口气中，我听到了其成长与成长中的难忘往事。如当过村小老师，也当过校长，又在县教委搞过教研。再由从教人生，到县乡机关的生涯。虽然在升迁变动，但种在"东门街的情结"，用他的话说"从读师范的那一天起，至今没有改变过"。

"什么没改变过？"我问。

"剃头。一直在东门街剃头，这头等大事没改变过。""是吗？"我的回答，带了些怀疑的口气。"不信？我可以领你去看看这家剃头店。"

好，看看去。看过手机上显示的时间，我又反问："晚上9点多了，店还没关？"

"没，店里的灯还亮着。"永其见我对他剃头的往事如此感兴趣，追问道，"为何对这条风光不再的老街如此感兴趣？"我说："这里才是地道的仙居，是仙居的昨天，也是仙居的今天、明天。"

也许，他还对我的话存有不解。但在边走边看中，我见他不再追问了。

无穷的夜色，把东门街衬托得格外宁静。

悚然，远处有一束强光打来，一下闯入我们的视线。借着光晕，我们看到了城门下几间高高低低的毛墙（石）屋。屋门口，有一张石桌和几个石墩（凳）；不远处，还有两扇石磨。石屋对面，是紧挨在一起的两个店铺，凑近一看，一家是做油条大饼的，一家在卖烟糖酒之类的商品。店内，几个小孩在埋头做作业。这时，我们便探进头去，轻声问了陪伴的父母是哪里人。一问才知，他们是外地的，老家在湖北。孩童见我问话，齐刷刷抬起头张望。其中一个穿红背心的小男孩，干脆跑出门来问我："你是干什么的？"

"哦！小朋友好！我们来东门街随便转转。"回答的同时，我喊永其，赶快用手机拍下了此情此景。

这一拍不要紧，里面的几个小朋友一个个全都跑出来了。高个子的女孩还出人意料地问我们："是不是这里要拆了?"

"不清楚。"我说。永其说："这里一时不会拆，县里的规划是整修。"

说起整修，我说这就对了。东门街现已到了修旧如旧、刻不容缓的地步。

一条老街，承载着厚重的文明。

老街上的一块块石板，已经被世世代代的子子孙孙踩踏得滑溜溜的了。石板如一部无字之书，记录了仙居和仙居人无穷的甘苦。

东门街有仙居人浓郁的生活气息。

现框在红线之内的东门街，贴切地说已不足 200 亩的占地。据了解，当时共有住户830 家，2500 多常住人口。这应该算是东门街的土著吧。

我们算是在土著生活的地方，无目的地走走看看。

一幢粉墙黛瓦的两层建筑格外引人注目。这里有 3 间门面，是东门街的文化俱乐部。听俱乐部里正在搓麻将的老人说："过去这里是当铺，东门街还有大富地、侍卫府、关老爷殿、小祠堂等古老建筑。"不过现在没了，许多建筑不是破旧了，就是被改作他用。有点可惜啊，这里正在渐渐失去过去的样子。

从俱乐部出门向西，我们看到了仙居人记忆中古老的碾米作坊和弹棉花的，还有临街的豆腐坊、算命馆、开水房、小百货店……虽然铺面破旧，却依然能看出东门街昔日的繁华。

老街坊们都说，过去东边的人来城里赶集都是从这里经过的。到了年关，街上做年糕、捣糍粑、蒸红糖馒头、放爆竹的场景，给人以浓浓的年味。

夜读东门街。

在东门街的字里行间，知晓了古仙居有填补中国东南空白、具有重大考究价值的春秋时期、广度古越族文字和汉代朱溪岩画；有世界上现存最早的照明用的灯——石柱灯；有至今尚未破译的文字，国内八大奇文之一的蝌蚪文；有朱熹讲学过的桐江书院；还有高迁古民居，以及宋窑遗址等。

而宋张君房的《云笈签》天宫地府图中，把括苍洞、麻姑洞、丹霞洞分别列为道家第十洞天、第二十八小洞天、第十福地。

建于东汉的石头禅院（今名大兴寺），是台州的第一座寺院。据说，寺外有现存世界上最大的晋代摩崖石刻——"佛"字。

另外，全唐诗若是少了个项斯，少了一卷他的诗，试问，历史上还能有"说项"的经典，以及"逢人说项"的佳话吗？

"到了，到了。"听到永其这一提醒，不经意间就到了目的地。

现如今已经很难看到的剃头店，一下出现在了我们的眼前。

几乎不敢相信——店内黑沉沉的墙壁上，糊着 10 年、20 年前的焦黄的报纸。一把斑驳的原先是白漆的转椅，很有架势地对着一面老式的椭圆镜。

镜里，亮着一盏黄澄澄的灯。

灯下，是一大堆花白的头发……这也是店里特有的标志。望着眼前的一切，我仿佛被带回到了几十年前的岁月。

这时，我对店主说："他是我师傅，也是我的老大哥，真的!"老师傅一听，愣住了。

"我怎么会是你大哥，又怎么会是你师傅，哈哈，真是开玩笑。我这一生，至今还没收过一个徒弟呢。"

"哦!"接着老潘的话题，我解释说，"叫大哥和师傅是因为我由您想到了自己的亲哥和亲哥的师傅，还有我自己。因为，我们与剃头这门手艺，有着颇深的渊源。"

"是介会事！说来听听。"

我说，好——当年，先父与母亲合计后，为缓解家里缺粮买米之急，叫我二哥去外婆家不远的一爿剃头店好好学剃头本事。

清楚地记得，我二哥出发时是光着脚的。

二哥后来跟我说，他到店里学徒，最难熬的是师傅叫他拿一把木柄的本刀在自己的膝盖上试练，一遍又一遍地刮呀刮，常常被刮得皮肉火辣辣地痛。

二哥的师傅见二哥痛得快要落下泪，这才慢吞吞地说："好了，好了，快把头发收拾起来，明天再练。"

"后来呢？"老潘师傅问。

二哥满师的那天，我光着脚跟着二哥一起赶路，感觉走了好多路才到二哥学徒的理发店，同时也见到了二哥的师傅。正是这一次，让我记住了师傅剃头时不一样的样子。

"剃头，还能是个什么样子？"

看老师傅一副无所谓的样子，我说："二哥的师傅，名叫宝林。山村里，人人都喊他剃头阿宝。"

二哥师傅的理发店，与眼前东门街上理发店的样子，实在是太像了。我记得二哥的师傅与老潘都是稀稀拉拉长了没几根头发。即使留着的这几根，也都长长的。因为，这头发在头顶上有大用呢，要绕圈。只见长长的几根头发，在转着很吃力的圈。

只是，二哥的师傅剃头阿宝是一个老烟枪。他嘴里叼着根当时每包价格 1 角 8 分的雄狮牌香烟。

剃头阿宝一边用本刀给一个叫光棍阿大的人刮着滑亮的和尚

头，一边看他呼呼地吐着烟雾，且任凭烟灰自然掉落。

这时，剃头阿宝见自己手上的刀有点钝了，随手拉过挂在屋柱子上的一块皮刀布，嗖嗖地磨蹭了起来。

这一响可好，把光棍阿大给惊醒了。

突然，他睁大眼睛说："介快就剃好哉，勿来事格。"剃头阿宝拍拍光棍阿大的肩膀说："侬急啥？还没好。"

光棍阿大，这才心安理得地眯上眼，在转椅上躺了下去……末了，他从贴肉的布衫口袋里，一下子摸出一个 5 分的硬币，塞给阿宝师傅的同时，嘴里吐出一个字："喏!"

阿宝师傅这时抖着披肩布，等掸去自己身上的落发后，便"咕噜"一声，咽下一口茶水，同时说："阿大啊阿大，侬啊啥时候才能娶个老婆呀。"

听到这里，老潘师傅笑了，我们也笑了。

"您贵姓?"我问。

"免贵姓潘，叫老潘好了。"他还说，自己 67 了，这爿剃头店也开了半个多世纪了。

原来，这间 20 多平方米的店面，是老潘当时用五六百块钞票买的。从东门街 76 号到 88 号，门牌号已经换了两次。

剃头的价格，也从以前的五六分涨到了如今的六七块。现在，每天来剃头的人都是上了年纪的，只是平均每天剃不了 10 个头。当然，给陈永其剃头也是算在其中的。

尽管这样，老潘还是坚守着，他说这是他爹传给他的手艺。

家住在东门街外的他，到理发店的交通工具始终是一辆伴随着他多年的 28 吋永久牌自行车。

片刻交谈，仿佛已经成了老熟人，目送蹬着自行车远去的老潘，我问永其：

"你的这个头，让他也剃了多年了吧？"

"不是，是另外一个师傅，就在隔几间店面的地方。"永其说完，就领我到了给他剃头的那家店。

给永其剃头的这位师傅姓王，叫均利。比起刚才的老潘，要小两轮的年岁。踏进王均利的店门，明显不同的就是这个20世纪90年代开张的店，店的格局不同，有时代的烙印。师傅们对头形的观念也大不一样。顾客主要是"60后"至"90后"。永其说，他在均利这店里，已经是个10多年的常客了。

与其说东门街上的这两家剃头店，对这个时代来说是一种坚守，不如说，认真成为这两家剃头店的常客们，更是一种坚守。

他们的可贵之处，在于不弃不舍的一种独有的情，永其领情。

眼前的永其，微笑着。他，留着一个三七开的小分头。见他刚吹过风，形神上给人的感觉有些正统。

当然，只要有点阅历的人一看，便会知道永其是吃公家饭的人。而我的早期，只能说也有些相似罢了。

只是，作为一介报人，我有过不同于永其的经历。

与永其和给永其剃头的师傅一起谈论。我们成长的年代和生活境况，都是差不多的。我说区别在于，一是我跟大哥学会了剃头；而大哥是跟着二哥，在农闲空余时光，学了这门手艺。照此说，二哥是大哥的师傅；可大哥的绝活是打铁。二哥除了剃头，也能抡起大锤打铁。于是，大哥，也是二哥的师傅。

"我呢，比不上我的哥哥们，主要是没他们那力气，抡不了大锤。""那做什么去了呢？"给永其剃头的师傅均利这样问我。

我说，自己在20世纪80年代穿上了军装。但我没丢下从哥哥那里学的剃头手艺。

在部队，利用业余时间，我给战友们理了好几年的发。

直到成家立业，自己还是没丢下哥哥教会的剃头这门手艺。

说回文头所说的国庆节仙居之行。出行前，我就为生于观音菩萨生日（农历二月十九）这天的儿子（小名小龙）专门剃了头。

第一次到仙居的小龙，面对神仙居观音洞里的观音佛像，拱着一双胖乎乎的小手，拜了又拜。

从神仙居的观音洞，到老城区的东门街，这小家伙呀，好像有一种感应。

或者说，在用另一种语言品和读。读得纯，也品得诚。见他一副憨态可掬样子。

如再要说，说小龙的弟弟小禾与仙居的渊源，那是后话了。

遗憾的是，没有拍一张全景照，要是有一张在仙居东门街前看仙居的全景照就好了！

回程前的大清早，血红的太阳刚刚从东门街东南角的福应山上一点点露出来。

怀着昨夜去东门街夜读时留下的遗憾，正想赶去补一下课。哪知这时，我的文友，既有黼黻文章之功，又钟情于仙居文化研究的文联老主席朱岳峦，正好赶来送行。

他带着妻子和女儿，一边夸小龙，一边希望别急着走，再去别的地方看一看仙居的风景。我说，现在最希望的是再到东门街去补一下课。

"那就马上去，有车！"

做学问实实在在的老朱，回答也实实在在。

于是，在老朱他那长枪短炮、装得鼓鼓的摄影包里，又留下了我曾在仙居东门街、迎晖门、启明楼前，那个晨读仙居的瞬间。

起于福应东门村的东门街，是一部厚重的线装书。

书中，每一个页码，都记载着仙居人的心思和情愫。

书外，每一天发生的故事，以及每一年留给历史的记忆，都见证着仙居人对家乡的热爱。

如今，东门街以东，仙居新城的崛起，于厚道又好客的仙居人来说，是一片热土，是一种向往，是一个新的追求。

如果说，决策者的蓝图代表着一种引领。不如说，这是对仙居"安居乐业"这件大事的一种心动和行动。其实，仙居人质朴中更具匠心。

他们对家乡的一种情和爱，是那样的细腻而自然，总是让人在不经意间，闻到一种泥土的芳香。

鲍文贤

简介：鲍文贤，"60后"，男，中学教师，笔名鲍朴，又名抱拙。浙江省作协会员，《湖北诗歌》编辑，《青年文学家》杂志社理事会绍兴分会主席。诗歌散文作品散见于《柯桥日报》《上虞日报》《萧山日报》《富阳日报》《绍兴晚报》《绍兴日报》《浙江教育报》《中国教师报》《河南科技报》《文学百花苑》《鸭绿江》《青年文学家》《参花》《浙江诗人》《速读》等各级各类报刊。

家风的故事

家风是教育人、培养人、塑造人的第一课堂。家风影响我们的人生，也净化我们的心灵。我家的家风就是勤劳、善良、诚信、节俭。我的父母是我的第一任老师，更是我的人生道路的榜样和楷模。我感谢他们不但教会我们生活的技能，也教会我们做人的道理。这里主要讲述我的父母三个片断。

片断之一　勤劳能致富

从我懂事起，我就知道我的父母很勤劳。那时农民一年收入不到300元，我家有7口人，我们兄妹3人，还有爷爷和奶奶，没有饭吃，经常吃麦稀饭，甚至吃萝卜、南瓜、番薯等。我的父亲当时向邻村租种一大块荒芜的山地，起早落夜，硬是开垦出一片乐土，浇水施肥，种起番薯、小麦、大豆等。每到收获季节，我们帮父母干活，全家人喜气洋洋，因为一家人吃饭问题终于得到解决。

1983 年，浙江省绍兴市柯桥区农村实行家庭承包责任制后，我的父母为了挣更多的钱，除经营 3 亩多口粮田外，还经常到夏履镇挑扫帚、菜篮等竹制品到萧山区坎山、新街、瓜沥等地去卖。不管刮风下雨，天寒地冻，手扛肩挑，步行 30 到 50 多里路，有时摇着小船。虽然钱赚的不多，但小钱点滴积累逐步改善了家庭条件。这样坚持好几年，成为村里率先致富的模范。

片断之二　做人讲诚信

在我们杨汛桥镇江桥一带，有打锡箔、开作坊、做锡箔块的传统，曾被列为柯桥区非物质文化遗产。21 世纪初，因出现血铅超标事件和带来环境污染等问题，柯桥区和杨汛桥镇的人民政府及时采取行动，关停全镇所有锡箔作坊，原来从业人员现在大多从事家纺产业。

从 20 世纪 80 年代后期，我的父亲和母亲去江苏省苏州市做锡箔纸的生意。父亲推销产品注重质量第一，发现纸张表面的质量问题，总是主动查找原因，帮助客户掉换，从不弄虚作假，以次充好。由于多年经营加上良好的口碑，生意越做越大，收入也越来越多。有时，收到几张 100 元假币，母亲总是埋怨他，他总是笑笑，从不计较。他这样对我们说："为人要实在，做人讲信用，吃亏就是福啊。"

从我小时候懂事起，我知道我父亲一直担任柯桥区杨汛桥镇横山村第 7 生产小队的会计，从不做假账，从不为自己或亲戚谋私利。那时生活艰难，一天劳动收入只有几角钱。记得我同村的一位表哥为了一天 30 工分等的计算问题，要求我的父亲——他舅舅多加一天 30 工分，是当时农村平时一天男劳力最高收入啊。我的父亲严肃拒绝，并向生产队长汇报。气得我的表哥向我大姨娘告状，说我父亲不帮外甥，为此两家亲戚往来断绝。他说："这是集体的，账账有记录，笔笔有依据，群众眼睛是雪亮的，我不能有私心和贪心啊。我当了 20 多年会计，哪能丢掉这清白名声？"

片断之三　为人要善良

我的父亲非常孝敬爷爷和奶奶，善待邻居，善待周围的人。他常说："对亲人，一要爱，二是宽容，这样家和万事兴啊。"那时生活条件很差，父亲和母亲总是为爷爷和奶奶买这买那，嘘寒问暖。记得我的奶奶双手有神经性的抖动毛病，父亲总是山上去找草药，背着奶奶请医生诊治，还常给奶奶零花钱。还有，6 年前我的外婆 89 岁，因不小心摔倒，卧床休息，再加上头部肿瘤不能开刀动手术，病情不断恶化。在医生的建议下，我大舅舅和小舅舅等决定让外婆在三舅舅家疗养。在外婆回家卧床休养过程中，我的父亲特别是我的母亲为她擦身体，换衣服，做饭吃，精心照料她 3 个多月，陪伴外婆走完人生的最后历程。

家风就是时代的"好声音"，家风就是社会的"正能量"，她记载生活的点点滴滴，做人的方方面面，伴随着我们的人生。我的身上流淌着父母的血液，我的身上传承父母的基因，父母的人生风范是我做人最好的路标。我非常感谢我的父母，感谢他们辛勤的操劳，感谢他们无私的关爱，感谢他们培育的好家风。

坐骑的变化

40 年前，如果有人问你的坐骑是什么，你可能会骄傲地说，最喜欢的坐骑就是"11 路"两条腿嘛。那时候最羡慕的是人家的"坐骑"就是自行车。

1983 年，我又一次参加高考，没有考上理想的大学。9 月，19 岁的我来到萧山区（原萧山县）新塘乡初中任教，当一名代课教师。我是先乘船后挑着担，带着生活用品步行去的，当时代课教师的报酬最高一个月就是 36 元。那时村里刚开始家庭联产承包责任制，为了我上班方便，我的父亲到粮站买了好多的早稻谷和晚稻谷，东拼西凑，终于给我买了一辆海狮牌自行车。那时最好的"坐骑"就是凤凰牌和永久牌自行车。当我的父亲把车子推进家，我们兄妹三人非常开心，弟弟摸摸闪闪发亮的钢圈，妹妹按按清脆的电铃，我就爬上坐凳试试踏脚。那天家里像过节一样，我们一直沉浸在欢乐的气氛里，我们终于告别了"11 路"两条腿步行的历史，这辆海狮牌自行车就成了我们家一道独特的风景线。

1988 年 9 月，我从绍兴文理学院（原绍兴师专）大学毕业，到乡村初中——母校江桥镇中学任教，用一个半月的工资买了一辆崭新漂亮的凤凰牌自行车，这是我的第二辆坐骑。那时我每天骑着车子上下班，机耕路高低不平，坑坑洼洼，铺的就是黄泥和石子，特别是下雨天，穿着雨披，从学校骑到家里，一路上泥泞不堪，回到家车子已经积满尘土，面目全非，就成了一辆破旧的自行车。

后来，我结婚了，骑的仍然是自行车。1996年我的同事上下班骑的是两轮摩托车了，油烟从排气管一阵阵吐出来，机器的轰鸣声突突响，开起天风驰电掣，真是既威风又快捷。21世纪初，老婆狠狠心，用积攒了好久的一万多元钱买了一辆摩托车，开着车子飞驰在宽宽的水泥路上感觉风光多了。当时骑摩托车真的好潇洒，能带上一两个人，还能驮一二百斤东西，轻而易举，毫不费力，心里那个得意劲啊，真是无法形容。再后来，我家有了2辆电动摩托车，即踏板电动车，充电能跑100公里，速度可达40码，还不需要办证上牌，更重要的是它不喝高价的汽油啊，骑着轻松惬意，非常省心。

现在这几年，马路更宽了，更平坦了，我的同事们都开着私家轿车来上班了，于是我们家里的"坐骑"也更新换代。为了儿子上班方便，老婆和我商量了后，就买了一辆崭新的私家车作为儿子代步工具。虽然车子没有奔驰宝马的豪华，也没有奥迪保时捷的派头，但作为代步的工具，我们全家已经很满足了。有时我们全家开着车子出去到瓜渚湖畔散散心，欣赏美丽的景色；有时到柯岩风景区看灯光夜景；有时开着车子安昌古镇等地去游玩。下雨天，大雨淋不到；大热天，太阳晒不到；冬天，西北风刮不到了，真可谓是风雨无阻了。

现在我们走进了中国特色社会主义的新时代，随着杭州亚运会倒计时开始，随着数字化大数据高科技的出现，随着人民生活水平的不断提高，我们新的"坐骑"还会不断变化，出现新的交通工具或新的代步工具，我们"坐骑"脚下的路面也会更加的宽阔，更加行稳而致远。

莲青漪

简介：莲青漪，原名傅蓁，浙江绍兴人，香港城市大学亚洲国际学文学硕士。所著长篇玄幻山水小说《狼毫小笔》获得网络文学双年奖，另有长篇历史小说《花间清和》、玄幻小说《千秋岁》，现代小说《人间烟火》等。

我的中学时代

凡及人所能，未及己所钟。这是我在中学时代颇为困扰的一件事情。在花样年纪要有坚定的心志和信念，不是特别容易的事情。毕竟那个时候梦想的蓝图才刚刚开始触就，茫然无知，思想观念的形成、世界观价值观的构建也在混沌太极之状。但如今想来，如此之时，实为最佳，即天地也不忍杀之的状态也。

另外，也是今日回首特别感怀之处。即是幸运，浑然如白纸的少年，在时间的洪流、繁杂喧嚣的世界中，在千百万条线索迷踪道路中，自我突破和选择，走到了今天这一步。乐其所幸。时间的发条，历史的笔记，似乎并未将我抛弃，也算是对自己努力至今的欣慰。哲学家说，世界是由许多偶然组成的因果。不过在当下，我还是开始相信另外一句：所有的偶然都有必然之因。

我的中学时代并不意气风发，也没有什么春风得意马蹄疾，一日看尽长安花的优雅。虽然在履历上可以看到名扬全国的重点高中的抬头，但不得不说，中学时代其实是割裂开来的。如果一定要用一个词来概括的话，那应该是——动荡吧。

不过事物总是带有双面的色彩，因为中学时代的动荡和善变，反而让我如今可以用一个更加新鲜的词语来做正面的阐述——多元化。

之所以说动荡，主要是因为初中生涯是在不停地转学中完成的，一年一个学校。而高中时代则是由国内国外的学习经历来展现的。所以这种感觉，就像是不停在打包，在一个地方还没有温热下来，就急急忙忙地收拾行李赶赴下一个学校学习。许多人听到这里，兴许会抱有同情的心情说上一句："真遗憾呢，刚刚熟悉起来，刚刚交到朋友就……"其实，大可不必如此，这三次转学，不如说都是在我自己的认同下，甚至是提议下完成的。关于这一点，如今回想起来，自己也觉得很是诧异。那么看来，我在那时就拥有了一定的分析和总结能力，并且得出结论后会努力去实施，付诸实践去改变现状。

转学原因其实很简单，觉得不适合自己。人也好、事也好，像是做考卷，早就知道了最后的答案；也似看一本书，所有的剧情我都可以在脑中写下大纲和备注。这样的人生，是不是无聊了一点呢？不要因为我是一个未成年的孩子，而去否定我过早的睿智。当然这是内在的主因，外在的原因则是父母的工作地调换。兴许在外人眼中，会认为这才是主因，但对我来说，这兴许只是我起了念后，上天给我的一阵东风而已。然后，我就毫不犹豫地坐上了东风推送的船只，跨向了命运的另一条道路。

大家会问，转学的结果怎么？你找到更有趣的人生和校园生活了么？还是那一句话，生活是两面性的，甚至是多面性的，就像万花筒一般。怎么去看它，取决于你的心和定位。转学让我有了许多第一次的体验和全新的尝试。就如现今从事的工作而言，转学这一决定应该是举足轻重的正确选择，因为在这一年我收获了自己第一个关于作文的全县奖项。所以，如果没有转学的话，兴许不会在心间垫下这块颇为坚定的踏脚石。它就像基石一样，给予我最原始的信心乃至信念。让我明白了，自己对文字有着一定的敏感度，在文学上有那么一点点天赋。这块定心的基石，是无比重要的。它就像最初的源头，让自己可以饮水思源；也是黑暗中的光，当遇到再多的挫折和否定，我都可以退到这里，静坐一会，想想当时放榜之时的初心，然后对现实的艰难险阻一笑置之。是啊，大不了，在这里重新开始，没有什么可怕的。

所以，这是我行文在此时，特别想要对你说的。在中学时代，要努力找到这样一块为心理底线设防的基石，这对于你往后的人生都是举足轻重的心理基础建设，必要的时候，它甚至可以拯救自己。因为在中学时代，会遇到很多很多的事，而这些事情对于未成熟的我们，往往都会留下很深的烙印。就像我转学后，虽然收获了很多，也种下了对文学的些许期望；但另一方面，我也是在霸凌堆里爬出来的。社会是现实的，而学校其实也是这一种残酷的验证。哪怕到今天，我们也要面对这些无妄、自私、贪婪、人性中的恶。曾经的我，总会迷茫，想不通，为什么会这样？为什么要这样对我呢？为什么不可以互相理解呢？为什么总是得不到肯定？然后是不停地在这些漩涡中沉沦和钻牛角尖。

而生活其实在这个时候也是最好的缓冲剂，在改变中治愈自己，在坚持中寻找答案。所以那个时候的我选择了再次转学，这是最简单直接的方式，根除痛苦的源头。但兴许也是一种逃避。其实关于这一点，我也只能以身说法，多去经历，多进行深入思考，寻找到属于自己的天地，然后努力构建它。另外还有一个相对简单一点的方法——阅读。因为阅读兴许可以让你看到另一个世界，另一种解读，找到更多不同国籍、不同时代的知音。这样你就会觉得，你不是只有一个人而已。

当然，心灵的彻底释怀和治愈，对我们来说也许只是奢望，毕竟伤口永远都在。而我也是最近，在看一部叫《心灵捕手》的电影时得到了相应的释放，也一并解开了这些年在我脑中不停徘徊的疑问（如上文所述）。在这里可以分享给大家。其实当时看电影的时候，刚看完我还没有任何感觉，直到后来几天因为某些事情而导致的爆发式哭泣。其实最终的救赎，只是一句话而已："这不是你的错。"很多时候，我们之所以弯弯绕绕出不来，就是因为总在和自己较劲。如果可以早一点明白这一点，脸上是不是可以早一点出现云淡风轻的微笑。

这一句"这不是你的错"，再加上一句一年前一位文学院的老师对我说的话，终于让我明白了，这些年苦苦等待的答案所终。我清楚地记得，那时候他对我说："你无法改变他们。"

"这不是你的错，你无法改变他们，你们不是同类人。做你自己吧。从现在开始。"也就是抛开凡及人所能，去及己所钟。

当我获得这一句救赎，全身溢满的喜悦就像终于挖到了中学时代自己留给自己的时间胶囊。而此后纷至沓来的回忆，都如美好的交响诗一般。因为似乎终于可以好好地面对那个时代被霸凌的自己了。不是我做的不够好，这不是我的错。

这些飞入脑间盘旋的中学时代的碎片，让我不得不放慢脚步掏出本子，想要一一记录下来。我想起了自己在奥克兰学校的管弦乐队门口贴门而听。

"快听，这是什么曲子？"

"《月光爱人》呐！"

"北极星，带我走——"

也想起了高一在报刊亭买下了一本《读者》，那一期的《最后一颗薄荷籽》我很喜欢。初三转学到杭州，吃到的第一顿新丰虾肉馄饨，觉得打开了新的世界。一位叔叔点了点路过的一个学校，说这是很有名的高中。然后一年后我固执地填了志愿表，考上了这所学校。当然，我也没说在这所学校里我有多快乐，但是至少我可以去选择自己想要的生活了。

4567，音符飘在耳边其重，香槟落在舌尖却轻。拥有的是从容，不畏的是零零。从孩子到成人，才发现，如果有个快乐的中学时代，该有多好。凌凌堆中爬出来的，看似云淡风轻，其实却似乎永远在等心中缺失的碎片。最后一块拼图在哪里？哪里跌倒？哪里遗失？你可以在跌倒的时候埋下当时的碎片，去淡化那无法承受之重。埋下后继续自己的人生，不要让其他人左右你。只要善良前行，坚持信念，多年以后，你会发现，时间的胶囊是你留给未来自己探索的绝佳宝藏。

因为最终，我们要及己所钟。

瞿幼芳

简介：瞿幼芳，浙江省作协会员，柯桥区作协理事。作品散见于《人民日报》《广州日报》《羊城晚报》《浙江日报》《知识窗》《博爱》《知心姐姐》《意林作文与素材》《金山》《中国少年儿童》《故事大王》《少年文艺》《小星星》等百家报刊。

藏在水彩笔中的爱

从小我就喜欢在纸上涂鸦。

我的成绩一般，性格内向，在班里就是一个无声无息的灰姑娘。

四年级的时候，学校打算在六一来临前举办一个画展，每个班级选取十幅作品交到政教处，然后政教处再选取一部分放到学校橱窗中去展览。当班主任在班中宣布了这个消息后，我就暗下决心，这是一个让灰姑娘自信的好机会，我不能错过。

我练了很久，画了一幅《月夜》，皎洁的月光下，一只小兔子在拔萝卜。我画得很用心，每颗星星都涂得非常精致。

我忐忑不安地交给老师，班主任老师夸我画得好，说一定给我送上去。这一天，我很高兴，也难得地上课举手回答问题，而且悄悄地跟唯一的好友吹牛，我的画快要放到学校橱窗中了。

六一的前一天中午，我看着政教处的李老师在整理橱窗，她把旧的内容换下，再贴上学生们的美术作品。我凑上前去主动帮忙，一张张地帮她递上去，并且还不时地递着图钉。可是直到老师把所有的美术作品都贴好，我还是没有找到我的图画，我的眼光一下子暗淡了。我拼命忍住快要掉下来的眼泪，鼓起勇气问李老师："有没有把我的画忘记？我也画了一幅，觉得很不错。"那老师看了我一会，问："你叫什么名字，哪个班的？我回去查一下。"我告诉了她。

接下来的半天，我都无精打采，做了好久的美梦破灭了，我又成了那个自卑的灰姑娘了。

第二天就是六一节，班主任给我们发了糖果，还神秘地说要给一名同学发神秘礼物。大家竖起耳朵听，老师说，这次美术展览，我们班一个同学的作品《月夜》得了学校的特别奖，奖品是一套水彩笔。这是刚刚政教处的李老师拿过来的，现在我们请她上来领奖。我惊呆了，在同学们的羡慕目光中，我走上台前领取了这套水彩笔。

这个六一儿童节，我第一次在同学面前话很多。下午的班级联欢会上，还破天荒唱了首《小白船》，虽然我的嗓音像蚊子一样轻。

感谢李老师，用她的善良，不动痕迹地修复了一个孩子受挫的心，她给我的，不只是水彩笔，还有那充满关怀的爱。

梅雨时节忆蓑衣

"一川烟草，满城风絮，梅子黄时雨。"又到了江南的黄梅雨季节，阴雨连绵，心头总是漫上一股愁绪。下雨多不方便，开车麻烦，上学麻烦，衣服晒不干，整天离不开雨伞。

江南雨，穿越千万年，但是古时没有雨伞雨衣，古人的雨衣就是——蓑衣。

这是用一种叫"蓑草"编织的像衣服一样的雨具，名称由此而来。后来人们用从棕榈树的叶鞘剥下的棕丝（又叫棕毛）来编蓑衣。棕丝带点儿油性，不容易沾水，雨点落在上边，甩几下就没了，不易脆烂。

对蓑衣的记载，早在《诗经》中就有："尔牧来思，何蓑何笠?"三千多年前的阴雨天里，牧羊人就披着蓑衣，戴着斗笠，背着干粮，整天守护着牛羊。

历代以来，还有很多关于蓑衣的诗词："青箬笠，绿蓑衣，斜风细雨不须归。""孤舟蓑笠翁，独钓寒江雪。"读着诗词，眼前仿佛出现了一幅画：烟雨蒙蒙的江南，一个人戴着斗笠，穿着蓑衣，静静地钓着鱼，钓出了自在和舒适。

小时候，爷爷也有一件蓑衣，挂在墙壁上，看上去显得笨重。穿在身上就像张开翅膀的老鹰，黑乎乎的很大一件，在身上铺开来很大一堆，分量有点重，不过却比现在的雨衣更便于穿着做事。因为它实际上相当于一个披肩，胳膊下面是敞开的，不像现在的雨衣，紧紧包裹在身上，感到碍手碍脚。另外，蓑衣还有一个好处，就是很通气，不像穿着塑料雨衣很闷的感觉。

下雨天，看着爷爷头戴笠帽，身穿蓑衣，在井边打水，去地里干活，绵绵春雨顺着蓑衣的外沿向下流淌。看着爷爷走来走去的样子，就像一只棕色的大鸟，我感觉很好玩。如果给我穿的话，我一定会拍打着两只袖子，跑得很快，像一只鸟一样飞着。我撒娇地对爷爷说，要穿这件蓑衣玩。爷爷却不让，他像宝贝一样护着，说这是你的太奶奶编的，要给你弄坏的。好哇，不给我穿，有一回趁爷爷不在的时候，我踩在凳子上，往墙上的蓑衣狠狠地拔了几根棕毛下来，算出了口气。

塑料制品普及后，紧接着就有了塑料雨衣，它穿着轻便、美观。有一回，爸爸给爷爷买了一件塑料雨衣，对他说，你不要再穿蓑衣了，太笨，太土，你没看到别人都穿上了轻便的塑料雨衣吗？爷爷不高兴了，说我就喜欢穿蓑衣戴斗笠，舒服透气，这个塑料雨衣，你们去穿吧。

有一天，爷爷坐在院子里，我又说，爷爷，下雨天周围的人好像就你还穿蓑衣呢。爷爷情不自禁跟我说起了蓑衣的来历。这蓑衣是太奶奶花了几天时间，亲手编织出来的。小时候去读书，太奶奶说傍晚要下雨，就拿出蓑衣让我带上。其他小伙伴放学了淋着雨跑回来，只有我是骄傲地穿着蓑衣回来。因为太奶奶知道，我身体不太好，经常感冒，一淋雨就要生病。白天太奶奶除了干农活外，空下来的时间就是编蓑衣，大大小小编了好几件，她怕万一她走了，我又要被雨淋湿。爷爷说到这里，停了一下。夕阳照在他布满皱纹的脸上，显得格外沧桑。

爷爷又说，你不要小看这件蓑衣，"公社化"时候，"三年暂时困难"时候，"吃食堂饭"时候，农民人家要想做一件蓑衣，可是一项大工程，要请来"棕棚师傅"，好酒好菜招待，还要十几元工钱，这十几元，我在生产队里要做半个月……我这才明白了这件蓑衣的珍贵。

爷爷非常爱护蓑衣，天气好的时候，拿出来拂拂灰尘，晒晒太阳。我知道，爷爷之所以不肯丢掉这件蓑衣，是因为这件蓑衣里，包含着太奶奶对他的爱，也寄托着爷爷对太奶奶的思念。

"一蓑烟雨任平生。"我的脑海忽然浮现出一幅关于爷爷一生的画面，披着蓑衣，栉风沐雨，把一生的酸甜苦辣都付之于那片土地，有滋有味地做了一辈子农民。

如今，蓑衣早已远去，很多庄农人家可能也已经拿不出它了。蓑衣，在人们的记忆中变得日益模糊。现在的孩子要想看到蓑衣，只能在博物馆或农家乐园里才能见到了。

流传了三千多年的蓑衣，不仅仅是一件雨具，它是几千年农村生活的回忆，是绵绵乡愁的寄托！

消暑美味干菜汤

夏日炎炎似火烧，这样的高温季节，最美味的莫过于喝上一碗美味的干菜汤了。满身大汗地回到家，又热又渴，喝上一碗热乎乎的干菜汤，满身大汗之际，暑气顿消，疲劳全无，心旷神怡，食欲大振。所以，它有着"神仙汤"的美誉。盛夏时节，人们没有吃大鱼大肉的胃口，这时的菜肴以清淡为主，常常一碗干菜汤做主角，再加上南瓜藤、四季豆这些配角，人们就能吃得心满意足，不亦乐乎。

干菜的制作比较简单。在三四月里，收集芥菜、雪里蕻等新鲜蔬菜。先把新鲜菜晒一下，晒到菜叶发软，然后把菜堆在一起，使菜发酵，看到菜叶有些发黄即可，之后把菜清洗干净，再把菜里的水分晒去。切成3厘米左右的小段，再晒干，加入适量的食盐搓揉到菜出水为止，然后装菜入坛，经过五到六天的发酵，就可以倒出来，晒几天的猛太阳就成干菜了。放入坛内，可食用一两年。

至于烧干菜汤就更简单了，从菜罐中取出一小撮干菜，放入锅中，加入适量的水，开始烧，待汤烧开后再稍微烧一会，让干菜的味道煮得更浓些；打开锅盖，一股浓浓的香味扑面而来，汤色紫红，还不断地冒着小小的气泡；闻一闻，食欲大振，尝一口，咸鲜味甘，回味悠长。有考究点的人家，在干菜汤中放一些虾，做成干菜虾汤，那是更加美味了。此外，干菜汤还有生津止渴、解暑防痧、恢复体力的功效，所以夏天的时候，不少人家家里干脆煮一大锅，放在大茶杯中，等凉了，不时地喝几口，当做消暑的饮料喝，那滋味，比雪碧可乐还要好喝。

烈日炎炎，当远道而来的你，坐在席上，慢悠悠地喝着一碗浓浓的干菜汤，在舌尖美味、回味悠长、开胃爽口中，你会发现，在这碗普通的干菜汤中，融入了人们对生活的热爱、对健康的追求。

三　诗歌卷

王　瑛

梦里巧英

昨夜
你挽着乌发
一袭青衣出现在我面前
秋风吹走的裙角
手掌一样随意抚过我脸颊

又忆起与你的初遇
那日阳光正好
一如你温柔的目光

你说巧英是个女子
热情灵性
一汪秋水是她的眉目传情

他说巧英是一幅画
云卷云舒盈盈一水

秋雨朦胧是小山村的一隅

我说巧英是一段情
素色的眉眼里
全是故事的延续
那次初遇我便读懂全部
你的娴静你的温柔

马叔平

简介：马叔平，浙江绍兴人，"70后"，绍兴市作协会员，曾有诗歌和散文发表于《浙江日报》《绍兴日报》《绍兴晚报》《大学生》《野草》《浙江诗人》《绍兴诗刊》等。

墨底明珠

光阴砌雪
动辄以非理性方式叙事
俘获星光的人啊，是否必须忍受
命运的加塞与嘲弄

习惯用笔管
一篙撑开纷扰，渡向彼岸
在幸福的解构和编织中
重塑美学修辞
横撇竖钩衣袂飞扬
荷菊鸟蟹恣意妄为
墨飞钟神秀，笔落惊风雨
我看见火焰的影子
在最深的墨迹里发芽

炽热地燃烧自己

上承古越铸剑师遗风

浮萍一世，当归几分

陈皮一副，独活一人

天地为炉，煎熬七十三年

只换得东倒西歪屋几间

南腔北调人一个

直至破床一张，稻草几束

这个院子很小，多的是

一见藤蔓就热泪盈眶

用多种口音称呼你的

各种肤色

金晓明

简介：金晓明（美丽的奇迹），祖籍嵊州，现居绍兴兰亭。热爱文学，业余时间喜欢写诗歌、散文，有诗集《心中的月光》出版。浙江省作家协会会员，柯桥区作家协会副主席，区诗创委主任。

在玫瑰庄园

之一

幸好，这片土地生长着玫瑰

要不然，它怎能叫做"玫瑰庄园"

幸好，我生命里曾种下爱情

要不然，它怎会开满我的心田

所有的刺都长成了肉色

与我内心的卑微融为一体

当初的疼，已烟云散尽

如今，唯一能做的

是将落在脚下的花瓣

一瓣瓣拾起，又一瓣瓣放下

如此刻平静的心

之二

众多玫瑰枝构筑的城堡
在无数人仰慕与向往中崛起
廊桥，溪流，彩旗，横幅
是你预先埋伏的触须
羞涩而敏感

足以让一场初遇
冷不丁坠入迷谷或深渊
诗人无比尖锐的内心
在此刻
变得柔软如泥

之三

请相信，任何一次相遇
都会倍感惊喜
与千万朵玫瑰相逢
又是怎样一份甜蜜
请相信，这爱情的神识
已在沙溪扎根
它高贵的身姿，蔓延伸展
于一方年轻的土壤
扎下远隔重洋，扎下跋山涉水

青山为证，秀水作媒
让所有相约花间的有情人
擦出爱情火花

故乡的颜色

当初，还没离开故乡
它在我心中是一片桑园的绿色
这海一样的世界
装下了我整整一个童年

后来，远离了故乡
心中的绿色日渐褪去
换上了厚重的褐黄
那是父亲常带我劳作的土地

再后来，彻底离开了故乡
故土的黄从我眼前消逝
成了一方幽蓝的天空
那是梦里老屋四方的天井

而今，故乡成了满地金色

是父亲的稻子成熟了
还是遍地的秋草变黄了
迟暮的夕阳最明白

暗 号

它一直住在我心里
从最初的一簇簇鹅黄
似野火灰烬中偷得的余生
不知不觉蔓延开来
像暗号，播撒在早春大地
春风，雨露，草木，花蕾
一路从春红到秋黄
就为老去时一句精妙回答
相聚相欢，终会散去
一只雏鸟，完成了蜕变
历经四季更迭，人间悲喜
不畏惧坎坷与荒芜丛生的旅途
就像不畏惧秋天的枯萎
白发雨丝般生长
唯独那片鹅黄，在记忆深处
郁郁葱葱

白　露

一枚枚银果

悬挂在草叶尖

光线暗下来，它们就明亮起来

明亮起来的还有茋茋草与虫鸣

燥热退下去，寒意升起来

一起升起来的还有被雨浸湿的河床

心潮涌动，恰似秋风

拍打着紧扣暑热的窗棂

日子落在父亲的肩头

一天比一天下弯的身躯

离泥土越来越近

也离回家的日子越来越近

这满地洒落的银辉

铺展开，世界也敞亮起来

正好为他指引回家的路

一座城

一座城的寒，是无端的
它的快乐与否与秋风无关
我的神伤又是谁的错
无奈与痛楚，正撕裂着内心
阳刚颓废成一株株枯草
寒意持续蔓延着
街道失落成往日的模样
耸立的楼房，闪烁的灯火
也开始矮下去，清冷瘦削
内心积聚的光
在寒夜深处被擦亮
对抗日益逼近的寒潮
再虚拟一个春天
默默许诺给树梢

老　屋

在土里生长了百年的树

被钢铁的手臂连根拔起

它没有呼救

也没有人阻止这种野蛮行动

倒下时，它发出了沉闷的哀怨

躺下的躯体，已无法辨认

我匆匆赶去

想找回曾经失落的记忆

在一块青石板前

发出一声深深的叹息

金海江

兰亭诗聚（外7首）

兰亭诗聚

有远方的骚客，途径兰亭
怎能不将曲水流觞拓印
折成圆圆的桌沿围坐
弯作酒坛的腰箍，慢慢把盏

千年前的一次雅聚
触动山阴道上，胎结蚌珠
闪闪耀眼，多少次诱惑世人
将它高高捧起
畅饮，微醺

因诗饮酒，因酒吟诗
不在意迎合永和九年的旧事
只为白鹅，翰墨，兰渚山的风水
穿肠胸怀，滋生了感应

起起伏伏的醉意
皆源于相同的疼痛

在兰亭

有池有亭有榭
满地兰草葱郁
倘若赶在那场盛会之前
不见得有建祠竖碑

会稽兰渚山下
瞻仰者几回试图撩掀
茂林修竹掩映
一段半隐的风云际会

遐想一厢情愿地超前
迎候那群雅集的晋人促就
"集序"元素定格出历史节点
难再稀释本不厚重的墨迹

临摹贴上比划不休
岂只为寻索复制盛况
叩问曲水流觞当年
与会骚客的体温可曾抑扬顿挫

案几上的笔墨难再书
引白鹅在鹅池里一直冷眼高吟
似乎王右军早就将风语泄露给它
从此都选择不再开口

在金庭观

几株桃形李借春光萌动
翻越金庭观的墙头
窥探一支墨笔将碧水
满池染黑了

那时一个高度已经促就
有人揣度兰亭序
是书圣对生活的一种探步
此后足迹停驻金庭
寄情洞天福地慕山水淡泊
与笔墨和翠绿倾述

塑像的往事在金庭
被山脚的炊烟记着
游人只惦记王右军的临帖
哪里顾及斯人心绪

书圣墓前

娴熟于作品的末尾
落款戳印
以一生的体肤
择越中山水留成标记

书圣的最后一笔
落在金庭山
用土石筑成印章
化肉躯作印泥

守墓人的土房
在这里静默上千年
似真似幻故事细节
被狐狸精叼走了

诱得远客到书圣墓前
翘盼灵狐重现
奢望穿越魏晋时光

榉溪觅孔影

村里应该活着一棵树
才是唯一打开故事的钥匙

秀木成林是谁

玩起大隐隐于市的戒律

当年孔家来此存心小隐

日光过得散淡惬意也就够了

外面的江湖使他们厌倦

有人渴慕敲碎果壳喝一口原汁

徘徊在空屋子里

热衷木梁上结出的霉质

往事刻录成字符摊晒墙壁上

奈何每个孔字沉默

就算再绕三遍榉溪依旧

抠不开那个"孔"影

未免叫人耿耿于　场寻访

祝　府

祝府的朱门被敞着

员外若有知，必当捶胸跺足号啕

跨步门槛，廊檐亭台楼阁挨次排列

故事源头在庭园深处静坐

竹丛后水池畔，扑蝶的嬉闹清脆
恍然，有人还在阁楼外的石桌畔守着

让人微微一颤，是梁兄吗
相思成疾的呆头鹅，当年在此归遁

无念岛之夜

在无念岛，我只留宿一夜
不得不承认抠门
搬起这个节点，鄱阳湖熠熠生辉

说好这一晚，吟诗、饮酒、狂欢
尽兴在星空下的旷野
天气故意作梗，淋上一瓢雨

嫌有人怠慢，耍些小性子
无念岛其实多情，看出来了吗
小兽受伤后会撕咬

它赢了！即使分隔浙赣
宋舍的瓶盖拧开，流香是情毒
无念，让人念念不忘

无念岛的雨

久居鄱阳湖东，青衣长袖
无念岛本身没有设防

一场蹊跷的雨，让我疑惑、暗惊
有看不见的守护神，伫立离岛侧后

比如一拨不速之客，心怀叵测
雨，及时来个下马威

阻滞刨根问底，止于浅岸
来去无影踪的身手，明白地存在

当地乡绅都被瞒过千百年了
是不是我多嘴，泄漏了伊人形迹

金雪泉

晚韵·乌镇

千年时光
如水荡漾
一叶扁舟两岸黑瓦盖屋檐
驿动的琴键，拨动静静的心弦
古韵入画
河埠依旧碧绿满眼

夕阳余晖
朦胧流畅
一条石街两旁红笼挂霓虹
觅古的情怀，簇拥窄窄的街衢
移步换景
水巷古道香气氤氲

推窗静坐
惬意畅享
一杯黄酒两碟香干添米糕

游弋的指尖，唤醒浓浓的乡音
江南一梦
远近高低回味无穷

月上树梢
乌镇溢彩
一袭布衣两袖尽是蓝印花
方格的窗棂，婆娑幽幽的情思
水乡故事
漫天传说自古至今

大美乌镇
静卧秋波
一把纸伞撑起漾水的青石净地
沓来的潮人，终究相遇了雕花大木床
晚韵拉近了
你我的手你我的心

周仁忠

夜幕下的环城河

夜幕下的环城河
睡在母亲的臂弯里
恬静、安详
深沉、悠远

没有波浪，甚至看不见一丝波纹
所有的故事，都被她深埋在心底
那么静，静得只剩下月光流淌的声音
就连两岸闪烁的灯火，也都停止了诉说
柳丝的长发，等待风儿把它绾起
石桥闭上眼睛，沉浸在温柔的梦想

长长的河堤，如不断延伸的诗行
转弯处的弧度，尽显母亲柔软的腰身
那么美，仿佛夜空抛下的一根丝带
河埠打个漂亮的蝴蝶结

晚风借月光的手，欲解开爱的秘密

能睡在母亲的臂弯里

这是多么幸福美好的人生

董建民

简介：董建民，文学爱好者。绍兴市作协会员，偶有作品发表
刊物。

在羲之墓

白鹅化鹤，在瀑布山栖息
荒草萋萋在墓顶书写行草不慢不紧
瀑布山的李花开了，樱花也开了
遁入地下的诗句再次跃上枝头绽放
被慕名而来的人一次次吟哦

一个被世事嶙峋怪石戳痛的人
一个以笔为刃的人，像倦鸟归巢
只想与白鹅为邻与青山为伴
眼到之处这 1600 年的华堂就是见证

山溪沿路而下，流水潺潺
曲水流觞饮酒赋诗情景依稀
驻足仰视，不敢靠近水圳
生怕随波而来的羽觞停留在我脚下

我沉重的肉身却无法借此飞翔

在兰亭

兰亭夜酌，朋友从远方来
围坐，喝酒，谈诗，想着昔日的流觞曲水
白鹅和翰墨的往事，都嵌入了石碑，潜进宣纸
黄酒又引慕名者，叩开重门

有人在诵读一首《在羲之墓》，灯火的心旌，逐渐摇曳起来
酒汤的纯，替人卸下面具，慢慢浮现出从前的自己

相信此刻，躺在墓穴的主人，已抚平伤痕
在兰亭，所有饮下的酒
未能一一点燃成诗
那只白鹅，它自饮聆听，或者曲项向天
像在远远地寻看，多年前，失散的故人

抗日纪念馆那把生锈的大刀

红绫穿过时光，在刀柄上褪色
刀口已钝，敌人的血
以斑点现身，向世人谢罪

那些咬得咯咯作响的牙齿
诅咒万恶，这把刀
挥向晦暗的年代
砍杀旧罪恶的头颅
那些不屈的人，提刀冲杀
前赴后继，跟着不倒的红旗
越过黑夜，走向曙光

而今，烽火硝烟已远去
大刀躺在暖气开放的纪念馆
回忆着当初的风餐露宿
回忆着浴血搏杀的身影
回忆着凯旋而归的英雄
在陈列柜的白炽灯下
无声地证明比钢铁还坚硬的本性

在铁轨交叉路口

一

轨道再长终将走完
矿石再多已被时光掏尽

漓铁井巷如生锈的长舌从山脚吐出
舔食阳光，支撑着空洞的脚步

在轨道交叉处停留，矿车静置
磕碰的痕迹被荒草掩盖

凹凸不平的车斗不再盛装明天
但搬来了青山绿水

二

枕木贴着地面
井巷的灯光再次唤醒洞内潮湿的泥土
遗落的碎片在视线中复活
那些弯腰的身影

那些沉睡的黑石
那些蝼蚁与白骨……

铁石矿工青春暮年
此时，矿车远遁满载激情荣耀
金属擦过的火花长出锈斑
接受探访者的目光

三

将手伸进三百多米深土
把本真的铁石唤醒
投入梦想的熔炉

菊　影

邀菊入席，用大碗接住
从倾斜的酒坛、摇曳的菊盏
倒出的酒香和菊香
在海丰来场酣醉

琴弦松弛，古筝积满尘埃
琴声耳语誓言

遗落菊花台，被一次次围观
菊花一瓣瓣老去，正如在酒碗倒影里
我和无数个抚琴人
围观自己起皱变深的皮囊

与古筝对峙，高举头顶的酒碗
在空中停摆
曾千万次在梦里重复的台词在喉结哽咽
是谁？在拨弄琴弦弹奏熟悉的曲调
是谁？在耳边细语
再次叩开我沉睡的心门……